QUEENIE

CANDICE CARTY-WILLIAMS

QUEENIE

Tradução
Carolina Candido

astral
cultural

Copyright © 2019, Candice Carty-Willians
Título original: Queenie
Publicado originalmente em inglês por Trapeze
Tradução para Língua Portuguesa © 2021, Carolina Candido
Todos os direitos reservados à Astral Cultural e protegidos pela Lei 9.610, de 19.2.1998.
É proibida a reprodução total ou parcial sem a expressa anuência da editora. Este livro foi revisado segundo o Novo Acordo Ortográfico da Língua Portuguesa.

Editora Natália Ortega
Produção editorial Aline Santos, Bárbara Gatti, Jaqueline Lopes, Renan Oliveira e Tâmizi Ribeiro
Preparação Luciana Figueiredo
Revisão Audrya Oliveira
Capa © Gerrel Saunders
Foto da autora Lily Richards

Dados Internacionais de Catalogação na Publicação (CIP)
Angélica Ilacqua CRB-8/7057

C316q	Carty-Williams, Candice
	   Queenie / Candice Carty-Williams ; tradução de Carolina Candido. – Bauru, SP : Astral Cultural, 2021.
	   352 p.
	
	   ISBN 978-65-5566-196-5
	   Título original: Queenie
	
	   1. Ficção inglesa I. Título II. Candido, Carolina

21-4512	CDD 823

Índices para catálogo sistemático:
1. Ficção inglesa

ASTRAL CULTURAL EDITORA LTDA.

BAURU
Avenida Duque de Caxias, 11-70
8º andar
Vila Altinópolis
CEP 17012-151
Telefone: (14) 3879-3877

SÃO PAULO
Rua Major Quedinho, 111 - Cj. 1910,
19º andar
Centro Histórico
CEP 01050-904
Telefone: (11) 3048-2900

E-mail: contato@astralcultural.com.br

*Para todas as Queenies por aí
— vocês se bastam. Acreditem em mim.
Em memória de Dan O'Lone e Anton Garneys.*

1

Queenie:

> Deitada na maca agora. Queria que vc estivesse aqui...

Larguei o celular e fiquei olhando para o teto. Depois, peguei o aparelho de novo e enviei "bjs". Isso ia provar ao Tom que não sou tão emocionalmente desconectada quanto ele me acusava de ser.

— Você pode colocar a parte de baixo do corpo bem mais perto da ponta da maca? — perguntou a médica enquanto eu me aproximava mais do rosto dela. Não entendo como fazem isso. — Respire fundo, por favor.

Ela disse aquilo talvez de um jeito alegre demais e, sem nenhum aviso prévio, enfiou o que parecia ser o vibrador menos ergonômico do mundo dentro de mim, movendo-o como se fosse um controle de videogame. Ela apoiou uma mão fria no meu estômago, fazendo pressão para baixo em intervalos de segundos e apertando os lábios a cada vez que eu guinchava. Para desviar a minha atenção dessa manipulação das minhas entranhas, comecei a mexer no celular. Nenhuma resposta.

— Então, o que você faz da vida... Queenie? — Ela olhava de relance para a minha ficha.

Já não era o suficiente ela poder, literalmente, ver dentro de mim? Ela precisava ainda saber o que eu fazia da vida?

— Trabalho em um jornal. — E levantei a cabeça para fazer contato visual, o que me parecia o mais educado a se fazer.

— Que carreira chique. — Foi o comentário dela enquanto encontrava o caminho de volta para dentro de mim. — O que você faz no jornal?

— Eu trabalho no *The Daily Read*. Na — ai — seção de cultura. Listas e resenhas e...

— ... no departamento de tecnologia? Faz sentido.

Eu me apoiei nos cotovelos para erguer o corpo e corrigir essa informação, mas parei quando percebi como ela parecia preocupada. Lancei um olhar para a enfermeira atrás dela que parecia tão preocupada quanto e olhei novamente para a médica. Ela estava com uma cara aflita. Eu não conseguia ver o meu próprio rosto, mas acho que a expressão estampada nele devia ser um reflexo da delas.

— Só um instante, nós só vamos... Ash, você poderia trazer o Dr. Smith aqui? — A enfermeira saiu apressada.

Minutos desconfortáveis se passaram até que a enfermeira voltasse com outro médico, um homem que parecia tão comum quanto o seu sobrenome poderia sugerir.

— Vamos olhar mais de perto... — o Dr. Smith se curvou e espiou entre as minhas pernas.

— O que há de errado? Você não consegue encontrar? — Eu estava preocupada que o DIU pudesse ter sido absorvido pelo meu útero, da mesma forma que me preocupava que cada absorvente interno que eu havia inserido na vida ainda estivesse dentro de mim.

— O que você acha, Ray? — A primeira médica perguntou para o colega de profissão.

— Sabe, talvez tenhamos que chamar o Dr. Ellison aqui. — Então, o Dr. Smith se afastou e levou as mãos aos quadris.

— Vi um ajudante de limpeza esfregando vômito no corredor, por que vocês não o chamam também para dar uma olhada? — Perguntei para os três funcionários enquanto eles encaravam as imagens no ultrassom.

— A-há! Olha só, o DIU está aqui. — A médica apontava para uma mancha na tela que mostrava o meu útero com a empolgação de quem havia acabado de descobrir um novo planeta. Aliviada, deitei de volta na mesa de exames. — Mas será que você poderia colocar as suas roupas de volta e se sentar na sala de espera? Precisamos ter uma conversinha rápida e já chamaremos você de volta aqui.

— Nunca confie em um homem de Gêmeos.

Eu me afundei em uma cadeira próxima à tia Maggie.

— Aqui. — Ela me entregou uma garrafa de gel antisséptico, depositou um pouco na minha mão e, assim que comecei a esfregar, ela agarrou a minha mão para consolidar o seu ponto. Pensei que a Maggie seria uma presença adulta e firme para ter comigo, mas em vez disso ela estava apenas transferindo seu TOC de limpeza para mim.

Tentei manter o foco na placa descascada na parede que dizia "Unidade de Ginecologia" para me controlar e não puxar a minha mão da dela.

— Você sabe que não acredito em astrologia, Maggie.

Ela apertou a minha mão ainda mais forte, acho que como uma punição. Tirei a minha mão da dela e cruzei os braços, enfiando as duas mãos nos sovacos para que ela não pudesse pegar nenhuma de novo.

— A sua geração não acredita em nada. — O assunto foi retomado. — Mas escute o que estou te dizendo, é para o seu próprio bem. Os homens de Gêmeos são uns sugadores. Eles vão sugar tudo o que puderem de você, vão secar você. Eles não vão te oferecer nada em troca, nunca, porque a questão não é você, são eles. E, então, eles vão deixar você quebrada, uma pilha de sucata no chão. Já vi isso acontecer um milhão de vezes, Queenie.

A mulher sentada no lado oposto ao nosso levantou uma das mãos para o teto e murmurou em concordância.

— Como você sabe, me mantenho afastada de todos os homens, tirando o nosso Todo-Poderoso Criador, porque eu não tive tempo para isso desde 1981. Mas, acredite em mim, você deve tomar cuidado com os de Gêmeos. Se envolva com um homem nascido em junho e você vai ter problemas.

Arrisquei uma exclamação — "Mas o Tom nasceu em junho!" — e me arrependi no mesmo minuto.

— Ah. Exatamente. É isso que estou dizendo. — Maggie exultou. — E pode me dizer cadê ele, por favor? — Ela me lançou um olhar de inquisidor. — Você está aqui no hospital e ele não está à vista!

Abri a minha boca para lembrar o fato de que nem todos os homens nascidos em determinada época do ano eram variações de Lúcifer caminhando sobre a Terra, mas Maggie, sempre ávida para explorar ao máximo qualquer assunto, tinha mais a dizer. Na sala de espera que ficava cada vez mais cheia, ela continuou a usar a sua melhor voz de barítono para palestrar para mim (e para todos que estavam sentados à nossa volta). Apesar de eu estar muito ansiosa a respeito do que estava acontecendo no meu útero para absorver o que ela dizia, a mulher sentada no lado oposto concordava agressivamente com a cabeça e encarava a peruca castanho-avermelhada de Maggie como se ela pudesse cair a qualquer momento.

— Prince não era de Gêmeos? — perguntei. — Tenho quase certeza de que ele nasceu em junho.

— Prince, que descanse em paz, era Prince. — Maggie olhava no fundo dos meus olhos. — A astrologia não se aplicava e não se aplica ao Prince... Se você se envolver com um homem de Gêmeos, vai se arrepender. Eles gostam da conquista, confie em mim. Eles se sentem fortes quando estão procurando uma mulher, se sentem bem acreditando que têm um propósito na vida. E todo mundo sabe que, a não ser que um homem tenha um propósito, ele se sente perdido. Mas os homens de Gêmeos são completamente diferentes. — O entusiasmo da Maggie crescia. — Quando eles finalmente conseguem a mulher, começam a ignorá-la. Deixam ela de lado como se nem ao menos a conhecessem. Os homens de Gêmeos não se importam com quem machucam, com quem usam, em quem pisam, eles nem notam.

— ... Você tem certeza de que não está falando de homens brancos, Maggie? — Estreitei meus olhos para ela. Aquela argumentação me pareceu específica demais.

— Entenda como você quiser. — Ela cruzou os braços e franziu os lábios. — Foi você quem acreditou que havia encontrado o seu salvador branco. E olha como está agora.

Maggie é uma mulher grande. Em todos os sentidos. A cada semana, ela manda fazer uma peruca nova e ainda mais surpreendente, não gosta de usar a cor preta porque acha deprimente demais e sempre mistura estampas nas roupas — até quando está vagando pela casa, porque "Jesus queria que a vida fosse a cores". A obsessão com cores é um traço da sua efêmera carreira como artista; carreira na qual ela nunca criou nada além de burburinho sobre si mesma. Maggie também é muito religiosa, mas quanto menos se falar a respeito disso, melhor. A minha tia e a minha avó usam sempre a religião como uma palmatória, portanto, discutir esse assunto com elas por mais de um segundo é uma total perda de tempo.

Eu estava sentada na ponta do assento para que os funcionários do hospital não precisassem gritar o meu nome completo dessa vez.

— Por que não deixam pra pesquisar sobre mim quando eu for embora? — perguntei para Maggie, tentando desviar o assunto de seu discurso inflamado. — Qual é o impedimento?

— Quem está pesquisando o seu nome?

— Qualquer pessoa na sala de espera? — respondi baixinho.

— Você não é uma celebridade, Queenie. Não seja tão paranoica. — Foi o seu comentário.

— Queenie Jenkins? — berrou a enfermeira de antes. Cutuquei Maggie no joelho avisando que ia entrar e me levantei; ela não parou de falar.

A enfermeira não sorriu de volta para mim. Em vez disso, ela apoiou gentilmente a mão no meu ombro e foi me guiando pelo corredor até a sala de exames cujo cheiro forte sugeria que o lugar tinha tomado um banho de água sanitária.

Lancei um olhar tenso para a máquina de ultrassom, que ronronava num canto.

— Você pode colocar as suas coisas aqui. — Ela apontou para a cadeira próxima à porta. Desejei novamente que Tom estivesse naquela cadeira, ainda mais intensamente nessa segunda vez. Mas eu não tinha tempo para me lamentar porque a enfermeira me encarava, então simplesmente joguei a bolsa ali.

— Retire a meia-calça e a calcinha e coloque as pernas novamente nos apoios enquanto vou buscar a médica.

— De novo? — Joguei a cabeça para trás como uma adolescente insubordinada.

— Hmm. Sim, por favor. — Ela saiu do quarto.

Eu deveria ter escolhido calças de moletom, porque as usaria o tempo todo se pudesse e porque meias-calças são uma chatice. Colocá-las requer habilidades de dança, contorcionismo e deve ser feito somente uma vez ao dia, e em local privado. Peguei o celular para enviar uma mensagem para a minha melhor amiga que, provavelmente, estava passando a tarde de um jeito menos horripilante.

Queenie:

Darcy, eles querem me examinar pela segunda vez! Essa máquina vai ter entrado em mim mais vezes do que o Tom nas últimas semanas

A médica, uma mulher com olhos amigáveis que claramente já tinha visto o medo em outras mulheres muitas vezes, entrou no consultório. Ela falava devagar, explicando que teria que checar mais uma coisa. Eu me sentei.

— O que vocês estão procurando? Você disse que o DIU estava lá.

Ela respondeu esticando um par de luvas de látex, indicação de que eu deveria me deitar.

— Ok — murmurou após uma pausa e alguns cutucões. — Pedi a opinião de um segundo médico. E, examinando novamente, é só que... Bem, há alguma possibilidade de você ter engravidado, Queenie?

Sentei de novo; àquela altura, meu abdômen poderia se enganar e acreditar que eu estava me exercitando.

— Desculpa, mas o que você quer dizer?

— Bom — a médica observava o ultrassom —, parece que você sofreu um aborto.

Tapei a boca com a mão, esquecendo do celular que eu segurava, que acabou escorregando e caindo no chão. A médica não prestou atenção alguma à minha reação e continuou olhando para a tela.

— Por quê? — perguntei, desesperada para que ela olhasse para mim, para que percebesse que essa notícia estava me afetado de verdade.

— Pode acontecer com a maior parte dos métodos contraceptivos. — Seu discurso era clínico, e seus olhos, que eu anteriormente havia julgado gentis, estavam grudados na tela. — A maioria das mulheres nem chega a saber que sofreu um aborto. Pelo menos, não restou nada.

Fiquei deitada na mesa de exames por muito tempo depois que ela saiu do consultório.

※※※

— Ahhh, vocês dois terão filhos lindos. — A avó de Tom estava nos encarando do outro lado da mesa. Joyce tinha cataratas, mas aparentemente podia ver o futuro. — A sua linda pele negra, Queenie, mas mais clara. Como um harmonioso café com leite. Não muito escuro. E os olhos verdes de Tom. O seu cabelo grande, Queenie, esses cílios escuros, mas o lindo nariz fino de Tom. — Olhei em volta para ver se mais alguém na mesa estava chocado com o que ela dizia, mas aparentemente aquilo era aceitável.

— Acho que você não pode escolher essas características como em um aplicativo, Joyce. — Comentei, tamborilando os dedos no moedor de pimenta.

— É verdade. — Joyce concordou comigo. — É uma pena.

Mais tarde, quando estávamos na cama, eu me virei para o Tom e abaixei o meu livro.

— Qual o problema com o meu nariz?

— Como assim? — perguntou Tom sem muito interesse porque estava concentrado num artigo qualquer sobre tecnologia que estava lendo no celular.

— A sua avó. No jantar, ela disse que os nossos futuros filhos deveriam ter o seu "lindo nariz fino".

— Ignora. Isso é coisa de gente velha, só isso. — Tom deixou o telefone na mesa de cabeceira. — O seu nariz é bonito e achatadinho. Acho que é o que eu mais gosto no seu rosto.

— Ah... obrigada? — Peguei meu livro de volta. — Bom, vamos torcer para que os nossos filhos não nasçam com nenhum dos meus traços largos.

— Eu disse achatadinho, não largo. E eu preferiria que as nossas crianças se parecessem com você do que comigo, o seu rosto é bem mais interessante que o meu. E eu amo o seu nariz, quase o mesmo tanto que amo você. — Tom falava encostando um de seus dedos no item em questão.

Ele se moveu para eu poder me aninhar no seu corpo e, apesar de isso não ser uma coisa fácil para mim, eu me senti segura, mas somente por alguns segundos.

— Então você já parou para pensar sobre esse assunto? — Olhei para ele.

— O seu nariz? Claro, acho que você tem um nariz lindo. — Ele apoiou o queixo na minha testa.

— Não, nas nossas crianças. Futuros filhos.

— Sim, já tenho tudo planejado. Daqui a seis anos, quando tivermos uma casa e eu tiver forçado você a se casar comigo, vamos ter filhos. — Tom sorria. — Três é o número certo.

— Três?

— Um é egoísmo, dois significa que eles estarão sempre competindo, mas quando você tem três, eles podem começar a cuidar uns dos outros assim que o mais velho tiver oito anos.

— Ok, ok. Três bebês cor de café. Mas com um pouco de leite, né? Do jeito que a vovó pediu.

Queenie:

Oi, Tom

Queenie:

> Vc está recebendo as minhas mensagens?

Queenie:

> Te ligo quando estiver no caminho de casa

Queenie:

> Tenho que ir à farmácia comprar umas pílulas

Queenie:

> Me avise se precisa que eu leve alguma coisa para casa

Sentei no corredor encarando a tela quebrada do meu celular, esperando Tom responder. Depois de alguns minutos, acabei voltando para a sala de espera. Eu conseguia ouvir Maggie falando a distância.

— Anos atrás, o meu ex-marido me disse que ia colocar gasolina no carro; sabe o que aconteceu? Ele desapareceu por quinze horas. Quando ele voltou, eu disse: "Terrence, onde você foi colocar gasolina, na Escócia?". — Ela fez uma pausa para dar um efeito dramático. — Expulsei ele de casa depois disso. Eu tinha um bebê pra cuidar, minhas contas pra pagar, não podia lidar com disparate de homem. — Maggie parou para ajustar os seios. — No dia seguinte, fui ao médico e disse: "Dá um nó nos meus tubos, que eu não vou ter mais filhos". É o que eu digo. A que eu tenho está com quinze anos agora, e tudo o que ela faz é me causar problemas. Só fala de maquiagem, meninos, cílios postiços e fazer vídeos para o YouTube. Minha mãe não saiu da Jamaica e veio pra cá só para ver a neta dela desperdiçar a sua educação. — Maggie cruzou e descruzou os braços. — Vou pra igreja e rezo, rezo por mim mesma, rezo pela minha filha, rezo pela minha sobrinha. Só tenho que torcer para que ele esteja me ouvindo, Marina.

Como que a minha tia e essa estranha já estavam tão íntimas? Não estive ausente por tanto tempo. Eu me joguei numa cadeira perto da minha tia. Marina, sentada do lado oposto, concordava vigorosamente, apesar de Maggie já ter terminado de falar.

— O que eles disseram? — Maggie perguntou, pegando o gel antisséptico novamente.

Mudei o foco da pergunta.

— Nada, na verdade. São somente problemas femininos, sabe como são essas coisas.

— Que problemas femininos? — Maggie é uma jamaicana da primeira geração e, portanto, uma mulher que se permite obter informações sobre os outros.

— Somente problemas femininos. — E forcei o que eu esperava ser um sorriso convincente.

Maggie e eu ficamos paradas no ponto de ônibus do lado de fora do hospital. Ela falava sobre algo em que eu não conseguia prestar atenção enquanto encarava as três torres de apartamentos gigantescas que pairavam do lado oposto, tão altas que nuvens escuras quase escondiam os seus topos. Mantinha a minha cabeça inclinada para trás, na esperança de que se eu ficasse tempo suficiente nessa posição, as lágrimas que estavam enchendo meus olhos não cairiam.

— Queenie, o que a médica disse? — A minha tia estreitou os olhos para mim. — Eu não caio nessa besteira de "problemas femininos". Será que tenho que arrancar a verdade de você?

Por que mesmo achei que havia conseguido ludibriá-la?

— Ela queria olhar o meu cérvix, Maggie — respondi, esperando que ela me deixasse em paz. — Algo sobre ser estreito demais, acho.

Ela olhou para mim, primeiro com irritação e depois contorcendo o rosto em choque.

— Desculpa, mas você precisa me envergonhar? — Sua voz saiu por entre os dentes cerrados e ela olhava em volta. — Nós não falamos das nossas partes em público.

— Mas eu não disse vagina, eu disse cérvix.

Ela apertou os lábios.

— Enfim, o ônibus chegou.

O 136 se arrastou pela Lewisham High Street, e Maggie falava cerca de cem palavras por cada quilômetro que nos movíamos.

— Sabe, nos velhos tempos, quando a mãe veio pra cá, eles costumavam colocar implantes e DIU em mulheres negras sem o nosso consentimento, pra nos impedir de engravidar. — Ela inclinou a cabeça. — Pra nos impedir de procriar. É verdade, você sabe disso. — Ela ergueu as sobrancelhas. — A amiga da mãe, Glynda, a que só falta comer o prato quando a mãe visita, sabe? Bem, ela não conseguiu engravidar durante anos, e não fazia ideia do porquê. Então, antes de mais nada, você não deveria ter colocado essa coisa, tanto por questões políticas quanto físicas. Você não sabe o que isso faz em seu corpo.

Ela falava de forma tão frenética que seus brincos de plástico gigantes forneciam a trilha sonora para a conversa.

— Os corpos das mulheres negras não se dão bem com esse tipo de coisa. Você já leu a respeito? Desequilíbrios químicos, a nossa melanina sendo absorvida, isso afeta as glândulas pineal e hipófise. Além de nos fazer inchar.

Maggie parou de falar para ligar para Diana, então tentei telefonar para Tom. Nas primeiras três vezes o telefone havia tocado, mas agora a ligação ia direto para a caixa postal. Já passava das seis; ele já teria terminado de trabalhar a essa hora.

— Ele ainda não está atendendo? — Maggie quis saber.

— Oi? — Desviei o olhar para a janela. — Quem, o Tom? Sim, ele mandou uma mensagem dizendo que ia me encontrar em casa.

Ela sabia que eu estava mentindo, mas o meu ponto já estava chegando e ela não teria como me interrogar mais.

— Você tem certeza de que não quer vir à igreja comigo esse domingo? Todos são bem-vindos. Até você, com esse DIU. — Ela jogou um olhar de canto de olho na minha direção. — Deus protegerá até mesmo os mais irresponsáveis.

Revirei os olhos e me levantei.

— Ligo pra você amanhã. — E abri caminho no corredor para descer do ônibus, tomando o cuidado de não usar as mãos para tocar em nada nem em ninguém.

Fiquei parada acenando para a minha tia enquanto as portas se fechavam e o ônibus se afastava. É um costume familiar. Um irritante e amoroso costume familiar.

O apartamento estava frio quando entrei. Deixei a água correndo na banheira e tirei as roupas. Franzi o nariz quando percebi que um pouco da gosma do ultrassom havia ficado grudada na borda da minha calcinha e a coloquei no cesto de roupas para lavar. Eu me inclinei e me sentei na ponta da banheira. O sangramento havia parado, mas as cólicas, não.

Enrolei o cabelo em um lenço e entrei na banheira. Sentei-me na água e pressionei a barriga, estremecendo a cada vez que encontrava os lugares mais doloridos. Por que isso havia acontecido? Era óbvio que eu não iria ter um bebê aos vinte e cinco anos. Mas teria sido legal ter a possibilidade de escolher. O fato de ter um método contraceptivo colocado em meu corpo já sugere que eu não queria ter um filho, então, sim, a minha escolha seria a de não continuar a gravidez, mas não era esse o ponto.

— Será que eu estaria pronta? — Eu me perguntei em voz alta, acariciando a barriga. A minha mãe tinha vinte e cinco anos quando ficou grávida de mim. Acredito que isso seja o suficiente para mostrar que não estaria preparada. Eu me deitei, cobrindo meu corpo entorpecido e deixando a água quente envolver minha pele fria.

Meia-noite e o Tom ainda não tinha chegado. Eu não conseguia dormir porque a sensação era de que o meu útero queria encontrar uma forma de sair do meu corpo, então comecei a montar algumas caixas e empacotar a minha parte dos nossos pertences separados na sala de estar, para ao menos parecer que eu iria para algum lugar em breve. Um globo de neve de Paris, lembrança da primeira viagem de férias que Tom e eu fizemos juntos; um burro de porcelana feioso da Espanha, a nossa segunda viagem de férias juntos; e um enfeite em formato de olho da Turquia, da terceira viagem. Embrulhei com cuidado todas essas memórias do nosso relacionamento em camadas de jornais seladas com fita adesiva. Depois, passei para os pratos e as canecas, até que parei e tirei o burro da caixa, que desembrulhei e coloquei de volta na lareira. Se eu iria deixar uma lembrança do nosso relacionamento, seria algo que eu não queria levar para a minha nova casa. Continuei embrulhando coisas até entrar em um frenesi de papel e fitas, parando apenas quando cheguei a duas canecas que estavam no secador. Em uma havia a letra T, na outra, a letra Q.

✳✳✳

— Por que você tem tantas coisas? — Tom perguntou, apoiando-se em uma caixa de papelão marcada "Diversos 7" e enxugando o suor de sua testa. — Eu tenho apenas alguns moletons e dois pares de meias.

— Não sei, talvez porque eu tenha me tornado uma acumuladora sem perceber? — respondi, acomodando o rosto dele entre as minhas mãos. — Mas você quis morar comigo, então terá que conviver com tudo isso.

— Tudo bem, não me arrependo. — Tom deu um beijo na minha testa. — Queenie, a sua testa está seca demais para quem deveria estar carregando caixas.

— Talvez sim, mas estou mais organizando do que carregando — expliquei. — E me certificando de que as caixas marcadas com "cozinha" de fato estão na cozinha.

— Bom, se você estará na cozinha, poderia pelo menos fazer um chá?

— Sim, agora que você tocou no assunto, a sua namorada, sempre muito esperta, acabou de encontrar a caixa com a chaleira elétrica e comprou leite e chá no caminho para cá. Mas não sei em quais caixas estão as canecas.

— Olha na minha mochila, a minha mãe comprou canecas para nós. Disse que era um presente para a mudança.

A mochila de Tom estava no corredor e dentro dela havia duas canecas brancas embrulhadas. Eu as lavei e fiz o chá para nós. Na ausência das colheres, usei os dedos para mexer os saquinhos de ervas quentes.

— Como que os seus dedos não queimam? — Tom perguntou, entrando na cozinha com uma caixa embaixo de um dos braços.

— Eles queimam, eu só não falo disso. — Entreguei-lhe uma caneca fumegante. — Essas canecas são chiques. Onde ela comprou?

— Não faço ideia. — Tom deu um gole na bebida.

— Ah, espera aí, você está com a caneca que tem a letra Q. — Percebi e me estiquei para pegá-la.

— É porque essa vai ser a minha caneca. — Ele afastou a caneca de mim. — Assim como você é minha. — E colocou o braço em volta do meu corpo.

— Sabe, se você tivesse dito isso em outro tom de voz, soaria assustador e possessivo.

— Assustador e possessivo. — Tom tomou um gole de chá e riu. — Essas foram as primeiras qualidades que você viu em mim?

Empacotei as coisas até me sentir exausta e caí no sofá coberto por anos de itens acumulados e desimportantes que eu provavelmente não precisaria continuar carregando comigo. Quando acordei na manhã seguinte, com o alarme tocando insistentemente no quarto, Tom ainda não havia voltado.

Consegui um assento no metrô para o trabalho, e passei o caminho me dobrando a cada vez que a dor parecia cortar minha barriga. Uma mulher me entregou uma sacola plástica:

— Se você vai vomitar, pode pelo menos usar esse saco? Ninguém quer ver uma cena dessas logo pela manhã.

Cheguei atrasada, liguei rápido o computador e passei a manhã distribuindo sorrisos falsos. As matérias sobre televisão se misturaram com as de baladas, e pedi para que Leigh corrigisse esse erro antes que a nossa chefe, Gina, percebesse. Um dia ele vai me mandar fazer o meu trabalho sozinha, mas enquanto eu continuasse ouvindo os detalhes da nada promissora carreira de DJ do seu namorado, Don, ele me salvaria ainda de muitos problemas.

Ao meio-dia, fui até a mesa de Darcy, um balcão metálico na cor cinza localizado no canto mais quieto do escritório e que ela compartilhava com a Jean Silenciosa, a subeditora mais velha do mundo e há mais tempo empregada no *The Daily Read*. Ela parecia um fantasma de uma mulher que em nada combinava com a estética vistosa de uma instituição jornalística, e que parecia me odiar mesmo sem nunca ter falado comigo. Ou, na verdade, com qualquer pessoa.

— Boa tarde, Jean. — Fiz uma reverência. Ela resmungou, balançando a cabeça antes de colocar seus fones de ouvido surpreendentemente elegantes. Levei as mãos à cabeça de Darcy e comecei a trançar os seus grossos e pesados cabelos castanhos, uma atividade que, por sorte, ela considerava tão satisfatória quanto eu, o que significava que não seria chamada aos recursos humanos.

— Por favor, continue. É literalmente a coisa mais relaxante que existe.

Eu olhei para sua tela e comecei a ler em voz alta o e-mail que ela estava escrevendo.

"Simon, você não pode simplesmente esperar que eu reconfigure tudo o que quero e gosto para agradar você. Você sabe que estou em um momento diferente da vida em relação a você e, em vez de compreender, é como se você utilizasse isso como uma arma..."

Jean Silenciosa olhou para nós e suspirou surpreendentemente alto para alguém que raramente exercitava suas cordas vocais.

— Queenie. Privacidade, por favor. — Darcy explodiu, virando-se para olhar para mim. Os seus olhos azuis brilhantes olharam dentro dos meus castanhos-escuros. — O que aconteceu?

— Muita coisa — resmunguei, batendo a cabeça na divisória e fazendo um barulho tão alto que a Jean Silenciosa pulou em sua cadeira.

— Tá bom, vem comigo — murmurou, olhando para Jean em um pedido de desculpas e me levando para longe. Darcy é a mais intuitiva das minhas melhores amigas, apesar de ser a que me conhece há menos tempo. Trabalhamos juntas e conversamos diariamente há mais de três anos e meio, o que significa que conhecemos uma à outra melhor do que conhecemos a nós mesmas.

Ela é muito bonita, com uma pele de porcelana, parecendo uma daquelas meninas dos tempos de guerra cujas fotos os maridos do exército beijam durante a noite. Você poderia pensar que essa estética não teria espaço nos dias de hoje, mas ela faz com que tenha.

Darcy me empurrou elevador adentro, me forçando a pisar no pé de um homem que eu nunca tinha visto. Ele vestia um casaco de tweed e usava óculos grandes demais para um rosto que eu julgaria ser bonito, se o meu cérebro não estivesse completamente concentrado na minha decepção amorosa. Ele olhou para mim e abriu a boca a fim de reclamar, mas em vez disso me encarou até abaixar o olhar para o seu celular.

— Vai ficar tudo bem, Queenie. — Darcy suspirou e colocou o braço ao redor do meu ombro.

— Você nem sabe o que aconteceu ainda — sussurrei de volta para ela. — Então, não pode me dizer isso. — O elevador chegou ao térreo e nós saímos, enquanto palavras de tristeza, traição e abandono escapavam da minha boca a uma velocidade de 160 quilômetros por hora.

— Eu simplesmente não sei o que fazer. Já faz algum tempo que as coisas não andam bem, Darcy. Não tem mais jeito. — Os meus passos se tornavam mais velozes quanto mais eu me irritava com a minha situação ridícula. — Nós discutimos todos os dias por qualquer coisa, com uma frequência tão grande que ele começou a voltar para a casa dos pais durante os finais de semana, e, quando as coisas ficam muito ruins entre nós, ele decide ficar lá durante a semana e ir e voltar para o trabalho. De Peterborough! Então, esse final de semana, quando uma discussão ficou realmente séria, ele me disse que seria melhor se déssemos um tempo e sugeriu que eu me mudasse.

— Putz. — Darcy estremeceu. — Ele estava falando sério? Ou será que só estava bravo?

— Darcy, não faço a mínima ideia. Nós ficamos acordados a noite inteira conversando e discutindo a respeito e concordei em me mudar por três meses, para que pudéssemos decidir o que fazer depois disso.

— Por que você tem que se mudar se ele pode voltar a morar com os pais dele? Você não tem essa opção. — Darcy enfiou o braço dela no meu.

— Ele disse que ele consegue continuar no apartamento porque o salário dele de desenvolvedor web, dono da porra toda, é muito melhor que o meu.

— Ele disse isso com essas palavras? — Darcy ficou horrorizada.

— Ele sempre age dessa maneira quando se trata de dinheiro, então eu não deveria ficar surpresa por ele usar esse argumento contra mim. — Darcy apertou o meu braço com mais força no seu. — Eu só não entendo por que ele não pode ser melhor que isso. Ele sabe que eu amo ele. — Bufei. — Por que porra ele não consegue enxergar isso?

O meu palavreado não era adequado para um refeitório, então, Darcy me guiou para longe da cantina, na direção do pequeno parque próximo ao nosso escritório. Acho que pode ser chamado de parque apesar de o lugar ser feito apenas de caminhos de terra úmida e alguns poucos arbustos que circundam o concreto. Ainda assim, é bom ter algo que seja ligeiramente verde no centro de Londres. Nós nos protegemos do ar cortante de outubro sentando grudadas em um banco de madeira instável que oscilava especialmente quando eu o testava com meus gestos cada vez mais enérgicos enquanto eu falava.

— Ele sabe que tenho coisas, ele sempre soube das minhas coisas, então por que ele não consegue ser mais compreensivo? — Olhei para Darcy à procura de uma resposta, mas continuei falando antes que ela pudesse dizer qualquer coisa. — Pode dar certo. Nós damos um tempo, eu me mudo por um período, organizo as coisas na minha cabeça e depois, em alguns meses, quando tudo estiver bem, eu me mudo de volta e vivemos felizes para sempre.

— Como um Ross e Rachel inter-racial?

— A única referência que você consegue pensar é em *Friends*? *Friends* não tinha nem negros.

— Eu acho que você só precisa dar um pouco de tempo e de espaço a ele. Quando você sair, ele vai perceber que é difícil não ter você por perto. — A cabeça de Darcy é muito focada em encontrar soluções, um porto para a tempestade da minha falta de habilidade de pensar antes de fazer, da minha impulsividade. — Vocês estão transando?

— Não. E não é por falta de tentativas da minha parte. — Soltei um suspiro. — Ele acha que não é uma boa ideia. Faz um mês que a gente não faz sexo.

Darcy se agitou.

— Isso está me matando. Eu só queria que tudo ficasse bem. — Deitei a cabeça no ombro dela. — E se esse for o fim do nosso relacionamento?

— Não é o fim. — Darcy me assegurou. — O Tom ama você, ele só está machucado. Vocês dois estão sofrendo, não se esqueça disso. Essa história de dar um tempo vai despedaçar o orgulho dele. Os homens não gostam de admitir que falharam, quanto mais em relacionamentos. Uma vez, sugeri ao Simon que seria melhor darmos um tempo e, em resposta, ele marcou uma seção tripla com o terapeuta e depois fez um piercing na sobrancelha. As coisas vão melhorar. — Darcy pousou sua cabeça na minha. — Ah. Aliás, o que disseram para você no hospital ontem? Sobre o exame?

— Ah, está tudo bem. — Não havia por que contar para ela. — É só estresse e tal.

— O Tom foi com você até o hospital, né?

— Não. Ele foi para Peterborough no domingo à noite. Não falei nem tive notícias dele desde então.

— Você tá falando sério? — Darcy grasnou. — Você precisa ficar lá em casa comigo e com Simon durante alguns dias? Você ainda está sentindo aquelas dores na barriga? Nós podemos cuidar de você.

— Não precisa, já está tudo bem.

Eu não sentia mais dores, mas no lugar delas havia outra coisa, algo pesado que eu não conseguia identificar com precisão.

Para matar algum tempo antes de retornar aos lembretes da minha relação que se desfazia, no caminho para casa, fui até Brixton comprar pão jamaicano esperando aguçar o apetite com a minha comida favorita. Subi os degraus do metrô e parei por um instante para recuperar o fôlego quando cheguei ao topo.

O cheiro do incenso dos ambulantes me fez espirrar enquanto eu tomava o rumo do mercado. Pulei por cima de uma poça um tanto quanto suspeita e continuei abrindo caminho entre o que sempre senti serem milhares de pessoas. Cheguei na Brixton Village e segui um caminho até a padaria caribenha que, em minha memória, estava associada aos sábados de compras com a minha avó. Virei em uma esquina para seguir para a padaria, mas, no lugar, encontrei uma hamburgueria da moda cheia de jovens. Os homens todos usavam camisetas coloridas e largas e suas companheiras usavam casacos coloridos e caros.

Franzi o cenho e refiz meus passos, virando várias esquinas na minha busca e convencendo a mim mesma de que tinha sonhado com a existência da padaria, antes de voltar para a hamburgueria. Fiquei parada durante um minuto, tentando puxar memórias antigas de quando ia para lá.

※※※

— Olá, olá, como está tudo, Susie? — A minha avó sorriu para a rechonchuda mulher jamaicana atrás do balcão. Toda a padaria tinha um cheiro doce. Não era um doce enjoativo, era cheiro de açúcar, confortável e familiar. Fiquei na ponta dos pés e olhei por cima do balcão, espiando como o avental imaculadamente branco dela se apoiava em sua barriga macia e redonda.

— Bem, querida, obrigada. E você, bem? — A mulher respondeu com um sorriso que deixava entrever o seu dente de ouro. — E a pequenina, está crescendo.

— Crescendo demais. — A minha avó riu da resposta de Susie.

Olhei para ela, desconfiada.

— Por que essa cara? Ela só disse que você cresceu. — Um homem idoso jamaicano saiu dos fundos da loja e me tranquilizou.

— Essa aqui é sensível demais, Peter. — Minha avó me dispensou usando uma mão. — Vamos lá, quero um pão, não esse, o grande. Não, o maior de todos. Isso. E dois pães de massa dura, um *bulla* e um bolo de libra pequeno para o meu marido, para colocar um sorriso no rosto carrancudo dele.

A mulher entregou uma sacola marrom enorme cheia de produtos para mim, com um sorriso.

— Tem de ajudar a sua avó, ela não vai viver para sempre.

— Por que Susie tem de ser tão mórbida? — A minha avó perguntou em um sussurro discreto enquanto saíamos. — Algumas vezes os jamaicanos são muito intrometidos.

Com a lembrança que confirmava que eu estava certa, me encaminhei à peixaria que ficava do lado oposto mais animada.

— Com licença. — Chamei o peixeiro enquanto ele colocava alguns dos polvos que estavam em exposição em um recipiente. — Tinha uma padaria do outro lado da rua? — Apontei para a hamburgueria, o letreiro de neon brilhando sobre as outras lojas e barracas. Percebi que muitos deles tinham as placas FECHADO ou MUDAMOS DE LUGAR nas portas.

O peixeiro não disse nada.

— A frente dela era verde-escura, tinha pão nas janelas. Eu não consigo me lembrar do nome. — Tentava não prestar atenção nos polvos enquanto falava da comida que eu de fato gostava de comer.

— Já era. — O peixeiro finalmente falou, jogando o recipiente no chão e limpando as mãos com o avental. — Não conseguiam pagar aluguel. — Ele continuou com um inglês falho. — Então, essas pessoas vieram. — Ele apontou para a hamburgueria.

— O quê? — Cheguei a gritar. — Quanto é o aluguel? — Como pode ter aumentado tanto que pessoas que eram forçadas a vir especificamente para Brixton para encontrar formas de viver e criar uma comunidade ali tivessem sido desalojadas para longe para dar espaço para redes de hambúrgueres?

Ele deu de ombros e se afastou ao som das botas à prova d'água chiando a cada passo que ele dava no chão molhado.

❊❊❊

Queenie:

> Tom, você vem pra casa hoje? Me avisa

Fiquei parada no ponto de ônibus, as dores na barriga voltando. Eu me inclinei para a frente e respirei fundo e, quando me levantei novamente, uma BMW preta parou bem diante de mim, a batida da música entrando em sintonia com as pancadas da minha dor. A janela do banco de passageiros se abriu e uma fumaça cheirosa saiu, vindo na minha direção. Dei um passo para trás.

— Ei, doidona. — Um riso em uma voz familiar.

Era o meu antigo vizinho, Adi, um homem paquistanês baixo e bonito, cuja barba parecia ter sido feita a laser. — Como anda esse traseiro enorme desde que você deixou a quebrada? Está pronto pra mim? — Ele riu de novo.

— Adi, pare com isso. — Devolvi, envergonhada, andando na direção do carro. — As pessoas conseguem ouvir você.

Assim que me mudei para a casa do meu pai, Adi ficou na minha cola, implacável, tanto antes quanto depois de seu luxuoso casamento com a menina que namorou durante oito anos. Sempre que eu o encontrava, ele falava objetiva e exaustivamente sobre como mulheres negras eram o fruto proibido para homens muçulmanos. Basicamente, ele falava sem parar sobre os grandes traseiros das negras.

— Vou dar uma carona para você. — Sorriso. — Mas só se você não for vomitar. Eu vi você se abaixando.

— Estou tranquila, obrigada. — Fim um sinal de joia para ele.

— Então, entra no carro, tem um ônibus vindo logo atrás de mim. — Ele se inclinou e abriu a porta de passageiro.

Abri a boca para dizer novamente que não, mas uma dor descomunal fez minhas pernas enfraquecerem. Entrei na BMW.

— Cuidado com o couro. — Ele disse em uma voz mais alta do que eu jamais tinha ouvido. — Esses bancos são customizados.

Assim que fechei a porta, Adi saiu tão rapidamente que senti que estava em um simulador de gravidade zero.

— Vou só colocar o cinto. — Tateei desajeitadamente atrás do banco.

— Você está segura comigo, se liga. — Ele sorriu novamente e colocou a mão em minha coxa. A sua grossa aliança de casamento prata brilhou.

— Adi. — Removi a mão dele. — As duas mãos no volante.

— Então, como eu dizia — ele começou —, esse traseiro enorme está pronto para mim? Parece ainda maior, sabia?

— Está exatamente do mesmo tamanho, Adi.

Por que entrei no carro? Teria sido melhor se eu desmaiasse no ponto.

O meu telefone tocou no meu bolso. Peguei o aparelho e li a mensagem de Tom na tela, sentindo uma pedra afundar no meu estômago.

Tom:

> Acabei de ver sua mensagem. Ñ vou pra casa hoje.

— Posso mudar a sua vida, você sabe, né, Queenie? — Adi colocou a mão novamente na minha coxa. — Uma mulher como você, um homem como eu? Tenho certeza de que você nunca fez um sexo tão bom.

Deixei a mão dele ficar onde estava.

❋❋❋

Quando Adi me deixou em casa e saiu cantando pneus, fiquei parada do lado de fora com a chave na mão, na esperança de que Tom tivesse mudado de ideia e estivesse do outro lado da porta. Ele não estava.

O apartamento estava frio novamente. Eu me deitei na cama e tentei chorar à espera de uma catarse. Mas não veio nada. Kyazike ligou. Rejeitei a ligação. Maggie ligou, e eu sabia que ela ia me dizer que Jesus era a solução, então também rejeitei a ligação. A minha avó ligou, e não posso rejeitar as ligações dela, então atendi.

— Oi, vó — grasnei.

— O que aconteceu? — Ela sempre sabe quando acontece alguma coisa.

— Nada.

— Você sabe que eu sempre percebo quando há algo de errado, Queenie. — Ela resmungou, então eu disse que estava com dor de cabeça. — Não, você não está. Nós não temos dores de cabeça. É aquele menino branco, não é?

— Você não pode falar essas coisas.

— E ele não é branco, por acaso? Veja bem, se você está triste, você precisa tentar não ficar triste. Se eu tivesse me deixado ficar triste quando estava grávida de Maggie aos quatorze anos, onde isso teria me levado? — Todas as respostas da minha avó vinham de um quadro de referência caribenho que busca me forçar a aceitar que os meus problemas são triviais.

— Eu sei, mas era diferente naquela época.

— E o sofrimento lá faz distinção de tempo? — O sotaque jamaicano sempre fica mais forte quando ela se sente confiante demais.

Adormeci no sofá novamente, dessa vez com uma garrafa de água quente pressionada contra a barriga, e acordei com o som da água da torneira. Eu me levantei pesadamente e caminhei aos tropeços na direção do banheiro, acendendo as luzes enquanto andava pelo apartamento escuro.

Tom estava sentado na ponta da banheira e olhava para o outro lado, a sua mão testando a temperatura da água. Ele desligou a torneira de água fria e se levantou, seu corpo grande se tensionando levemente ao me ver.

— Não sabia que você estava acordada. — Ele disse baixinho. — Me assustou.

— Desculpa. Achei que você não ia voltar essa noite.

— Trabalhei até tarde e perdi o trem de volta para casa. — Tom espremeu-se para passar por mim. — Precisa de mais alguns minutos de água quente.

— Mas aqui é a sua casa — eu disse para ele.

Ele não respondeu.

Comecei a tirar as minhas roupas enquanto Tom se inclinava contra o batente da porta. A minha blusa de gola alta ficou presa na minha cabeça e ele teve a visão do meu sutiã, antes branco e agora descolorido, e das minhas costas inquietas.

— Tem certeza de que quer dar um tempo de tudo isso? — Forcei uma risada, a minha voz abafada pelo tecido. Consegui tirar a blusa a tempo de vê-lo revirar os olhos e se afastar.

— Então, você já terminou de empacotar as suas coisas. — Percebi um inconfundível tremor de emoção na voz de Tom. — Quando você vai embora? — Ele pigarreou.

— Você pode me dar mais alguns dias, até semana que vem? — perguntei, entrando na banheira e ligando a água quente. — Assim, podemos ter mais alguns dias juntos.

Tom balançou a cabeça.

— Não acho que essa seja uma boa ideia, Queenie. — Ele abaixou a tampa da privada e se sentou, olhando para o outro lado. — Eu vou voltar para a casa dos meus pais amanhã.

— E quando vamos conversar? — Minha voz estava ficando cada vez mais baixa.

— Não sei, Queenie. — Ele levou as mãos à cabeça.

Soquei a água.

— Por Deus, não sei por que você tá agindo assim!

— Por que estou agindo assim? — Sua voz finalmente fraquejou. — Os últimos meses foram terríveis. Pra começo de conversa, ainda estou tentando perdoar você por toda aquela merda no aniversário da minha mãe. Mas, Queenie, durante todo o relacionamento, você se recusou a falar comigo.

Senti minha respiração ficar presa na garganta. Eu não sabia o que ele estava sentindo, e eu certamente não esperava que ele colocasse esse sentimento em palavras.

— Você nunca me fala o que está acontecendo — ele continuou. — Nunca. Você se fecha, você chora e você se tranca no banheiro enquanto eu me sento do lado de fora, no chão, dizendo que estou aqui se quiser conversar, mas você nunca quis. Você me afastou demais durante esse relacionamento.

— São coisas minhas.

— Todos nós temos nossas coisas, Queenie! — Tom gritou. — E eu tentei me fazer presente nas suas, eu realmente tentei.

— Tom — chamei em voz baixa —, independentemente de quão ferrada eu estava, você sempre me perdoou.

— Sim, perdoei. — Ele olhou para os próprios pés. — Mas não sei se consigo mais.

Naquela noite, dormimos na mesma cama, comigo aconchegada nas costas de Tom. Quando acordei de madrugada, ele já tinha ido embora. Havia apenas a caneca de chá gelado perto de mim, do lado da cama, com o Q que me encarava cruelmente.

2

Em vez de ajudar com a mudança, assisti a Leigh, do trabalho, e Eardley, amigo da família e o menor peão de mudanças do mundo, carregarem o que pareciam ser centenas de caixas e sacolas da IKEA cheias de livros, bugigangas e roupas para a minha nova casa.

    A minha nova acomodação estava longe de ser a ideal. Por 750 libras por mês, foi o quarto mais barato que consegui encontrar em Brixton, em uma casa construída na era vitoriana e que, com certeza, não tinha passado por nenhuma reforma desde então. Quando eu cheguei para a visita, estava desmoronando de fora para dentro, com ervas e hera surgindo da porta e ocupando todo o jardim da frente. Eu não sabia e ainda não sei se algo morto habitava ali, mas definitivamente havia um cheiro que emanava de algo desconhecido fora das nossas vistas.

    Quando entrei na casa, havia outro cheiro que, conforme esperado, também não era agradável. A cozinha era marrom, bege e com um design ultrapassado, além de ter manchas de bolor. Mas parecia funcional, ainda que eu não me imaginasse cozinhando nela. E não sabia se conseguia me imaginar sentada nos sofás de veludo cor de mostarda da sala de estar.

    — Só falta essa. — Eardley avisou, com um forte sotaque da cidade de Yorkshire que parecia incongruente com a sua pele escura e dentes dourados, enquanto ele empurrava a velha penteadeira da minha mãe.

    Esse móvel antigo, manchado e lascado era o mais estranho que eu tinha e tornava qualquer mudança uma complicação, ainda assim, eu o levava comigo para onde quer que fosse. Eu costumava observar enquanto a minha mãe se arrumava durante horas na frente de seu espelho. Eu me sentava na cama atrás dela e a encarava enquanto ela tirava e botava os bobes no cabelo com habilidade, usando as mãos pequenas e delicadas, e me aproximava ainda mais para assistir enquanto ela aplicava uma variedade de cremes e misturas que eu era nova demais para entender, e que ainda não entendo.

A careca de Eardley brilhava de suor enquanto ele colocava as mãos no quadril e se alongava de um lado para o outro. Ele enxugou a testa usando a manga de seu macacão azul.

— Só mais um segundo, acho que minhas costas vão estalar. — Eardley era sempre alegre, apesar das circunstâncias extremas e pedidos com pouca antecedência que eu fazia, mas uma pequena parte de mim morria a cada vez que eu o via bater com a penteadeira no chão e nas paredes.

— Será que podemos terminar logo com isso, por favor? — Leigh corria suas mãos por seus cabelos tingidos de loiro. Olhou para o céu, esticando o pescoço para aproveitar a brisa que soprava. O sol fazia com que seus olhos verdes brilhassem. — A minha pele tem a cor perfeita para a minha base e, se eu ficar mais tempo no sol, ficarei mais bronzeado. Não vai mais ficar igual, Eardley.

— Está bem, vamos continuar. — Eardley ainda alongava seu corpo rijo de um lado para o outro. — Tenho certeza de que minhas costas vão melhorar.

Deixei Eardley e Leigh começarem a chatice de carregar as coisas para dentro da casa e me encaminhei para o quarto. Era mais escuro, sombrio e menor do que eu me lembrava. Manchas de mofo espreitavam de cada um dos quatro cantos; a janela, virada para o jardim, era pequena e suja, os carpetes eram baratos e bege, assim como o resto da casa, e as paredes amarelas tinham manchas e rachaduras.

Três segundos depois, Leigh entrou no meu novo quarto, enquanto eu observava uma das muitas manchas de bolor. Teriam elas crescido desde a primeira vez que eu entrara ali?

— Você vai pra aquela festa amanhã? — Leigh perguntou, apoiando o corpo em uma pilha de caixas.

— Meu Deus, que festa? — Eu estava em cima de uma caixa para me aproximar das manchas. Eu não tenho nenhum plano ultimamente.

— James — Leigh respondeu. Eu o encarei. — O namorado de Fran? Sabe, a Fran, amiga da Darcy desde a escola? Eles nos convidaram a semana passada, não se lembra?

— Ah, eu odeio essas festas.

Quando Darcy começou a me convidar para essas festas, acreditei que faziam parte de um experimento social ou de um programa de televisão com câmeras escondidas, algo do tipo "coloque uma pessoa negra em um reality de pessoas privilegiadas como o *Made in Chelsea* e veja o que acontece", mas, no fim das contas, essas reuniões eram simplesmente "pessoas chiques e eu".

— Ninguém vai para essas festas por gostar delas. Nós vamos porque queremos mostrar para os outros que somos melhores que eles, ou simplesmente porque queremos nos distrair.

— E em qual das opções você se encaixa?

— Na primeira. Mas você, meu bem, é a segunda, e você precisa parar de pensar em Tom e nesse término, desculpa, tempo, ou como quer que você chame isso.

— Tá certo. — E comecei imediatamente a vistoriar as minhas malas a fim de procurar algo para usar. — Mas você vai estar lá, né? — Eu mesma me senti constrangida com a minha carência. Fazia apenas um dia que eu estava separada de Tom.

— Vou ver se consigo aparecer após o show do Don. Não posso prometer nada, no entanto, provavelmente vou estar chapado. — Leigh se levantou e piscou para o próprio reflexo na janela embaçada.

Como qualquer pessoa sensata, fiquei surpresa por ter me mudado para uma casa com estranhos da internet. Essa perspectiva me enchia de receio, medo e considerável desgosto, mas 21 mil libras por ano não seria o suficiente para me conseguir nada maior do que um espaço na garagem de alguém.

Os meus companheiros de apartamento não pareciam más pessoas, mas eu estava apreensiva com a possibilidade de viver com pessoas brancas, porque sei que os padrões de limpeza que são fruto da minha origem caribenha beiram o nível do transtorno obsessivo compulsivo.

Cresci vendo a minha avó enxaguar garrafas, embalagens, basicamente tudo, antes de colocá-las na geladeira, e ela nos dava uma verdadeira coça se andássemos calçados pela casa.

O tempo que vivi com Tom não contava, porque eu o havia treinado e tivemos alguns desafios de limpeza quando ficamos na casa de férias da família dele na Turquia que quase causaram a nossa separação.

Quando fui visitar a casa, os meus prováveis companheiros de apartamento me mostraram a propriedade toda: Rupert, de vinte e nove anos, um pouco mais baixo do que eu e visivelmente irritado por isso, não chegou a me olhar nos olhos. No fundo, ele era um pouco mais do que um menino rico com barba e mocassins sem meias. Até mesmo no fim de setembro.

A garota, ou mulher, Nell, de trinta e cinco anos, trabalhava em uma lanchonete e usava seus cabelos loiros curtos em duas marias-chiquinhas altas. Ela era mais simpática e chegou a admitir ter problemas com álcool, possíveis de serem notados quando ela abriu a porta para mim segurando um enorme copo de vinho branco às 11h30 da manhã.

Por pior que possa soar, era a melhor entre muitas outras péssimas situações de moradia. Quando vi o quarto número um, em Stockwell, a minha primeira pergunta foi como sete pessoas viviam juntas e dividiam somente dois banheiros. Esse quarto ficava no último andar de uma estreita casa de quatro andares. Todos os quatro andares eram uma verdadeira bagunça, o que suponho ser inevitável quando sete pessoas vivem espremidas em uma propriedade de cinco quartos mal dividida. Mais de uma vez, vi um lençol separando um quarto grande em dois.

Calculo ter pisado em um mínimo de dez bicicletas no meu caminho até a entrada, e a cozinha estava tão entulhada que eu poderia jurar que quem quer que vivesse ali jogava Jenga com a louça.

O quarto, pela barganha de 800 libras por mês, era indiscutivelmente pequeno. Eu mal conseguiria colocar a minha cama ali, sem mencionar os livros que pretendo carregar comigo para o resto da minha vida. Quando me despedi do pequeno rapaz excêntrico vestindo um *trench coat* e chinelos que me mostrou o lugar, ele disse que entraria em contato, algo que nós dois sabíamos que não iria acontecer.

O segundo lugar que visitei era um estúdio em Camberwell. Eu definitivamente não poderia pagar por ele, mas havia assistido a um tutorial no YouTube que ensinava como pechinchar e pretendia colocá-lo em prática. Foi preciso usar o *CityMapper* para encontrar o caminho e, obviamente, fui guiada por uma rota que parecia um cenário e passava por diversas casas.

A área me pareceu muito cinza, mas, como esperado, o aplicativo havia me enviado para o lugar errado. Então, cortei caminho pelo parque de Camberwell, não tão verde durante o inverno, com seu parquinho infantil no centro.

Eu estava atrasada, por isso o suor saía de cada poro do meu corpo quando finalmente cheguei à rua em que o apartamento se localizava, passando por uma horda de homens nigerianos sentados e conversando em carros chiques. Caminhei até o número vinte e três, alternando tanto o olhar do mapa para o meu telefone, que eu mais parecia um daqueles cachorros cabeçudos que as pessoas costumam colocar nos painéis de seus carros.

— Olá, linda garota. Você é o meu agendamento das 17h? — perguntou um homem com forte sotaque polonês quando saiu do carro que havia estacionado velozmente perto de mim, trazendo consigo o mau cheiro de cigarros velhos. Vestia um terno barato e seus cabelos eram ralos.

— Queenie. Sim, peço desculpas, eu me perdi. — Tirei o casaco e o pendurei na alça da minha mochila.

— Ok, não se preocupe. Há mais uma pessoa vindo visitar em cinco minutos, então temos que ser rápidos, vamos. — Ele sorriu de um jeito que ele acreditava ter sido lisonjeiro.

Por que eles agem assim, marcando quarenta visitas de uma vez só, para que todos entrem em pânico e aceitem pagar por esses caixotes caros mascarados de apartamentos?

Depois de eu ter que me contorcer para que não nos fundíssemos e virássemos uma única pessoa ao passar pelos apertados corredores quando entramos, fiquei parada em pé no apartamento tentando calcular como seria possível colocar todos os meus móveis em uma área tão pequena. O corretor quase me fez morrer de espanto ao me fazer tentar adivinhar o valor de um mês de aluguel.

— Mil e duzentos? — Esganicei, levando uma mão à boca num gesto para expressar uma surpresa falsa. Mas o meu choque era genuíno.

— Bom, você sabe, esse é o preço que se paga para viver em Londres, linda garota.

— O meu nome é Queenie. E como seria o preço de viver em Londres? Aqui não tem nem uma máquina de lavar roupas.

— Há uma lavanderia aqui perto, então isso não é um problema. Basta colocar as roupas em um saco, descer a rua, cinco libras, simples assim.

— Não tem forno.

— Tem espaço para um micro-ondas, não? E olha, um fogão elétrico. — Ele abriu um dos três armários para me mostrar um fogão elétrico de duas bocas que me encarava como se soubesse que jamais seria o suficiente.

— Mas o apartamento só tem um cômodo. A cozinha é o quarto. Eu poderia fazer o meu macarrão à bolonhesa deitada na cama!

O corretor me disse que tudo o que havia no apartamento era da última moda, novo, remodelado e que, ainda que eu não tivesse acesso ao jardim, poderia vê-lo da minha janela. Quando olhei pela janela e vi as quatro placas de concreto e o caminho de grama abaixo, perguntei onde estava o resto do jardim, e ele tentou me distrair ao mostrar o banheiro. Ele abriu uma porta no canto do cômodo e acenou para que eu entrasse.

Desisti do questionário sobre a vista para o jardim e entrei, esquivando-me do batente baixo da porta e procurando pela corda que acenderia a luz.

— Ah, a luz fica aqui. — Ele atravessou o cômodo e ficou parado ao lado de três interruptores próximos à entrada principal. — Esses dois controlam o cômodo principal. — Ele ligou e desligou cada um dos interruptores, as lâmpadas de cor branca emitindo uma luz brilhante e artificial no balcão da cozinha e no meio do cômodo. — E esse é o do banheiro. — Ele ligou o interruptor final e a luz acendeu.

— Por que não há janela no banheiro? — Virei para olhar o cômodo e a minha mochila bateu em cada pedaço da área: no chuveiro, no armário, na pia.

— Não há janela, mas há um exaustor. — Ele abriu o pequeno armário acima dos interruptores e apertou um botão.

Ouvi um som acima da minha cabeça.

— Viu só? Tudo é novo no banheiro. Um poderoso chuveiro, uma privada nova e ajustada, a pia. — O corretor passou por mim, seu rosto bem próximo ao meu, e levantou uma manivela que fazia a água correr na pia. Nada saiu. Ele a abaixou novamente. — Tudo estará funcionando quando você se mudar.

— Acho que ainda não é o ideal pra mim, mas agradeço por você ter reservado parte do seu tempo pra me mostrar o apartamento. — Eu já estava me encaminhando para os dois degraus da porta principal.

— Não se vá ainda. — O corretor se aproximou. — Há uma forma de deixar o apartamento mais barato.

Dei um passo para trás.

— Sabe como é, faço um favor para você e você me faz um favor também? — Ele apoiou uma mão no meu ombro e começou a descê-la. O hidratante na palma da mão dele foi fazendo um pegajoso caminho até o meu pulôver de algodão enquanto ele tentava tocar nos meus seios.

Dei um passo ainda maior para trás, indo de encontro ao balcão da cozinha.

— Qual o problema? Você não acha que deveríamos nos ajudar? — Ele sorriu ironicamente enquanto eu procurava pela maçaneta e saía pela porta principal. — O meu povo gosta do seu povo. Somos todos estrangeiros. Primeiro o Brexit, depois o Blaxit.[1] — Ele riu.

---

1   N. T.: Blaxit é a forma de se referir ao êxodo de pessoas negras, sobretudo aquelas que vivem nos Estados Unidos e Inglaterra, a fim de escapar do racismo.

Aversão e raiva me impulsionaram apartamento afora, para outra visita, dessa vez em um pequeno chalé em Mitcham que tinha cheiro de lavanda. Quando cheguei, não me mostraram o chalé. Em vez disso, sentei em um sofá e fui entrevistada por duas mulheres que se apresentaram como Lizzie e Sarah, sem especificar quem era quem. Elas provavelmente estavam nos seus trinta e poucos anos, e possivelmente eram um casal. Quando entrei pela porta com os cabelos que caíam do coque, o casaco pendurado nos ombros e a mochila derrubando produtos sanitários no lindo chão de taco, ficou visível que elas perceberam que deveriam ter colocado a exigência de pessoas mais velhas para o aluguel.

— Você é uma pessoa limpa? — Foi a primeira pergunta que uma delas fez. — É muito importante que você seja asseada.

— Você costuma receber muitos amigos em casa? — Aquela que eu deduzi ser Lizzie me informou: — Não gostamos de visitas.

— Você cozinha com frequência? — Sarah me perguntou. — Não gostamos de comidas... com cheiro forte. O odor fica impregnado nos tecidos.

— Você é uma pessoa reservada? — Lizzie cruzou os braços. — Sarah e eu somos pessoas muito reservadas.

— Você se depila? — Sarah perguntou. — Nosso sistema de encanamento é muito delicado e não suporta pelos muito grossos.

Aquela pergunta me pareceu muito pessoal.

— Eu só preciso de um quarto porque meu namorado e eu estamos dando um tempo e, perdoem-me o drama, mas se eu tiver que visitar outra casa, juro que me mato. — Explodi, e ambas pularam em seus assentos.

— Ah não, sinto muito em ouvir isso. — Lizzie disse em voz baixa.

— Como vocês... se conheceram? — Sarah perguntou por educação, desesperada para que tirássemos o foco da minha possível mudança para o chalé delas.

✷✷✷

— Já li esse livro.

— Hm? — Levantei a cabeça, observando o desconhecido que havia se sentado perto de mim no parque Chalpham Common, apesar da enorme faixa de grama que nos circundava. Eu estava tentando aquela coisa do "estar ao ar livre durante o verão", já que as pessoas pareciam gostar tanto disso, e com exceção dos insetos até que me agradava. Eu deveria saber que alguém viria para estragar tudo.

— *O mundo perdido*. — O desconhecido usou uma das mãos para proteger os olhos da luz do sol e, com a outra, apontou para o meu livro. Apesar de estarem parcialmente escondidos, pude ver quão verdes seus olhos eram. — Até que é bom pra uma sequência. Mas não gostei do filme.

— É um dos meus filmes favoritos. — Levantei meus óculos de sol e os apoiei no cabelo.

— Ah, peço desculpas. Eu me chamo Tom. — O menino me estendeu a mão.

— Eu não gosto de tocar em desconhecidos. Não é nada pessoal. Eu não gosto de tocar em ninguém. — Coloquei o livro na grama. — Eu sou a Queenie.

— É um apelido? Ou o seu nome de verdade?

— Sim, é meu nome. E Tom, é o seu nome de verdade? — Eu sorri para ele.

— É, bem observado. — Ele riu, parecia nerevoso. — Você mora por perto?

— Não, mas eu gosto desse parque. Cresci em um lugar não muito longe daqui.

— Ah, que legal. E você nasceu aqui?

Por que ele estava fazendo tantas perguntas? Por acaso ele era da imigração?

— No Reino Unido? Sim. Eu sei que sou negra, mas não nasci na "nebulosa África".

— Você é engraçada, não é? — Ele riu novamente.

— Engraçada no sentido de esquisita ou de quem faz rir?

— Em ambos os sentidos. Não que ser engraçada no sentido de esquisita seja uma coisa ruim.

— Não, eu sei. Eu acho que é a minha marca pessoal. — Sorri, meu rosto virado para o chão, dedilhando o canto do meu livro. Ele era o primeiro homem que eu conhecia que não parecia querer imediatamente fazer coisas estranhas comigo.

— Gosto do seu cabelo. É bem comprido. — Tom disse.

Eu não estava acostumada a ser abordada por homens que queriam tecer elogios para mim. Era uma sensação um tanto quanto esquisita. Mas boa.

— Obrigada. Eu mesma comprei. — Eu joguei os cabelos nos ombros e, acidentalmente, acertei o rosto dele. Ele desviou e riu novamente. Notei que ele tinha uma risada bonita. Não havia nada nela que me desse a entender que ele estava rindo de mim.

— Você mora por perto? — perguntei. Parte de mim estava entrando em pânico ao sentir que eu estava cedendo.

— Não, eu trabalho logo ali. — Ele apontou para um lugar distante. — Sou desenvolvedor web. Comecei alguns meses atrás, mas há dias estou trabalhando em um projeto enorme. — Ele se deitou na grama. — Bebi café demais e meus olhos estavam tremendo um pouco. Um colega me disse para sair e tomar um pouco de ar fresco.

— Desenvolvimento web, hein? Chique. — Eu estava impressionada. — Posso fazer uma pergunta?

— Claro, pode.

— Você escolheu esse trabalho porque vê o mundo em códigos, como em *Matrix*? — Eu estava sendo sincera.

— Haha, boa pergunta. — Ele soltou novamente sua risada gostosa. — Não. Quase isso. Acho que é porque é uma coisa muito lógica. Gosto de lógica, eu gosto de regras.

— Ah, Deus. Eu não gosto.

— Ah, uma transgressora. — Ele ergueu as sobrancelhas. Elas eram bonitas, assim como a sua risada. — Então, o que você faz da vida, Queenie?

— Nada ainda.

— O que você pretende fazer?

— Eu vou mudar o mundo. O mundo das reportagens, pelo menos. Me formei no ano passado e ainda não fiz nada com o meu diploma. Mas hoje de manhã fiz uma entrevista em um jornal. *The Daily Read*. Dá para acreditar que fazem entrevistas para estágios? Tudo que vou receber é o dinheiro para o almoço, mas me pediram pra dar cinco exemplos de websites de cultura e explicar o que os tornava tão bem-sucedidos. Tive que preparar uma apresentação em PowerPoint e tudo mais. — Senti que estava falando demais.

— Ah, bem-vinda ao mundo do trabalho não remunerado. — Ele se levantou e tirou o celular do bolso. — Que droga, preciso voltar para o escritório. Encontraram algum bug. — Sua saída me pegou de surpresa.

— Tchau, então. — Fiquei na defensiva.

— Posso, é... anotar o seu número? — Tom perguntou, sua voz falhando ligeiramente. — Seria muito legal poder falar com você de novo.

Eu ergui uma sobrancelha.

— Muito saidinho você.

— Como eu disse, sou uma pessoa lógica. Não faz sentido conversar com uma menina bonita se você não vai pedir o número do celular dela.

— Quem, eu?

— Eu te mando uma mensagem. — Ele me entregou o celular. Eu coloquei o meu número. — Espero que você consiga o estágio! Eles não seriam loucos de não contratar você.

Eu o observei enquanto ele se afastava, saltitando levemente a cada passo que dava.

※※※

— Enfim, foi basicamente assim que nos conhecemos. — Respirei profundamente depois dessa versão mais curta da linda história de como Tom e eu nos conhecemos.

— Nós avisaremos amanhã a respeito do chalé. — Elas disseram em uníssono.

No meu caminho de volta para o apartamento, comprei um maço com vinte cigarros, sentei-me nos degraus de entrada e fumei metade deles antes de entrar pela porta da frente. No dia seguinte, recebi a mensagem de Lizzie e Sarah, rejeitando a minha candidatura. Disseram-me que gostariam de "seguir por uma direção diferente, com pessoas mais velhas".

3

Depois me arrumar para a festa, encarei o espelho em uma tentativa de reunir coragem o suficiente para sair de casa. Os meus novos colegas de apartamento não estavam, então eu nem podia dar para trás e usar a desculpa de querer conhecê-los melhor para não ir. Eu vestia meias-calças e um vestido preto, a primeira coisa que consegui encontrar no topo da pilha de roupas para guardar. Dei uma volta em frente ao espelho e olhei para a minha barriga. O inchaço e as cólicas tinham ido embora, finalmente. Sem pensar, inspirei profundamente até que a minha barriga ficasse como de uma grávida. Acariciei lentamente a minha barriga.

— O que você está fazendo? — Perguntei para mim mesma, irritada com o que via no reflexo. Bati a porta do quarto e saí de casa.

Quando cheguei na festa, fui recebida na porta de vidro escovado do luxuoso apartamento por Fran e James. Esse casal se referia a si mesmo como "meta de relacionamento", de forma genuína e não irônica.

— Queenie. Você está linda. Amei o seu cabelo. Ele está lindo, o que você fez? — Fran murmurou. James estava agarrado nela, com os braços em volta da cintura dela.

Teriam eles caminhado até a porta grudados daquele jeito? Com certeza não era confortável para nenhum dos dois.

— Nada, está como sempre esteve. — Abri um sorriso falso.

— Bom, está mesmo lindo. — James repetiu o que a namorada disse como um eco.

— Tom não veio com você? — Fran olhou atrás de mim.

— Não. Nós, é... — Comecei a sentir a minha garganta se apertar. — Será que podemos não falar a respeito? — Entreguei uma garrafa de vinho para ambos.

Fran e James se desenroscaram um do outro e um deles pegou o meu casaco e o outro (espero que de forma não intencional) guiou-me até um lugar próximo de Sam, a outra única pessoa negra no recinto. Ele se parecia com o ex-namorado da minha mãe, Roy. Robusto, baixo, de pele escura e com uma careca tão perfeitamente lisa que me fazia acreditar que ele a raspava cuidadosamente com uma lâmina de barbear só para não deixar nenhum fio de cabelo crespo aparecer. Sam é o diminutivo de Sambo. Ele se virou para olhar para mim, e a semelhança com Roy fez com que o meu estômago embrulhasse. Acenei com a cabeça e disse um rápido cumprimento e ele me encarou inexpressivamente, como sempre fazia.

Uma vez, quando eu disse para ele que se ele quisesse que as pessoas parassem de chamá-lo de Sambo eu o apoiaria e continuei a conversa perguntando se ele tinha assistido ao filme *Corra!*, ele me respondeu firmemente que o apelido era "irônico". Ele estudou em um colégio interno com James e tinha sido adotado por pais brancos, o que logo se percebe pelo modo como ele ridiculariza publicamente qualquer coisa que se assemelhe à cultura negra e como carrega consigo a namorada, uma loira que quase não fala nada, como se ela fosse um rito simbólico de branquitude.

Já fomos apresentados um ao outro inúmeras vezes, mas a cada vez ele finge não me conhecer. É maçante. A minha vontade é sempre a de sacudir seus ombros e gritar "Sam, nós somos as duas únicas pessoas negras nessas festas, basta dizer oi, você não precisa ser arrogante comigo só porque a sua família negra rejeitou você". Mas quando você vive sentindo que pode ser expulsa a qualquer minuto caso alguém comece a se sentir "desconfortável" na sua presença, a melhor opção é sempre ser discreta.

Fui para o bar que James já tinha contado inúmeras vezes ter instalado em seu não-tão-pequeno apartamento assim que se mudou. Ele falava do bar com quase a mesma frequência que me contava sobre o terraço do último andar, apesar de as minhas respostas deliberadamente apáticas para tais instalações não contribuírem em nada para justificar esses gastos. Quando cheguei lá, encontrei com Darcy, que estava se servindo de uma taça de vinho branco.

— Você veio! — Ela pegou uma taça na prateleira para mim. — Quer vinho?

Concordei imediatamente, peguei a taça e acabei com a bebida.

— Ah, já percebi. Hoje foi o dia da mudança.

Concordei novamente.

— Tá bom. Então, vamos beber em homenagem ao seu término. Que tal?

— Não vou brindar a um coração partido.

— Não, nós não estamos brindando a um coração partido — Darcy encheu seu copo e depois o meu —, estamos brindando ao fato de que vocês dois estão aproveitando um pouco o tempo afastados e que depois o seu relacionamento será ainda melhor do que antes.

— Tá bom, posso brindar a isso. — Encostei a minha taça na dela e acabei novamente com todo o seu conteúdo.

— Além disso, Tom não era a melhor companhia para festas, no fim das contas — Darcy me relembrou. — Ele sempre acabava puxando você para um canto para falar a respeito do trabalho dele. Você vai se divertir muito mais sem ele aqui.

— Mas pelo menos eu tinha um aliado — sussurrei enquanto ela me puxava pelo cômodo. — Além disso, ele sempre fazia com que eu me sentisse segura com ele.

Passamos por Sambo, que me olhou com desdém.

Nunca tinha visto tanto álcool como naquela festa. Enquanto se certificavam de que eu estava afogando bem afogado qualquer sofrimento que eu tivesse naquele instante ou em qualquer outro momento da minha vida, Darcy e Fran, quando Darcy conseguiu que ela se juntasse a nós, julgaram que seria uma boa ideia reunir alguns de seus amigos de escola à minha volta para criar o melhor perfil do *OkCupid* que um time de seis pessoas poderia construir.

— Eu não quero fazer isso. — Anunciei quando Fran pegou o meu celular das minhas mãos.

— Mas vai ser divertido.

Eu estava alegrinha demais para protestar.

— Então vamos lá, acho que você deveria acentuar os seus traços, que tal? Como o seu corpo curvilíneo? — Fran me empurrou contra uma parede branca. — E, talvez, fazer bico com os lábios? Ai, amiga, você tem tanta sorte que os seus lábios simplesmente são assim. — Ela encarou a minha boca com entusiasmo.

Fiquei parada, encostada na parede, e cruzei os braços sem jeito.

— Eu não sou muito boa nisso de fazer biquinho. E se eu só sorrir?

— Bom, então por que você não faz uma cara atrevida? — Outra menina sugeriu.

— Hm, acho melhor não. Eu provavelmente pareceria apenas irritada, e os homens não parecem sentir atração por esse papo da menina negra com personalidade forte.

As meninas continuaram me puxando de um lado para o outro. Então, um menino que me havia sido apontado como o único colega solteiro de James veio até nós para me dizer que aquilo não era necessário. Ele se apresentou e me entregou um copo de algo que, depois de três grandes goles, deduzi ser muita bebida destilada misturada com uma dose pequena demais de bebida não alcoólica.

Isso foi um tanto quanto ousado de se dizer. E você é alto, o que faz com que eu me sinta pequena, pensei, um pouco tonta. Algo que não acontece com frequência, uma vez que eu tenho a altura padrão para uma mulher no Reino Unido, mas, ao contrário das minhas amigas, visto tamanho 44.

— E por que não é necessário? — eu perguntei, olhando para cima e piscando mil vezes em uma tentativa de parecer inocente, já que havia lido em uma revista adolescente, quando tinha uns quinze anos, que os rapazes gostavam desse tipo de coisa.

— Por que você precisa de um aplicativo de encontros se eu estou bem aqui? — Ele sorriu. — Você gosta de fazer joguinhos? Eu não gosto.

Finalizei o vinho na minha taça, o que me derrubou de vez. Eu estava mais bêbada do que jamais havia ficado.

— Desculpe, o que foi que você disse? — Meus olhos estavam ficando embaçados.

✳✳✳

— O que foi que você disse? — Eu estava me esforçando para registrar o que o tio do Tom havia dito. E conseguia sentir o meu rosto pegar fogo.

— Você não vai levar isso a sério, vai? — Stephen latiu sua resposta. — Ora, não seja tão politicamente correta, menina boba. — Ele brincou com as cartas do Clue antes de batê-las na mesa. — Estamos apenas nos divertindo!

Olhei para Tom, que evitou me encarar e se virou para o irmão, meio sem jeito.

— Tom? — Chamei bruscamente. — Não olhe para o Adam, olhe pra mim.

— Queenie, apenas ignore. — Tom finalmente disse, em voz baixa.

— Ignorar? — Olhei ao redor à espera de que alguém me defendesse. — Você não acabou de ouvir o que o seu tio disse?

— Ele estava apenas brincando, Queenie, não fique tão irritada. — Adam ridicularizou. — E o personagem de fato é negro, então...

— Será que estou em um universo paralelo? — Eu me levantei. — O seu tio acabou de dizer "Foi o crioulo na despensa?" e você não tem nada pra falar sobre isso? — Olhei de volta para Tom. — Se você vai fingir que não estou aqui, então vou embora.

Saí correndo da sala de estar e dei um encontrão em Viv, que estava saindo da cozinha com o seu bolo de aniversário, lindamente decorado e que, como ela tinha me explicado, tinha sido feito por sua tia-avó de noventa e cinco anos, "apesar da implacável artrite". Nós duas observamos enquanto o bolo escapou de suas mãos, caindo no chão, aos nossos pés, salpicando sonoramente, o número sessenta da cobertura ainda intacto.

— Olha só o que você fez — Tom disse, aparecendo atrás de mim.

— O que está acontecendo? — Viv me perguntou, confusa e agitada. Ela olhou para Tom e para mim e, então, para a bagunça no chão.

— Pergunte para o seu filho. — Pisei no bolo e me encaminhei para a porta da frente.

— Pare com essa porra de sair andando — Tom resmungou. — Por que você sempre tem que levar essas coisas tão a sério?

Olhei para Tom, colocando os meus tênis sem pronunciar uma única palavra.

— O tratamento de silêncio já começou, então? Mas que inferno, Queenie.

Saí da casa, batendo a porta atrás de mim com força. Caminhei pela calçada até a silenciosa ruazinha de subúrbio. Dei uma olhada para trás para ver se o Tom havia me seguido, mas a porta da frente permanecia fechada. Continuei caminhando até chegar a um ponto de ônibus coberto e malcheiroso, empoleirando-me no banco e tomando o cuidado de não me sentar perto da úmida trilha de um lado e do caminho marrom do outro. Não levei o celular comigo e havia parado de fumar muito tempo atrás, portanto, não havia nada com que eu pudesse manter minhas mãos ocupadas.

Sendo assim, fui forçada a me sentar com meus próprios pensamentos até que eu me acalmasse. Por que Tom nunca me defendia? E como seria dali a dez anos, quando o tio dele diria aquela palavra, fazendo piadas racistas com nossos filhos? Será que ele os defenderia ou eles cresceriam sendo atacados pela própria família? Gostaria que houvesse algum manual do namoro inter-racial que eu pudesse consultar quando essas coisas acontecessem.

Fiquei sentada no meu abrigo improvisado até escurecer e eu ficar assustada. Não estou acostumada com esse silêncio provinciano; eu preciso de sirenes e do barulho dos carros que passam para me sentir segura.

— Eu deveria ter lidado melhor com isso. — Acabei por dizer para mim mesma. — O tio dele é um idiota e um racista, mas ele não teve a intenção de ser. — Eu repetia sem parar.

Talvez fosse melhor que eu sofresse essas coisas em silêncio. Ônibus passavam, indo e voltando, passageiros e pedestres me olhando mais criteriosamente quanto mais a noite se aprofundava. Eu me levantei para voltar para a casa, o ar do fim de outono me fazendo estremecer.

— Queenie.

Analisei na escuridão. Tom.

— Achei você. Tá um cheiro horrível aqui. — Ele inspirou profundamente. — Desculpe-me por ter me irritado antes.

Permaneci calada.

— Mas você não pode continuar agindo assim, Queenie. — O seu tom de voz demonstrava a sua decepção. — Sei que todos falam alto na sua família e que vocês resolvem os seus problemas na base do grito, mas a minha família é diferente!

Ele me olhou como se esperasse por um pedido de desculpas, antes de continuar.

— Isso sempre acontece e eu não sei o que fazer. Não posso proteger você quando o que você exige é que eu te proteja da minha família.

Tom passou as mãos pelo cabelo dramaticamente e eu revirei os olhos.

— Você sabe como o meu tio é, ele vem de uma geração em que eles usavam a palavra crioulo com muita frequência.

Olhei para ele e pisquei lentamente. Àquela altura, ele sabia o que isso significava.

— Se você acha que vou concordar com você, está errado.

— Não estou defendendo meu tio — ele disse rapidamente —, mas, poxa, você não pode estragar o aniversário da minha mãe por causa disso.

A minha resposta foi o silêncio.

— Tome —, ele acabou cedendo e me entregou o meu casaco e a minha mochila. — Todas as suas coisas estão aí.

— Obrigada. — Amoleci depois desse ato de bondade. Além disso, é fácil perdoar alguém que lhe traz um casaco quando você está congelando de frio. — Você não precisava fazer isso. — Minha voz saiu baixa. Peguei minhas coisas, coloquei o casaco e fui na direção de Tom.

— Não. — Ele deu um passo para trás.

— O que houve? Vamos esquecer isso tudo. Eu precisava de um pouco de espaço, mas agora já me acalmei. Devo um pedido de desculpas à sua mãe. Eu me senti muito mal, aquele bolo estava lindo, sem contar o valor sentimen...

— É melhor você ir para casa. — Tom disse com uma voz firme, cortando-me no meio da minha fala. — Você arruinou o aniversário da minha mãe, Queenie. Ela está limpando o creme que grudou na parede desde que você saiu atordoada. Não quero causar mais drama.

Senti toda a raiva que havia se dissipado no ponto de ônibus voltar.

— Eu? Drama? Eu? — Explodi.

— Você pode pegar o ônibus daqui até a estação, o próximo trem sai em uma hora. — Tom disse, olhando por cima da minha cabeça. — Eu vou ficar aqui com a minha família mais alguns dias.

— Então você quer que eu volte para o apartamento sozinha? Você sabe que eu não consigo dormir quando estou sozinha!

— É sempre assim com você. É coisa demais. — A voz de Tom estava ficando mais profunda. — Você é coisa demais, Queenie.

Abri a boca para falar, mas fechei logo.

— Espero que você chegue em casa bem. — Ele se virou para andar de volta para a casa.

— Sabe do que mais? — gritei para ele.

Ele parou de andar.

— Espero que a sua próxima namorada seja branca, Tom. Assim, ela não vai ser coisa demais pra você.

Ele ficou parado por um segundo e, então, continuou andando, desaparecendo na escuridão.

※※※

— Vou ao banheiro. — Fugi de Rich e fui para o quarto de James, a fim de me sentar na cama e ter um minuto para mim.

Estava prestes a sair quando ouvi passos do lado de fora. Fui até a porta e abri uma fresta. Vi Fran no fim do corredor. Com mãos desengonçadas, ela tentava abrir a porta da frente. James passou e parou perto dela.

— Fran, puta merda, para de fugir — sibilou.

Estariam os meus ouvidos e olhos de bêbada me enganando? O que poderia ter feito o casal "meta de relacionamento" discutir?

— Está tudo bem, volte para lá e continue conversando com ela. — Fran respondeu com um tom agudo nada natural. — Por que você a convidou? Quem convida a ex-namorada, a ex-namorada que você sabe que ainda ama você, para uma merda de uma festa com a sua namorada?

Eu me ajoelhei no chão, próxima à porta, e me apoiei em uma pilha de casacos de couro para ficar confortável. Não é sempre que você vê o par perfeito se desintegrar bem à sua frente.

— Ah, para com isso, ela tem um namorado, Fran. — Consegui ouvir James argumentar.

— Tem mesmo? Ninguém o conheceu ainda, James. E ela não consegue tirar os olhos de você. E... e eu sei que você tem olhado a página do Facebook dela, apesar de vocês se encontrarem uma vez a cada duas semanas. — O tom de voz dela estava conseguindo ficar ainda mais agudo.

— Acalme-se.

— Não me mande ficar calma. Eu não consigo continuar com isso, James. Não é só por você e Evie. É pelo fato de eu trabalhar em tempo integral e vir pra casa pra passar as suas camisas e fazer o jantar e, então, você chegar tarde em casa ou simplesmente não aparecer. E, ainda assim, não me deixa mudar pra cá. As noites com seus amigos têm sempre prioridade, ou as suas noites com Evie, que você acha que eu não sei. Como eu poderia não saber? Ela posta cada detalhe da vida dela no Instagram e, acredite em mim, você recebe os filtros mais lisonjeiros. Faz três anos que estamos juntos, nem sinal de casamento, mas tenho todos os sinais de que você me quer por perto, só que não quer se comprometer.

Achei que a qualquer momento ela fosse levantar voo. A voz estava tão aguda que parecia que ela havia inalado gás hélio de um balão.

— Ah, Fran, para com isso. — James riu. — Acho que você bebeu um pouco demais.

Meus olhos encontraram os de Fran quando, de repente, ela veio até o quarto de James e empurrou a porta.

— Desculpa, eu só estava procurando o meu... — gaguejei.

Fran praticamente me pisoteou e eu me levantei.

— Estou indo para casa. — Fran guinchou. — Boa noite, Queenie. Sinto muito pelo Tom, aliás. — Ela pegou a bolsa na mesa e passou rapidamente por mim e por James, batendo a porta da frente. Passei por James no meu caminho de volta para a sala de estar.

— Vai ficar tudo bem, amigo. — E acarinhei seu braço.

Tentei voltar para a festa, mas não conseguia pensar em nada nem em ninguém além do Tom. Nós havíamos nos machucado, mas era isso que os casais faziam né, eles irritavam uns aos outros. Veja a Fran e o James. Peguei o celular no bolso e tentei ligar para Tom. Nenhuma resposta. Liguei novamente, nada. Liguei mais duas vezes. Nada. Sentei no sofá enquanto todos conversavam e dançavam à minha volta. O celular vibrou nas minhas mãos.

Tom:

> Sem mais estresse, Queenie

Meus olhos se embaçaram enquanto eu lia a mensagem. Sentia tanto a falta dele que o meu peito começou a doer. Ele não sentia a minha falta? Como ele conseguia ignorar as minhas ligações? Escapei da festa e fiquei parada do lado de fora da casa, prestes a chamar um Uber.
— Vamos?
Um braço surgiu em volta da minha cintura quando Rich encostou o corpo dele no meu, todo presunçoso. Eu não queria voltar para a minha nova casa sozinha, mas olhando nos olhos nada delicados de Rich, lembrei como me senti quando troquei olhares com Tom pela primeira vez, e soube que eu não queria ir para casa com ele.
Peguei o celular para ligar para Tom novamente. Ele não atendeu.
O que vai fazer com que eu me sinta melhor?, pensei.
Nada.
O que me faria feliz?, perguntei para mim mesma.
Tom era a resposta. Mas se Tom não estava me respondendo, o que poderia me distrair até que ele respondesse?

Queenie:

> Adi, você pode me encontrar do lado de fora de um condomínio de luxo em Fulham? Podemos dar aquela volta de carro que você sempre sugere

Tentei a sorte. Eram duas da manhã. Eu esperaria cinco minutos e, então, chamaria um Uber.

Adi:
> É sério?

Ele respondeu tão rápido que mal deu tempo de eu guardar o celular.

Queenie:
> Sim. Por que não?

Adi:
> É sério? Você não tá me enganando?

Queenie:
> Estou prestes a mudar de ideia, estou com frio

Adi:
> Ok, ok. E quanto ao seu namorado branquelo, ele tá aí com vc? Se ele quiser, pode me assistir mandando ver, quero mostrar pra ele como é que se faz isso direito

Queenie:
> Não me fale dele. Estamos dando um tempo

Adi:
> É sério?

Adi:

Hahaha

Adi:

Não existe isso de dar um tempo

Queenie:

Você vem ou não?

Adi:

Queenie, se vai rolar, então tem que rolar no lugar certo. Uma bunda que nem a sua precisa de espaço pra ser manobrada, vc me entende? Não tem espaço no carro pra vc, ACREDITE em mim

Queenie:

Acabei de mudar de casa, está tudo em caixas. Sem cama. E isso foi muito ofensivo

Adi:

Tá bem, tá bem, não comece. Estou indo te buscar. Me envia o endereço

Vinte minutos depois, eu estava de volta no assento de passageiro da BMW preta de Adi, o banco completamente reclinado para trás porque "essas quebradas são tensas e eu não quero que ninguém me veja dirigindo com uma menina que não é minha esposa".

Permaneci deitada, a voz nasal de Drake me fazendo vibrar na minha cama improvisada.

— Pra onde estamos indo? — Tive que perguntar devido à minha incapacidade de ver o caminho. A adrenalina que inundava o meu corpo havia apagado qualquer traço de álcool.

— Não se preocupe, relaxe. — Adi colocou uma das suas mãos no meio das minhas coxas e me deu um sorriso que era um tanto quanto charmoso, de verdade. Eu me distraí pensando como os dentes dele poderiam ser tão brancos. Ele devia gastar muito dinheiro com tratamentos, porque sei que ele fuma muito.

Enquanto Adi dirigia, comecei a me sentir inquieta. O que eu estava prestes a fazer? Eu podia fazer sexo com a minha situação ginecológica? Desejei que a médica tivesse me passado mais informações a respeito. O carro começou a se mover mais devagar.

— Posso me sentar agora? — Sentei antes de ouvir a resposta. — Estou começando a me sentir enjoada.

Olhei em volta enquanto Adi estacionava. Quando ele desligou os faróis e os meus olhos começaram a se ajustar à escuridão, percebi que estávamos em uma espécie de estacionamento em um armazém.

— Você vem sempre aqui? — Fiquei sem resposta. Adi claramente não me achava engraçada.

— Quero que você tire a sua calcinha. — Ele não perdeu tempo.

Levantei o vestido e coloquei um polegar em cada lado da calcinha, pronta para tirá-la.

— Por que você está com esse tipo de calcinha? Eu gosto de meninas de fio-dental.

— Você pode me levar de volta pra casa, se quiser. — Já estava abaixando novamente o vestido.

— Não, não seja tão apressada. Só tava comentando, sabe como é.

Tirei a calcinha e, tentando parecer sensual, deixei que ficasse um pouco nos tornozelos antes de colocá-las no porta luvas.

— Tá bom, agora eu quero que você se vire e olhe para trás.

— O quê? Tipo para os bancos de trás do carro?

— Não, só você se virar no banco de passageiros e levantar o vestido para eu poder olhar para a sua bunda.

— Por quê? — Ainda não tinha entendido o que ele estava pedindo.

— Porque amo bundas de meninas negras, Queenie. Por isso. A minha mulher tem um rosto bonito, mas é muito magra. Não tem bunda.

Ele me virou para que eu ficasse na posição que queria e eu segui os comandos dele porque, francamente, era mais fácil, eu não precisava pensar muito.

Se eu pensasse no que estava fazendo, teria que pensar por que estava fazendo aquilo e, naquele momento, eu não estava preparada para isso.

— Você pode ligar o aquecedor? Está um pouco frio.

— Shhh. — Adi deu um tapa na minha bunda.

Estremeci enquanto olhava pela janela, tentando direcionar a minha atenção para algo completamente diferente do que estava acontecendo no carro. Mantive o foco num poste de luz.

Ele bateu na minha bunda de novo.

— Você gosta disso, né?

Olhei para Adi e ele abriu um sorriso charmoso novamente. Olhei para o poste.

— Sim.

— Bom, bom. — Ele me bateu novamente e, dessa vez, deu um beijo na área. Senti a barba dele pinicar a minha pele.

— Você quer ver o meu coiso? Estou duro. — Adi fez um gesto indicando a sua virilha.

— O seu...?

— O meu coiso, meu pau, sabe como é. — Ele sorriu.

— Não, eu sei o que você quer dizer quando diz "seu coiso", mas por que você está perguntando? Presumi que em algum momento da noite veria tudo, você não precisa perguntar. — Eu ri.

— Você sempre tem que fazer com que eu me sinta burro, né? Eu não fui para a faculdade e não falo chique que nem você, mas não sou um idiota. — Adi resmungou.

— Não, não, não foi a intenção, desculpe, vá em frente. Eu não quis agir assim. Por favor, Adi. Deixe-me ver o seu coiso.

— Tá bom. — Ele sorriu, seu orgulho ansioso recuando. — Assim está melhor.

As mãos dele tremiam enquanto ele abria a calça jeans para tirá-la, junto com as ceroulas. Estava frio, mas não frio o suficiente para tantas camadas. Após ficar pelado da cintura para baixo, ele me apresentou muito orgulhosamente o seu "coiso". Circuncidado. Seria uma primeira vez para mim, assim como seria a primeira vez em que eu faria sexo no carro.

— O que você acha? — Adi abriu um sorriso nervoso.

— Do seu pênis? — perguntei educadamente.

— Sim, do meu coiso, né? — Ele deu de ombros.

— Legal? — Arrisquei. Qual seria a resposta certa nesse momento?

— Mas é grande? — Adi estava inquieto por eu não cobrir a sua masculinidade de elogios.

— Por que isso importaria? Isso não é importante.

— Então o que você está dizendo, que é pequeno?!

Os meus olhos deviam passar ao menos cinquenta por cento do dia sendo revirados.

— Não, Adi. É enorme. O maior que já vi em minha pequena vida. Será que isso vai caber? — eu disse em um tom de voz completamente monótono.

— Sim, é assim, é disso que estou falando. — Adi pulava de felicidade em seu banco. — Você quer tocá-lo?

Coloquei a minha mão em volta dele e, enquanto a movia ritmicamente, comecei a pensar em como era estranha a sensação de tocar em um pinto quando ele era somente isso: um pênis anatômico de um livro de ciências, e não o mais familiar e menos hostil pênis da pessoa que você ama.

※※※

— Queenie, acorde!

— Estou acordada. Estou acordada. O que houve? Onde estou?

A luz do abajur de Tom preenchia o quarto.

— Você está bem. Estamos na minha casa. — Tom disse, acariciando o meu braço. — Eu acho que você estava tendo um pesadelo.

— Ai meu Deus, me desculpe — grunhi e me virei para o outro lado, envergonhada.

— Achei que alguém estava roubando a casa. Você me deu um soco bem no maxilar e começou a gritar comigo.

— O que eu estava dizendo? — perguntei, alarmada, olhando para ele.

— Nada que eu pudesse entender. — Tom tocava levemente o seu maxilar. Fui preenchida de alívio.

— Me desculpe. — Esfreguei os olhos. — Queria ter avisado você, mas acho que acabamos dormindo.

— Você acabou dormindo, você estava bêbada. — Tom me entregou um copo de água.

Eu me sentei e tomei tudo de uma vez.

— Eu deveria ter avisado você que é muito barato ir a um encontro comigo.

— Dois copos de vinho. Dois.

— Eu não tinha comido. — Devolvi o copo vazio.

— Tem certeza de que você está bem? — Tom me envolveu em seus braços e nos cobriu com o edredom em um único movimento.

— Você está bem? Desculpe-me pelo soco. — Eu me virei para que pudéssemos ficar de frente um para o outro.

— Nada que eu não mereça.

— Posso garantir que não vai acontecer de novo — falei baixinho. — É uma "coisa".

— Ok. Todo mundo tem suas coisas. — Tom beijou minha testa.

— Sim, mas a minha coisa poderia ter nocauteado você.

— Acho que você está superestimando a sua força, Queenie. — Ele riu novamente.

— Talvez eu possa beijar você até melhorar... — E beijei suavemente o queixo de Tom.

— Já me sinto melhor.

— Tá bom, então vou parar. — E fechei os olhos.

— Não, não, está doendo muito, acho que você precisa continuar fazendo isso. — Tom esticou o maxilar na minha direção.

Eu me movimentei para beijá-lo novamente no queixo e ele se mexeu para que nossas bocas se encontrassem. Enquanto nos beijávamos, ele se moveu de novo para ficar em cima de mim.

— Espera, Tom, você está em cima do meu cabelo. — Eu tentava libertar minha cabeça.

— Ah, merda, desculpa. — Tom levantou o braço. — Você está bem?

Assenti e sorri para ele. Nos beijamos novamente, o peso dele em cima de mim me causando uma sensação agradável. Eu me sentia segura embaixo dele.

— Esses negócios saem facilmente? — Tom parou para perguntar, erguendo algumas de minhas tranças *twist* do travesseiro.

— Elas não vão sair. — Eu ri. — Mas eu não sei quão excitada eu vou ficar se tiver com dor de cabeça.

— Está bem. Talvez seja melhor você prendê-las.

Tom recostou-se e me observou enquanto eu me levantava para pegar a minha mochila. Procurei por um prendedor de cabelo e voltei rapidamente para a cama, me enfiando embaixo das cobertas.

— Será que você pode não me encarar desse jeito, por favor? Essa é a primeira vez que você me vê pelada e agora vou ficar preocupada de você estar vendo todos os meus defeitos. — Fiquei de costas para ele.

— O quê? Você não tem nenhum defeito. — Tom se sentou e beijou meu ombro.

— Eu sou feita de defeitos, na verdade. — Prendi os cabelos em um coque no topo da cabeça. — Sou um grande defeito ambulante.

— Bobagem. — Ele me puxou para cima dele. Eu conseguia sentir a sua ereção mesmo pela cueca. — Eu tenho observado bem de perto. Não há nada de ruim em você.

— Ah. E quem é esse? — Movi minha mão para baixo.

— Eu poderia fazer uma piada sobre dar um nome para o meu pênis, mas agora não é bem a hora, certo?

— Tom, honestamente, não existe uma hora certa para isso.

— Eu o chamo de "O Destruidor" — Adi informou, confiante. — E o Destruidor quer entrar nessa boca. — Ele piscou.

— Desculpe, mas não. — Sorri de volta.

Sou muito exigente em relação a isso. Curiosamente, não me engasgo com facilidade. Tem mais a ver com a relação de poder sexual.

— Ah, vamos. Tô implorando, chupa. — Adi ficou carrancudo.

— Sinto muito, mas não vai acontecer.

— Dá um beijo nele, então?

— Dar um beijo no seu pênis? Não, não vou dar.

Eu só estava querendo um pouco de sexo pra me cansar, não toda essa conversação.

— Só um selinho, tô pedindo. — Adi fez biquinho.

— Não sei o que dizer pra você, sinto muito.

— É só lamber uma vez.

— Não.

— Está bem, então só cuspa nele.

— Tô sentindo que quanto mais você me pedir essas coisas, mais você vai se chatear. Então, eu pararia por aí.

— Tá bom, tá bom, credo. As mulheres negras são sempre muito cheias de si, né? — Adi suspirou. — Se você não vai chupar o meu pau, vamos para o banco de trás?

Seria essa a versão automobilística de ir para o quarto? Para acabar de uma vez com aquilo, eu me espremi entre o banco do motorista e do passageiro, de forma nada graciosa, e tirei o meu vestido, puxando-o acima da cabeça.

Adi veio comigo e sinalizou para que eu me sentasse em seu colo. Ele gemeu de satisfação enquanto eu começava a me sentar, pressionando o meu peito contra o dele e apoiando o meu queixo em seu ombro.

Eu não queria beijá-lo. Seria íntimo demais. Eu me mexi para cima e para baixo ritmicamente, vagarosamente, de forma comedida, ouvindo os gemidos de Adi. Durante todo o tempo, mantive o olhar no poste. Não sei dizer se cheguei a piscar.

— Já fez sexo no carro? — Coloquei a cabeça para fora da porta da cozinha com iluminação de neon antes de dizer qualquer outra coisa.

— O quê? — Darcy perguntou.

Enxaguei a minha caneca que trazia o nome do jornal estampado, enchi de água fervente e coloquei um saco de chá dentro.

— Um carro. — Repeti, abrindo a geladeira cromada e supermoderna para pegar o leite.

— Não. Você já fez? — Darcy pegou o leite da minha mão e o serviu na sua caneca, em cima do saco de chá. Como sempre, a sua técnica me fez torcer o nariz.

— Depois da festa. — Senti a vergonha começar a inundar o meu corpo todo.

— Com o motorista do Uber? — Darcy perguntou, batendo a caneca no balcão. — Queenie!

— O quê? — Eu ri. — Não, claro que não.

Acabamos de fazer o nosso chá e nos enfiamos na sala de reuniões, que ficava na porta ao lado. Todos os cômodos do prédio tinham paredes de vidro. Então, pegamos algumas canetas e papéis, além de um iPad que estava desligado, para que parecesse que estávamos falando algum assunto de trabalho.

— Não, não com o motorista do Uber. Com Adi — respondi enquanto observava as pessoas que caminhavam na rua lá embaixo.

— Você está falando sério? Aquele cara esquisito que está sempre perguntando sobre o tamanho da sua bunda? — Darcy ficou boquiaberta.

— Eu sei, mas eu estava me sentindo tão sozinha e tão na merda depois daquela festa. Mandei uma mensagem pra ele e achei que ele não fosse responder, mas respondeu, e agora estou me sentindo mal.

— Por causa de Tom? Bom, vocês estão dando um tempo. O que você faz nesse período não importa.

— Em partes por causa disso, mas principalmente porque isso não combina comigo. Eu não faço esse tipo de coisa — gritei.

— Bom, veja só. Você está passando por um período confuso, então pode ser que faça algumas coisas que normalmente não faria. — Darcy foi assertiva. — E você sabe que eu jamais julgaria você, mas espero que tenham tomado os devidos cuidados.

— Nós tomamos. — Menti. Abri a minha boca para falar novamente, sabendo que eu provavelmente deveria contar para ela sobre o aborto. — Nenhum bebê esquisito a caminho.

Um dia de mínimo esforço se passou; fiquei até mais tarde para não ter que voltar para a casa, para aquela que eu não estava nem perto de me ajustar. Dentro do ônibus, desviando de ondas de culpa depois do sexo que fiz no carro, encarei as mensagens que eu e Tom havíamos trocado, desejando com todas as minhas forças que ele me respondesse. Nada desde a mensagem de sábado, que reforçava que não deveríamos conversar.

O meu telefone vibrou na minha mão, mas verifiquei todas as minhas mensagens de texto, Whatsapp e e-mail e não consegui descobrir a fonte da notificação. Deslizei as diferentes telas e vi um aplicativo com um ícone de coração, uma notificação vermelha no canto direito superior. Era o aplicativo do *OkCupid* que as meninas haviam instalado no meu celular no dia da festa. Inspirei profundamente e cliquei com cuidado, sem saber o que encontraria ali.

> Boas fotos. Será que seus peitos ficariam grandes assim nas minhas mãos?
> De Esse_Cara_É_Comedor

É assim que vai funcionar? Sou uma mulher jovem, com um bom emprego e fotos decentes e a primeira mensagem que recebo é sobre os meus seios?

> Eu gosto da foto que você está sorrindo. O que mais essa boca sabe fazer?

E a segunda é sobre a minha boca, fantástico.

> Menina de chocolate ;)

Ah, e algum fetiche clássico. Esse é um excelente começo.

> Boas curvas, gosto de meninas grandes. Os meus filmes pornôs favoritos são BBW.

Eu ficava me perguntando se as mulheres respondiam a essas mensagens positivamente.

> Eu quero sair com você, menina de chocolate. Que tal?

Outra referência a chocolate, dessa vez vinda do "Sexy69", cuja faixa etária preferencial era discernida entre dezoito e 99 anos.

※※※

Quando voltei para casa, li as mensagens do *OkCupid* novamente. É assim que seria a minha vida sem o Tom? Uma multidão de homens usando nomes de doces para se referir a mim? Mesmo com as neuroses dele, o amor por lógica e a família racista, pelo menos, com ele eu sabia onde estava. Pelo menos ele se preocupava comigo, e pelo menos com ele eu não teria que apagar o abuso sexual velado. O que eu poderia fazer para que Tom me amasse novamente? Era somente de tempo que ele precisava? Resmungando em voz alta, eu me preparei para ir dormir. Tinha que passar no hospital na manhã seguinte para me assegurar de que tudo estava bem. Eu gostaria de poder contar para alguém sobre isso, mas, assim como com outras partes da minha vida que eu havia enterrado, com essa era melhor seguir em frente.

※※※

Deu tudo certo no hospital. Aparentemente, todos os "tecidos do feto se foram, querida", mas porque parte da dor havia voltado após fazer sexo com Adi, eu precisaria tomar antibióticos para afastar possíveis infecções. O sexo nem ao menos valeu a pena. Será que eu deveria contar ao Tom a respeito disso? Não a parte sobre Adi. Acho que ele deveria saber sobre o aborto, por que também é em parte dele. Seria esse um pensamento romântico demais? De qualquer modo, as regras de não conversar não se aplicam quando um aborto é adicionado à equação. Eu enviei uma mensagem para ele no caminho de volta para o escritório.

> Queenie:
>> Oi, Tom. Será que você pode me ligar? É urgente.

Voltei ao trabalho segurando a nova rodada de antibióticos. O restante do dia foi uma mistura de cinquenta por cento sorrindo em público e cinquenta por cento falando sozinha, listando os motivos pelos quais Tom deveria saber que eu tive um aborto espontâneo. "Óculos e Tweed" me viu andando de um lado para o outro na área de fumantes e passou por ali, parando na minha frente como se fosse dizer alguma coisa, mas depois continuou andando. Talvez ele fosse me dar uma bronca por ter pisado em seus sapatos há algumas semanas; eles pareciam realmente chiques.

Coloquei o celular na mesa na tentativa de finalizar a mais simples das tarefas e, quatro horas depois, não havia nenhuma ligação de Tom. Nem mesmo uma mensagem. Isso respondia à minha pergunta. *Ele não merecia saber a respeito do aborto*, pensei, irritada.

Ainda incapaz de me concentrar no trabalho, mas me sentindo menos envergonhada a respeito de Adi, verifiquei o *OkCupid*. Preenchi meu perfil e acrescentei algumas coisas na seção "Sobre mim" a fim de lembrar aos homens que, além de ser alguém com quem eles poderiam fazer sexo, eu era uma pessoa. Ao que tudo indica, a tristeza que o silêncio da pessoa que você ama traz pode ser temporariamente removida pela emoção monótona da atenção de estranhos.

> Bom perfil. Como vai? Só dizendo, mas eu sei exatamente como lidar com uma garota com um corpo como o seu. Eu posso não ser negro, mas, acredite, você não perceberia se olhasse meu pau.

... Embora fosse essencialmente negativa.

4

Enviei uma mensagem de texto para Kyazike, a primeira amiga que fiz no primeiro dia de ensino médio, quando nos encontramos entre um mar de rostos brancos. Nós tínhamos crachás, e ela explodiu minha minúscula mente ocidentalizada quando me disse que o seu nome se pronunciava "tches-q". Ela continua a me surpreender.

Queenie:

Kyazike, o que você tá fazendo?

Kyazike:

Nada. Só relaxando. E vc?

Queenie:

Sentada na cama, vivendo a minha tristeza

Kyazike:

Vem pra cá

Estava a caminho da casa dela quando o meu telefone começou a vibrar desesperadamente, cheio de pedidos. Ela não havia mudado nada desde a escola.

Kyazike:

> Você pode me trazer coca-cola

Kyazike:

> E um pacote de batatas da McCoys sabor frango agridoce tailandês, é dia de furar a dieta

Kyazike:

> Um Twix

Kyazike:

> Sem coca-cola, mudei de ideia. Qualquer suco de latinha

Carregando um saco plástico azul na mão, caminhei pelo condomínio de Kyazike e cheguei ao seu prédio, um enorme edifício dentro de um aglomerado de edifícios iguais a ele. Colei no espelho manchado do elevador e fiquei repuxando as minhas olheiras. Quando elas tinham aparecido? No décimo oitavo andar, bati e esperei do lado de fora da porta de Kyazike. Bati novamente. Nada.

Passei a mão pelas barras de segurança de ferro que cobriam a entrada e bati três vezes. Kyazike abriu a porta da frente tão rapidamente que uma rajada de ar com cheiro de comida soprou o cabelo do meu rosto.

— Por que você está batendo na porta como se fosse policial, mano?

Revirei os olhos enquanto ela destrancava a grade de ferro e recuei para que ela abrisse.

— De boa? — Ela me abraçou.

Acho que segurei o abraço por tempo demais.

— Ah, mano, alguma treta?

— A treta é bem real, como diria minha prima Diana. — Tirei os sapatos e me arrastei para a sala de estar. — Falei certo?

Ouvi Kyazike rindo atrás de mim enquanto fechava a grade.

— Está rastejando por quê? Minha mãe não está aqui. Ela está trabalhando à noite essa semana. — Kyazike ficou rindo enquanto me seguia.

— Força do hábito. Como ela está? — Continuei rastejando para a sala turquesa e deitei de bruços no sofá de couro cor de creme, enterrando meu rosto em almofadas de cores semelhantes que estavam cobertas por manchas de base marrom-escuro.

— Cansada, mano. Eles a colocaram para trabalhar à noite na casa de repouso em Camberwell, então ela tem que ir direto de lá para o emprego diurno no Maudsley.

— E quando exatamente ela dorme? — Virei a cabeça para olhar para Kyazike e me deparei com uma televisão que preenchia toda a parede à minha frente.

— Ela pode cochilar, eu acho, quando os velhos estão dormindo, mas tipo, ela não dorme de verdade, se você me entende. Porque ela está de plantão. Mas ela tem feito isso há anos, já está acostumada. Como está... — Kyazike hesitou.

— Como está o quê?

— Desculpa. Eu estava prestes a perguntar como sua mãe está.

— Tenho certeza de que ela está bem. Provavelmente ainda tentando deixar de ser medrosa — rosnei, meu humor despencando rapidamente.

— Ela é, é... Ela ainda está naquele abrigo? — A única vez que Kyazike sentia medo de iniciar uma conversa era quando perguntava sobre minha mãe.

— Não sei — respondi seca, querendo encerrar a conversa. — A última coisa que ouvi foram sussurros sobre um caso no tribunal.

— Coisa de louco. De qualquer forma, deixa eu contar sobre esse encontro que tive. — Kyazike estava desesperada para melhorar o clima. — Você trouxe as coisas?

— Quando você diz coisas, quer dizer os lanches? — Sacudi a sacola para ela. — Não sou sua traficante.

Kyazike pegou as batatas fritas e começou a mastigá-las.

— Mano, deixa eu te contar. Eu tava no trabalho outro dia e... Ahhh, preciso que você me faça um favor, eu imploro! — Ela deu um pulo e saiu da sala.

Peguei o controle remoto e liguei a televisão de sessenta polegadas. O brilho quase estourou meus olhos.

— A nova televisão é grande, hein! — gritei.

Kyazike voltou para a sala.

— Como não vamos conseguir comprar uma casa em Londres... Estamos neste apartamento municipal pelo resto da vida, mano. Você acha que minha mãe vai conseguir pagar um financiamento? E as regras da família africana dizem que não vou embora até que eu consiga um financiamento, e nós sabemos que isso não vai acontecer. Podemos muito bem gastar nosso dinheiro em coisas que nos farão felizes.

— Sim, ou coisas que vão deixar você cega. Ela é quase tão grande quanto o cômodo todo.

— Por favor, tire a minha peruca? Eu imploro. — Kyazike me entregou uma lâmina de barbear. — Já passou muito tempo, e meu cabeleireiro vai me cobrar apenas para desfazer o barbante.

— Você tem algum adesivo? — Eu segurava a lâmina com cuidado entre as unhas do meu polegar e indicador.

— Pra quê? — Ela pareceu confusa.

— Se eu grudar a lâmina em alguma fita, ela não cortará meus dedos quando a segurar — expliquei, com conhecimento de causa. — Aprendi com meus erros. Estou evoluindo.

Kyazike foi até uma estante e ergueu a bandeira de Uganda que escondia uma série de divisórias contendo várias coisas. Ela remexeu seus conteúdos.

— Pronto. — Ela jogou um pacote de fitas em mim e sentou-se entre as minhas pernas, no chão laminado. Comecei a trabalhar na peruca enquanto Kyazike zapeava entre canais de música, decidindo-se pela MTV, nosso favorito há tempos.

— Então, ouve só, é...

Ela é a pessoa mais bonita que já vi e, tendo um emprego em que lidava com o público, Kyazike era convidada para sair diariamente. Com mais frequência que diariamente. Toda hora, na verdade. Sua pele escura era a mais rica e macia que eu já senti; seus olhos escuros e agudos eram emoldurados por cílios postiços que realçavam o seu formato, e o resto de suas feições eram tão bem definidas e delicadas, que sugeriam que ela tivesse ascendência real.

Ela usava os cabelos relaxados e curtos desde o ensino médio, mas, atualmente, ela preferia comprar 40, 45 ou 50 centímetros de cabelo brasileiro por 350 libras o pacote. Ela, e os homens que lhe enviavam mensagens sem parar, descreviam seu corpo como curvilíneo; no fim das contas, ela tinha o corpo que todas as mulheres negras desejavam ter. Comprido, delicado, pernas e braços finos; uma cintura fina; seios firmes e empinados e uma bunda redonda e também firme que, ao contrário da minha, não balançava quando ela andava.

— É a academia, Queenie. — Ela dizia a cada vez que me pegava silenciosamente comparando meus membros pesados e barriga macia. — Você pode tonificar. Mesmo assim, o corpo não é tudo.

— ... Então, acho que eu estava atendendo uma mulher qualquer que contava suas moedas de centavos e, quando olho para a fila atrás dela, vejo o cara mais forte de todos os tempos lá parado, esperando. — Kyazike estava animada. — Tentei fazer com que a mulher se apressasse antes que ele fosse até a Sandra, que estava ao meu lado, mas ela estava demorando muito. Então, disse para ela que meu computador havia travado e que ela precisaria ir para a próxima janela.

Ela fez uma pausa para mastigar suas batatas.

— Aí, o cara acabou vindo para a minha baia. Ele é forte, tem a pele clara e olhos castanhos. E o cabelo dele? Cheio de ondas, mano, como se fosse o oceano. O contato visual foi forte, e ele mordia o lábio enquanto conversava comigo; eu sabia que ele estava na minha. Mas, então, verifiquei as contas dele: 400 libras negativas na conta corrente, seis mil em dívidas no cartão de crédito. Queenie, eu só desejei um bom dia para ele e o deixei passar.

Parei de cortar a grossa corda que prendia a peruca no lugar.

— Mas e se ele fosse o "escolhido", Kyazike. E se você se apaixonasse? Você poderia ser a consultora financeira dele...

— Consultora financeira? Desculpa, Queenie, mas não posso estar com alguém tão endividado. Tenho um estilo de vida que precisa ser sustentado. O meu homem ideal não pode ter pouco dinheiro.

— Tudo bem, tudo bem, foi mal. — Continuei com a minha tarefa, abaixando a lâmina e tentando desembaraçar a corda com os dedos.

— Então. Atrás dele estava um homem baixinho. Parecia ganense. Ele era de boa. — Kyazike deu de ombros. Não importava que eu estivesse olhando para a parte de trás de sua cabeça, pois sua linguagem corporal era tão expressiva quanto seu rosto. — Não tão forte quanto o que veio antes, mas ainda assim aceitável. De qualquer forma, verifiquei a conta dele, e olha, aí sim. Eu tô falando de números de seis dígitos, mano. Sem cartões de crédito, sem desvantagens à vista. Então, conversamos e ele me deu seu cartão, me dizendo para ligar para ele. Olhei para o cartão e vi que ele se chamava Sean, vi que ele trabalhava com finanças, legal. Mas falei para ele que eu não ligo para os caras, eles ligam pra mim. Entende o que quero dizer?

Eu nunca teria autoestima o suficiente para entender o que ela estava dizendo.

— Escrevi meu número no verso de seu cartão e entreguei a ele. Ele me ligou naquela noite e disse que ia me levar pra sair, me tratar como uma princesa. Disse que sabe o que uma garota como eu merece e que ele me daria tudo isso, tudo que mereço. Então, fiquei tipo, certo, legal... você pode me passar uma almofada?

Passei uma almofada para Kyazike e esperei que ela a enfiasse embaixo da bunda.

— Então, combinamos de sair no domingo que passou. Você está me acompanhando?

— Sim. Só tenho que me concentrar nessa parte, é um pouco complicada. — Eu focava no labirinto de tranças, cordas pretas e fios de cabelo.

— Só não corta o meu cabelo, tá. Fiquei com pouco depois da queimadura do relaxante. — Kyazike me avisou. — Ok, então, antes do encontro, mandei uma mensagem para Sean e perguntei aonde ele iria me levar. Ele me disse que era uma surpresa e eu fiquei tipo tudo bem, mas eu precisava saber para me vestir corretamente, né? Ele continuou sem me dizer e pensei *ok, tem que ser uma surpresa. Ele provavelmente vai me levar em algum lugar chique.* Ele me disse que chegaria às quatro. Então entrei no banho à uma, me mergulhei em óleos e coisas assim para ficar cheirosa, alisei os cabelos e fiz cachos nas pontas com a prancha e, ouve só, a minha maquiagem estava perfeita, Queenie. Agora você lembra que esse cara tem dinheiro, né? Aí coloquei meu vestido preto Balmain e usei as botas Louboutin que vão até a coxa. Não estou dando golpe nele, você sabe.

Ela fez uma pausa para comer mais algumas batatas fritas.

— Então, lá estava eu, pronta e sentada esperando por ele. Eram quatro horas e cadê ele? Não tinha chegado. Eu dei mais cinco minutos para ele chegar, se não ia subir e tirar a minha maquiagem. Ele chegou três minutos depois. Desperdiçando o meu tempo. — Kyazike sugou os dentes. — Ele me enviou uma mensagem dizendo que estava no carro, esperando do lado de fora. Calma, preciso ir fazer xixi.

Kyazike se levantou colocando todo o seu peso nas minhas coxas. Ela esticou as pernas e foi mancando para o banheiro.

Eu estiquei os dedos e estremeci quando as juntas estalaram. Kyazike voltou e se aninhou entre meus joelhos novamente.

— Então, onde eu estava?

Ela abriu o Twix, com seus dedos elegantes e unhas de acrílico brancas, e deu uma mordida.

— Desci e, quando abri a porta e vi a BMW dele, fiquei parada por alguns minutos para que ele pudesse ver como eu estava incrível.

Ela fez uma pausa para que eu realmente percebesse o quão incrível ela estava.

— Sean saiu do carro, e foi quando percebi que ele estava apenas com uma camiseta, calça jeans e tênis. A partir daí, fiquei irritada. Ele abriu a porta pra mim e entrei. Quando ele se sentou ao lado do motorista, cruzei a perna esquerda para ter certeza de que ele veria a sola vermelha. E ele viu. Ele me diz que estou "bonita" e começa a dirigir. Lembra que eu disse que ele não me disse onde seria o encontro? Bom. Quando chegamos no fim da rua, esperei que ele fosse virar à esquerda, na direção de West End. Me diz, então, por que esse homem está indo para a direita, por favor?

Kyazike perguntou, virando a cabeça para perguntar a um público imaginário.

— Mas, olha, eu não disse nada, só mordi meu lábio e fiquei quieta. Pensei, *ok, talvez ele tenha uma surpresa pra mim, e eu não quero estragá-la*. Queenie, a próxima coisa que percebi é que estávamos estacionando no Crystal Palace, mano. E, sem ofender o Crystal Palace, mas minha roupa é uma roupa do Crystal Palace? Não. Então, ele saiu e começou a andar; e a partir daí eu não ia falar mais nada pra ele, estava irritada. Chegamos a um restaurante tailandês e ele parou, e eu fiquei parada ali também, olhando pra ele, sem conseguir acreditar que aquele era o lugar em que ele estava me levando.

"Ouça, Queenie. Não estou dizendo que sou boa demais para comer comida tailandesa, mas esse é um lugar que você vai em uma sexta-feira à noite quando está em um relacionamento há mais de dois anos. Não é o lugar para um primeiro encontro. Mas eu pensei comigo mesma, *vamos ver qual é a desse cara*. Nós entramos. A moça se aproximou e perguntou se tínhamos reserva. Sean disse: 'Mesa para dois com o nome Kyazike, por favor'. Como é que é? Isso não é ilegal? Como você faz uma reserva para me levar em um encontro e coloca no meu nome? — Ela revirou os olhos. — Enfim, respirei fundo e pensei *fique calma, vá em frente*. Nós caminhamos pelo restaurante e todo mundo ficava me olhando, vendo minhas roupas e se perguntando o que eu estava fazendo ali. Sentamos e começamos a conversar. Queenie, eu senti uma corrente de ar e olhei para cima. Por que tinha um buraco na parede que estava meio tapado por um pedaço de madeira? Esse cara estava louco? Era esse o lugar que ele queria me levar?

A essa altura, eu tive que abaixar a lâmina porque estava rindo tanto que estava com medo de machucar uma de nós.

— Ah, mas o buraco não era culpa dele. E talvez a comida fosse muito boa — argumentei sem muita convicção.

— Queenie, perguntei a ele se podíamos mudar de mesa. Ele chamou a garçonete e desta vez nos levaram para uma mesa do outro lado do restaurante, perto da escada que levavam ao porão. Eles colocaram Sean em um assento que fica a cerca de um centímetro de distância do degrau superior e ele me perguntou se poderíamos trocar de lugar. Com os meus saltos, ele queria que eu me sentasse no topo da escada para que eu corresse o risco de cair e quebrar o pescoço? Falei para ele ficar onde estava.

Eu estava deitada no sofá, tremendo de tanto rir, embora tivesse jurado que não seria capaz de sorrir novamente.

— Não é engraçado, mano, é a minha vida — Kyazike gritou. — Então, ouve só isso, ainda não acabou. Nós jantamos e a comida nem era tão boa assim. Ele conseguiu não cair da escada, ainda que fosse melhor que tivesse caído. A garçonete veio e perguntou se ele queria sobremesa, e ele disse que não, porque tinha uma surpresa especial pra mim. Sabe qual era a surpresa, Queenie?

— O que era? — perguntei com cuidado. — Será que eu quero saber?

— Ele queria me levar num campo de golfe.

Ela se virou para me encarar.

— Com. Esse. Vestido. E. Esses. Saltos. — Kyazike batia palma a cada palavra que pronunciava. — Queenie, quando eu disse pra ele que não ia entrar em um campo de golfe com um salto de quinze centímetros da Loubotin, sabe o que ele me respondeu?

Eu estava rindo tanto que parecia inútil tentar respirar, então disse, sem fôlego:

— O quê?

— Ele disse que me levaria ao Tesco Express para comprar tênis para mim. Mano, que raios de Tesco vende tênis? Eu disse para ele me levar pra casa.

Embora o encontro de Kyazike não fosse inspirador, certamente era inspirador. Sem usar o termo "ir pra jogo", se eu for a alguns encontros reais por conta própria neste intervalo que me separava da volta com o Tom, talvez parasse de pensar sobre como ter o coração partido poderia me matar. Naquela noite, antes de dormir, verifiquei o *OkCupid* outra vez.

> Portanto, não se esqueça de lavar seus lençóis... E seu pênis

Calma lá, esse citou *Spaced*, o que significa que ele realmente levou três segundos inteiros para ler quais são meus programas de TV favoritos. Respondi e, depois de providenciar rapidamente um encontro para irmos beber no dia seguinte, fui dormir agarrada a uma camiseta de Tom que roubei do cesto de roupa suja e que tinha um cheiro que eu estava determinada a sentir de novo nele.

5

As pessoas conversavam animadamente no pub, os copos tilintavam ruidosamente.

— A minha última namorada era negra.

Eu olhei para o homem com quem estava me encontrando e pisquei, certa de que tinha entendido errado.

— Perdão? — E me inclinei sobre a mesa.

— A minha última namorada era negra — ele repetiu, sem um pingo de ironia em sua voz.

— Que bom. Ela era uma pessoa legal? — Dei um grande gole no meu vinho. Eu ainda estava tomando antibióticos e o vinho tinto não estava me descendo bem.

— Ela era maluca. — Ele sacudia a cabeça e sinais de alerta e bandeiras vermelhas surgiam na minha. O rapaz era quase tão alto quanto era largo, com uma enorme barriga esticando a camiseta. Cachos loiros emolduravam suas bochechas rosadas. Em suma, ele se assemelhava a um grande querubim. Obviamente, ele não se parecia com um grande querubim nas fotos que colocou no *OkCupid*.

Meus olhos se cruzaram com os de uma menina do outro lado da sala, que também parecia estar em um primeiro encontro. Sorrimos uma para outra em solidariedade.

— Que tal voltarmos para a área de fumantes? Pra tomar um pouco de ar?

— Ou que tal irmos para a minha casa? — Ele deu de ombros. — Eu toparia.

Não sentia que aquilo fosse galanteador. Será que eu estava sendo antiquada demais em meus pensamentos? Fingi estar me sentindo mal e peguei o ônibus de volta para casa. Devo ter amaldiçoado a mim mesma, porque, no caminho de volta, de fato, comecei a me sentir mal. A minha cabeça estava pesada e o meu estômago se sacudia. Peguei o celular para mandar uma mensagem para Tom, mas parei. Se ficar sem falar comigo era o que ele precisava para lembrar que me amava, então era isso que eu ia dar para ele. Neste momento, comecei a enviar mensagens para um grupo que eu havia criado sem a permissão das pessoas que havia colocado ali. Darcy, Kyazike e Cassandra, três amigas de longa data que sabiam de quase todos os meus segredos. Eu talvez não devesse colocá-las juntas nessa bagunça digital, mas o grupo me poupava de copiar e colar os meus pensamentos e sentimentos de uma para a outra. E, na verdade, elas haviam aceitado muito bem.

Queenie:

Estou voltando para casa, o encontro acabou. Foi horrível. Ele parecia um querubim gigante

Queenie:

Mas não foi por isso que foi ruim, pq grande é bonito, como nós sabemos, mas ele não se parecia em nada com as fotos! O encontro foi ruim e ele era horrível

Darcy:

Horrível como?

Queenie:

Ele falou do nada que a ex era negra

Kyazike:

HAHAHAHAHAHAHAHA

Queenie:

E "maluca"

Cassandra:

Ele de fato disse "maluca"? Ou vc está parafraseando?

Kyazike:

Por que você foi, mano

Queenie:

Pra fazer alguma coisa enquanto o Tom curte o tempo dele?

Cassandra:

Eu diria que há um monte de técnicas de diversão que são bem melhores que essa

Darcy:

Pelo menos esse encontro ruim te fez lembrar que Tom é a pessoa certa para você?

QUEENIE MUDOU O NOME DO GRUPO PARA AS CORGIS

Cassandra:

O que é isso?

Queenie:

Isso o que?

Cassandra:

Corgis, óbvio.

Queenie:

A rainha ama os corgis dela

Queenie:

E eles dão suporte para ela

Queenie:

Como vcs estão fazendo agora

Cassandra:

E nesse cenário vc é a rainha?

Queenie:

Claro

Cassandra:

Acho que todas sabemos que a monarquia está obsoleta.

Darcy:

Eu achei fofo

Queenie:

Cassandra, é só uma brincadeira boba, relaxa. A não ser que você tenha alguma objeção a fazer, @Kyazike?

Kyazike:

> Não, suave. Faça o que tiver que fazer, mano

— Sabe do que mais, Darcy? — Era segunda-feira depois de uma festa de Halloween que tinha acontecido no final de semana e tinha sido uma bagunça emocional. — Vou fazer algumas promessas pra mim mesma, e vou cumprir. — Relembrei a minha decisão de evitar todos os homens, que eu havia feito depois do encontro desastroso com o querubim gigante, alguns dias antes.

— O que você quer dizer?

— Primeira promessa: me empenhar mais no trabalho. — Comecei a recitar a lista que eu havia salvado no meu celular. — Tenho negligenciado muito o trabalho ultimamente, e há muitas coisas sérias acontecendo no mundo que precisam ser cobertas por reportagens, e o *The Daily Read* não parece se importar.

— Tipo o quê?

— Hm, tipo o assassinato em massa de homens e mulheres negros desarmados pela polícia, aqui e nos Estados Unidos. Gentrificação em massa. Escravidão moderna?

— Queenie, eu não costumo ver nada a respeito disso, para ser sincera.

— Sim, claro que você não vê, Darcy. Eu estava pensando em começar a apresentar ideias pra Gina.

— É um bom começo. — Darcy balançava a cabeça, concordando, e seus cabelos caindo em seu rosto.

— Trabalhei muito pra conseguir esse trabalho, muito mesmo, e acho que estou cagando e andando.

— Está cedo demais para usar o termo "cagando". — Darcy suspirou colocando a cabeça entre as mãos.

— Número dois, talvez eu dê um tempo no aplicativo *OkCupid*. — E ignorei o desdém de Darcy. — Estou ficando um pouco obcecada com a atenção digital. Cerca de cinco minutos com quem ainda nem me encontrei e já estão me contando toda a história de vida deles. E apesar de eu não planejar contar para o Tom sobre os encontros que tive, não quero que, quando ele finalmente tiver aproveitado o tempo dele e voltar pra mim, o meu tempo tenha sido gasto todo transando com os caras em carros e tendo encontros com homens péssimos que fazem um bom trabalho em ocupar o espaço que tenho no meu cérebro, mas terminam diminuindo a minha autoestima.

— Você poderia deletar o aplicativo — Darcy sugeriu.

— Não, isso é ir longe demais — Balancei a cabeça. — A essa altura, eu tenho que me desacostumar com ele. Três. Quero passar mais tempo com a minha família. — Ergui três dedos e sacudi o terceiro. — Quatro, quero esquecer dos homens um pouco e usar esse tempo sem o Tom como um tempo afastada de homens. E cinco, não levar caras pra minha casa depois de uma festa, quando as brincadeiras bêbadas que eles fazem sobre gozar nos seus peitos é o que eles genuinamente querem fazer...

— Queenie. — Darcy me cortou. — Eu sei que sempre fazemos nossa seção de chá e fofocas na segunda-feira de manhã, mas ultimamente ela está ficando um pouco imprópria para essa hora do dia.

— A festa de Halloween da Fran realmente foi uma noite de variáveis extremas. — Soltei um longo suspiro.

— Os homens fazem isso com você, não fazem? Deve ser por causa deles. — Ela apontou para os meus seios.

— O Simon não faz isso? — Tomei um gole do meu chá.

— Por Deus, não, ele não faria. Mesmo que ele quisesse, eu não acho que os meus peitos são grandes o suficiente pra que isso seja sensual. — Darcy olhou para os seios dela.

— Mas o que é sensual a respeito disso? E por que eles têm tanto orgulho em fazer? — Eu me perguntei em voz alta.

A porta da cozinha se abriu e a Jean Silenciosa entrou. Ela nos encarou enquanto fazia a sua xícara de café. Quando ela finalmente saiu da cozinha, me lançou um olhar suspeito e fechou a porta atrás de si.

— Você se divertiu pelo menos, apesar de... — Darcy apontou novamente para os meus seios. — Passei a meia hora que ficamos lá cuidando de Simon. Ele ficou tão bêbado que tive que levá-lo pra casa. — Ela deu um impulso e se sentou no balcão da cozinha. — Ele sempre fica paranoico por ser o mais velho nessas festas e, então, bebe até se esquecer disso. — Ela cruzou as pernas e começou a agitar os pés.

— Antes de vocês irem embora, Simon encontrou tempo pra me puxar de lado e dizer, do modo paternalista e irritante de alguém de quarenta anos, que você estava preocupada comigo, ou algo assim. — Contei o episódio a Darcy esperando que Simon tivesse inventado aquilo.

— Bom, Queenie, eu estou preocupada com você. Mas podemos falar sobre isso depois, preciso ir buscar os estagiários do programa de verão. — Darcy apertou meu ombro e saiu da cozinha.

— Eu estou preocupada comigo — falei para a cozinha vazia.

Mais tarde, enquanto Gina estava reclamando (algo sobre seus filhos não quererem ir para o colégio interno e responderem atormentando a babá), a minha barriga começou a doer e a minha visão começou a ficar embaçada nos cantos. Pedi licença e fui para o lado de fora do prédio para tomar um pouco de ar. Um dos agentes de segurança me encontrou agachada perto da entrada e solicitou que eu me encaminhasse para a área externa designada, apontando para a área de fumantes. Eu praticamente me arrastei até lá e me inclinei contra uma parede. Percebi que estava deslizando lentamente, mas não tinha forças suficientes para me impedir de cair. Abri os olhos quando senti alguém me agarrar com as duas mãos.

— Você está bem? — Um homem me segurava firmemente.

Levei alguns instantes até perceber quem era ele.

— Óculos e Tweed — murmurei. — Me desculpe pelos seus sapatos.

— Perdão? — Eu não esperava que a voz dele fosse tão profunda.

— Nada. — Olhei para ele enquanto tudo parava de girar tão violentamente. Ele não estava de fato usando os óculos, e me olhou com seus olhos verdes brilhantes com pequenas manchas avermelhadas.

— Não precisa pedir desculpas. — Ele sorriu e pequenas rugas de expressão se formaram no canto de seus olhos.

— Tá bom.

Era tão bom receber o apoio físico de alguém.

— Certo. Se eu te soltar, você vai cair no chão? — Ele perguntou gentilmente.

— Acho que ficarei bem — respondi, voltando a sentir as minhas pernas. Ele me soltou e deu um passo para trás, as mãos pairando nas laterais do meu corpo.

Ele era mais alto do que eu achava. Pensei em levantar a cabeça para observá-lo e piscar os olhos em uma tentativa de parecer mais atraente, mas eu não tinha forças para tal.

— Bom, ao menos você não estragou os meus sapatos dessa vez. — Ele riu.

— Meu Deus, você ainda se lembra disso?

— Sim, tive que poli-los assim que cheguei em casa.

— Desculpe-me, eu estava tendo um dia ruim. Problemas com garotos. Coisa ruim. — A memória daquela semana inundou a minha cabeça e levei a mão à barriga, na esperança de que eu não fosse cair novamente.

— Ok, vou levar você lá para cima. Você fica na seção de Cultura, certo?

Confirmei e deixei que ele me guiasse pelo prédio até a minha mesa.

— Obrigada — agradeci sinceramente. — Acho que vou tomar um chá de erva-doce ou algo do tipo, sinto que a minha glicose está caindo.

Óculos e Tweed escreveu o e-mail dele no meu bloco de notas e me fez prometer que ia enviar um e-mail para ele quando me sentisse melhor.

— Assim, vou saber se devo trocar de profissão e ser seu enfermeiro.

Segunda-feira, 1 de novembro, Jenkins, Queenie <queenie.jenkins@dailyread.co.uk> escreveu às 16:02:
Consegui sobreviver a essa tarde sem cair em nenhum dos meus colegas de trabalho. Agradeço novamente por hoje mais cedo!

Segunda-feira, 1 de novembro, Noman, Ted <ted.noman@dailyread.co.uk> escreveu às 16:10:
O prazer foi todo meu. Fazia muito tempo desde a última vez que uma menina bonita tinha caído em mim. Eu poderia me acostumar com isso.

Segunda-feira, 1 de novembro, Jenkins, Queenie <queenie.jenkins@dailyread.co.uk> escreveu às 16:17:
Uau. Que resposta brega, Ted. Retiro o que eu disse.

O que estava acontecendo? Seria isso flertar? Por que ele quereria flertar com alguém que parecia meio morta e que havia demonstrado isso de forma quase literal ao cair no chão?

Segunda-feira, 1 de novembro, Noman, Ted <ted.noman@dailyread.co.uk> escreveu às 16:25:
Um homem não pode ser culpado por tentar, Queenie. Eu finalmente consegui falar com a menina que estive procurando pelo prédio há semanas e perdi a compostura... peço desculpas.

Segunda-feira, 1 de novembro, Noman, Ted <ted.noman@dailyread.co.uk> escreveu às 16:30:
Lindo nome, aliás. Combina com você...

Relembrei as promessas um e quatro que tinha feito naquela manhã. Focar no trabalho e nada de homens. Dei um gole no meu chá e trabalhei em algumas ideias para apresentar para Gina. Quis esse trabalho para forçar uma mudança e trazer representação, mas até agora tudo o que eu havia feito era preencher listas e revisar textos.

Alguns dias mais tarde, já não havia desmaios, mas eu estava cansada depois de conseguir que minhas três melhores amigas fossem a um show de fogos de artifício comigo. O pensamento por trás era de que atividades com amigas poderiam fazer me sentir um pouco mais eu mesma. Mas, até então, eu estava apenas me sentindo como secretária e mediadora dos nossos encontros. Darcy, Cassandra e Kyazike haviam se superado no quesito apoio, só por me deixarem enchê-las de mensagens de texto, apesar de eu estar começando a ficar preocupada de que tudo estivesse se transformando no "show da Queenie". Não quero que elas pensem que existem somente para me ouvir reclamar do quanto a minha vida é uma piada.

AS CORGIS

Kyazike:

> Vai estar frio

Cassandra:

> É novembro, então provavelmente sim.

Kyazike:

> Afff, você entendeu o que quero dizer. Estará frio para um dia de novembro

Cassandra:

> Devo reformular o que eu disse? Provavelmente, sim.

Darcy:

Estará 4 graus! Então é melhor a gente se agasalhar muito bem! Eu tenho um par de luvas extras se você precisar, Kyazike

Kyazike:

Ahhaha tô de boa

Cassandra:

Kyazike, não tem por que recusar as luvas se você acha que vai precisar delas.

Kyazike:

Eu não preciso, só perguntei se vai estar frio

Darcy:

De qualquer modo, elas estão aqui se você precisar!

Queenie:

Deixando as luvas e o tempo de lado, será uma noite muito legal, eu espero que estejam empolgadas. Nos encontramos às 18h do lado de fora da estação Crystal Palace, pode ser?

Kyazike:

Não consigo às 18h

Cassandra:

> Nossa, que surpresa. Quando você consegue?

Kyazike:

> Queenie, por favor manda a sua amiga relaxar

Queenie:

> Ela não quis dizer nada com isso, Kyazike

Darcy:

> Pode ser 18h30?

Kyazike:

> 18h30 eu consigo, mas encontro vcs fora do parque, eu não vou descer todo aquele morro até a estação só pra ter q subir até o parque de novo

Fui até a cozinha fazer uma xícara de chá porque eu precisava de um tempo do grupo mais estressante de que já tinha participado.

Na volta, vi Ted caminhando pelo meu andar, uma visão em tweed e, dessa vez, de óculos. O meu coração deu um ligeiro pulo quando me lembrei como as mãos dele me seguraram com força. Eu me sentei novamente na minha mesa, abri um novo e-mail e comecei a escrever.

— Chá?

Eu me virei e, ao mesmo tempo, tentei minimizar a janela do e-mail. Darcy inclinou-se sobre mim e olhou para a minha tela.

— Pra quem você está enviando um e-mail dizendo "não suma"?

— Pra ninguém. — Soltei. — Quer dizer, não, pra alguém. A freelancer que costumava vir às terças-feiras. Ia perguntar se ela queria pegar mais turnos. — Desliguei a tela do computador. — Vamos poupar energia.

— Cuidado. É um pouco inapropriado dizer isso para um colega de trabalho. De qualquer modo, vim aqui te dizer que vou ter que ficar até um pouco mais tarde, já que você parou de responder no Corgis. Gina precisa que eu faça umas coisas. É incrível, esses chefes dão todas as ordens, mas ficam atordoados até mesmo com o menor avanço tecnológico. — Ela passou uma das mãos pelos cabelos, meio nervosa, e se afastou.

> Sexta-feira, 5 de novembro, Noman, Ted <ted.noman@dailyread.co.uk> escreveu às 14:04:
> Olha ela aí. O que vai fazer depois do trabalho? A fim de uma rapidinha? ... Uma cerveja.

Senti uma pitada de empolgação que se refletiu na primeira resposta que escrevi. Apaguei o texto, substituindo por algo menos intenso.

> Sexta-feira, 5 de novembro, Jenkins, Queenie <queenie.jenkins@dailyread.co.uk> escreveu às 14:10:
> É, eu entendi. Bom ver que você ainda continua brega.

> Sexta-feira, 5 de novembro, Noman, Ted <ted.noman@dailyread.co.uk> escreveu às 14:15:
> Ai. Tudo bem, vou me esforçar mais. Mas e quanto à cerveja?

> Sexta-feira, 5 de novembro, Jenkins, Queenie <queenie.jenkins@dailyread.co.uk> escreveu às 14:25:
> Só se for bem rápido. Vou ter que sair escondida às cinco e posso ficar no máximo 45 minutos. Passei semanas convencendo minhas amigas a ir ao show de fogos de artifício e não posso cancelar agora, sabe como é.

> Sexta-feira, 5 de novembro, Noman, Ted <ted.noman@dailyread.co.uk> escreveu às 14:30:
> Tudo bem, eu tenho um jantar para ir. Nos encontramos no pub próximo à igreja?

Às quatro e meia, percorri o escritório pedindo maquiagem emprestada das minhas colegas de trabalho. Sendo a única menina negra, tive que me virar com o delineador líquido da Zainab da seção de Digital, máscara de cílios da Josey, a menina iraniana antissocial no departamento de Música, e tive que pedir um blush emprestado para Darcy, apesar de saber que, mesmo que aplicasse sete camadas do produto nas minhas bochechas, ele continuaria imperceptível.

— Por que você precisa de blush? Estará escuro no parque. — O jeito prático de pensar de Darcy nem sempre era bem-vindo.

— Só preciso, quero ficar bonita. Aumentar a minha autoestima e tudo mais.

— Você já está bonita. Aonde você vai?

— Eu sinto que você está desconfiada?

Darcy olhou para mim e ergueu as sobrancelhas.

— Está bem. Aquele menino da seção de Esportes, o que usa tweed e óculos, me mandou um e-mail dizendo que queria ir tomar uma cerveja rápida.

— Tipo ir beber e flertar? — Darcy perguntou. — E quanto a todas as suas promessas?

— Bom, sim, você está certa, mas eu acho que não tem problema em ir tomar uma cerveja com um colega de trabalho, tem? — Não fui nada convincente.

— Ok. Bom. Toma cuidado. Onde se ganha o pão não se come a carne. — Ela me entregou o blush. — E não se esqueça dos fogos de artifício!

— Eu não me esqueceria, não depois de todo o trabalho que tive pra conseguir juntar vocês todas no mesmo lugar ao mesmo tempo. — Revirei os olhos e apliquei mais blush. — Se a Gina perguntar onde estou, diga que eu tive uma pequena emergência familiar.

— Queenie, você sabe o que está fazendo, não sabe? — Darcy usou um tom solene. — Não quero ser a senhora-caga-regras, mas se você for demitida, eles podem te substituir por cem outras garotas como nós.

— Ah, então eu sou dispensável? — Eu ri em uma tentativa de esconder o quanto a verdade nas palavras dela havia me atingido. — Falta só meia hora para irmos embora.

— Sim, mas também tem as semanas que se passaram.

— Darcy, sou boa no meu trabalho e eu gosto do meu trabalho, e quero ser melhor no que faço e serei. Isso é só uma distração bem-vinda. — Mantive o meu sorriso, não querendo discutir com a minha melhor amiga no pior momento possível. — Você está me bisbilhotando?

— Não bisbilhotando, mas tentando te lembrar de tudo o que você pode perder.

— Eu não perdi nada e nem irei perder — assegurei enquanto me afastava.

Quando cheguei no pub, tentei encontrar um lugar para me sentar do lado de fora que estivesse seco e fosse mais discreto, já que cerca de dez dos homens mais velhos do trabalho estavam passando por ali e ergueram as sobrancelhas quando eu me espremi por eles a fim de procurar por uma mesa. Não encontrei nenhuma que cumprisse os requisitos que eu tinha estabelecido e, quando Ted chegou no pub e compramos nossas cervejas, acabamos ficando parados em pé, próximos a uma mesa molhada. Conversamos durante muito tempo, primeiro com cautela, depois rapidamente, empolgados, com a mão dele cada vez mais se aproximando da minha, por cima da mesa.

— E você gosta de trabalhar naquele prédio? — Eu podia sentir que flertava com meus olhos.

— Sim, gosto. Há muitas salas secretas também. Você já as explorou? — Ele encostou o dedo mindinho dele no meu.

— Hm? — Um calor percorreu todo o meu corpo. — O quê?

— Perguntei se você já explorou o prédio. — Ted repetiu, sua voz se abaixando para um sussurro abafado.

Tom surgiu em minha mente e tirei a minha mão da mesa.

— Não, nunca explorei. Mas qual é o caminho que você faz pra chegar lá?

— Ah, sim, um caminho simples. — Ted disse, visivelmente confuso pela minha súbita mudança de direção na conversa. — Quando trabalho à noite, tenho que pegar o ônibus de Hackney. Mas eu sou durão, então não há problemas.

— Ah, estou autorizada a rir disso? — Dei um sorriso irônico, sentindo o meu rosto esfriar.

Ele não era muito engraçado, mas:

1. Fora Kyazike, que é dez vezes mais engraçada do que eu, eu não acho ninguém tão engraçado quanto eu, até mesmo nesse que era o momento mais obscuro da minha vida.
2. Na verdade, nenhum homem é tão engraçado quanto eu ou qualquer mulher que eu já tenha conhecido.

3. Ser engraçado é importante quando, durante a noite, consegui parar de pensar no Tom por mais do que três minutos?

3.a. E, ALÉM DISSO, me lembrei novamente de como era a sensação de ter um homem bonito falando comigo como se eu não fosse somente um orifício ou alguém infinitamente inferior.

— Ah, tenho certeza de que você é muito durão, Ted — ronronei.

O que eu estava fazendo? Pensei em mais uma pergunta entediante e prática para fazer.

— E com quem você mora, Ted?

— Eu moro com... espera um instante, tem alguma coisa no seu cabelo. — Ele se moveu na minha direção, a sua mão alcançou meu cabelo e ficamos só a um milímetro de distância um do outro.

Olhei para ele e minha boca se abriu enquanto ele se abaixava.

— Que horas são?

Ele riu.

— Ah, como assim?

— É sério, que horas são? — O pânico começava a me dominar.

— Seis horas e cinco minutos. — Ele me mostrou o relógio.

— Tenho que ir, desculpa, estou atrasada, os fogos de artifício.

Saí correndo do pub e continuei correndo até chegar à estação de trem do Crystal Palace. Não consegui recuperar o fôlego antes de encontrar Cassandra, que tremia do lado de fora da estação.

— Pronta para a subida? — Ela soprou ar quente nas mãos ossudas. Cassandra era a primeira pessoa judia que eu havia conhecido. Isso aconteceu provavelmente porque cresci no sul de Londres e só ia até o norte da cidade de vez em quando, para ver a outra parte da minha família. Coloquei as minhas coisas perto de Cassandra em um seminário sobre a língua inglesa e, assim que me sentei, ela se inclinou para mim para me dizer que, como as duas únicas representantes de minorias no curso, tínhamos que nos apoiar.

A primeira coisa que notei sobre Cassandra, além de sua insistência, era o seu cabelo. Era longo e castanho, mas qualquer raio de luz fazia com que brilhasse como ouro. Assim como o cabelo dela, seus olhos também eram castanhos com vislumbres dourados. Os nossos outros colegas de classe a evitavam, acredito que porque o principal traço de sua personalidade é a "hostilidade", mas eu não me importava. Eu gostava dela. Não apesar da hostilidade, mas também por isso. Depois de se aproximar de mim no seminário, ela me disse que eu deveria deixá-la me oferecer um jantar naquela noite e, desde então, me diz como devo viver a minha vida a cada oportunidade que tem.

— Será que existe alguém que esteja pronto pra essa subida? — Olhei para a parte mais inclinada. — Mas temos que esperar pela Darcy, ela ficou presa no escritório. — Chequei o meu celular. — E nós vamos encontrar Kyazike nos portões do parque.

— Ah, antes que eu me esqueça... — Cassandra tirou um envelope de seu bolso. — ... 150, certo? — Ela parecia balançar o envelope na minha frente.

— Sim, obrigada. Desculpe, eu sei que isso é chato, mas eu não posso mais pegar dinheiro emprestado do Tom...

— Não é chato, mas eu não entendo. Quando você fica sem dinheiro, por que não pega do seu outro dinheiro?

— O quê? — Eu ri. — Que outro dinheiro?

— Você sabe, das suas economias, poupança, esse tipo de coisa.

Eu a encarei sem expressão.

— Não se preocupe. Vou ajudar você com isso. — Ela me entregou o envelope.

Continuamos paradas no frio esperando por Darcy, Cassandra me contando como todo homem que ela conhecia se apaixonava por ela, mas fazia tempo que ela não conhecia um homem com o qual sentisse uma verdadeira conexão.

— E Derek era um tédio, Queenie. Ele não fez nenhuma pergunta sobre mim nos quatro meses em que ficamos juntos. Eu tinha que guiar todas as nossas conversas. Decidi, em uma noite que saímos para jantar, que eu não ia perguntar sobre ele. E adivinha? Depois de nos cumprimentarmos, não falamos mais nada.

Quando Darcy chegou à estação, já tínhamos virado dois blocos de gelo. Eu sentia que meu nariz estava prestes a cair, e os dentes de Cassandra batiam de forma engraçada.

— Desculpem por me atrasar. Desculpa. Olá de novo, Queenie. Como foi a cerveja?

— Um excesso. Talvez até demais — respondi, enquanto ela me abraçava rapidamente.

— Bom, eu avisei você. — Ela ergueu uma sobrancelha para mim.

— Bom ver você de novo, Darcy. Vamos, gente? — Cassandra foi categórica e enrolou o lenço um pouco mais apertado no pescoço.

Todas começamos a subir o morro mais inclinado do sul de Londres, os meus joelhos praticamente batendo no meu peito a cada passo. As meninas caminhavam a passos largos, conversando. Eu estava sem fôlego para me envolver na conversa e, por isso, apenas ouvia ou concordava com a cabeça ou acenava que não.

— Então, como andam as coisas com você e o seu namorado, Darcy? Vocês ainda estão juntos? Desculpa por todas essas perguntas, mas é que faz tempo que não vejo você. Ouço apenas coisas que Queenie me conta. Qual é o nome dele mesmo? — Cassandra fazia seu interrogatório enquanto o barulho de seus saltos fazia eco à nossa volta durante a caminhada.

— Simon? Sim, tudo bem entre nós. Faz alguns meses que estamos morando juntos e tudo está indo superbem. Há alguns problemas, desentendimentos, mas...

— Como o quê? — Cassandra perguntou, mesquinha.

— Bom, você sabe que ele é quinze anos mais velho do que eu? Ele está pronto para uma vida que eu não achei que não teria que pensar por anos. Filhos e financiamentos e... — As palavras saíam rapidamente.

— Por que você nunca fala comigo sobre isso? — Bufei.

— Me parece um pouco trivial, levando em consideração o que você está passando. — Darcy sorriu. — Está tudo bem, não é nada com que eu não possa lidar.

— Há quanto tempo vocês estavam juntos? Digo, antes de começarem a morar juntos? Você acha que fizeram essa mudança cedo demais? — Cassandra pressionou.

— Hm, eu acho que seis anos? — Darcy disse.

Eu confirmei.

— Seis anos? — Cassandra repetiu. — É uma boa quantidade de tempo para decidir morar junto, não é, Queenie?

Eu estava olhando para frente, concentrada no topo do morro, mas com a minha visão periférica pude ver que Cassandra olhava diretamente para mim. Concordei, desviando de seu olhar, e tentei inspirar pelo nariz e soltar o ar pela boca.

— Sabe como é, é sempre arriscado, e alguns casais simplesmente não funcionam assim. Mas não é ruim que seja diferente pra cada casal. — Darcy estava colocando um braço nos meus ombros, como se subir aquele morro não fosse o suficiente.

Concordei de novo, passando a respirar pela boca.

— Não estou sendo malvada, só estou pensando em voz alta. — Cassandra cortou. — E mais, Queenie nem queria se mudar tão cedo com o Tom. Ela disse que não estava pronta, e ele basicamente deu um ultimato para ela. Não é justo.

Concordei mais uma vez.

— Eu não acho que ela deva se encontrar com ele novamente — Cassandra concluiu.

— Isso não é ser radical demais, Cassandra? Eles ficaram juntos por três anos. Eles ainda estão juntos, mais ou menos. E eles se amam. — Darcy claramente não compreendia que a melhor forma de lidar com Cassandra era deixá-la acreditar que ela estava certa a respeito de tudo.

— Um tempo pode muito bem ser um término. — Cassandra foi definitiva, e Darcy ficou em silêncio depois dessa declaração.

Finalmente chegamos ao topo da colina, e eu tinha a esperança de que o suor nas minhas bochechas não fosse visível. As meninas pareciam pouco incomodadas com a subida. Fomos para a entrada do parque e, dentre a multidão, avistei Kyazike recostada nos portões de metal. Abrimos caminho para chegar até ela, eu tentando tocar na menor quantidade de pessoas possível.

— Vocês realmente vieram tranquilas e no tempo de vocês, hein. — Ela piscou vagarosamente. — Está um frio do caramba aqui. E vocês têm sorte por não estar mais chovendo.

Kyazike não gostava de lama, ou de fogos de artifício, ou do frio, mas a convenci a conhecer minhas outras melhores amigas, visto que fazia dois meses que elas estavam no mesmo grupo de conversa e ia acabar ficando estranho que elas não se conhecessem na vida real. Pode ser que eu tenha sugerido que eu não faria o cabelo dela novamente se ela não fosse conosco.

— Desculpa, foi tudo minha culpa. Oi, eu sou a Darcy! — Darcy saltitou na direção de Kyazike e lhe deu um abraço apertado. — Não acredito que só agora nos conhecemos, já ouvi tanta coisa sobre você. E já falei tanto com você, companheira Corgi.

Kyazike a abraçou de volta, surpresa pelo contato físico.

— Você não me disse que ela era tão simpática, Queenie. — Ela sorriu para mim por cima dos ombros de Darcy.

— Só lembrei depois que você já conheceu Cassandra. Você lembra? — E coloquei uma mão no ombro de cada uma quando Darcy finalmente soltou Kyazike. — Ano passado, no meu aniversário de vinte e quatro anos.

— Como é que se pronuncia o seu nome mesmo? — Cassandra perguntou.

Fiquei com medo. Apesar de ser melhor perguntar do que arriscar uma pronúncia que em nada se assemelha ao original, eu já tinha falado bastante sobre Kyazike para que Cassandra se lembrasse. Ela teria se lembrado se fosse um nome simples como Sarah, Rachel ou algo do tipo.

— Tches. Q. — Kyazike explicou.

— Ah, tudo bem, tipo Jéssica sem o "ic" no meio?

— Não. Como o meu nome mesmo. Sem nenhum nome ocidental. Tches. Q. — Ela repetiu. E tive medo de que ela fosse falar sobre si para Cassandra, mas, em vez disso, ela olhou para os pés de Cassandra.

— Lindos sapatos. Miu Miu? — Kyazike parecia impressionada.

Soltei o ar que eu estava prendendo.

— Sim, mas comprei na liquidação. — Cassandra levantou um pé, girando-o delicadamente.

— Sempre bom encontrar coisas em comum — Darcy disse para as duas. — Vamos, então? Conseguir um lugar legal?

Ela liderou nosso caminho pelo parque e todas nós a seguimos, eu usando as minhas botas Dr. Martens, e Cassandra e Kyazike criando ainda mais laços quando perceberam que havia sido uma péssima escolha ir de sapatos de salto alto a um show de fogos de artifício, uma segurando na outra para abrir caminho em meio à lama.

Meia hora depois, após disputas passivo-agressivas sobre o melhor lugar para ficarmos paradas, aquele que nos permitiria ver os fogos de artifício e sentir que estávamos na multidão e observar as duas pessoas do nosso grupo que usavam saltos, ficamos as quatro paradas em um caminho de concreto no canto do parque esperando que as coisas começassem. Enquanto eu agarrava um copo de isopor com chocolate morno, o meu grupo de amigas bebia diretamente do gargalo de uma garrafa de Prosecco.

— Então, você foi em um encontro com um colega de trabalho? — Kyazike perguntou. — Quem foi que achou que isso seria uma boa ideia?

— Não, fomos só beber juntos. — Eu me justifiquei enterrando o meu rosto no copo. — Só uma cerveja com um colega de trabalho.

— Ele é solteiro? — Cassandra perguntou. — Se ele é solteiro e acha que você é solteira, foi um encontro.

— Ele não deu a entender que tinha namorada, então acredito que seja solteiro. — Dei de ombros. — Não que a sua teoria esteja correta.

— Como assim não deu a entender?

Darcy sempre precisava de mais explicações sobre essas coisas.

— É quando um cara, mesmo que seja ele a abordar você para, por exemplo, perguntar as horas, dá a entender que ele está comprometido.

— Cassandra explicou, revirando os olhos. — Como na semana passada, quando eu estava em um café e tinha um menino em uma mesa perto da minha com ketchup no rosto. Fiquei tão distraída pela mancha que acabei encarando-o por algum tempo, perguntando-me quão aceitável seria ir até ele pra limpar aquela sujeira. Em determinado momento, ele se virou para mim e disse: "Computador legal. A minha namorada tem um igual". É a maneira que eles encontram de dizer para eles mesmos que a) eles são irresistíveis pras mulheres e b) eles têm o controle sobre todas as interações deles.

— Vocês acham que o Tom parou de dar a entender que namora? — perguntei.

— Você nem ouviu falar dele ainda? — Kyazike perguntou.

— Hã? — Levei o copo para perto da boca. — Não.

Engoli a minha tristeza junto com o chocolate.

— Mas está tudo bem — completei. — É bom mantermos esse espaço entre nós.

— Ele deveria estar implorando pra você voltar pra ele agora, mano. — Kyazike balançou a cabeça.

Olhei para o céu, apesar de os fogos de artifício não terem começado, na esperança de que as lágrimas que estavam quase transbordando voltassem para os meus olhos.

— Você tem certeza de que não quer um pouco, Queenie?

De repente, me perdi nos meus próprios pensamentos distorcidos, variando entre pensar o que Tom estaria fazendo e culpa por ir no que acabou sendo mais do que uma cerveja entre colegas de trabalho com o Ted e sentir que uma parte de mim queria se jogar nele e deixar ele fazer o que quisesse com o meu corpo.

— Não, obrigada, Cassandra. Tomei vinho. E, além disso, já estou sentindo azia. — E recusei o Prosecco. Kyazike pegou a garrafa das mãos de Cassandra, limpando a boca com a manga antes de colocá-la nos lábios.

— Isso é Champers? Não tem o mesmo gosto — ela comentou depois que tomou dois grandes goles.

— É Prosecco, o primo italiano do champagne — Darcy explicou. — Posso dar um último gole?

— Ha. Obrigada pela educação. Você pode ter mais do que um gole, ainda tem muito. — Kyazike entregou a garrafa para Darcy.

Os fogos de artifício começaram, e nós assistimos em silêncio. Olhei para as minhas três amigas, as luzes explodindo no céu e iluminando seus lindos rostos. Cada uma representava uma parte diferente da minha vida e tinha surgido em momentos diferentes; e eu estava sempre tentando entender por que elas continuavam ao meu lado.

— Queenie, consigo ver você nos encarando e sorrindo. Pare de ser esquisita — Cassandra sussurrou.

6

Percorri o Tumblr em busca de artigos sobre os mais recentes protestos na América, lendo longos textos escritos por testemunhas oculares, as palavras interrompidas por fotos de homens e mulheres negras sendo cercados pela polícia em insurreições ou tendo leite derramado em seus rostos para minimizar os efeitos do gás lacrimogêneo. O artigo seguinte mostrava um vídeo de um jovem homem negro chamado Rashan Charles sendo estrangulado em uma loja do oeste de Londres por um policial disfarçado. Anexei dois artigos a uma apresentação que eu havia meticulosamente montado para Gina, chamada "Tensão Racial: EUA ou todos nós?". Com o canto dos olhos, vi alguém se aproximar da minha mesa e minimizei o navegador. Quando levantei os olhos da minha tela, Darcy me encarava com um sorriso tão escancarado que o rosto dela estava dividido em dois.

— O quê? O que poderia fazer você sorrir tanto em uma segunda-feira de manhã? — Os meus olhos mal estavam abertos.

— Espere até ver o novo estagiário — sussurrou. — Ele é americano.

— Por que isso seria um ponto positivo? Você está dizendo como se fosse uma coisa boa? Eles são todos loucos. Sabemos se ele votou no Trump? — perguntei enquanto o novo estagiário passou por nós a passos largos, com a confiança típica dos americanos. Ele era bem alto e seus cabelos eram castanhos. Não havia muito para se notar além disso.

— Você viu? Você não acha que ele é de uma beleza clássica? — Darcy sorriu novamente.

— Ele é bonito. — E me virei novamente para a minha tela.

— Ele se chama Chuck. Eu o escolhi porque achei que seria uma distração boa e saudável. Ele é quase novo demais para que pensemos em fazer qualquer coisa, mas não tão novo que não se possa olhar para ele — ela continuava sussurrando. — E só olhar. Lembre-se do que eu disse sobre Ted e sobre não se comer a carne onde se ganha o pão.

Virei minha cadeira para ficar de frente para ela.

— Isso não é ilegal? — Com certeza aquilo quebrava alguma regra básica de convivência em ambientes corporativos.

— Não, e além disso, ele não foi contratado pra um emprego de verdade. E ele tem vinte e dois anos. É permitido.

Era nisso que tínhamos nos transformado?

— Chá? — Darcy segurava a caneca vazia.

— Encontro você na cozinha, só vou enviar um e-mail pra Gina.

— Ah, finalmente voltando ao ritmo de trabalho? Bom saber. — Então, ela se virou para seguir para a cozinha.

— Outro homem negro morreu nos Estados Unidos hoje — comentei com Darcy quando entrei na cozinha, piscando enquanto meus olhos se ajustavam à claridade da luz. — Foi morto pela polícia.

— Ah, não, o que ele estava fazendo? — Ela estava meio desligada.

— O que você quer dizer com "o que ele estava fazendo?". Ele não estava fazendo nada, estava dirigindo. — As palavras saíam rapidamente da minha boca. — E mesmo que ele estivesse fazendo alguma coisa, isso não significa que ele deveria ter sido assassinado.

— Está bem, se acalme. — Darcy levantou as mãos. — Desculpa, minha mente estava em outro lugar. E eu estou do mesmo lado que você, só estava perguntando.

— Você fez uma pergunta idiota — soltei. — Esse tipo de atitude é exatamente o problema.

— Wow, Queenie. É comigo que você está falando. — Darcy franziu o cenho. — Lembra-se? Darcy? Melhor amiga? Progressista?

— Não estou chamando você de racista, só estou dizendo que o pensamento de que alguém deve ser morto por fazer algo de errado é muito perigoso.

Por que eu estava descontando nela?

— Eu vou fumar um cigarro. — Deixei a cozinha antes de dizer algo de que me arrependesse depois. Sei que não havia sido a intenção de Darcy, e ela só falou assim essa vez, mas eu gostaria que brancos progressistas bem-intencionados pensassem antes de falar coisas que julgavam ser perfeitamente inocentes.

Desci e coloquei um cigarro na boca, procurando um isqueiro. Dei uma olhada pela área de fumantes para ver quem eu poderia perturbar para pedir um. Os meus olhos se encontraram com os de Ted. Empolgação e culpa fizeram o caminho de volta. Preciso relembrar os bons tempos com Tom quando me sentir tentada pelo Ted.

Ele derrubou a ponta de seu cigarro no chão e veio até mim.

— Você fugiu de mim no outro dia. Me deixou sozinho.

Ele acendeu outro cigarro com o isqueiro e, então, esticou-o na minha direção, a chama ainda acesa.

— Posso acender eu mesma. — Lembrei o quão estúpido seria começar uma coisa quando ainda tinha um relacionamento para o qual voltar.

Peguei o isqueiro da mão dele, acendi o cigarro e traguei rápido demais, engasgando quando a fumaça chegou ao fundo da minha garganta.

— Tudo bem, Ted? — Um homem corpulento que usava roupas apertadas demais acenou para Ted enquanto passava.

— Tudo bem, obrigado, Gordon. — Ted acenou, virando-se para ficar perto de mim. Ele esperou até que o homem tivesse saído e se aproximou ainda mais, fazendo com que nossos braços se tocassem.

— Desculpe, esse é meu colega de mesa — Ted explicou, passando a mão que não estava perto de mim por seus grossos cabelos. — Como foram os fogos de artifício?

— Acho que perdi minha echarpe, mas fora isso foi muito legal, obrigada. — Eu evitava fazer contato visual. É aí que esses homens me ganham.

— A quadriculada que você tem?

— Sim. Mas não tem valor sentimental, então não há problema.

— Sabe, eu estava indo jantar com amigos naquela noite, mas gostaria de ter ficado com você — ele disse, olhando em volta e se movendo para ficar à minha frente.

— Legal você dizer isso. Mas aposto que você se divertiu mesmo assim.

Ele se aproximou ainda mais.

— Não me diverti tanto quanto se estivéssemos juntos.

— Tenho que ir — cortei, me afastando.

Não se deixe levar, Queenie.

Assim que cheguei na minha mesa, me deparei com um e-mail de Ted.

Segunda-feira, 9 de novembro, Noman, Ted <ted.noman@dailyread.co.uk> escreveu às 11:04:
Uma saída um tanto quanto abrupta. Aliás, gostei da sua camiseta.

Senti meu rosto corar e fingi que não era de excitação. Mas não fui dissimulada o suficiente para enganar o meu corpo, porque a culpa logo apareceu. Enviei uma mensagem para Tom.

> Queenie:
>
> Como você está?

Segunda-feira, 9 de novembro, Jenkins, Queenie <queenie.jenkins@dailyread.co.uk> escreveu às 11:26:
Eu provavelmente estou fazendo o maior papel de idiota ao dizer isso, porque provavelmente você está apenas sendo um colega de trabalho muito amigável, mas, se não estiver, provavelmente não é uma boa ideia se envolver emocionalmente com alguém do trabalho, você não acha? Nos divertimos muito bebendo juntos, e acredito que deveríamos deixar por isso mesmo.

Depois de escrever o e-mail, respirei, me levantei e fui preparar um chá de menta para acalmar os nervos e, quando voltei, a seguinte resposta me esperava:

Segunda-feira, 9 de novembro, Noman, Ted <ted.noman@dailyread.co.uk> escreveu às 11:30:
Acontece que eu não quero deixar esses momentos por isso mesmo. Além disso, eu quero que você saiba que não sou o tipo de cara que iria desrespeitar você, muito menos me comportar mal se as coisas não dessem certo.

Decidi esperar para ver se Tom iria me responder. Se ele não me respondesse até à noite, então talvez, somente talvez, eu pudesse tomar outra cerveja com Ted.

Segunda-feira, 9 de novembro, Noman, Ted <ted.noman@dailyread.co.uk> escreveu às 11:31:
Estou aqui se você me quiser

Segunda-feira, 9 de novembro, Noman, Ted <ted.noman@dailyread.co.uk> escreveu às 11:35:
Quando você me quer

Segunda-feira, 9 de novembro, Jenkins, Queenie <queenie.jenkins@dailyread.co.uk> escreveu às 18:03:
Darcy, eu tenho uma nova promessa para substituir a promessa número quatro, que era: "esquecer os homens um pouco e usar esse tempo sem o Tom como um período afastada de homens". A nova promessa é: "esquecer os homens com os quais posso querer ter um relacionamento longo, mas encontros casuais são aceitáveis enquanto Tom não responder".

Segunda-feira, 9 de novembro, Betts, Darcy <darcy.betts@dailyread.co.uk> escreveu às 18:10:
Oi, Dua Lipa, que legal receber um e-mail seu. Por que você precisa de advertências? Por que você não pode simplesmente se afastar de todos os homens?

Segunda-feira, 9 de novembro, Jenkins, Queenie <queenie.jenkins@dailyread.co.uk> escreveu às 18:15:
1. A música da Dua Lipa se chama *New rules*, e isso significa regras novas, não promessas novas, Darcy, poxa vida
2. Você não tem o direito de me julgar até ter vivenciado esse nível de sofrimento e incerteza
3. Você sabe que eu preciso de atenção e de um pouco de empolgação, e enquanto estou esperando por aquele que pode ou não ser o meu namorado me mandar uma mensagem dizendo que quer tentar novamente, essa é a forma menos complicada de agir
4. E, na verdade, considerando o ponto 2, você não fica solteira desde os onze anos, então nem venha com essa de "simplesmente se afastar de todos os homens"
5. Estou falando tudo isso para que você basicamente repita para mim quando eu precisar ouvir que estou fazendo a coisa certa. Que tal você criar uma resposta automática específica para mim que diga "você está certa no que está fazendo"?

Segunda-feira, 9 de novembro, Betts, Darcy <darcy.betts @ dailyread.co.uk> escreveu às 18:20:
Ah, mil desculpas. Você quer escrever esse e-mail por conta própria ou prefere que eu faça um rascunho e envie para a sua aprovação?

Fui para a casa dos meus avós depois do trabalho porque eu precisava tomar banho em um local que fosse higienizado com regularidade e oferecesse mais do que cinco segundos de água quente. Triturei o cascalho da entrada e fiquei parada do lado de fora do portão, respirando profundamente antes de encontrar a minha avó.

Essa era a segunda casa que meus avós haviam comprado; o meu avô usou todas as suas economias para comprar a primeira casa nos anos sessenta, e minha avó usou todas as suas forças para limpá-la até se cansar e forçar o meu avô a comprar uma casa menor, quando eu era adolescente. Essa ficava em uma colina silenciosa, onde muitas outras pessoas idosas viviam. Não havia carros passando em velocidade alta nem festas, somente mulheres mais velhas puxando carrinhos para cima e para baixo nas ruas e homens mais velhos que cuidavam tranquilamente de seus jardins da frente.

— Como está seu antigo amigo? — Minha avó perguntou, virando os palitos de peixe na frigideira.

— Meu antigo amigo? — perguntei, confusa. — O que isso quer dizer, quem é esse?

— Você sabe, o menino branco.

— Você quer dizer o Tom? O meu namorado de três anos com quem você passou bastante tempo?

— Hm — ela confirmou.

— Posso tomar um banho? — Mudei de assunto. E eu queria de fato um banho.

Minha avó remexeu o nariz e foi na direção do aquecedor de água, ligando uma série de interruptores.

— Tome um banho rápido. Você conhece seu avô, sabe como ele é. — Ela apontou para o jardim e avistei meu avô andando a esmo com a bengala. — Você vai precisar esperar a água ficar quente. Parece que hoje em dia você tem que implorar para o aquecedor fazer o trabalho dele direito.

Deitei a minha cabeça na mesa da cozinha.

— Por que a vida tem que ser tão difícil assim? — resmunguei, decidindo que eu queria mudar o assunto novamente para o meu coração partido.

A minha avó se aproximou e colocou um prato de palitos de peixe, feijão cozido e bananas fritas na minha frente.

— Não estou com fome. — E recebi como resposta lábios franzidos e sobrancelhas erguidas.

Peguei um garfo.

— Isso vai fazer você se sentir melhor — ela disse, limpando as mãos no avental.

Comi em silêncio, com a mente absorta, lendo as revistas de fofoca americanas que estavam na mesa à minha frente.

— Suba e deixe a água correndo na banheira enquanto ele está no galpão. — Minha avó sussurrou, retirando o meu prato.

— Eu não terminei de comer. — Um pedaço de banana estava caindo do meu garfo.

— Você disse que não estava com fome. Vai.

Corri para o andar de cima, "cuidando com a escada", e entrei no banheiro. Abri a torneira de água quente e a caixa d'água emitiu um barulho que acabou por me dedurar.

— As taxas de água, Queenie.

O meu avô apareceu atrás de mim.

— Wilfred, deixe a menina em paz — a minha avó gritou da cozinha, forçando meu avô a descer a escada novamente. Os meus avós podem estar ficando velhos, mas a audição deles parece melhorar a cada dia. Eu me deitei no chão do quarto vazio enquanto esperava que a banheira se enchesse. Ouvi a voz familiar de John Holt que começava no andar debaixo, o som atravessando o chão. Ele era o cantor de reggae favorito da minha avó, e a canção de que ela mais gostava falava sobre o coração partido dele.

— "Se eu tenho que ser forte, você não sabe que precisarei da sua ajuda para lutar quando você se for?" — ele cantava.

— VÓ, SERÁ QUE VOCÊ PODE DESLIGAR ISSO? — gritei. — VOCÊ SABE QUE ESTÁ SENDO DIFÍCIL PRA MIM.

Houve uma longa pausa.

— Acha que tá falando com quem? — Minha avó gritou de volta. — Acha que pode ser DJ na minha casa por causa de homem?

Eu me despi e entrei na banheira. Deitei e movi uma mão pela minha barriga, da mesma forma que tinha feito da última vez em que tomei um banho de banheira. Mas, agora, Tom não estava aqui. Eu não sabia onde ele estava. Encarei o teto e senti meu peito ficar apertado. A porta do banheiro se abriu e minha avó entrou apressadamente. Eu me cobri com uma flanela.

— Deixa eu lavar as suas costas. — Ela pegou a flanela e a ensaboou com uma barra da *Imperial Leather* que ela provavelmente havia comprado aos montes nos anos sessenta.

— Não, não, estou bem, eu não sou um bebê. — E me cobri com as minhas mãos.

— Eu lavava as suas costas quando você era um bebê e vou lavar agora. — Ela me empurrou para frente até que a minha testa encostasse nos meus joelhos. Fechei os olhos e a deixei esfregar a minha pele.

— Sei como é ter o coração partido, você sabe. Você precisa superar, Queenie. A vida precisa continuar.

— Você e o vovô estão juntos desde que você tinha catorze anos. Se tem alguém que nunca teve o coração partido, esse alguém é você.

Ela sugou os dentes.

— Você acha que tem todas as respostas. O seu avô me engravidou quando eu tinha catorze anos. Ainda mais nova do que Diana. Então, ele desapareceu, e eu fiquei na Jamaica com Maggie, morando com Gran-Gran.

Minha avó fez uma pausa.

— Eu me apaixonei por um homem. Ele era muito gentil comigo. Sempre me encontrava no fim da rua e me ajudava a carregar a cana-de-açúcar até em casa. O nome dele era Albert.

Ela apoiou a flanela molhada no colo e observou enquanto a água era absorvida pelo seu avental. Ela começou a torcer as mãos, os dedos brincando com a aliança de casamento.

— Albert amava a Maggie o mesmo tanto que me amava. Em segredo, é claro. Durante dois anos ele cuidou de nós, e eu não podia contar para Gran-Gran sobre ele. — Minha avó riu. — Ela quase me matou quando eu engravidei, e eu a envergonhei ainda mais ao trazer outro homem para casa. Mas Albert, ele era tudo. Ele era divertido, era generoso, costumava me ouvir.

Ela fez uma pausa para suspirar profundamente.

— Ele me deu esse colar um dia. Economizou dinheiro para o ouro e fez o colar com as próprias mãos. Um V, de Verônica. Estava tão orgulhoso quando me entregou. Todos os dias ele esperava no fim da rua para me ver.

— Bom, e o que aconteceu com ele? E com o colar? E você já viu Titanic? Essa história parece...

— O seu avô voltou. No fim das contas, ele estivera por aqui procurando por trabalho, aglomerado em uma quitinete em Mitcham e economizando dinheiro. Ele foi até a casa de Gran-Gran uma noite e me disse que traria a mim e a Maggie para Londres e, em dois dias, estávamos todos no avião. Um ano depois, eu estava grávida novamente, grávida da sua mãe.

— E o que aconteceu com Albert?

— Eu não sei. Eu não podia perguntar a respeito dele pra ninguém, porque ninguém sabia sobre nós dois. Então, entenda: todas sabemos como é ter o coração partido. Só temos que aprender a conviver com isso.

Ela ergueu a flanela e continuou esfregando as minhas costas, com movimentos mais suaves do que antes.

Acordei no meio da noite. Ainda não me sentia completamente acordada e conseguia ver um homem parado na esquina. Tentei gritar, mas nenhum som saiu. Ele estava se aproximando. Tentei gritar novamente.

— Não! — finalmente gritei, caindo da cama.

— Queenie? — Minha avó entrou correndo no quarto, sua camisola voando no ar atrás dela como uma capa. — O que aconteceu?

— Não foi nada, desculpa. Não foi nada.

Eu me deitei novamente na cama e coloquei uma mão no peito. Meu coração batia rapidamente.

— Os pesadelos — ela disse, com conhecimento. — Água de torneira. — Ela apontou para o copo perto da cama e voltou para o seu quarto.

Não consegui dormir, por isso chequei meu celular. Duas mensagens de Darcy.

Darcy:

Enxerido no nosso andar andando perto da sua mesa. Bonitão. Óculos grandes. Jaqueta de tweed.

Darcy:

Calma, ele é o Óculos e Tweed?

No dia seguinte fui trabalhar me sentindo fisicamente mais limpa do que jamais havia sentido. O cérebro ainda estava cansado após uma noite evitando pensar em Ted e o coração ainda estava machucado a cada vez que pensava em Tom. De quanto tempo mais ele precisava? De quanto tempo eu precisava?

No fim daquela semana, quando cheguei na mesa do meu trabalho, depois de passar pela cantina e pela área de fumantes, não consegui sentar. Gina veio até mim para me dizer que ela havia observado de seu escritório enquanto Darcy e eu "tagarelávamos".

Pedi desculpas e prometi (verdadeiramente) passar mais tempo em minha mesa durante as horas de trabalho e menos tempo em qualquer outro lugar. Ao puxar minha cadeira para me sentar, uma caixa da ASOS caiu no chão, me assustando.

Peguei a caixa, abri e encontrei um lenço quadriculado lá dentro. Eu o coloquei e comecei a caminhar na direção da mesa de Darcy. Gina veio atrás de mim.

— Não, Queenie. Volte pra sua mesa. Faça alguma coisa, por favor. Você ainda não finalizou os títulos desse final de semana e já estamos na sexta-feira. Volte pra lá. — Ela me virou pelos ombros e me empurrou gentilmente até a minha seção do andar. — Você pode falar com ela na hora do almoço.

Eu me arrastei pela manhã e, quando eram 11h59, fui até Darcy.

— Caramba, como a Gina tem andado chata — reclamei, me sentindo instantaneamente mal e altamente hipócrita devido ao fato de que eu estava agindo ainda pior. — Um dia ela é superlegal, no outro dia me ignora e, hoje, não saiu do meu pé. Não consigo entender. Sempre foi tão ruim assim?

— Não — darcy confirmou. — Eu acho que ela está passando por problem...

— Ah! — Eu a interrompi, mexendo o cachecol em volta do meu pescoço e dando voltinhas como em um desfile falso. — Obrigada por isso!

— Pelo quê?

— Por esse lenço.

— É bonito. É quase igual ao antigo. Mas não fui eu que te dei. — Ela se levantou e remexeu os bolsos.

— Você estava comigo quando eu o perdi, no dia dos fogos de artifício. — Os meus braços caíram do lado do meu corpo. Sabendo que eu não conseguiria comprar um novo por conta própria, ela provavelmente decidiu não fazer um alarde a respeito.

— Eu sei, mas não fui eu que comprei um novo para você. Deveria ter comprado? — Ela já estava segurando a bolsa. — Almoço?

Eu não conseguia suportar a ideia de ir para casa, por isso já estava escuro quando saí do trabalho. Enquanto eu caminhava até o ponto de ônibus, Ted me alcançou.

— Ei, você — ele chamou gentilmente. — Como você está?

— Bem, obrigada.

Continuei andando, tentando evitar uma situação complicada. Eu já havia me colocado em posições comprometedoras.

— A fim de tomar uma cerveja? Estou trabalhando até tarde hoje, saí para fumar um cigarro. Podíamos ir ao pub do outro lado da rua só pra tomar uma?

Eu queria ir, mas eu também sabia que isso me faria querer beijá-lo.

— Não, tenho que ir pra casa.

— Lindo lenço, aliás. Eu sabia que ficaria lindo em você.

Parei de andar.

— Foi você? Por que você... ah, obrigada. — Eu estava surpresa.

— Por que você está tão chocada? — Ted riu.

— Ninguém nunca me compra nada, só isso. E você... não me conhece tão bem assim, sei lá.

— Não é por falta de tentativa.

— Se você vai ficar até tarde, deveria voltar para o trabalho. Eu tenho que ir. Meu ônibus. — E corri até o ponto de ônibus, sentindo meus seios pesarem e arfando fortemente depois de quinze metros. Eu não devo, sob nenhuma circunstância, me envolver com ele. Eu não devo, sob nenhuma circunstância, tentar correr novamente.

Passei a manhã de sábado na cama, meu estômago rugindo. Na hora do almoço, Rupert perguntou se eu queria comer com eles.

— Não, obrigada. — Depois acrescentei: — Prefiro morrer. — Em um suspiro.

— O que foi que você disse?

— Não quero comer. — Sorri e puxei a coberta acima da cabeça, enterrando minha cara nos travesseiros e olhando as minhas últimas conversas com Tom. Percebi que tivemos muitas discussões. A maioria iniciadas por mim. O top 3 era:

Número 1:

Tom:
> O que vc quer ganhar de presente de aniversário?

Queenie:
> Ah.

Tom:
> O quê?

Queenie:
> Então vc não vai se esforçar nem um pouco? Vc vai literalmente só me perguntar assim

Tom:
> Bom, nos seus últimos dois aniversários e no Natal que acabou de passar, vc ficou desapontada com o que te dei de presente, então me parece perfeitamente lógico perguntar, não?

Queenie:
> Tom, você quer a MIM? Ou você quer alguém que você possa MOLDAR na menina que vc quer?

Tom:
> Lá vamos nós

Queenie:

Lá vamos nós mesmo. Me dê VOUCHERS, Tom, se ME chatear está matando vc

Número 2:

Queenie:

Estive pensando

Tom:

Vixe. Continue

Queenie:

Eu não entendo por que vc não quer me apresentar aos seus colegas de trabalho

Tom:

Quê? Não sabia que vc queria conhecê-los. Eles não são tão interessantes

Queenie:

Bom, eu QUERO, porque eu sou sua NAMORADA, eu deveria ser uma grande parte da sua vida, eu me sinto afastada do que vc faz todo dia e das pessoas com quem está

Queenie:

Vc tem vergonha de mim?

Queenie:

Eles sabem que sou negra?

Tom:

Quê? Por que deveriam saber?

Queenie:

Entendi

Queenie:

Está bem

Queenie:

Decidi que não quero conhecê-los. Não quero chocá-los

Número 3:

Queenie:

Eu acho que vc deveria pensar mais nos meus orgasmos

Tom:

Acredite em mim, eu penso

Queenie:

Pensa MESMO?

Tom:

Vc sempre fica satisfeita, não fica?

Queenie:

Bom, sim, mas quanto vc tem PENSADO neles? Não somente pensado, quero dizer sentido. Tipo, ÀS VEZES parece que é uma tarefa pra vc

Tom:

Bom, não é?

Queenie:

Sei lá, sinto que vc se concentra tanto em mim que não consigo desencanar. Às vezes parece que estou gozando POR vc

Tom:

Eu não entendo qual o ponto dessa discussão

Queenie:

Esquece

Tom:

Tá bom

Queenie:

O que vc quer dizer com "tá bom"? Vc não quer falar a respeito disso?

Tom:

Eu estou em uma reunião

> Queenie:
>
> Eu também estou, Tom, mas é importante falarmos dessas coisas

Quando eu acordei, já estava anoitecendo e o meu celular continuava nas minhas mãos. Verifiquei que havia duas mensagens de Darcy.

> Darcy:
>
> Te vejo mais tarde, a festa do Simon começa às nove. É naquele bar em Dalston, aquele em que ele quebrou o dente bjs

> Darcy:
>
> Deveria saber, vc chegaria atrasada e definitivamente perderia a surpresa às nove, mas será que vc consegue ao menos chegar antes das onze? O lugar fecha a uma hora

Eu não conseguia pensar em comer nada. Então, assisti *Insecure* e depois *Atlanta* deitada na cama, vesti algumas roupas que encontrei e coloquei um pouco de glitter no rosto. Cheguei na festa às dez para as onze, muito obrigada, e encontrei Darcy. Ela estava sentada com Simon e, apesar de me matar passar tempo com casais, esses dois não estavam felizes, então não contava. A idade de Simon se fazia notar mais e mais a cada dia; parecia que Darcy estava sentada com um tio. Não um tio velho, era mais como o irmão mais novo do pai dela ou algo assim.

Depois de beber outra vez mais do que estava acostumada e com o estômago vazio, forcei os amigos de Darcy a formarem um círculo em volta de mim enquanto dançava desengonçadamente *LMK*, de Kelela. Cambaleei até o bar para pegar um copo de água. Mas, antes de chegar lá, tropecei no meu próprio pé e me estiquei para não cair. Em vez de me agarrar em algo sólido como uma mesa, eu me segurei em uma coxa. Com a boca entreaberta, olhei para cima e meus olhos se encontraram com o dono da coxa, o menino mais bonito que eu já tinha visto.

Ele me levantou, principalmente para que eu tirasse meu peso de sua perna.

— Vamos comigo pegar um copo de água — disse, agarrando o braço dele. Eu não tinha certeza se conseguiria chegar até o bar sozinha.

— É, está bem? Ok, vamos. — Ele tinha o sotaque escocês mais forte que eu já havia ouvido. Definitivamente, eu não esperava por aquilo. Não era como os irlandeses, que tinham um longo laço conosco desde a época em que estabelecimentos exibiam as placas "Entrada proibida a irlandeses, negros e cachorros". Eu não sabia ao certo qual era a relação dos escoceses com pessoas negras, mas decidi seguir em frente. Guiei o nosso caminho até o bar, sem saber de onde aquela onda de confiança tinha vindo. Provavelmente do álcool.

— Gosto do seu, hm, cabelo. De tudo isso. — Ele colocou uma mão desajeitada no meu coque.

— Não encoste. — Desviei do toque dele, me desequilibrando e caindo novamente, dessa vez em cima do bar.

Ele me levantou.

— Desculpe. Não se pode tocar o cabelo de uma menina negra, certo? — Ele colocou as mãos nos bolsos como se procurasse se coibir.

— É melhor não. — Sorri, encantada com seu rosto bonito.

Aproximadamente três minutos depois, estávamos nos beijando encostados no bar, com o escocês parando para me dizer que ele havia trabalhado em Camarões por um ano e tinha uma queda por meninas negras. Eu não tinha certeza se esse contexto significava que eu estava sendo fetichizada ou se eu realmente era o tipo dele, mas decidi ignorar tudo isso porque ele beijava bem.

De repente, ao me lembrar que eu não estava na privacidade da minha própria casa, eu me afastei dele e olhei ao redor do bar. Havia muitas, muitas pessoas olhando. O menino escocês também olhou em volta.

— Talvez eu possa ir para a sua casa... — Ele sugeriu, pressionando a mão dele contra a parte debaixo das minhas costas.

— Então, no que você trabalha? — o escocês perguntou enquanto se sentava ao meu lado no Uber.

— E isso importa? — respondi, olhando pela janela enquanto o motorista saía com o carro. Por que eu estava fazendo aquilo? Será que o meu déficit de atenção era tão grande que me fazia tomar esse tipo de atitude? Sabia que eu provavelmente deveria empurrá-lo gentilmente para fora do carro quando parássemos no semáforo, mas isso significaria voltar para casa sozinha. Significaria ir para casa sozinha, deitar em uma cama fria e vazia e pegar no sono abraçada na camiseta de Tom. E eu realmente não queria fazer isso, não de novo. Talvez a noite fosse boa, se tivéssemos limites. Não era necessário compartilhar detalhes pessoais, não era nada além de um caso, eu disse para mim mesma. Ele colocou uma mão na minha coxa e a moveu para cima, enfiando as unhas na minha pele. Era um par de meias-calças que iam embora.

Ele virou minha cabeça na direção dele e, em vez de me dar um beijo, mordeu minha bochecha, bem forte. Pelo menos aquilo serviu para me deixar mais sóbria. Ele moveu os lábios na direção da minha boca e agarrou a parte de trás da minha cabeça, forçando nossos rostos um contra o outro. Eu não conseguia respirar.

Dei um soco na perna dele em uma tentativa de fazê-lo parar.

— Ai! Caramba, você é forte. O que aconteceu? Você não estava gostando?

— Eu estava gostando, é que não conseguia respirar. Diminua a intensidade em trinta por cento.

Quando chegamos à minha casa, todas as fechaduras estavam trancadas. Rupert e Nell haviam saído. Após mostrar a casa para o menino escocês, ele sugeriu que transássemos na sala de estar. Emiti um "não" firme como resposta e apontei para os sofás horríveis.

Enquanto eu o guiava para o quarto, ele bateu em minha bunda, o tapa mais forte que eu já havia levado. Entenda, não que eu não fosse acostumada a sentir dor. Eu relaxei o meu cabelo a cada dois meses desde que tinha onze anos até os vinte e três, e sentir o couro cabeludo queimar para que os pequenos fios de cabelo se moldassem durante os dias que se seguiam me preparou para lidar com qualquer ferimento que possa surgir. Seja na hora do sexo ou não.

Tom não era tão ousado, mas nas últimas semanas eu tinha aprendido muito sobre as minhas preferências e minhas barreiras à dor. Gosto de levar tapas. Não me agrada que puxem o meu cabelo, mas eu posso relevar se soltarem o meu rabo de cavalo antes que ele saia na mão. Aprendi a amar as mordidas. A asfixia depende de quem a faz e de quão longas são as unhas dele. E por aí vai. Quando o escocês me empurrou na cama, com o rosto para baixo, e bateu no meu traseiro com toda a força que podia, usando a palma da mão, eu percebi que havia um nível de dor que eu não podia suportar. Rangi os dentes e não disse nada.

— Tira suas roupas. — Seu tom era de escárnio. Ele removeu a própria camiseta e depois as calças. — Vai logo, rápido, não tenho o dia todo para isso.

Levantei para me apoiar nos meus joelhos, meu rosto ainda virado para o travesseiro, e tirei o meu vestido, me perguntando se foi o encontro com Adi que me transformou em uma espécie de robô do sexo ativado pelo controle da voz masculina.

— Vira, olha pra mim — exigiu. O tom de voz havia mudado.

Eu me virei lentamente e me sentei, cruzando as pernas.

— Espero que esse glitter não se espalhe em mim.

Pensei em responder que só tornaria a aparência dele mais bonita, mas ele me agarrou gentilmente pelo maxilar e enfiou sua língua em minha boca. Ele subiu na cama e me empurrou de costas. Abriu as minhas pernas, tirou minha calcinha e me penetrou com dedos de unhas afiadas que pareciam espetos.

Não emiti som nenhum enquanto ele se abaixou e mordeu meu pescoço, depois meu ombro, deixando o que eu sabia que seriam marcas profundas e vermelhas na minha pele. Eu sentia dor, mas ainda assim não chorei e não pedi para que ele parasse. Eu não queria que ele parasse.

É isso que você recebe quando empurra o amor para longe. *É isso que sobra para você*, pensei.

— Fica de joelhos e solta os cabelos.

Segui suas ordens.

Ele se ajoelhou atrás de mim e bateu com força nas minhas coxas.

Rangi os dentes em choque.

Ele bateu nas minhas coxas novamente.

Tive que morder o travesseiro. Um choro de dor escapou e me virei para encará-lo.

— Para com esse barulho, garota — ele rosnou, enfiando as unhas em cada uma das minhas nádegas e abrindo-as, enterrando o rosto entre elas.

Eu poderia adicionar o beijo grego à minha lista de primeiras vezes no sexo, junto com fazer sexo no carro, meninos não-circuncidados e troca de e-mails duvidosos com colegas de trabalho. A dor foi temporariamente substituída pelo choque. Eu me contorci de desconforto, mas em vez de interromper o próprio prazer por um segundo e ver que eu não estava gostando, ele se levantou e me penetrou por trás.

— Você gosta disso, Queenie? — o escocês perguntou, colocando um dedo no lugar que ele estava dedicado a explorar por completo. Outra primeira vez.

Eu não disse nada.

— Perguntei se você gosta disso. — Ele puxou meu cabelo até que minha cabeça ficasse perto da sua boca. Eu deveria prendê-lo ou tirar as minhas tranças porque, recentemente, meu cabelo estava sendo usado como forma de controlar minha cabeça. Não era exatamente isso que eu tinha em mente quando comprei pacotes de cabelo.

— Sim, sim, eu gosto, eu gosto, tá bom. — Menti, convencendo a ele e a mim mesma. Será que eu gostava? Talvez fosse isso que faltasse com Tom.

— Sim — o escocês gritou quando gozou e imediatamente tirou, colocando todo o seu peso nos meus ombros para se afastar de mim. Ele se deitou ao meu lado na cama, de costas, arfando. Eu me virei para olhar para ele e coloquei uma mão em seu peito.

— Não gosto que me toquem — ele disse, se afastando e virando de lado para encarar a parede.

Pedi desculpas e fui para o banheiro. Sentei-me na privada e inspecionei as marcas que haviam ficado nas minhas coxas.

Quando voltei para o quarto, ele estava dormindo. Eu me enfiei embaixo das cobertas, lutando para puxar um pouco mais delas para mim e falhando miseravelmente, já que o menino escocês estava enrolado em quase todo o edredom. De alguma forma que não sei explicar, acabei adormecendo.

— Ei.

Alguém estava me chacoalhando para que eu acordasse.

— Hm? O que foi? O que houve?

— Você estava me chutando.

Acendi o meu abajur e olhei para ver de quem era aquela voz.

— Doeu, doeu bastante. — O escocês piscava seus longos cílios para se acostumar com a luz.

— Desculpa, eu estava dormindo.

— Sim, imaginei. Você estava gritando "Não encoste em mim" sem parar, achei que estava possuída. — O escocês parecia bravo.

— Eu deveria ter avisado você, às vezes isso acontece — expliquei, me sentando. — Não quis machucar você. Desculpa.

Peguei meu celular na mesa de cabeceira e liguei o aparelho. Eram 6h12. Havia uma mensagem de texto da Darcy, em sua melhor tentativa de imitar a Sra. Bennet do *Orgulho e Preconceito*.

Darcy:

> Com quem você foi embora? Alguém disse que você foi embora com o escocês amigo da Fran, de Oxford? Ele é bem gato, né? Um bom partido.

Será que qualquer pessoa que não estudou em Oxbridge se importa com alguém que tenha estudado?

— Tudo bem, você pode se redimir. — O escocês estava tirando o meu celular das minhas mãos. Eu me deitei e deixei ele abrir as minhas pernas, apesar de estar tão desorientada que não havia conseguido registrar a dor que ainda sentia das nossas atividades anteriores.

Se eu pudesse ter dormido enquanto ele entrava e saía de mim, eu teria dormido, mas ele levantava uma das minhas pernas e colocava por cima do seu ombro, depois a abaixava essa e levantava a outra. Em certo momento, ele levantou as duas. Eu não sabia onde ele as colocaria, mas antes que eu pudesse me preocupar com isso, como que em um passe de mágica, ele gozou, virou-se de lado e disse:

— Tente não me atacar novamente, hein?

Fiquei lá deitada, totalmente parada, até quando ele começou a respirar profundamente.

— Oi? — sussurrei.

Nenhuma resposta. Ele estava dormindo.

Eu me aproximei dele e me abracei às suas costas, meu coração batendo forte ao receber o contato humano que eu desejava há tanto tempo.

— Dá pra você me soltar? — Seu sotaque estava mais forte por causa da irritação em sua voz.

7

— Então, depois que acordamos, nós fizemos sexo de novo. Quatro vezes no total, três vezes a mais do que Tom conseguiria. Mas, na terceira vez, foi anal. Dá pra acreditar? Foi tão bom — contei para Darcy enquanto ela colocava açúcar na minha caneca. — E ele costumava jogar rúgbi e tem ombros maravilhosos, largos. — Se eu fingisse que a noite tinha sido excelente, talvez pudesse reescrever a memória de Guy em minha cabeça para que me sentisse menos como um apoio sexual para ele.

— Você acha que isso do anal é porque ele joga rúgbi?

— O que você quer dizer com isso? — Eu não fazia ideia de qual era a correlação.

— Você sabe. Toda essa testosterona, e a formação para o jogo, e eles sempre fazem aquilo de ficarem inclinados esperando que a bola passe pelo meio das pernas deles. Os olhos deles estão sempre na bunda dos outros, literalmente. — Darcy colocou o leite na geladeira.

— Acho que você está descrevendo o futebol americano, não? Com todos encurvados e a bola entre as pernas? — Eu a corrigi, apesar de não saber nada sobre esportes. — Mas o foco não é esse, o foco é que eu de fato fiz sexo anal. Pela primeira vez na minha vida. — Eu estava me sentindo meio convencida com a história, mas escondi um leve estremecimento enquanto me apoiava em minhas coxas machucadas.

— Você nunca tinha feito com Tom?

— O que, com o sr. Lógica, o homem que só queria fazer sexo em duas posições? Não. Você já fez com Simon?

— Só no Dia dos Namorados. É o meu presente anual para ele — Darcy contou essa parte enquanto nos encaminhávamos para a sala de reuniões e nos sentávamos na mesa. — Você gostou?

— Eu acho que sim. Enfim, ele foi embora por volta do meio-dia e voltou cerca de uma hora depois, quando eu estava tentando dormir para curar a ressaca. Ele pediu o meu número. E, apesar de não querer trair Tom e ter um caso mais extenso, dei o número para ele. Tom ainda não me respondeu, aliás. — Fui do modo exposição dos fatos para o puramente triste.

— Você acha que você e Guy vão se ver de novo? — Darcy enterrou o rosto na caneca para dar um gole gigantesco em seu chá.

— Sim, por favor, nos diga. Você acha que vocês vão se ver de novo? — Gina perguntou, sentando-se na mesa. — Ou você acha que vai trabalhar um pouco, fazer o trabalho que pagamos você para fazer? Você não preencheu as suas listas de novo.

— Desculpe, Gina. — Fiquei mortificada. — Vou fazer isso agora, eu só estava esperando alguém checar...

— Não, não, você fica. — Gina colocou uma mão no meu braço enquanto eu me levantava para sair. Darcy aproveitou a oportunidade para fugir, me dando um sorriso de desculpas.

— O que está acontecendo? — Gina estava irritada, e não parava de passar a mão pelos cabelos loiros e curtos.

— Como assim? — Mas eu sabia exatamente o que vinha a seguir. Eu estava surpresa por essa bronca ter demorado tanto tempo para chegar.

— Quero dizer, o que há de errado com você? Você está agindo de modo estranho. Pode ser o seu comportamento.

— Nada, Gina, estou bem — menti, levantando-me da mesa.

— Não, não, sente-se.

Fiz o que ela mandou.

— Não minta pra mim, não quando tirei parte do meu tempo pra falar com você a respeito disso em vez de somente enviar uma advertência escrita.

Meu coração acelerou.

— Você não está bem. Você tem se atrasado e errado muitas coisas, e eu sei que Leigh tem acobertado você. E o que houve na quarta-feira passada, quando você simplesmente faltou?

O orgulho que sentia de mim e do trabalho que eu tinha conseguido manter com tanta dificuldade se esvaiu. Não havia por que mentir.

— Desculpa, Gina. — E olhei para o chão. — São problemas de relacionamento, mas isso não é motivo. — Sentia a vergonha embalar minhas palavras. — Não é como se alguém tivesse morrido. Peço desculpas novamente. Não vai acontecer mais.

Tentei olhar nos olhos de Gina, tão parecidos com os de um gato, mas instantaneamente olhei para a mesa. Como eu tinha deixado isso acontecer, apesar de ter prometido a mim mesma que não aconteceria? Mesmo se, no pior dos cenários, eu fosse demitida e tivesse que reconstruir a pequena carreira que eu tinha, já não havia mais o apoio financeiro de Tom. Como eu pagaria meu aluguel? Minha barriga se apertou mais do que achei que fosse possível.

— Não está bem. Eu já passei por isso e sei como é. E sei que você tem a tendência de minimizar as coisas.

Ao que tudo indicava, Gina tinha escolhido ser legal.

— E você não deveria. Olha, Queenie, vou dar um conselho pra você. Toda vez que eu estava passando por algum grande transtorno, minha mãe sempre dizia: "Mantenha um pé no chão quando os dois estiverem no ar". Pelo menos você ainda tem o seu emprego e tem um lugar para morar, então tente focar nessas coisas.

— Então, tipo, é como se eu tivesse três pés? Tipo um tripé?

— Você entendeu o que eu quis dizer. — Gina agitou uma mão no ar para ignorar minha pergunta. — Por que você não tira alguns dias de folga? Vá viajar durante um final de semana, permita-se ter um tempo para realmente pensar.

— Eu estou bem, é sério. É melhor pra mim estar aqui no trabalho. — Eu sabia que não tinha condições de ir para lugar algum durante o fim de semana. — Não sou boa em ficar sentada em casa sem ter no que focar. É quando os demônios surgem na minha cabeça.

— A oferta está de pé. Quando você precisar. Sinto muito ter que dizer isso, mas você terá que enfrentar esses demônios em algum momento.

Ela se levantou e me acariciou no ombro.

— Mas, se você vai ficar por aqui, pode ir trabalhar? Fico muito agradecida.

Voltei para a minha mesa e me sentei com calma, torcendo para que aquele fosse o dia em que eu genuinamente pararia de enrolar e faria meu trabalho. Respirei fundo quando senti minha bunda encostar na cadeira. Meu corpo todo doía da cintura para baixo. Trabalhei arduamente até a hora do almoço, indo para a mesa de Darcy assim que o relógio indicou uma da tarde.

— Você pode me fazer um favor? Envolve ir comigo a um lugar. — Tentei soar persuasiva.

— Depende. — Ela nem desviou o olhar de sua tela.

— A clínica de saúde sexual. — Eu tinha certeza de que estava realmente testando sua dedicação.

— Nós esperaríamos por horas. — Ela se virou para me olhar. — E eu me importo com a sua saúde sexual, mas nós não podemos simplesmente desaparecer por horas.

— Darcy, você realmente se importa com a minha saúda sexual? Eu tenho praticado mais... atividades externas do que o normal recentemente, e pensei que eu deveria verificar se nada vai começar a dar errado.

Darcy revirou os olhos.

— Você me enviou um e-mail noventa minutos atrás dizendo que hoje era o dia em que você começaria a agir direito. Por que não vai durante o final de semana?

A minha ressaca de domingo tinha me permitido ter alguns pensamentos obscuros e tinha realçado alguns medos. Esses pensamentos e medos giravam em torno principalmente do fato de que, antes de o Guy ter me exaurido sexualmente, eu estava pulando de homem em homem com uma rapidez que nunca imaginei ser possível. Pensar muito a respeito disso fazia com que eu me sentisse mal, e eu também tinha me convencido de que contraíra alguma doença incurável.

— Para ser sincera, não vai demorar muito. — Eu já estava implorando. — E a agenda de Gina diz que ela não estará no escritório hoje à tarde. Eu só queria companhia, por favor, por favor.

Duas horas depois, estávamos sentadas na sala de espera da clínica de saúde sexual que ficava na esquina do nosso escritório. Quando entramos e ainda estávamos nos falando, concordamos que era o ambiente mais depressivo em que já havíamos estado, antes mesmo de nos sentarmos. A única cor vinha das dúzias de pôsteres que cobriam as paredes. Darcy estava atualizando seus e-mails do trabalho ao meu lado, e tinha parado de falar comigo cerca de uma hora atrás, com raiva.

— Eu disse que ia demorar horas.

Ela colocou o celular no bolso e se virou para mim.

— Foram só duas horas e meia. Essa época do ano é muito cheia, Darcy, eu não poderia ter previsto isso — protestei.

— O que, novembro?

— É, perto do Natal, todo mundo está mais alegre.

— Eu previ isso, né? Vou voltar para o trabalho.

Assim que ela se levantou para sair, um enfermeiro passou pelas portas e, como esperado, gritou meu nome na sala de espera.

— Estou indo. Estou indo.

Levantei e o enfermeiro sorriu para mim, e passamos pelas portas duplas em direção às salas de exame.

Eu o segui, as minhas pernas começando a ficar bambas quando fui levada a uma pequena sala similar àquela em que são feitos os ultrassons no Lewisham Hospital. Sentei em uma cadeira de plástico que fazia barulhos, próxima a uma velha escrivaninha marrom. O enfermeiro digitou algumas coisas em seu computador.

— Bom, em seu formulário diz que é a sua primeira vez aqui?

— Sim.

— Nessa clínica ou em qualquer clínica de saúde sexual?

— Em qualquer uma.

— Bom, então você nunca foi testada para doenças venéreas?

— Nunca.

O enfermeiro deu um sorriso fraco, seus olhos verdes brilhavam por trás de seus óculos pequenos. Ele olhou novamente para o formulário que eu havia preenchido.

— Nenhum sintoma, apenas uma checagem rotineira?

— Exatamente.

Por que eu não conseguia dizer mais do que uma palavra? Medo, provavelmente.

— Ok, tenho algumas perguntas. Não deve levar muito tempo.

Eu queria dar as costas e correr de volta para a sala de espera. Em momentos como esse, eu percebia o quanto me fazia falta ter uma figura materna na vida. Apesar de saber que Maggie jamais viria comigo até aqui. Desde que eu disse a palavra "cérvix" depois da consulta ginecológica, ela se manteve distante.

— Então, Queenie. O seu último parceiro sexual. Quando foi? — o enfermeiro perguntou sem olhar para mim.

— Hm. Dois dias atrás.

— E foi um parceiro casual ou de relacionamento estabelecido?

— Casual.

— Certo, tudo bem. E o sexo foi praticado com proteção ou sem proteção?

— Sem proteção. — Cruzei e descruzei minhas pernas.

— E esse parceiro, de onde ele era? Ele era da África? — o enfermeiro perguntou.

— Se ele era da... África?
— Risco maior de HIV — o enfermeiro informou.
— Talvez você devesse explicar isso. Mas não. Ele era escocês. — O sotaque de Guy surgiu na minha mente. Ele não disse que havia dormido com ninguém quando trabalhou em Camarões.
— E o sexo foi oral, vaginal ou anal?
— Hm, os dois últimos. E todos os três para ele. Mas você provavelmente não precisa dessa informação. Você entendeu o que eu quis dizer. Desculpa.
— Não se preocupe. É bom ter o máximo de informações possíveis. — O enfermeiro sorriu e digitou algumas coisas em seu computador.
— E o parceiro antes dele. Quando foi? — Ele perguntou, virando-se para mim.
— Hm, três dias antes — respondi falando rápido.
— E esse parceiro também foi casual ou é de um relacionamento estabelecido?
— Esse também foi um parceiro casual.
— Ok, ótimo.
Mas eu suspeitei que ele não estava achando nada daquilo ótimo.
— Com ou sem proteção?
— Sem proteção.
— Ok. E ele era da África?
Mais palavras sendo escritas no computador. Eu poderia jurar que ele digitava cada vez mais rápido.
— Da nebulosa África? Não. Ele era só... branco. Desculpa, branco é uma palavra ofensiva pra você? Deveria dizer... caucasiano?
— Branco está bem. E antes disso?
Contei nos meus dedos.
— Uma semana e meia antes disso.
— Era um parceiro...
— Casual.
— Ok. Obrigado. E o sexo foi...
— Sem proteção. Não era da África. — Meneei a cabeça.
— E antes...
— Uma semana antes disso, casual, sem proteção, vaginal.
— Ok, acho que entendi. — O enfermeiro coçou a cabeça e começou a digitar. — Então, eu vou testar você para HIV, gonorreia, clamídia...
— Posso, por favor, fazer um teste de gravidez? — Olhei para o chão enquanto falava.

— Aqui diz que você tem DIU.

— Eu tenho, mas eu, hm... — Eu não conseguia pronunciar as palavras. — Eu en... — Eu sentia algo na minha garganta.

— Você engravidou?

O enfermeiro disse as palavras que eu não conseguia.

Confirmei.

— Acho que minha família deve ser muito fértil. — Deixei escapar uma risada nervosa.

— Ok, bom, podemos fazer o teste de gravidez depois. Você pode tirar as calças de moletom e se sentar na mesa de exames?

Dessa vez, eu estava preparada.

O enfermeiro me direcionou para a mesa e informou que iria buscar uma enfermeira para "supervisionar", fechando uma cortina em volta de mim. Eu não compreendi por que ele estava tentando me dar um pouco de dignidade se estava prestes a me cutucar por dentro.

A enfermeira entrou; uma menina nova e miscigenada, com cachos soltos que me lembravam os da minha mãe. As bochechas dela tinham ossos tão salientes, que pareciam capazes de cortar alguém. De novo, cadeira, maca, me arrastar para a ponta da mesa até que a minha vagina ficasse tão perto do nariz do enfermeiro que quase poderia tocá-lo.

Rangi os dentes quando ele me tocou.

Ele inspirou severamente.

— Então, Queenie. Além das marcas em sua coxa, consigo ver alguns machucados internos... — Ele enfiou o instrumento mais fundo e mordi o meu celular para me impedir de chorar. — Também há alguns ferimentos. Você sabe o que pode ter causado esses ferimentos? — O enfermeiro se inclinou para trás e ergueu os óculos, apoiando-os em seu cabelo.

Olhei para a enfermeira, havia terror estampado em seu rosto como se ela tivesse testemunhado um acidente de carro ou um atropelamento.

— Hm, sexo selvagem, eu acho?

— Esses ferimentos são muito graves. — O enfermeiro removeu as luvas de látex. — Você já pode abaixar as pernas. Inserir o espéculo causará dor demais. A minha colega e eu já voltamos. Pode se vestir e eu volto para conversar com você. Não saia daqui.

O enfermeiro voltou enquanto eu encarava a gaveta de plástico transparente cheia de testes de gravidez e avaliava os prós e contras de ser pega no flagra roubando alguns.

— Você tem alguém aqui esperando por você? — Ele perguntou, retirando alguns panfletos de sua mesa.

— É, a minha melhor amiga do trabalho veio comigo, mas ela já voltou para o escritório.

— E quanto à sua mãe, ela é presente?

— Não, ela não... — comecei. — Você fala com a sua mãe sobre a sua vida sexual?

— Entendo seu ponto, mas preciso checar. Essa melhor amiga do trabalho é alguém com quem você possa trocar segredos?

— Sim, acho que sim. Por quê? Isso está muito dramático. — Eu ri de nervoso.

— Bom, alguns desses ferimentos me deixaram preocupado, Queenie. Eles são muito consistentes com as marcas deixadas por violência sexual.

O enfermeiro colocou os panfletos na mesa e, apesar de estarem virados de cabeça para baixo, pude ler as palavras "apoio a vítimas de violência".

— Ah, não, não estou tentando encobertar um namorado abusivo, sério.

— Sabe, esse é um espaço seguro, e podemos direcionar você para o local que lhe dará o apoio adequado...

— Eu estou bem, de verdade. Pode acreditar em mim. — Olhei nos olhos do enfermeiro, tentando passar sinceridade. — Não tenho um namorado abusivo. Eu mal consigo alguém para me levar a um encontro. — Eu ri, desconfortável.

— Vou acreditar na sua palavra, mas preciso que você volte em algumas semanas. Enquanto isso, talvez seja melhor que você não mantenha atividades sexuais de nenhum tipo. Agora, antes de você ir embora, vamos fazer o teste de gravidez.

O teste de gravidez deu negativo, então podemos agradecer a Deus por suas pequenas bênçãos. Eu não poderia nem ter certeza de quem seria o pai àquela altura, mas sabia que não poderia ser de Tom. Enquanto voltava para o escritório, abri as nossas conversas novamente. Muito tempo havia se passado desde a última vez em que ele falou comigo. Como é possível que tantas semanas tenham se passado sem uma palavra dele?

Voltei ansiosa para tentar trabalhar por pelo menos uma hora, pensando em como seria (im)possível não manter relações sexuais durante quinze dias. O que estava acontecendo comigo? Eu deveria estar aproveitando esse tempo para me sentir bem e entender como ser uma namorada melhor. Assim, quando Tom e eu voltássemos, tudo seria normal. Em vez disso, eu estava fazendo sexo com todo mundo. E não me dispunha a pensar no porquê. Essa história de dar um tempo não estava funcionando como achei que ia funcionar. Será que Tom estava sofrendo tanto quanto eu? Eu esperava que sim.

Segui para a área de fumantes antes de voltar para a minha mesa e enfrentar a ira de Darcy, mas vi Ted espreitando em um canto e decidi que seria melhor não fazer essa parada. Ele deve ter sentido minha presença, pois olhou para cima e veio na minha direção. Coloquei um cigarro na boca.

— Você tem me evitado, Queenie.

Acendi o cigarro e olhei para ele.

— Eu não tenho evitado você, Ted. — Exalei ar com força.

— Ah, você tem sim... você não pode mentir pra mim.

Virei o corpo na direção oposta à dele e traguei mais uma vez. Eu mal conseguia dar conta de tudo o que estava sentindo naquele instante, e a última coisa que precisava era de outro homem e seja lá o que ele quisesse de mim.

— Ei, fala comigo? — Ted parou na minha frente e colocou as mãos nos meus braços, como fez na primeira vez em que nos falamos. Aquele era o pior momento possível para encontrá-lo, logo após voltar da clínica de saúde sexual e me sentindo vulnerável. O meu lábio inferior tremeu.

— Vamos dar uma volta, respirar um pouco. — Ted segurou minha mão.

Caminhamos em silêncio até chegarmos no parque e paramos perto do infame banco. Eu esperava que ele não quisesse se sentar ali. Se o banco se quebrasse, com certeza seria o fim da parte inferior do meu corpo.

— Me diga o que está acontecendo? — Ted acendeu um cigarro. Fumar mataria um de nós. Ou ambos.

— Está tudo uma bagunça. — Senti o toque de sua mão na minha. Puxei minha mão.

— Ah, aqueles problemas com garotos que você mencionou. Isso continua? — Ele falava com tranquilidade.

— Eu não deveria falar com você a respeito de tudo isso. — Passei a brincar com meu cabelo.

— Você pode confiar em mim. Prometo que serei imparcial.

— Haha, claro. — Dei uma risada sarcástica na cara de Ted e observei sua expressão se fechar da mesma maneira que a de Tom se fechava quando eu inevitável e deliberadamente dizia algo para afastá-lo.

— Nós deveríamos estar dando um tempo. — Inspirei profundamente. — Quando pisei no seu pé, no primeiro dia em que te vi no elevador, eu estava prestes a me mudar do apartamento que eu dividia com meu namorado. E, desde então, nós não conversamos mais, porque ele acha que devemos ficar um tempo sem nos falarmos, mas, obviamente, me sinto culpada quando troco e-mails com você ou vejo você porque, apesar de não te conhecer, você me deixa animada, o que provavelmente é algo muito intenso, mas também sei que é porque há alguma espécie de sentimento de vingança, apesar de não ser propriamente um término, e eu não sei quando ele vai me ligar e me dizer que está pronto pra que as coisas voltem a ser como eram, mas no fundo, sei que ele vai. Então...

Respirei fundo.

— Estou tentando não me envolver em nada que possa ser sério demais, porque isso faria eu me sentir como se estivesse traindo alguém com quem batalhei tanto pra estar, depois de uma infância de reforço negativo dos homens à minha volta. — Olhei para Ted, esperando que ele se virasse em seus sapatos bem polidos e fosse embora. — Eu falei. Tá tudo uma bagunça.

— Não ligo pra um pouco de bagunça. — Ted entrelaçou seus dedos nos meus.

Tentei puxar a minha mão, mas ele a segurou firme.

— Não é tão ruim assim, é?

Olhei para ele e balancei a cabeça. Fazia muito tempo que eu não era tocada com gentileza. Ele jogou o cigarro longe e colocou a outra mão na parte de trás da minha cabeça.

— Não toque no meu cabelo — sussurrei. Prioridades acima de tudo.

Ele me beijou gentilmente, sua mão livre descendo pelo meu pescoço e pelas minhas costas. Enquanto ele beijava meu pescoço e movia suas mãos nas minhas, uma onda de culpa me invadiu.

— Desculpa, isso é íntimo demais.

— O quê?

— Não me parece certo. — Eu me afastei. — Acho melhor você se afastar também. Não quero arrastar você comigo nisso tudo.

— Você não pode simplesmente decidir isso, Queenie. — Ted ridicularizou. — Veja do meu ponto de vista. Conheci uma menina linda que trabalha no mesmo prédio que eu e, em três segundos, percebi que ela é brilhante, alguém com quem quero passar todo o meu tempo e tocar e beijar e...

Ele se inclinou e me beijou novamente, me puxando na direção dele.

Sempre comparo meus lábios com os lábios das pessoas que beijo porque, ao que parece, os meus são sempre maiores, e beijar alguém com lábios pequenos ou sem lábios é muito triste. Apesar de os lábios de Ted não serem grandes como os meus, eles eram bons de se beijar. Não se tratava somente da sensação dos lábios dele, mas de como ele fazia com que eu me sentisse. Eu senti como se alguém realmente se importasse comigo, e isso me assustava demais.

Eu o afastei novamente e olhei para ele.

— Presta atenção no que eu estou dizendo, por favor. Não posso fazer isso.

Soltei a mão dele e caminhei para longe.

8

Retornei à clínica de saúde sexual depois de duas semanas sem fazer sexo e totalmente focada na minha recuperação vaginal. Darcy recusou-se a vir comigo dessa vez, disse alguma coisa sobre "se dedicar mais ao trabalho", "seguro-desemprego" e "prazos".

Não havia motivos para ela se preocupar tanto com o Natal e o escritório estava quase vazio. Sentei na sala de espera sozinha e fiquei lendo um panfleto sobre clamídia, até que um dos conselheiros de saúde entrou para conversar comigo.

Nesses últimos quinze dias, fingir que eu estava bem tinha sido a maior atuação da minha vida. Eu ainda não tinha sido despedida, cheguei atrasada só quando Gina não estava, não cometi nenhum erro detectável (principalmente porque, ainda que relutantemente, Chuck estava me encobrindo, no lugar de Leigh) e trabalhei até tarde na maioria das noites.

O lado positivo de não fazer sexo era que os meus cuidados capilares estavam acontecendo como deveriam. Manteiga de karité, óleo de coco e água de rosas misturada no condicionador, que eu vaporizava de vez em quando para manter os fios hidratados. *Eu tenho tanta disciplina quando não estou me preocupando com homens*, pensei comigo quando entrou uma notificação no meu celular.

Número desconhecido:

Foi bom aquele dia, né?

Eu sempre comemorava cedo demais quando se tratava desses assuntos.

Queenie:

Vc pode ser mais específico? Não estou entendendo

Número desconhecido:

Quando fui na sua casa e te comi todinha

Queenie:

Que dia?

Número desconhecido:

Sábado

Queenie:

Que sábado? Vc pode me dizer a data?

Número desconhecido:

Caramba, garota, quantos caras vc leva para a sua cama por acaso? É o Guy.

Queenie:

Ah! Guy! Desculpa, sim, foi bom sim, claro

Guy:

Estou ansioso pela sua bunda de novo. Tem muitas coisas que quero fazer com vc

Queenie:

> Ah, que fofo. Como está o trabalho e tudo mais?

Guy:

> Se eu quisesse falar de trabalho eu teria mandado mensagem pra minha mãe. Quando você está livre?

Queenie:

> Para?

Guy:

> Eu quero ir aí, claro! Te dar uma segunda dose

— Olá, Queenie, desculpe-me por ter feito você esperar. Eu sou a Elspeth, conselheira de saúde aqui na clínica. Como você está? — Uma mulher magra e pálida com olhos azuis-quase-brancos e cabelos cinza cortados em um formato de tigela sentou-se do lado oposto ao meu.

Guardei o celular e ela começou a escrever no computador em sua mesa. Não queria que essa mulher me aconselhasse. Ela parecia estar prestes a me dar uma bronca, como se ela tivesse ouvido de tudo nos anos sessenta e estivesse cansada.

— Hm, estou bem? — Parecia que eu estava fazendo uma pergunta para ela. — Eles me disseram pra voltar aqui.

Os lábios de Elspeth se apertaram.

— Não me parece que você esteja bem.

O que estaria escrito naquele computador?

— Estou lendo as anotações sobre você. — Ela clicou com o mouse duas vezes e se inclinou na direção da tela. — Na última vez que você veio aqui, tinha ferimentos vaginais, roturas anais e machucados em seu traseiro e coxas, o que significa que não puderam fazer um exame completo.

— Ah, mas pelo menos eu tinha meu orgulho — argumentei, olhando para os meus sapatos.

— Também vejo aqui que você não tem usado proteção e tem feito sexo com múltiplos parceiros? — ela perguntou, ainda olhando para a tela. — Há algo a mais a ser acrescentado nessa história?

— Não.

— Sabe, nós não oferecemos aconselhamento aqui, mas podemos encaminhá-la ao atendimento adequado.

Escrevendo novamente. Por que ela não olha para mim?

— Se você está em um relacionamento abusivo, se alguém está forçando você a vender seu corpo por sexo, então...

— O seu colega também deixou isso implícito duas semanas atrás e eu achei extremamente ofensivo. — Finalmente eu havia encontrado a minha voz. — Isso é ridículo. Fiz sexo com um rapaz que simplesmente se empolgou demais, é só isso.

— O sexo foi consensual?

— Sim, foi. Meu Deus, escuta o que estou dizendo. Se eu estivesse em perigo, eu diria! — grasnei irritada. — Vocês todos aqui julgam demais as pessoas.

— Bom, nós temos que fazer o nosso trabalho, Queenie — Elspeth cacarejou para mim. — Além disso, o seu grupo étnico apresenta um risco maior de estar em um relacionamento abusivo. Não precisa ser estridente assim. Eu vou atualizar o sistema.

Tap tap tap.

— E um conselho. O DIU faz com que você tenha um risco maior de contrair infecções sexualmente transmissíveis. Use proteção se você vai ter uma variedade e uma frequência de sexo tão grande.

— Tem alguma ciência nisso tudo? — Já estava colocando o meu casaco.

— Sim. Vá até o fim do corredor, para a sala três. Há uma enfermeira esperando para examinar você.

Conseguiram fazer o exame, mas ainda assim foi bastante desconfortável. Eu me encontrei com Cassandra para almoçarmos. Eu estava bem. E não sei por que todos esses enfermeiros estavam tão preocupados e foram tão rudes. Elspeth poderia se esforçar para ser um pouco mais acessível, talvez assim ela não precisasse praticamente arrancar as informações de mim.

Eu me espremi para conseguir entrar no café lotado, fazendo piruetas destrambelhadas entre os carrinhos de bebê e tentando não levar os cafezinhos espumosos das pessoas em meu casaco ao passar pelas mesas. Localizei Cassandra em um canto.

— Oi, desculpa pelo atraso. — Tentei remover o meu lenço que tinha ficado preso nas minhas tranças. Por fim, tendo piorado a situação, desisti e me sentei do outro lado da mesa, metade do meu rosto coberto pelo tecido.

— O que me conta de novo? — Ela se serviu de um copo de água. — Ainda está se encontrando com todos os homens no *OkCupid*?

— O quê? — gaguejei.

— Eu só estou provocando você, não leve tão a sério. — Cassandra riu. — Sexo casual é um mecanismo de escape perfeitamente normal.

— ... tudo bem. — E forcei um sorriso.

— Então. Acho que conheci alguém. — Ela disse sorrindo, enquanto tomava um gole do seu café. Eram essas ações quase imperceptíveis dela, o sorrisinho, a falsa timidez, que faziam eu me retrair e questionar a nossa amizade. Mas eu sou muito leal. Já ela não conseguia se conter em ser um pouco má, às vezes. E eu procurava me lembrar disso sempre.

— Quem? — Tomei um enorme gole de água.

Nunca é bom perder uma amiga solteira para um relacionamento, mas dado que Cassandra gastava a maior parte do tempo que passávamos juntas me julgando ou me psicanalisando, não era de todo mal que ela se enfiasse em um relacionamento. Brinquei com o meu lenço enquanto ela me contava sobre o maravilhoso menino novo que ela havia conhecido no Museu de Design.

— Eu estava olhando para uma peça em lã colorida e ele parou perto de mim. Achei que estava na frente dele, então me movi para o lado, mas ele chegou ainda mais perto e me disse que eu era mais interessante do que qualquer outra coisa que ele havia visto naquele dia.

A alegria emanava dela e uma pontada de inveja surgiu em mim.

— Então, deixamos o museu, fomos para um café e conversamos tanto que o café se tornou um jantar e o jantar acabou com ele me levando pra casa.

Meus olhos estavam arregalados em admiração. Eu achava que ser levada pra casa era algo que só acontecia em filmes.

— Mas nós não fizemos sexo — Cassandra continuou. — Decidi que não vou fazer sexo com alguém até que tenha certeza de que estou a fim da pessoa. Mas ele não se importou. — Ela colocou uma mão no peito. — Falamos a respeito e ele disse que era uma atitude admirável nessa era de sexo instantâneo. Dormimos abraçados, Queenie. Realmente enrolados um no outro, com a minha cabeça no peito dele e as mãos dele acariciando meu cabelo e meu rosto. Foi muito bom.

— E você o viu de novo? — Só perguntei quando tive uma brecha para falar.

— Temos nos visto todos os dias durante as últimas duas semanas! — Ela ergueu uma sobrancelha, envaidecida.

— Não é de se admirar que eu não tenha mais notícias suas! — A inveja estava inundando cada espaço do meu corpo.

— Ele vem me encontrar depois do trabalho e vamos pra minha casa, ou jantar, cinema, sabe. Essas coisas divertidas de casal.

Coisas divertidas de casal. O que seriam essas coisas?

— Mas eu acho que o sexo vai acontecer em breve. — Cassandra assumiu um tom mais tímido.

— Bom, estou muito feliz por você, Cassandra. — Sorri. — Posso ver a cara dele?

Peguei o celular e abri o Facebook.

— Ele é como eu, não tem nenhuma rede social, então infelizmente não dá para stalkear. — Cassandra virou meu celular. — Mas tenha certeza de que ele é um gato. Enfim. Vamos comer? Estou morrendo de fome.

Ela abriu o cardápio.

— Não estou com fome, na verdade. Perdi o apetite. — Tomei mais um gole de água. Sentia a cabeça enevoada e o meu estômago não estava em situação melhor.

— Isso só serviu pra me mostrar como são as coisas, né? Eu me preocupando tanto por não me conectar com alguém, e olha só! — Cassandra voltou a falar alto.

— É muito bom, de verdade. — Usei uma voz baixa. — Quando vamos conhecê-lo?

— Em breve. — Ela pareceu hesitar por alguns segundos. — Vou fazer as coisas um pouco ao contrário, levá-lo para conhecer a família primeiro, talvez, e depois os amigos. Como está o trabalho, aliás?

— Está bem. — Dei de ombros. — É frustrante, às vezes. Sabe como é, eu realmente me importo com as coisas e, quando apresento ideias novas, Gina sempre me diz que elas não são tão boas.

— Que coisas especificamente?

— Coisas ligadas ao Vidas Negras Importam.

— O que foi que você me disse quando estava indo pra entrevista? "Mesmo se eles não me pagarem, não me importo, porque a minha presença naquele ambiente será o suficiente".

Concordei, lembrando de novo por que eu suportava os defeitos de Cassandra. Claramente havia qualidades.

— Bom, se você se importa, você tem que continuar tentando. É importante, antes de mais nada, e é o motivo pelo qual você aceitou esse trabalho. Como você está de dinheiro, aliás?

— Ah... — Eu estava envergonhada pelo o que estava criando coragem para perguntar. — Peço mil desculpas por pedir isso, mas será que teria como me transferir um pouco pra eu conseguir sobreviver até o dia do pagamento? Vou receber o salário mais cedo por causa do Natal, então consigo pagar você logo. — Eu estava envergonhada, mas ao mesmo tempo aliviada por ela ter perguntado antes de eu ter que implorar pra ela.

— Não se preocupa com isso, coloca na conta. O que você faria sem mim? — Cassandra sorriu, mexendo seus cabelos castanhos-dourados com intensidade demais.

No caminho para casa, enviei uma mensagem para Guy. Ele veio durante a noite, fez sexo com meu corpo duas vezes e saiu. Nós não usamos proteção de novo. Preciso levar isso a sério e não me autossabotar. A última coisa que preciso acrescentar à minha confusa vida afetiva é uma IST. "Qual é o meu problema?" Queria que, àquela altura, eu me importasse mais comigo para responder essa pergunta.

— Mano, essa balada está morta. — Kyazike gritou no meu ouvido. — Música ruim, as bebidas são caras, todo mundo olha pra gente como se fôssemos alienígenas.

Ela gesticulou mostrando o ambiente, os meninos e meninas moderninhos que, por alguns instantes, saíam de seus mundos de drogas sintéticas para olhar para nós, as duas únicas pessoas negras na balada, de modo suspeito. Dei uma longa olhada no ambiente sujo, iluminado por uma luz vermelha difusa que incomodava os meus olhos, as paredes pretas que tornavam o lugar menor do que realmente era. Havia um cheiro pungente no ar, e Kyazike e eu escorregávamos no chão molhado a cada vez que tentávamos nos mover. Eu só tinha ido porque Kyazike me disse que os nossos melhores anos estavam quase no fim e, em especial, eu precisava me divertir.

— Isso é o que acontece quando os brancos vêm para uma área e a dominam. — Kyazike gritou por cima da música.

Concordei, infelizmente.

— Gentrificação.

— O quê? — Kyazike perguntou antes de finalizar a metade que sobrava de seu copo de champanhe.

Eu me inclinei e repeti o que havia dito em sua orelha, a minha voz saiu estridente por cima do barulho da música eletrônica. Kyazike gesticulou para sairmos. Levantamos e fomos para a área de fumantes, e ficando aglomeradas embaixo de um aquecedor.

Ela sugou os dentes.

— Rah. Gen-tri-fi-ca-ção, é? — Ela pareceu saborear a palavra. — Então, a gentrificação é o motivo pelo qual desperdicei minha maquiagem hoje? — Ela olhou para mim. — E coloquei meus melhores sapatos.

— Eu não estava a fim vir aqui, foi você quem escolheu esse lugar — protestei.

Kyazike moveu gentilmente a minha cabeça, afastando-a do aquecedor para que meu cabelo não pegasse fogo.

— Sim, mas é você quem mora em Brixton, você deveria ter me alertado, não? — Kyazike apertou os lábios.

— Eu não consigo acompanhar as mudanças de Brixton. — Eu ri.

— Queenie, você é caribenha. Brixton é sua quebrada. Você deveria saber o que acontece na sua área. Da mesma forma que eu sou africana, e Peckham é a minha quebrada. Eu sei o que acontece em Peckham — Kyazike me informou.

— Então, por que você não escolheu um lugar na sua quebrada?

— Preciso ampliar meus horizontes, romper barreiras. Continuo atrás do meu Escolhido, e eu não vou encontrar ele em Peckham. — Ela falava e lia uma mensagem no seu celular, ao mesmo tempo. — Mas a verdade é que essa balada está morta demais pra mim. Meus primos estão em uma rave em Old Kent Road, você quer vir?

Nós nos viramos para entrar novamente e fomos paradas por uma menina bêbada com cabelos rosas e curtos que esticou o braço e passou as mãos pelas minhas tranças, como se elas não estivessem grudadas em minha cabeça.

— Aimeudeuseuameitanto. — Ela estava ofegando, hipnotizada.

— Que caralho você acha que está fazendo? — Kyazike disse, agarrando a garota pela cintura e empurrando a mão dela para longe. — Você não pode fazer isso.

— Meu Deus — a menina se lamuriou, segurando sua cintura como se Kyazike a tivesse partido ao meio.

— Não saia tocando as pessoas como se elas fossem sua propriedade. — Kyazike gritou para a menina. — Sua otária.

A amiga da menina se apressou na direção dela para acobertá-la, também bêbada, enquanto Kyazike e eu começamos a nos afastar, eu enfiando o meu cabelo no meu lenço para que não tivéssemos outro episódio como aquele.

— O que está acontecendo aqui?

Um segurança com cabelos vermelhos tingidos que usava uma camiseta apertada da mesma cor, marcando seus músculos, apareceu repentinamente da escuridão e colocou cada uma de suas mãos gigantes nos meus ombros e de Kyazike.

— Ei, tire as suas mãos de mim. — Kyazike se afastou dele. — Pergunte pra ela o que está acontecendo.

Ela gesticulou para a menina que havia encostado em mim.

— Eu só estava sendo simpática — a menina loira disse, olhando com seus olhos grandes e piscantes para o segurança.

— Certo, vocês duas têm que sair daqui agora. — O segurança colocou a mão de novo no ombro de Kyazike e nos empurrou na direção da porta.

— Já estávamos saindo mesmo da sua balada de merda — Kyazike retrucou. — Mas se você gosta que seus clientes fiquem tocando pessoas negras como se fossem animais no zoológico, então que seja, né?

Kyazike se encaminhou para Old Kent Road e eu peguei o ônibus de volta para casa, completamente atônita e ainda assim, não totalmente chocada pelo que havia acontecido na balada. Era injusto, independentemente da maneira como você encara, e era uma evidência incontestável de que mesmo em Brixton, em que deveríamos ser maioria, na verdade não somos. Outra lembrança de que nós, nossas necessidades, não eram importantes. Antes de sair do ônibus, fiz uma lista de pessoas que poderiam tocar nos meus cabelos.

1. Eu
2. O cabeleireiro

É isso, essa é a lista completa.

9

O dia estava se arrastando. Darcy havia tirado miniférias de Natal com a família e a vida me cansava demais para que eu tentasse conversar com qualquer outra pessoa no escritório, então a minha única interação era com Chuck, o estagiário. Ele ficava me convidando para um café e eu ficava procurando maneiras cada vez mais criativas de dizer não. Ele, mais do que ninguém, precisa aprender que não se pode ter tudo o que se quer.

Por que eu não era esse ímã de homens quando era adolescente? Teria desfeito anos de danos causados por ser a amiga engraçada em um grupo de loiras, morenas e ruivas desejáveis. Eu estava prestes a ir buscar a minha milionésima xícara de café, apenas para ter algo para fazer, quando recebi um e-mail do Ted.

> Terça-feira, 14 de dezembro, Noman, Ted <ted.noman@dailyread.co.uk> escreveu às 16:21:
> Posso falar com você?

Evitei ser atraída por aquele e-mail e continuei trabalhando em uma nova apresentação para Gina, já que nenhuma das outras havia sido boa o suficiente. Quando achei que tinha conseguido, imprimi a apresentação e me encaminhei para o escritório de Gina. Entrei em silêncio e fechei a porta atrás de mim.

— O que você tem pra mim? — Gina perguntou, sem levantar o olhar de sua tela.

Inspirei fundo para reunir forças antes de começar.

— Se chama "Dedões do gatilho".

— O quê? — Gina virou o rosto para mim.

— É um artigo que fala sobre pessoas progressistas que tuítam conteúdos traumáticos.

— E, para além dos seus trocadilhos, qual é o conteúdo do artigo?

— Bom, basicamente é sobre como pessoas postam essas histórias horríveis sobre estupro, abuso sexual, sequestro, bombas, tiroteios em escolas, praticamente tudo de ruim que já aconteceu, sem pensar em como isso afetará seus leitores.

— Quem são as pessoas que postam? — Gina se voltou para a sua tela.

— Bom, acima de tudo todos os jornalistas brancos progressistas que conseguem empregos como jornalistas porque seus ric...

— Cuidado.

— Ok, bom, e se... — Tentei mudar de tática.

— ... de qualquer forma, você precisa de algo que prenda o leitor.

— Certo. Bom, e se o gancho for o movimento Me Too? Centenas de pessoas estavam postando suas histórias de abuso sexual sem pensar em como mulheres que não sentiam da mesma maneira poderiam...

— ...muito velho já.

— Hm, ok. E se...

— E se, para o blog, você fizer um artigo sobre, vamos ver, dez dos melhores vestidos pretos que apoiadoras do movimento Me Too usaram em premiações?

— Você está falando sério?

— Sim. É Natal e as pessoas precisam de vestidos de festa. É bom pra trazer mais moral e apoiar o movimento.

— Mas eu... — Desisti de continuar. De que adiantaria?

— Preciso desse artigo pra sexta de manhã, por favor.

Fui para a casa dos meus avós depois do trabalho para ficar de babá da minha prima mais nova, Diana, apesar de ter dito à tia Maggie que Diana era madura o suficiente até para cuidar de mim.

Só concordei com isso porque Maggie precisava que alguém ficasse com ela para que pudesse ir para o seu primeiro encontro desde o divórcio, que aconteceu quinhentos anos atrás, e senti que deveria dar esse apoio da forma que pudesse, mesmo que isso significasse passar uma noite inteira sendo criticada por uma adolescente que me assustava um pouco.

Quando cheguei lá, a porta da frente estava aberta. Diana estava sentada nos degraus enquanto Maggie apontava um dedo a um milímetro de distância de seu rosto e falava entredentes.

— *Di*ana. — Minha tia enfatizou a primeira sílaba do nome da minha prima, como ela sempre fazia quando Diana estava encrencada. — Você precisa prestar atenção nas coisas, e não somente nas coisas que você pode responder com uma resposta atravessada. Falei com seus professores a respeito, e até eles me dizem que tudo o que você faz é mexer no seu celular. Você acha que foi pra isso que eu comprei esse aparelho, pra você passar o dia inteiro na escola vendo pessoas aplicando maquiagem? Você precisa aprender.

— Eu estou aprendendo. Vejo tutoriais de maquiagem e agora sei como fazer estilos de maquiagem diferentes. Maquiei você para o seu encontro, mãe. — Diana revirou os olhos.

— Não foi isso que eu quis dizer. — Maggie virou o rosto para mim.

Ela estava bonita, não me entenda mal, mas não se parecia com ela. Era isso que cinco camadas de base e dois pares de cílios falsos faziam.

— Queenie, a mãe está com dor de cabeça, então vocês não podem ficar aqui. — Maggie caminhou até a porta e enfiou os pés em um par de botas com estampa de leopardo e saltos de ao menos quinze centímetros.

— Você consegue andar com isso?

— Vou ter que tentar. — Ela piscou enquanto abria a porta. — Comporte-se com a sua prima. Não passe o tempo inteiro no seu celular e não coma frango e batatas fritas do Morley's no jantar de novo. — Maggie direcionou essa fala à sua filha. — Tchau para vocês, me desejem sorte.

— O que nosso Deus todo-poderoso diria de você indo em encontros, Maggie?

— Não blasfeme desse jeito. — Maggie já estava fechando a porta atrás de si. — Além do mais, ele é pastor.

Eu me virei para olhar para Diana e gritei para o vazio:

— Vó, tudo bem se eu e Diana ficarmos aq...

— Não. — Nossa avó gritou de volta da cozinha.

Nós saímos e, enquanto descíamos a rua, perguntei a Diana se ela preferia andar ou pegar o ônibus. Ela parou e olhou para mim com os lábios apertados, uma fisionomia que eu não tinha reparado, até então, que todas as mulheres na minha família conseguiam fazer desde tão novas. Nós pegamos o ônibus.

— E você está com fome? — Eu estava levando meus deveres a sério.

— Não, eu comi Morley's mais cedo, alguns doces no caminho na casa da vovó e quatro Crunchies.

— Mas isso não é jantar, é? Você vai precisar de algo com mais sustância do que açúcar. Não tenho nada em casa, então é melhor darmos uma passada no supermercado. Podemos pegar uma daquelas pizzas de colocar no forno, o que você acha? — Sugeri, incerta de como conversar com ela.

— Tô tranquila. — Diana já estava desbloqueando o telefone. Ela sugou as bochechas para dentro e tirou uma selfie.

— Eu acho que deveríamos comprar alguma coisa pra você. Você não pode simplesmente se alimentar de doces. Você vai acabar virando açúcar. — Quando acabei de dizer aquelas palavras, percebi como eu parecia uma velha falando.

— O quê? Por que você está falando comigo como se eu fosse um bebê? Oi? Eu tenho quinze anos, Queenie. E eu não como coisas tipo pizza. É muito da mesma coisa. Você não sabe cozinhar comida de verdade? — Ela não tirou os olhos do seu próprio reflexo na tela do celular.

Durante as horas que se seguiram, Diana mexeu em cada objeto no meu quarto. Ela estava sobretudo bisbilhotando, mas também tirando fotos de coisas para mostrar para as amigas no Snapchat colocando a legenda "HAHAHAHAHA". Diana testou a minha pouca variedade de maquiagens e me disse que não eram boas para criar um "look". Ela percorreu o meu guarda-roupa e me informou que todas as minhas roupas eram muito "de vovó". Ela derrubou minha caixa de bijuterias e os anéis, colares e brincos voaram por toda parte, depois derrubou o abajur da minha mesa de cabeceira, quebrando a lâmpada.

— O que é isso? — Diana pegou uma câmera antiga do nosso avô que eu tinha encontrado no seu galpão e usado um pouco quando estava na minha fase fotógrafa. — Porque isso não pode ser uma câmera, eu não consigo nem ver para o que estou olhando.

— Porque você não está olhando no lugar certo — bufei.

— Onde que se olha, então?

— No visor. — Apontei para o visor. — É aqui, olhe através dele. Espera, não tire foto...

Click.

— Não se preocupe, acho que eu precisava acabar com esse filme mesmo. — *Era isso que significava ser mãe?*, fiquei pensando. A lembrança do que poderia ter sido meu bebê com Tom reapareceu.

— Onde está a foto? — Diana me encarou.

— Posso te entregar quando revelar o filme. — Eu estava tentando reassumir o controle e peguei a câmera da mão dela.

— Revelar o quê? — Eu arriscaria dizer que ela nunca tinha parecido tão confusa.

— Olha, você não quer assistir a alguma coisa? — Abri o computador e coloquei na frente dela.

Ela fingiu estar assistindo a *Um maluco no pedaço*, mas na verdade tuitou "Queenie é TÃO chata que passar tempo com ela é tipo isso", seguida de uma foto de um esqueleto, na conta oficial do Twitter do *Daily Read*. Essa foi a gota d'água. Peguei o laptop e coloquei uma senha enquanto ela estava no banheiro.

Em uma tentativa de fazer com que ela ficasse parada e não tocasse em nada nem me criticasse mais, fiz uma pizza. Como era de se prever, ela comeu tudo. Quando deu nove horas, liguei para Maggie, mas o telefone dela estava desligado. Tentei novamente meia hora depois, ainda nada. Dei um dos meus livros favoritos para Diana ler, jurando que ela ia amá-lo. Depois de eu argumentar por que, apesar do título confuso, valia a pena ler *Gatos, fios dentais e amassos,* ela começou a ler. Eu a encarei, sorrindo para encorajá-la e, satisfeita porque notei uma risada durante a leitura, fui verificar o e-mail do trabalho.

Terça-feira, 14 de dezembro, Noman, Ted <ted.noman@dailyread.co.uk> escreveu às 21:40:
Acho que você deveria se permitir ser feliz. Você está esperando por um cara que deveria ter a iniciativa de pelo menos entrar em contato com você. Mas, olha, estou aqui dizendo como eu me sinto.

Terça-feira, 14 de dezembro, Jenkins, Queenie <queenie.jenkins@dailyread.co.uk> escreveu às 21:42:
Ted, não tenho certeza da sua motivação. Eu já disse antes, nós não nos conhecemos muito bem. E em relação a "um cara", meu namorado vai entrar em contato em breve. Você não consegue perceber como tudo isso é muito mais drama do que qualquer um de nós precisa?

Terça-feira, 14 de dezembro, Noman, Ted <ted.noman@dailyread.co.uk> escreveu às 21:43:
Eu não deixaria você esperando.

Olhei para Diana. Ela acabou adormecendo com o livro no rosto. Eu deveria ter percebido pelo silêncio.

Tentei ligar para Maggie mais uma vez e, quando ela não atendeu, movi Diana para que ela ficasse embaixo das cobertas. Isso a acordou, porque quando eu desliguei as luzes e me deitei perto dela, ela se virou para mim.

— Queenie, preciso de um lenço para a cabeça — sussurrou. — Não vou conseguir dormir sem um.

— Ah, desculpa acordar você. — Estiquei a mão para a minha mesa de cabeceira a fim de pegar meu lenço extra. — Aqui está.

Coloquei o lenço na cabeça dela na completa escuridão e, então, ela ficou em silêncio. Fechei os olhos.

— O que aconteceu com o seu namorado? — As palavras de Diana cortaram a escuridão.

Pensei que se eu ficasse quieta, ela poderia achar que eu já tinha adormecido.

— O menino branco. — Ela pressionou. — O que não era, tipo, lindo, mas era até que bonitinho, tipo um galãzinho branco de filmes.

— Tom? — Eu me rendi.

— Sim. Pra onde ele foi?

— Estamos dando um tempo — respondi com firmeza.

— Então vocês terminaram?

— Não. Um tempo, tipo, um pequeno afastamento — corrigi. — É isso que adultos fazem.

— Bom ter um tempo pra você, eu imagino. Mas é como minha mãe diz, os homens simplesmente sugam você. — Eu estava preocupada que ela fosse começar a recitar o discurso que Maggie havia feito no hospital. — Você precisa estar pronta pra deixá-los entrar em sua vida. Talvez você não estivesse pronta.

Ela deveria estar falando assim nessa idade?

Queenie:

> Tom, isso é uma merda. Eu sinto a sua falta. Já se passaram quase três meses. Você já teve tempo o suficiente?

Ele respondeu na tarde seguinte.

Tom:

> Sinto muito

Depois do trabalho, encontrei Ted no parque.

10

Quinta-feira, 16 de dezembro, Noman, Ted <ted.noman@dailyread.co.uk> escreveu às 17:21:
Estou uma pilha bjs

Quinta-feira, 16 de dezembro, Jenkins, Queenie <queenie.jenkins@dailyread.co.uk> escreveu às 17:29:
Por quê? Acalme-se

Quinta-feira, 16 de dezembro, Noman, Ted <ted.noman@dailyread.co.uk> escreveu às 17:36:
Estou paranoico com tudo o que aconteceu e com o fato de que alguém pode ter nos visto bjs

Quinta-feira, 16 de dezembro, Jenkins, Queenie <queenie.jenkins@dailyread.co.uk> escreveu às 17:40:
Tipo o quê? Ninguém nos viu.

Quinta-feira, 16 de dezembro, Noman, Ted <ted.noman@dailyread.co.uk> escreveu às 17:41:
Mas, Queenie, e se alguém nos viu e percebeu eu colocando as minhas mãos embaixo da sua saia? E se eu for colocado em algum tipo de lista aqui da empresa?

Quinta-feira, 16 de dezembro, Noman, Ted <ted.noman@dailyread.co.uk> escreveu às 17:43:
Desculpa, estou sendo idiota. Não consigo acreditar que, no fim, aconteceu. bjs

Quinta-feira, 16 de dezembro, Jenkins, Queenie <queenie.jenkins@dailyread.co.uk> escreveu às 17:50:
Não se preocupe. Não poderíamos ter nos escondido melhor.

Ele estava começando a me irritar. Eu tinha milhares de coisas para finalizar.

Quinta-feira, 16 de dezembro, Noman, Ted <ted.noman@dailyread.co.uk> escreveu às 17:55:
Como você está se sentindo? bjs

Quinta-feira, 16 de dezembro, Jenkins, Queenie <queenie.jenkins@dailyread.co.uk> escreveu às 18:03:
Ocupada. Culpada.

Fazer sexo com vários estranhos, tudo bem. Ter sentimentos? Não tão bom.

Quando estava voltando do trabalho, peguei a Oxford Street e comprei um presente para Tom. Em partes porque me sentia culpada, mas principalmente por um ritual. Havia certas coisas que eu não ia deixar passar, dando um tempo ou não. Eu estava tentando me animar com a ideia de passar as "festas" sem ele e a família dele pela primeira vez em três anos. Pelo menos eu não teria mais que escolher os presentes que ele daria para os pais. Ou lidar com o racismo recreativo da família.

❋❋❋

Era o meu segundo Natal com a família de Tom. A novidade de uma refeição de Natal propriamente dita havia se desgastado no ano anterior, mas eu ainda me surpreendia com a quantidade de enfeites e o fato de não ser permitido comer carne de porco, mas que essa mesma carne era embrulhada em outro tipo de carne de porco e comida em uma única mordida.

— Ah, aqui está o que faremos — a tia de Tom anunciou. — Vamos jogar um jogo. Encontrei este no sótão.

Ela assoprou a caixa para remover a poeira de um jogo de tabuleiro e o colocou na mesa de centro, no meio da sala.

— Ah, adoro jogos de Natal — a mãe de Tom comentou. — Vou pegar papel e caneta pra todos. Você pode anotar os pontos, não, Stephen? — ela disse para o irmão.

— Sim, claro — ele respondeu, movendo-se um pouco em seu assento e levantando as calças até os joelhos. — Teremos que nos agrupar em times, no entanto. — Ele correu os olhos pela sala.

Olhei para Tom para sinalizar que estaríamos no mesmo time, mas ele estava em uma profunda conversa com o irmão.

— Como iremos dividir? Eu acho... — Stephen disse, devagar. — Que deveríamos fazer camisas escuras contra camisas claras. O que todo mundo acha?

Senti meu coração bater mais depressa.

— Ótimo. — O pai de Tom olhou para a própria camiseta branca. — Fica mais fácil assim.

Olhei para o meu vestido branco.

— Então, ficarei no seu time. — E levantei para me sentar perto dele.

— Hmm. Não tão rápido, Queenie — Stephen disse.

Senti as minhas bochechas ficarem quentes.

— Talvez você devesse anotar os pontos. — Ele riu.

— Meu vestido é branco. — Minha voz saiu baixa.

— Mas, tecnicamente, há um pouco mais de escuridão em você. — Ele riu, olhando em volta na esperança de que mais pessoas fossem rir com ele.

— Ela vai ficar no meu time, Stephen. — O pai de Tom abriu um sorriso consolador para mim.

11

O que acontece com os casais durante o Natal? Eu estava me sentindo miserável. Na verdade, eu estava em uma festa de Hanukkah, mas o sentimento natalino ainda permanecia. Todos os presentes nessa enorme casa no bairro de Islington estavam em casais, menos eu. Dito isso, todos tinham mais de cinquenta anos. Então, eu diria que eles tiveram mais tempo para encontrar alguém, e metade deles estava já no segundo casamento.

O pai de Cassandra, o único homem adulto em quem já confiei e provavelmente a verdadeira razão pela qual eu suportava Cassandra, perguntava-me onde estava Tom a cada vez que passava, a bandeja na mão, e finalmente ficou parado tempo o suficiente para que eu pudesse dizer:

— Estamos dando um tempo, Jacob. Desde setembro. Mas ele não fala comigo. Ele disse que precisava de três meses, mas eu acho que talvez ele precise de mais tempo. Na sua experiência, quanto tempo essas situações devem durar?

Quando Jacob me olhou surpreso, removi o palito de dente que eu estava mastigando de minha boca e o enfiei em uma azeitona, irritada.

— Ah, tadinha, pobre coitada. E como você está se sentindo? — Jacob abandonou sua tarefa de servir pessoas e se sentou perto de mim, colocando uma mão em meu ombro. Todos os casais na sala se viraram para olhar para mim.

— Eu me sinto perdida. E confusa — respondi em voz baixa. — Achei que depois de uma semana sem mim, ele estaria batendo à minha porta.

Coloquei a azeitona na minha boca e me virei para Cassandra, esperando que ela se juntasse à conversa. Seria melhor se ela não estivesse no recinto, porque os olhos dela se viravam para a porta a cada três segundos enquanto ela esperava que o novo namorado, descrito como um semideus, chegasse.

— Se for pra dar certo, tudo vai se arranjar. — Jacob estava sendo gentil. — Ah! Acho que tem alguma coisa queimando. — Ele se levantou num salto e saiu em direção à cozinha.

— Oi? Cassandra? — Agitei as mãos em frente ao rosto da minha amiga. — Lembra-se de mim? Você me convidou para vir aqui porque somos amigas há muitos anos e vir para o Hanukkah é uma tradição? Você poderia pelo menos falar comigo!

— Eu estou nervosa, Queenie. — Cassandra cruzava e descruzava os braços. — Essa é a primeira vez que tenho um namorado por tempo suficiente pra que ele conheça toda a minha família, e você sabe como a minha família é. Toda neurótica e instável.

Cassandra se levantou e alisou a parte de trás do vestido com as mãos, desamassando-o.

— Que tal?

— Parece com a minha família. O seu traseiro? Tá bom. Bonito, redondo.

— Não, Queenie, o meu vestido. Ele comprou pra mim, e quero ver se está bonito. — Inspecionei o item em questão, um vestido preto simples, quase parecido com um avental, difícil até de ser descrito.

— Cassandra, você está ficando maluca? — Puxei-a pelo braço. — Você está linda, mas isso não devia importar tanto. Acalme-se. Ele vai chegar aqui e vai amar o que você está vestindo. Mesmo que seja porque ele comprou. O que eu acho estranho.

Abaixei a minha voz antes da próxima pergunta.

— Vocês pelo menos já transaram?

Cassandra se levantou num salto tão brusco que parecia que eu tinha jogado uma bomba nela. Todos os adultos pararam de conversar e olharam para nós.

— Nós vamos só pegar uma bebida — ela anunciou para o recinto, me puxando para a cozinha. Jacob passou por nós no caminho, a bandeja parecendo grudada em sua mão e coberta por fumegantes enroladinhos de salsicha.

— Porco. — Ele fez um som de desaprovação. — Somos péssimos judeus, sabe como é.

— Será que você pode falar de uma forma menos grosseira do meu relacionamento, Queenie? — Cassandra sussurrou, colocando o celular no balcão de mármore, com a tela virada para cima. — As coisas estão indo bem pela primeira vez em sabe-se lá quanto tempo, e não é sobre sexo, é sobre eu conseguir conhecer alguém, ter uma conexão.

— Sim, sim, conexão, eu sei. — Eu a imitei. — Então, você e esse namorado dos sonhos não fizeram sexo ainda?

— Será que você pode não ser tão mente suja? — Ela estava com os olhos grudadas no celular.

— Mas sexo é importante, né? É o que separa a amizade de um romance com alguém. Caso contrário, a gente casaria com os nossos amigos.

O telefone de Cassandra apitou e ela se esticou para pegar o aparelho, quase batendo em alguns copos de vinho que estavam próximos.

Ela pareceu desapontada.

— Ele não vai vir.

Ela jogou o celular com força no balcão de mármore.

— Não quebra o seu celular. Está tudo bem. Nós vamos nos divertir mesmo assim.

Jacob espiou para dentro da cozinha.

— O que está acontecendo aqui, meninas? E cadê ele, seu namorado dos sonhos? Estamos todos esperando, Cassandra.

— Ele ficou preso no trabalho, pai. Pediram que ele ficasse mais um turno e ele não pôde dizer não.

— Bom, não é de se admirar nessa época do ano e nessa área que ele trabalha, Cassandra. Nós podemos conhecê-lo outro dia, né? — Jacob foi até a filha e colocou o braço em volta dela. Ela deitou a cabeça no ombro dele.

— Vou voltar pra outra sala — sussurrei, andando na direção da porta da cozinha.

— Não, para com isso, Queenie. — Jacob esticou o outro braço e me puxou na direção dele e de Cassandra.

— Jacob, eu não gosto de contato fí...

— Queenie, por favor, tenha um pouco de compaixão. — Cassandra explodiu, a dureza em sua voz abafada pelo casaco do pai.

Jacob nos soltou depois do que pareceu uma eternidade e voltou para a outra sala, para continuar a servir os convidados.

— Eu tinha decidido que ia ser hoje. — Cassandra alisou o vestido novamente.

— O quê?

— Que eu ia dormir com ele, Queenie.

— Ué, mas você ainda pode, quando ele terminar o turno dele. Acho que você está tornando a coisa maior do que de fato é. — Fiquei surpresa por ela agir assim. — Não é a sua primeira vez, afinal.

— Eu queria que ele conhecesse todo mundo, eu queria que desse certo com ele. — Cassandra estava começando a soar como uma criança mimada.

— Ele vai conhecer a sua família e vai dar certo, Cassandra. E podemos ser só nós duas hoje, como foi pelos últimos, o que, sete anos?

— Eu não queria que fôssemos só nós duas, Queenie, queria que ele estivesse aqui. — Ela explodiu.

— Ok, tá bom, tudo bem.

— Desculpe, não quis ofender. — Ela suavizou o tom de voz. — Olha, eu sei que não está sendo fácil pra você com toda essa história com o Tom, e que isso provavelmente te traz muitos sentimentos relacionados à sua mãe ter abandonado você — Cassandra disse aquilo da forma mais blasé possível —, e eu me importo e me preocupo com você, sim, mas está na hora de eu me colocar em primeiro lugar.

Parecia que aquelas palavras estavam me cortando. Por que ela nunca pensava antes de simplesmente sair distribuindo esses psicologismos que mais pareciam socos no nariz?

Após cantar *Ma'oz Tzur*, uma canção de Hanukkah que eu nunca conseguia cantar no ritmo certo, jogar o dreidel e rezar, coloquei o meu casaco para ir embora.

Jacob veio até a porta da frente.

— Términos, términos, eles são complicados, mas você ficará bem. — Ele falava como se estivesse me prometendo algo. — Você perdeu peso, não? Tente comer mais, pra ficar forte. Isso não vai funcionar — ele colocou um dedo na minha têmpora — se você não se cuidar. — Ele cutucou minha barriga com o mesmo dedo.

— Obrigada, Jacob. De verdade. — Dei-lhe um longo abraço de despedida porque eu me sentia muito sozinha. — Essa noite significa muito pra mim. Todos os anos.

— Não seria o mesmo sem você, Queenie. — Jacob me entregou uma Tupperware cheia de comida.

— Tchau, Cassandra — gritei para a casa, minha voz ecoando no chão de pedra e no teto alto.

Esperei por um segundo.

Nenhuma resposta.

Jacob se inclinou mais perto de mim.

— Acho que ela foi se deitar. Ela estava um pouco chateada. Acho que ela realmente gosta desse rapaz — sussurrou. — Sabe como é, faz muito tempo desde a última vez que ela se conectou de fato com alguém.

Eu mal conseguia fazer com que meu pai respondesse minhas mensagens, imagina falar com ele sobre as minhas conexões.

Andando pela Seven Sisters Road até a estação de trem, em uma atitude que nem mesmo Freud conseguiria desvendar, liguei para Guy. Ele não atendeu, então mandei uma mensagem.

Queenie:

> Quer vir aqui?

Ele respondeu cinco segundos depois de eu colocar o celular de volta no bolso.

Guy:

> Está em casa? Depile as pernas antes de eu chegar

Quando cheguei, Guy estava sentado no muro do lado de fora da minha casa.

— Tudo bem? — Ele desceu do muro.

Eu me inclinei para beijá-lo e ele se afastou.

— Ei, calma lá, não sou seu namorado.

— Eu sei que você não é meu namorado, nem quero que você seja meu namorado, mas se você pode fazer sexo comigo, você com certeza pode me dar um beijo para dizer oi — falei sério.

— Não vamos complicar as coisas.

Eu revirei os olhos e mudei de assunto.

— Você sabe o que vai acontecer quando o Papai Noel morrer?

Eu entrei no meu quarto e Guy veio logo atrás, com as mãos no meu traseiro.

— O quê? Quem? — Ele se jogou na cadeira cheia de roupas e empurrando as limpas para o chão enquanto tirava o casaco.

— Você sabe, o Papai Noel.

— O quê? Eu não sei. — Ele tirou as botas.

— Ele não estará mais em trenós. — Sorri, orgulhosa.

— Isso foi uma piada? — Ele desdenhou, tirando o pulôver por cima da cabeça.

— Sim, foi.

Sentei na cama e tirei a meia-calça, me perguntando quando Guy e eu tínhamos começado esse ritual de tirarmos as nossas roupas metodicamente.

— Não fez muito sentido. Ele não estaria mais entre nós, certo? — Guy fazia seu *mansplaining* andando na minha direção. — Minha mente é prática demais pra piadas, Queenie. — Ele se abaixou e acariciou minha perna do calcanhar até a coxa.

— Você quer depilar a perna agora? — Ele apontou na direção do banheiro.

— Hm, isso faz diferença mesmo?

— Eu prefiro assim. Não me importo que você tenha uma floresta nas suas partes, mas não gosto dos arranhões no rosto quando coloco suas pernas nos ombros.

Tirei o resto das minhas roupas e enrolei meu cabelo, os olhos de Guy ficaram em cima de mim o tempo inteiro.

— Sabe o que eu gosto em mulheres negras? — Seus olhos corriam dos meus cabelos até os pés. — Mesmo que vocês sejam grandes, fica bom. O tamanho combina com o quadril e o resto. E com a sua bunda. Você é sortuda.

Eu o deixei na cama, entrei no banho e obedientemente raspei as minhas pernas. Quando saí, Guy estava dormindo de cuecas em cima das cobertas, virado para o meu lado da cama. Encarei os cílios dele, pensando em quanto dinheiro eu poderia fazer se eu os vendesse como cílios postiços.

Fiquei olhando para ele por um tempinho, lembrando o meu primeiro Natal com Tom.

✻✻✻

Eu nunca tive um Natal convencional em família. Quando meu pai vivia em Londres, ele passava o Natal com a família de verdade em sua outra casa — eu não era bem-vinda, mas sempre fiquei em paz com isso, considerando que a esposa dele é, de fato, uma bruxa. Desde que consigo lembrar, o abrigo em que minha mãe vivia só permitia visitantes durante uma hora, então passar as festas com ela também era uma opção inexistente. Na semana antes do meu primeiro Natal com Tom, eu estava sentada na mesa, comendo peixe e batatas fritas em uma sexta-feira com a família dele, conversando sobre como estava se saindo o "menininho africano" que eles apadrinharam, quando a mãe de Tom esticou um braço por cima da mesa e apoiou a mão no meu antebraço.

— Queenie, você sabe que está mais do que convidada pra passar o Natal aqui em Peterborough conosco, não é?

— Ela está? — O irmão de Tom claramente não gostava da ideia.

— Não, não se preocupe, passo o Natal com a minha avó todo ano. — Dei um sorriso.

— Você tem certeza? — A mãe de Tom parecia insistir. — Nós adoraríamos ter você aqui, e todos os seus presentes estão embaixo da árvore.

— E ela não pode abrir depois do Natal?

Adam novamente. Sua voz estava mais esganiçada dessa vez.

Tom trocou olhares comigo e balançou a cabeça.

Eu olhei para Adam e sorri.

— Eu adoraria passar o Natal com vocês. Obrigada, Viv.

— Não se preocupe com Adam — Viv me disse depois. — Ele só está com ciúmes porque você tem toda a atenção do irmão dele.

— Não quero irritar ninguém, especialmente no Natal. É só que... bom, a sua família é o que uma família deveria ser. Nunca tive isso.

— Bom, você é parte da nossa família agora, Queenie. E você sempre será.

Era véspera de Natal. Tom e eu estávamos sentados no último trem a caminho de Peterborough, as muitas sacolas de presentes no assento ao lado de Tom fazendo com que ele ficasse esmagado contra a janela. Eu estava sentada no assento em frente, com os meus pés na mala cheia de presentes que ele tinha comprado somente para mim. Estávamos juntos havia menos de um ano naquela época, então eu não só já conhecia os pais, avós e o irmão dele, Adam, o suficiente para escolher todos os presentes deles, como também sentia que, depois de nunca conseguir ganhar o que eu queria e cansada de ser perguntada sobre isso todo ano, eu poderia dar para Tom uma lista das coisas que eu queria em vez de esperar pelos melhores presentes e receber apenas algo que eu teria que fingir que gostava.

— Você está empolgado, Tom? — Eu me inclinei para colocar as mãos nas bochechas dele.

Ele não respondeu.

— Tom, por favor, pare de ficar grudado no celular. É véspera de Natal. Preciso de atenção, tô mais empolgada que uma criança.

Ele colocou o celular no bolso.

— Sim, também estou empolgado, desculpa.

— Bom, você tem que ficar empolgado, porque não é só o nosso primeiro Natal juntos, como também é o meu primeiro Natal com álcool.

— Sempre esqueço que a sua família não bebe.

— Nem uma gota, Tom. Desde que meu avô tomou um pouco de xerez em 1961 e ligou para a ambulância porque achou que o coração dele havia parado de funcionar.

Troquei de assento para sentar ao lado de Tom e me aconcheguei nos braços dele.

— Você me faz muito feliz, sabe. Sei que eu não sou boa em demonstrar, mas você me faz feliz. — Olhei pela janela do trem, observando os prédios cinzas aos poucos serem substituídos pela tranquilidade dos subúrbios.

Ele levantou uma mão e começou a acariciar meus cabelos.

— Você também me faz feliz. Eu te amo.

— Tom, não encoste no meu cabelo.

Coloquei uma camiseta e me deitei na cama perto de Guy, me aconchegando nele. Eu me odiava por fazer isso, ainda mais com ele, mas de todos os meus parceiros anônimos, ele era o mais confiável. E, como era de se esperar, ele se afastou de mim assim que meu corpo tocou o dele. Eu me enfiei embaixo dos lençóis e não pensei em nada além de Tom enquanto adormecia, o ronco de Guy era trilha sonora para a minha tristeza.

Acordei com algo cutucando as minhas costelas.

— Você tá falando dormindo.

— Hm? O quê? — Eu me sentei.

Guy estava olhando para mim só com um olho, o outro estava enterrado no travesseiro.

— Você tá falando dormindo — resmungou. — Não sei quem é esse tal de Tom, mas as orelhas dele devem estar queimando.

— Desculpa. — E deitei novamente. — Você já fez todas as suas compras de Natal?

Ele não respondeu. Será que já teria voltado a dormir?

— Que horas são?

— Cedo demais para conversar. — Ele foi áspero.

— Mas falta uma semana para o Natal.

Ele pegou a minha mão e a enfiou na cueca.

— Está bem, tenho um presente pra você.

✳✳✳

— O quê?

— Eu disse que tenho um presente pra você. Vamos lá, acorda, Queenie.

Eu me sentei, com os olhos ainda fechados. Quando pisquei para abri-los, Tom estava sentado com as pernas cruzadas na ponta da cama, segurando um pequeno presente em suas mãos.

— Ah, Tom, o que é isso?

— Então, você deve abrir pra ver, não? — Ele me entregou o pacote e mudou de lugar na cama para ficar ao meu lado.

Abri o presente devagar.

— Ah! Onde você comprou?

Era um lenço de cabelo de seda.

— Feliz primeiro Natal juntos. Você gostou? — Tom tinha um sorriso que ia de orelha a orelha. — Fui em uma daquelas lojas com vendedoras negras em Brixton pra achar. Eu escolhi um lenço verde e preto porque o seu outro lenço é dourado e, juntos, eles formam as cores da Jamaica, certo?

— Você foi até Brixton por um lenço?

— Bom, eu não sabia como procurar por esses lenços na internet e eu lembrei que vi alguns quando fomos comprar o seu cabelo daquela outra vez.

Coloquei meu braço nos ombros dele e comecei a brincar de mata-leão.

— Você é muito bom pra mim. — Eu disse enquanto ele movia a cabeça do meu peito para o meu pescoço, me beijando com delicadeza atrás da orelha.

— É porque você é a minha Queenie — sussurrou no meu ouvido, tirando o lenço das minhas mãos e entrelaçando nossos dedos.

— Você não gostou? — Guy pareceu desapontado por eu não estar empolgada com o pau dele.

— Hm, eu acho que é cedo demais pra esse tipo de presente, Guy. — Tirei a minha mão da cueca dele.

— Ah, como assim, você mesma disse, é Natal. Que tal uma punhetinha rápida? — implorou. — Você demorou tanto no banho ontem à noite que dormi antes de poder te dar um sexo natalino. O mínimo que você pode fazer é tocar umazinha pra mim.

— Guy, eu acho que a gente deveria — minha voz estava baixa —, talvez parar de...

— Ha. — Guy me cortou. — Ora, não tem nada pra parar, isso nunca vai ser nada além de sexo e você sabe disso. Você é uma menina legal, mas eu sou muito ocupado, eu não tenho tempo pra namorar.

— Guy, você sabe que sou uma pessoa, né? — Comecei. — Com pensamentos, sentimentos, e...

— ...e uma boca enorme, mas, acima de tudo, uma bunda enorme. — Ele riu. — Ah, qual é, para de ser tão séria assim, nós nos divertimos juntos, você e eu.

Ele tirou as cuecas e me apresentou seu pau novamente.

— Monta aqui, o Papai Noel vai te dar uma carona no trenó dele.

— Achei que você era prático demais pra piadas, sendo um médico — provoquei. Eu não tinha por que ficar irritada. Guy era muito persuasivo. Ele sempre conseguia que as coisas acontecessem do jeito que ele queria.

— Médico residente. — Ele me corrigiu. — Mas estamos fugindo do assunto e vou acabar perdendo minha ereção. Vai, Queenie. Sobe aqui. Não se preocupe, vou tirar antes de te dar um milagre de Natal todo seu.

12

Era véspera de Natal, e eu tinha passado a semana inteira encarando o celular depois de ter enviado uma mensagem para o Tom perguntando se podíamos nos encontrar para eu entregar o presente dele, de ter deixado o presente no escritório dele quando não recebi nenhuma resposta e, por fim, de ter enviado outra mensagem perguntando se tinha problema em ligar para a mãe dele no dia de Natal. Silêncio total.

Emudeci as vozes na minha cabeça que perguntavam pelo que eu estava brigando. Sem o Natal com Tom, eu ia ficar com a minha avó, que está feliz pelo meu retorno depois de três Natais ausentes. Eu estava sendo forçada a ir à Missa do Galo, acredito que como forma de punição.

Chegamos às 23h15, e Diana, Maggie, meu avô, minha avó e eu nos sentamos em um banco perto da porta da igreja já quase lotada. Como poderia essa missa ser tão popular? Tentei me sentar perto de Diana, mas fomos separadas como crianças na escola. Antes de tudo começar, uma pequena figura apareceu perto de mim, na ponta de nosso banco.

— Sylvie — a minha avó sussurrou para a minha mãe, que estava parada perto de mim, meio sem jeito. — Você está atrasada. Sente-se.

Bufei e me remexi para abrir espaço para que ela pudesse se sentar.

— Queenie — ela sussurrou para mim. — Estou surpresa por vê-la.

— Oi — sussurrei de volta, olhando para a frente.

— Como a mãe conseguiu fazer você vir pra cá? — Minha mãe sussurrou novamente.

— A missa já vai começar. — Finalmente me virei para olhar para ela.

Não me pareço com a minha mãe. Ela tem a pele mais clara, uma espécie de lembrança genética, talvez. Apesar de eu ouvir fofocas familiares que diziam que, depois que minha mãe nasceu, meu avô acusou minha avó de ter tido um caso. A pele da minha mãe brilha e seu cabelo é comprido e cacheado. Não são cachos pequenos e grossos como os meus. Os cachos dela são macios, sedosos e têm movimento, formando uma moldura em volta do seu rosto. Seus olhos são cor de avelã e, quando ela não está olhando para o chão, eles buscam o lado bom das pessoas. Diferentemente de mim, minha mãe é pequena. Magra, frágil, a menor da nossa família.

Eu me pareço com o meu pai. Mais escuro que a minha mãe, com olhos pretos, olhos que ou se apertam em suspeita ou se reviram. E, como a minha avó diz, o meu pai e eu temos "o mesmo formato de corpo".

— Ok. — Ela me deu um sorriso suave.

Uma fila de meninos e meninas do coral passou por nós, cantando e balançando seus incensos. Meu celular vibrou.

Diana:

> Essas coisas vão me fazer ter um ataque de asma

Queenie:

> Vc pode fingir que está tendo um ataque de tosse pra eu levar vc pra fora. Por favor

Diana:

> NÃO, porque eu teria que me espremer pela fila toda e eu não quero acordar o vovô

Olhei para o fim do banco e vi que meu avô já estava em um sono profundo, a cabeça tão inclinada para trás que a boca não conseguia ficar fechada.

— Se o vô pode dormir, então eu também posso? — sussurrei para a minha avó, que silvou em resposta, bem alto, até se lembrar de que estávamos em uma igreja.

— "Once, in royal David's city..." — O padre começou a cantar, e o microfone amplificava sua voz e a fazia soar muito mais alta que o coro e a congregação. Ele improvisava de uma forma que, provavelmente, não tinha aprendido no seminário.

Diana:

> Esse cara deve achar que está no X-Factor

Queenie:

> Vc deixaria ele passar se fosse juíza?

Diana:

> Não vou mentir, a voz dele não é ruim, né. Com um pouco de mixagem, ele pode até chegar entre os 10 melhores

— *Di*ana. Guarda o celular. — Ouvi Maggie chiar enquanto eu murmurava de acordo com o ritmo e os meus olhos procuravam as palavras na tela que mostrava a letra. À minha direita, a minha avó cantava em voz alta, em uma alegria que ressaltava seu sotaque, inventando grande parte da letra da canção, enquanto a minha mãe cantava em voz baixa e suave à minha esquerda, sem errar uma palavra ou nota.

Olhei para ela. Ela não estava nem lendo a letra.

— Anos de escola dominical. — Ela parou de cantar para me dizer isso. — Nunca vou esquecer uma única palavra da canção.

Eu a ignorei e abstraí da missa por algum tempo, visualizando imagens detalhadas do que eu imaginava que seria o Natal com o Tom esse ano. Olhei para o teto da igreja, todo decorado. Fechei os olhos e comecei a rezar.

— *Pai Nosso* — comecei na minha cabeça —, sei que não rezo com frequência, na verdade nunca, mas eu só gostaria de pedir... por favor, se você realmente existe... será que poderia tornar as coisas um pouco mais fáceis daqui pra frente? Sei que talvez eu não mereça a vossa piedade ou misericórdia, mas tudo tem sido muito difícil e eu não sei o que fazer. Será que eu posso receber alguma luz?

Apertei meus olhos.

— E se você fizesse o Tom me enviar uma mensagem pra me dizer que ele quer me ver? Esse é um pedido fácil. Não estou pedindo pra ele voltar imediatamente. Entendo que essas coisas levam certo tempo. — Fiz uma pausa para pensar se havia mais alguma coisa que eu gostaria de acrescentar. — E, por fim, quer Tom ainda me ame ou não, será que eu poderia ser um pouco feliz? Parece que eu nasci miserável e sem oportunidades de mudar essa situação. Ah, e peço desculpas por todo o sexo casual, por favor, perdoe-me por isso — continuei rezando. — Eu sei que é horrível e contrário a tudo aquilo que o os católicos defendem, mas... Ai, ai!

Soltei um ganido quando minha avó beliscou meu braço com seus dedos ossudos.

— Não durma — rosnou. — O padre olhou diretamente pra nós.

— Mas eu não estava dormindo. — sussurrei. — Eu estava rezando profundamente!

Diana:

> HAHAHAHAHAHA

Queenie:

> Como que ela consegue ser tão forte?

Diana:

> Comendo mingau todo dia por 100 anos

— Amém — disse em voz alta como resposta à mensagem de Diana e me unindo à toda congregação quando a provação chegou ao fim.

Passar o Natal na casa dos meus avós não era nada divertido. Sem álcool, sem programas natalinos e, definitivamente, sem enroladinhos de salsicha. Maggie estava dominando totalmente a cozinha e latindo ordens para qualquer pessoa que se aproximava, então meu avô tinha se escondido em seu pequeno galpão, enquanto a chefe da casa havia saído em busca de amido de milho.

Diana estava com o pai, então, em vez de ter a única outra pessoa jovem da família para conversar, eu estava em outro recinto embaixo de sete edredons que minha avó tinha colocado em cima de mim antes de sair. Eu estava deitada, com uma fila constante de Ferrero Rocher entrando na minha boca, e assistindo a *Simplesmente amor*, um filme que geralmente me fazia rugir de tanto rir de tão inverossímil que era quando eu não estava com o coração partido.

Não sabia como eu poderia me sentir mais desanimada que isso. Tinha muito tempo que não me sentia tão sozinha. Tudo bem me sentir assim AT (Antes de Tom) porque eu não conhecia a sensação de intimidade, a possibilidade de compartilhar tudo com uma pessoa, de ter alguém para amar você incondicionalmente e amar essa pessoa da mesma forma, apesar dos defeitos de cada um. DT (Depois de Tom) era insuportável.

Ouvi a porta da frente da casa se abrir e pausei o filme, prendendo a respiração.

— Olha quem eu encontrei na rua. — Minha avó estava fazendo um anúncio para a casa. — Sylvie está aqui.

Preparei os ouvidos.

— Olá a todos, sou eu. — Ouvi minha mãe dizer, em voz baixa.

— Sobe, vai dizer oi pra sua filha. — Ouvi minha avó dizer. — Ela está comendo o mundo inteiro pra afogar as mágoas, tire o chocolate dela.

Ouvi minha mãe subir as escadas e fingi que estava dormindo.

— Eu sei que você está acordada, Queenie. Desde pequena você tem a mania de fingir que está dormindo, eu sei reconhecer os sinais.

Senti quando ela se sentou na cama e abri meus olhos.

— Oi. — Minha voz saiu baixa, e eu não queria olhar para ela.

— Não consegui falar com você direito ontem. Como você está, meu bem? — A minha mãe pôs uma mão em minha perna. Apesar de não conseguir sentir o seu toque embaixo de todas as camadas de cobertas, eu me movi de um jeito brusco.

— Desculpa, eu sei que você não gosta que toquem você. — Ela tirou a mão rapidamente. — Maggie me contou que você e Tom estão dando um tempo ou algo do tipo. Como você está?

Ela parou de falar à espera de uma resposta que ela sabia que não receberia.

— E Diana me disse que você está vivendo em uma casa compartilhada. Você deve estar odiando essa situação. Você sabe que se eu tivesse o quarto...

— Eu tô bem, mãe. — Soltei um suspiro, já cansada do Natal.

— Não há problema em sofrer, sabe. Você pode se permitir sentir dor, se sentir machucada, Queenie.

— Eu disse que tô bem, Sylvie — repeti, me virando para encarar a janela para não ver o quanto doía nela quando eu a chamava pelo nome.

— Não é costume seu ser tão automática com as coisas, Queenie.

Ouvi quando ela se levantou.

— Talvez eu já não seja mais eu. — Fechei os olhos, sentindo as lágrimas que estavam prestes a cair.

— Sylvie? — Maggie chamou minha mãe da cozinha. — Você pode vir me ajudar, por favor? O peru precisa de uma untada final e minhas mãos estão cobertas de queijo para o macarrão.

— Bom, você sempre será a minha Queenie. — E minha mãe saiu do quarto e fechou a porta.

Depois de dez minutos de orações comandadas pela Maggie, em que meu avô resmungava ou parecia dormir, nós teríamos comido o jantar natalino ao som das notícias na BBC se não fosse pela Maggie recitando uma lista de tratamentos estéticos que ela planejava fazer no ano seguinte e para os quais estava guardando dinheiro.

— ... e então meu médico, e ele é um ótimo médico, Dr. Elliot, ele vai tirar um pouco da gordura da minha barriga e vai injetar nessa parte mais murcha do meu peito, aqui.

Meu avô se engasgou com o peru.

— Maggie, por favor, estamos todos comendo. — Minha avó abaixou o garfo. — Beba água, Wilfred.

— Só estou contando. — Maggie disse, roubando uma das batatas assadas do prato da minha mãe com o garfo. — Você está muito quieta. — Ela falava com Sylvie, e enfiou a batata inteira na boca.

— Ah, eu estou bem — minha mãe murmurou.

— Você não está comendo, Sylvie. — Minha avó observou. — Você fica menor a cada vez que te vejo.

— Mas ela sempre foi pequena. Ela é a sortuda. — Maggie deu um empurrão tão forte na minha mãe que os cinquenta quilos dela quase caíram no chão.

— Não há nada de sorte em ser grande ou pequena. Vocês são todas bonitas. Em todos os tamanhos. — A minha avó olhou para mim e minha tia. — Ainda assim, Maggie, quero que você e Queenie vejam como está a pressão de vocês. E o colesterol. — Ela pegou o garfo e recomeçou a comer.

— Vô, podemos colocar alguma coisa que não seja notícia? — perguntei.
Ele finalmente tirou os olhos da televisão e me encarou pelo que pareceram ser milhões de anos.

— Como todas vocês sabem, eu não gosto de nada que seja fictício. — Ele anunciou e aumentou o volume das notícias, olhando novamente para a tela. — A única coisa que deveríamos assistir é o que está acontecendo no mundo ao nosso redor. As coisas estão muito caóticas e você, jovem como é, deveria parar de ser tão ignorante.

— Vô, você sabe que eu trabalho em um jornal, né? Eu sei o que está acontecendo no mundo.

— Você trabalha na revista, Queenie, são somente artigos de opinião e sobre discotecas, não são notícias de verdade — ele rebateu.

— Wilfred. Não começa. Nem ouse começar no aniversário de Jesus. Me dá o controle. — Minha avó já estava apertando os lábios.

Meu avô suspirou e empurrou o controle pela mesa na direção dela. Ela o entregou para mim e eu zapeei enquanto minha mãe e Maggie foram se sentar na sala de estar, com as capas de plástico nos sofás e lençóis empoeirados nos melhores móveis. Ninguém pode entrar ali. Eu, no entanto, ainda tenho que limpar esse cômodo a cada vez que vou lá. Parei na porta para espiar enquanto ia até a cozinha pegar um pudim.

— Ela está bem, você sabe que ela é durona. — Ouvi minha tia dizer.

— Ela não é tão durona assim, Maggie. E agradeço por você ter cuidado dela quando não pude, de fato agradeço, mas ela é minha filha, não sua. — Minha mãe estava chorando baixinho. — E eu a conheço. Ela é muito boa em fingir. Mas eu a decepcionei, deveria ter sido uma mãe melhor pra ela, assim quem sabe ela não seria mais gentil com ela mesma.

Maggie murmurava quando minha mãe parava de falar.

— Eu não deveria ter ido embora. Não deveria ter sido tão controlada por aquele homem dos diabos a ponto de deixar minha filha sozinha.

Ouvi Maggie suspirar baixo.

— De que adianta pensar assim, Sylv? O que está feito está feito e não muda. O que vocês podem fazer é dar um passo à frente. Construir o relacionamento novamente. Vocês eram próximas, isso não desaparece do nada.

— Mas e se isso tiver desaparecido? — Havia medo na voz da minha mãe.

— Para de se preocupar com a Queenie, irmã, e foca em você mesma. Confia em mim, sua filha está bem. Ela é corajosa.

— Ser corajosa não é sinônimo de estar bem.

— Você tem que cuidar de você, Sylvie. Você precisa se recuperar. Por que você não vem pra igreja comigo?

Ela não ter oferecido a esperança da cura divina mais cedo foi uma surpresa para mim.

— Não, obrigada, Maggie.

Pelo menos concordávamos em alguma coisa.

— Faz o que você achar melhor. Mas, olha, preocupe-se com você mesma. Quais são as novidades do caso na corte?

— Essa história está me matando, Maggie. Passo mal a cada vez que vejo Roy.

— É por isso que você perdeu tanto peso — Maggie comentou. — Malditos dois anos e meio passando por isso. Você precisa me avisar as datas das próximas audiências, pra eu ir com você.

— Não quero que você tenha que ouvir tudo o que passamos, Maggie. Tenho muita vergonha. Os advogados repetem tudo o tempo todo. Tudo.

A minha mãe soluçou, e eu senti as lágrimas surgirem nos meus olhos.

— Mas eles finalmente encontraram a conta pessoal que ele mantinha no banco, onde ele colocou todo o dinheiro da minha casa, então já é alguma coisa. Só não significa que eu vou conseguir recuperar o dinheiro.

— Espero que a sua advogada esteja correndo atrás disso. — Maggie ergueu um pouco a voz.

— Ela está, ela está. Ela disse que ajudaria se Queenie testemunhasse, mas eu não quero obrigá-la a reviver aquilo tudo.

— Não traga Queenie pra essa história. — Maggie foi firme. — Não.

— Não vou trazer. Pode ficar certa disso — a minha mãe gaguejou. — Lembra de quando ele bateu meu rosto contra o volante enquanto eu dirigia e me fez bater o carro? Ele disse para o juiz que eu bati porque tinha bebido. Mentiu até o último fio de cabelo. Ele é louco, Maggie.

— Mas você não tinha como saber que ele seria tão louco assim.

— Não sei por que eu não conseguia enxergar isso. Eu estava com tanto medo, tinha medo de ficar sozinha depois que o pai da Queenie mudou de vida e me deixou. Pensei que ninguém ia me querer de novo. E Roy apareceu para mim como um deus.

— Ele era perito em manipular você, Sylv.

— Mas eu abandonei a minha filha. — Minha mãe soltou um gemido. — Eu amava tanto Queenie e abandonei ela.

Senti meu ombro sendo puxado para trás. Era o meu avô.

— Deixe os adultos conversarem, hein? — sussurrou. — Não tem nada ali pra você.

Eu não ia sentir pena dela. Ela cometeu erros e, agora, nós duas tínhamos que conviver com eles. Enxuguei rapidamente os olhos e voltei para o outro cômodo para ver meu celular. Tinha uma mensagem de Gina.

Gina:

> Você não está vendo seu e-mail do trabalho? Estranho. Será que poderia ver? Preciso que chegue mais cedo. Feliz Natal.

Loguei na minha conta do trabalho e tentei ignorar todos os e-mails que não fossem de Gina. Eu tinha decidido não ver a caixa de entrada do trabalho a cada minuto quando não estivesse no escritório porque li um artigo sobre como isso pode fazer mal para a nossa saúde mental. E, sim, há muitas coisas piores do que se preocupar com o trabalho durante as festas de fim de ano, mas eu estava determinada a levar a sério a minha meta de não trabalhar por mais tempo do que me pagavam.

Terça-feira, 25 de dezembro, Row, Gina <gina.row @dailyread. co.uk> escreveu às 11:34:
Q. Preciso que você venha amanhã (dia 26) de manhã. Acabei de verificar o e-mail e vi uma mensagem da gráfica – as edições que Chuck fez para a próxima publicação. Uma bagunça. Preciso que você conserte antes que a revista seja impressa. Verifique a pasta principal, está tudo lá. Páginas 32-60. Faça mudanças, crie uma versão nova. Não posso fazer eu mesma porque estou presa em Suffolk. Me mande uma mensagem quando estiver tudo pronto. G

Quando fui fechar o navegador, meus olhos acidentalmente viram as mensagens na caixa de entrada e pousaram em um e-mail de Ted entre as mensagens não respondidas.

Eu ia abrir, mas me contive e fechei o computador.

Só que eu não sou muito disciplinada, e já decidi aceitar isso, então religuei o computador.

Terça-feira, 25 de dezembro, Noman, Ted <ted.noman@dailyread.co.uk> escreveu às 15:45:
Queenie, eu não consigo parar de pensar em você. Fui a muitos jantares e festas de família, mas trocaria tudo isso para estar sentado com você no parque. Podemos fazer isso assim que voltarmos? Feliz Natal. Bjs

Deletar. Se essa era a luz que eu tinha pedido a Deus, nunca mais vou rezar.

13

Com exceção de Jean Silenciosa, que acho que nem saiu do escritório para o Natal, eu era a única pessoa no meu andar. Levei um milhão de anos para conseguir entrar porque o segurança era um temporário esquisito que não acreditou que eu trabalhava para um jornal.

Quando perguntei por que mais eu estaria ali no meio das festas de fim de ano quando poderia estar em casa, a resposta que recebi foi "porque você pode querer causar confusão".

Eu tinha deixado o crachá em casa, mas ele finalmente me deixou entrar quando o forcei a pegar o elevador até o quinto andar e ver o cartaz com o meu rosto que estava no refeitório. Eu não queria ter participado daquilo, mas o jornal estava fazendo uma iniciativa do tipo "apoiamos a diversidade" e perguntou se eu poderia estar presente nas imagens da campanha por ser um dos quatro funcionários de minorias que não trabalha em serviços gerais. O cartaz exibe a mim, o Vishnay, de Finanças, e a Josey, de Música, todos em poses desconfortáveis embaixo das palavras "*The Daily Read:* notícias para todos". A Zainab, do Digital, tinha se recusado a participar.

Durante o meu processo de admissão, quando a assistente de recursos humanos espanhola disse, quase literalmente, "Você tem tanta sorte de poder trabalhar aqui. Há outros como você, mas não da mesma cor", fiquei na dúvida se tinha ouvido direito, então pedi para ela repetir o que havia dito.

— Você sabe o que quero dizer. Há outras pessoas escuras, mas elas trabalham com TI.

Abri a boca para responder (apesar de ainda não saber o que ia dizer), mas ela encerrou o assunto:

— Não se preocupe, meu marido é negro, conheço você e seu povo. Ela já não trabalha mais lá. Foi demitida? Eu não ficaria surpresa.

AS CORGIS

Queenie:

adivinhem onde estou

Kyazike:

HAHAHA. Feliz Natal. Onde vc tá? Vc tem sorte de não estar em Staines, nada pra fazer aqui, mano

Darcy

Na cama. Vc quase sempre está na cama

Queenie:

Estou no escritório, OBRIGADA

Darcy:

As pessoas não costumam colocar em prática as Resoluções de Ano-novo no dia seguinte ao Natal. De onde veio toda essa dedicação?

Queenie:

Gina me fez vir aqui pra consertar alguma coisa que Chuck fez. Não é tão ruim assim. Ao contrário de vcs, pessoas normais, a minha família é intolerável. Meu avô nos fez assistir às notícias durante o jantar

Queenie:

> Mas aprecio que me façam companhia por mensagem

Queenie:

> Por favor. Stories, memes, fotos dos presentes, qualquer coisa

Jean Silenciosa passava continuamente pela minha mesa para ir fazer chá. O que ela ganhava me encarando? Depois da minha segunda hora tentando entender a loucura que Chuck tinha feito e enfiando miniaturas de Snickers garganta abaixo, ouvi as portas do elevador se abrirem.

Feliz por ter a companhia de alguém que não fosse Jean, eu me virei para ver Ted caminhando a passos largos pelas portas.

— O que você está fazendo aqui? — Eu estava menos agradecida depois de ver que era ele quem chegava.

— Precisava preencher uns papéis. Metas para a Liquidação de Natal.

Ele parecia estranhamente orgulhoso dessa manchete, como se ela tivesse algum trocadilho.

— Aqui está silencioso. — Ted observou. Ele se sentou na cadeira perto da minha. — O que você está fazendo aqui?

— Gina perguntou se eu poderia vir corrigir alguns erros. Ela mesma não pôde fazer as correções porque está "presa em Suffolk". — Usei um tom despretensioso. — Enfim, preciso voltar.

Quando liguei o monitor, eu estava tão afetada pela aparição repentina de Ted que não conseguia lembrar qual era a tarefa. O que fazer nessa situação, além de fingir estar escrevendo? E se ter o coração partido tivesse me tornado mesmo psicologicamente instável?

— Você está fingindo que está escrevendo — Ted afirmou.

— Estou fazendo coisas importantes aqui. Por favor, me deixa em paz.

— Você não respondeu o meu e-mail.

Eu não disse nada.

— Queenie — Ted colocou uma mão em cima da minha —, eu senti a sua falta.

— Não faça isso de novo. — Tirei a minha mão debaixo da dele e continuei olhando para a tela do computador. — Preciso lembrar que esse escritório tem circuito interno de TV? E a Jean está logo ali.

— Posso convencer você a ir comigo em uma pequena, hã, excursão?
— Dessa vez, ele falou em voz baixa.

Levantei e fui andando na direção do banheiro. Eu podia ouvir Ted me seguindo e apressei o passo. Jean Silenciosa observava de sua mesa, assustada como se eu estivesse andando na direção dela. Cruzei o escritório até o banheiro para pessoas com deficiência e me tranquei lá dentro.

— Queenie, para com isso — Ted sussurrou pela porta.

— Não vou parar. Me deixa em paz, por favor. O que você está fazendo é tecnicamente perseguição. Eu podia pedir pra Jean ligar pra polícia.

— O que, a mulher que assombra o prédio? Você está fazendo drama. Venha aqui, por favor. Preciso explicar uma coisa.

Destranquei a porta e tentei empurrá-la para abrir, mas senti algo contra ela. Fiz força, empurrando-a com todo o meu peso.

— Ai. — Ela abriu apenas parcialmente. Coloquei a cabeça na abertura da porta e vi Ted no chão, inclinado contra ela. Lembrei de quando Tom costumava me consolar do lado de fora da porta do banheiro e balancei a cabeça para afastar essa imagem.

— Do jeito que você é teimosa, não achei que você fosse abrir. — Ted se levantou lentamente, alongando as pernas com movimentos exagerados. — Eu sou um velhote, Queenie. — Ele forçou uma risada.

— Você é só seis anos mais velho do que eu, Ted. E só estou saindo porque preciso terminar de trabalhar.

Passei por ele e voltei para a minha mesa. Ele deve ter finalmente compreendido a mensagem, porque não me seguiu. Terminei de corrigir os inúmeros erros de Chuck às cinco, fechei a nova versão, enviei um e-mail para Gina e me preparei para sair do escritório. Estava quase chegando no elevador quando alguém agarrou a minha mão. Tentei fugir dessas garras de todas as formas.

Ted me segurou pela cintura, me levantou e me colocou no elevador.

— Câmeras — alertei. — E se alguém estiver vendo?

Ele estava parado atrás de mim e beijou meu pescoço.

— Que vejam — sussurrou no meu ouvido.

— Foda-se. — E ronronei, me derretendo nos braços dele.

Chegamos no andar de Ted e, assim que saímos pelas portas do elevador, ele virou à direita e abriu a porta do banheiro para pessoas com deficiência.

— Primeiro você. — Meu coração começou a bater mais forte.

Entrei no banheiro como uma idiota incapaz de pensar por conta própria.

Ted entrou a seguir e trancou a porta atrás dele. Ele me beijou e me pressionou contra a parede, desabotoando minha camisa com mãos experientes. Tirei o casaco dele, que ele jogou no chão. Tentei desabotoar sua camisa, mas ele pegou minhas mãos e puxou para baixo.

— Não, para, deixa. Preciso ficar com a camisa.

Ele arrancou a minha camisa e jogou no chão antes de abrir meu sutiã, que caiu aos meus pés. Ele tomou meus seios em suas mãos e apertou com força, me encarando enquanto sugava um mamilo e depois o outro. Ele estava parecendo aquelas mulheres que mantêm contato visual quando estão chupando o pau de alguém. Nunca fiz isso, acho que é estranho. E, quando você é o foco do olhar, é tão estranho quanto.

— Não acredito que eu finalmente tô vendo seus peitos. — Ted estava ofegante.

— E você nem imaginava que fosse acontecer no banheiro do trabalho, né? — Usei um pouco de humor para me distanciar do que estava acontecendo. Se eu não queria isso, por que estava deixando acontecer? Eu queria isso?

Ele levantou a minha saia e abaixou minhas meias-calças até o joelho enquanto continuava a me encarar de jeito um pouco intenso demais. Ele começou a me acariciar com dois dedos por cima da minha calcinha.

— Adoro isso. Adoro sentir você. Você gosta?

— Gosto. — Abri o cinto dele, decidindo que eu queria que acontecesse, mas também que acabasse rápido. Coloquei minha mão por dentro da calça jeans e das cuecas dele, agarrando seu pau.

— Você é tão grande. — Fui honesta pela segunda vez na minha vida. Eu estava em choque porque imaginei que ele tivesse um pênis pequeno e fino.

— Você gosta? — Ele afastou minha calcinha para o lado e meteu um dedo em mim. — Quero comer você. — Os beijos dele eram vorazes. — Vira de costas, abaixa.

Sacudi a cabeça.

Ele pegou o casaco e esticou no chão. Eu me deitei ali meio sem jeito. Não é fácil ou glamouroso se mexer quando as meias-calças estão nos joelhos. Ele abriu a calça jeans, liberou o pênis e me encarou enquanto eu o olhava, deitada no chão.

— Você é tão linda, Queenie. Olha que pele negra linda. — E antes que eu pudesse falar qualquer coisa sobre o "elogio" que ele fez, Ted se ajoelhou e abaixou minha calcinha e as meias-calças até meus tornozelos, se apoiando nas minhas pernas de sapo e montando em mim para tentar me penetrar.

— Acho que não vai entrar... calma, não estou tão molhada e você é muito grande, espera só um se...

— Tudo bem, porque eu não... — Ted cuspiu na mão e passou entre as minhas pernas.

— Eu só tinha visto isso em filmes pornôs — brinquei novamente, desconfortável, enquanto ele confortavelmente entrava em mim com a ajuda do seu cuspe. Ele deu uma estocada.

— Ah, merda — ele sussurrou na minha orelha.

Foram mais três e acabou. O corpo dele se envergou por inteiro e ele ficou deitado arfando, enquanto eu encarava o teto cinza de poliestireno. Ele tirou a cabeça do meu ombro e me beijou na boca.

— Desculpa, foi frustrante, né? Não era assim que eu imaginava a nossa primeira. — Ted se levantou, colocou a cueca e fechou o jeans. — É melhor eu sair antes que alguém chegue.

Ele se abaixou e me deu um beijo na testa.

— A única pessoa que chegou a algum lugar aqui foi você — falei com as costas dele, enquanto ele saía correndo do banheiro.

AS CORGIS

Queenie:

Gente, acabei de transar com o Óculos e Tweed no banheiro do trabalho

Darcy:

Raios, Queenie. Isso aconteceu porque não enviamos nenhum meme?

Kyazike:

Vc devia estar MUITO entediada, mano

Queenie:

Ele estava aqui e eu tentei continuar trabalhando, mas ele é tão persuasivo que nos deixamos levar e agora acho que eu não devia ter feito isso

Kyazike:

Foi bom?

Queenie:

Foi tranquilo

Kyazike:

Tranquilo?

Kyazike:

O que houve?

Kyazike:

A barraca não armou? Ou ele foi rápido demais no gatilho?

Queenie:

A última, MAS eu acho que foi pelo contexto. Excitação e medo de ser pego.

Darcy:

Bom fico feliz que ninguém encontrou vocês

Cassandra:

Estou quebrando a minha regra de não usar telefone durante as festas de fim de ano para dizer DUAS coisas. 1) que nojo. 2) espero não ouvir falar mais dele.

Queenie:

vc pode psicologizar o quanto quiser, ele não é assim, Cassandra. Tudo pode parecer desconexo e bagunçado, mas eu acho que ele se importa comigo

14

Por que as pessoas sempre reclamam do período entre o Natal e o Ano-novo? É uma verdadeira bênção. Rupert e Nell foram para a casa de suas respectivas famílias, e finalmente pude ficar com a casa inteira somente para mim.

Eu estava andando pela casa só de calcinha e com o aquecedor ligado, mas a maior alegria foi conseguir limpar a bagunça deles. Eu não sei como as pessoas conseguem ser tão bagunceiras, ou como a faxineira lida com isso. Nunca tive uma faxineira, mas seria essa a pessoa que jogava fora os absorventes que Nell esquecia de embrulhar ou recolhia a toalha que ela tentava jogar no cesto e errava? Devia ser cultural.

É maravilhoso que esses dias se unam em um só. Assisti a todos os filmes bons, médios ou ruins que passaram na televisão, praticamente esgotei a Netflix, meu padrão de sono foi tão drasticamente modificado que eu mal via a luz do sol e eu estava com tanto apetite que cheguei a fazer brownie em uma bandeja e comer tudo com um garfo (depois que achei a assadeira embaixo da cama de Rupert, finalmente). Dormir me fazia bem, apesar de enlouquecer com a quantidade de tempo que tinha disponível para não fazer nada além de pensar.

Parecia que Ted tinha se acalmado. Sei que nosso começo não foi exatamente de conto de fadas, mas e se nós nos déssemos bem juntos? Seria difícil eu me acostumar com a intensidade e o afã dele. E, apesar de o sexo não ter sido ótimo, provavelmente seria melhor se estivéssemos em uma cama. E o que eu diria para o Tom quando ele quisesse voltar para mim?

Não vou pensar nisso até Ted aparecer de novo. Aí vou saber o que ele quer.

Enquanto eu comia pizza e assistia a Jools Holland em seu tão sólido programa de Ano-Novo, *Hootenanny*, peguei um Moleskine que estava na minha penteadeira, e no qual eu ainda não havia mexido, e decidi escrever algumas resoluções.

RESOLUÇÕES DE ANO-NOVO

1. Ser mais gentil e mais paciente com todo mundo. Isso inclui: passageiros que me empurram para dentro do metrô antes de deixar as pessoas saírem, colegas de trabalho que ouço reclamar de dinheiro, apesar de saber que elas compraram uma casa com o dinheiro dos pais, e colegas de apartamento que cozinham sete pratos diferentes em uma cozinha compartilhada, me impedindo de fazer um simples macarrão ao sugo;
2. Vibrar em uma frequência melhor. Em tudo, em todos os elementos da vida e do dia;
3. Me empenhar mais no trabalho, o que vai resultar em uma promoção:
    a. ser pontual;
    b. ouvir as instruções da Gina;
    c. ser mais esforçada;
    d. passar menos tempo conversando com a Darcy;
    e. ser gentil de verdade com o estagiário, apesar de ele estar em uma posição de privilégio extremo e saber que provavelmente ele será meu chefe em cinco anos;
    f. nada de e-mails pessoais, nada de olhar o Tumblr enquanto estou no trabalho, celular sempre na gaveta da mesa durante o expediente.
4. Tentar resolver as coisas com o Tom. Obviamente, o objetivo final é voltar com ele quando ele estiver pronto e tal, então é preciso continuar dando espaço para ele. E, enquanto isso, ver resolução de número cinco;.
5. Chega de homens:
    a. só falar com os comprometidos, ou seja, indisponíveis;
    b. se falar com homens e eles forem solteiros, não transar com eles. Adi foi suficiente. De certo modo;

    c. sempre usar proteção, sempre, mesmo que eu me deixar levar, o que faço com frequência;

        c.1. talvez tentar descobrir por que isso acontece.

    d. chega de aplicativos de namoro, especialmente aos domingos, quando todos estão se sentindo tristes, sozinhos e de ressaca e ansiando por uma vida melhor, convencendo-se que ela vem com um parceiro e programas de namorados nos finais de semana;

    e. CHEGA DE GUY. Ele me machuca fisicamente e, além disso, ouvi informações que sugerem que ele tem uma namorada. Ou isso, ou ele é muito próximo da pessoa com quem ele divide apartamento.

6. Passar mais tempo com a minha família:

    a. tentar consertar o relacionamento com a minha mãe, apesar de tudo (mas essa resolução pode ser descumprida se ficar difícil demais);

    b. visitar a vovó uma vez por semana, domingo sendo o melhor dia, já que ela terá feito frango assado;

    c. tentar contato com meu pai ausente (ainda que sem esperar muito dele, me livrando da tristeza da rejeição inevitável se somando à tristeza da rejeição de Tom).

7. Fazer exercícios. Talvez começar com algo mais suave, como ioga, ou nadar, quando eu descobrir como proteger os cabelos. Isso pode ajudar a cuidar da minha saúde mental, apesar de eu estar começando a acreditar que não tenho mais jeito;

8. Tentar fazer algo criativo:

    a. Escrita criativa?

    b. Poesia?

    c. Tecelagem?

    d. Tricô?

    e. Arte? Não tenho muita certeza sobre esse item;

    f. ... não consigo pensar em nenhuma outra atividade que seja criativa, o que por si só sugere que a criatividade não é para mim.

9. Ser menos catastrófica. Tentar ser mais otimista e não ser tão dura comigo mesma se o pessimismo se fizer notar, o que vai acontecer;

10. Doar 50% das minhas coisas para a caridade depois que eu fizer a Marie Kondo e conseguir arrumar o meu quarto todo. Não há por que vender no eBay, não vale a pena vender por 1.99 libra algo que custou 50 quando o dinheiro poderia ir para a pesquisa

da cura do câncer. O que já é uma ideia muito gentil, seguindo a resolução 1;
11. FAZER TERAPIA??? Pensar a respeito de terapia, pelo menos.

Acho que isso é o suficiente para começar. Quando me desafio a fazer alguma coisa, eu já visualizo o fracasso. Mas com esse limite de ações das resoluções, pelo menos o fracasso será menos frustrante.

Depois de terminar as resoluções e comer uma pizza inteira, levei a caixa gordurosa para fora e enfiei no cesto de reciclagem já cheio. Consegui ouvir gritos de felicidade e os sinos da igreja tocando. Eu tinha perdido a contagem regressiva. Bom. Outro ano começava.

Queenie:

> Feliz Ano novo, Tom. Eu espero que esse ano seja melhor para nós do que o ano passado. Bjs

Tom:

> Feliz Ano novo, Queenie. Bjs

15

Minha cabeça doía e eu estava tão cansada que podia sentir a pulsação do coração nos olhos. Eu finalmente tinha conseguido dormir às quatro da manhã, e fui acordada três horas depois pelos barulhos nojentos que Rupert sempre fazia no banheiro e que ecoavam pelas minhas paredes. Quando ele tinha voltado?

Depois que ele terminou de expelir cada fluído do corpo e saiu do banheiro, entrei para tomar um banho e limpei os pelos da barba dele que estavam dentro e fora da pia, cobrindo minha mão com papel higiênico para poder remover os pelos pubianos do assento da privada. Eu não tinha que fazer nada disso com o Tom. Talvez a minha resolução devesse ter sido parar de pensar em Tom três vezes a cada minuto para compará-lo com quem quer que fosse.

Saí de casa rumo ao trabalho e, em vez de colocar os meus sapatos normais, coloquei meus velhos, porém, infelizmente, não gastos tênis de corrida verde-limão para caminhar até o escritório. Resolução seis. Acabei pegando o ônibus no meio do caminho. Tudo bem: um passo de cada vez. Eu ia esperar até chegar no escritório para colocar os sapatos, mas, quando virei a esquina e estava quase chegando na portaria, senti alguém cutucar meu ombro. Gina balançava a cabeça.

Eu tirei um dos meus fones.

— Não.

— Não? O que você quer dizer com não?

— Não. Isso. — Gina apontou para os meus tênis. — Tire isso, agora.

— Feliz Ano-Novo pra você também. — Eu abri um sorriso falso.

— Queenie, não estou brincando. Você não vai entrar no escritório com isso. — O tom de voz de Gina ficou mais sério. — Você é uma mulher de cinquenta anos que usa saltos todos os dias desde os dezoito e cujos tornozelos precisam de descanso? Ou isso é algum tipo de desafio fashion?

— Não, mas ano novo, Queenie nova. Você tem permissão pra falar comigo desse jeito? Isso aqui não é um episódio de *Mad Men* — bufei.

— Não tente sugerir que eu sou machista, Queenie. Você é uma menina bonita, não deixe seus padrões pessoais decaírem.

Gina marchou em frente com seus saltos finos de doze centímetros enquanto eu me apoiei em uma parede e troquei de sapatos, calçando minhas sapatilhas pretas sem apoiar as meias-calças no chão. Entrei no escritório e voei até a mesa de Darcy, puxando-a para um abraço apertado. Darcy guinchou alto no mesmo momento em que Jean passava estreitando os olhos para nós duas.

— Adivinhe só? — Darcy me puxou para a cozinha. — Nós duas fomos convidadas pra festa de noivado de James e Fran. Que horror.

— Não entendo isso, é como se tudo estivesse se movendo em velocidade avançada. Qual é a pressa? — Eu, provavelmente, estava com inveja. — Você tem a vida inteira pra passar com essa pessoa, por que precisa selar tudo tão rapidamente e fazer uma festa tão grande? A receita para o desastre — discursei e derrubei leite no balcão da cozinha.

— Você tá bem? Parece irritada. — Darcy colocou uma mão no meu ombro.

Eu não estava sendo muito otimista, estava?

— Tô cansada, só isso. — Levei Darcy para uma sala quieta e li todas as minhas resoluções de Ano-Novo para ela, ignorando a terceira (Me empenhar mais no trabalho, o que vai resultar em uma promoção: d) passar menos tempo conversando com a Darcy"). Comecei a trabalhar e, por volta da hora do almoço, percebi que não tinha tido notícias de Ted. Mas isso era uma coisa boa, com certeza, porque o Tom finalmente tinha me respondido. E com bjs.

Terça-feira, 3 de janeiro, Jenkins, Queenie <queenie.jenkins@dailyread.co.uk> escreveu às 12:04:
Você está quieto...

Esperei a resposta imaginando que o silêncio de Ted seria explicado com um e-mail avisando que ele não estava no escritório. Nada. Verifiquei os e-mails na volta do almoço. Nada.

Não quero ser esse tipo de garota. Alguma coisa realmente estava acontecendo na minha cabeça se eu estava me tornando esse tipo de garota.

Às quatro, um convite para uma reunião apareceu na minha caixa de entrada, enviado pela Gina.

> **Terça-feira, 3 de janeiro, Jenkins, Queenie <queenie.jenkins@ dailyread.co.uk> escreveu às 16:03:**
> Gina quer que eu vá ao escritório dela às 17h. Sem explicação, sem nada. Eu vou ser demitida, é isso, acabou! Eu sabia que havia uma razão para ela ignorar todas as minhas apresentações. Por que ela vai fazer isso agora, por que não fez antes do Natal? Talvez ela achasse que ia estragar meu Natal. Seria cruel demais me demitir antes do Natal. Ah, Deus. Você ainda vai me amar se não nos vermos todos os dias? Você vai se lembrar de mim?

> **Terça-feira, 3 de janeiro, Betts, Darcy <darcy.betts@dailyread. co.uk> escreveu às 16:05:**
> Você literalmente acabou de ler as suas resoluções para mim. Número 9: ser menos catastrófica

Gina devia saber sobre mim e Ted. Eu sabia que isso ia acontecer porque fui uma menininha idiota, inocente e estúpida. Talvez seja por isso que ele não tenha me respondido, porque também foi demitido, e eles não queriam que saíssemos ao mesmo tempo e chamássemos atenção para nós dois.

Será que ele confessou porque se sentiu culpado? Será que as câmeras filmaram a gente enquanto íamos "passear" juntos e os seguranças perceberam? Será que era tarde demais para fingir que tínhamos ido para o banheiro para pessoas com deficiência porque um de nós não se sentia muito bem?

Eu precisava enviar um e-mail para ele para alinharmos nossa história, mas ele não estava vendo e-mails... ah, claro, eles podem ler nossos e-mails e eu não tenho o número dele.

Às 17h, eu estava quase catatônica de medo e adrenalina enquanto me encaminhava para o escritório de Gina. Bati na porta com as mãos tremendo.

— Entre. — Gina bradou.

Entrei e ela se virou na cadeira como uma vilã de filmes.

— Ok, então, vamos falar sobre a sua carreira.

Parei de respirar.

— Queenie, sente-se aqui.

As minhas pernas carregaram o resto do meu corpo para que eu me sentasse em frente à Gina.

— Bom, sobre a edição que você fez após o Natal.

— A que tive que consertar?

— Hmm, isso. Você não consertou exatamente tudo que era preciso e tive que enviá-la pra um freelancer.

— Merda. Desculpa. E desculpa por falar palavrão. Desculpa.

— E isso, além de todas as outras coisas, significa que, e sinto muito por fazer isso, terei que dar uma advertência oficial pra você.

— Pra mim? Mas eu estava consertando os erros de Chuck.

— Não se preocupe, Chuck também recebeu uma advertência.

— Não faz diferença pra ele, esse não é o emprego dele. — Eu me larguei na cadeira.

— Mas... você está conosco há quanto tempo? — Gina olhava para um pedaço de papel na mesa.

— Três anos, acho. Talvez um pouco mais... — O medo levou todo o volume da minha voz. O que essa advertência significava?

— Não queremos perder você. — Senti meu coração voltar garganta abaixo para o seu lugar de origem. — Você é uma menina muito inteligente — Gina continuou. — Você realmente é, e sim, você tem estado distraída pelos últimos seis meses. Então, espero que dando objetivos de carreira mais específicos pra você eu consiga trazê-la de volta da beira do precipício. Certo?

— Ok. Então, o que eu preciso fazer?

— Um. Aquelas apresentações que você me manda. Elas não são tão bem feitas nem tão focadas em um tópico específico. Palavras e pensamentos estão soltos, sem fatos suficientes para servir de base. O que eu quero que você faça é me dar um texto mais completo que eu possa mostrar para os redatores da revista. Você é melhor contando histórias do que narrando fatos simplesmente. Então, vamos ver se você consegue colocar um pouco de ativismo na revista desse jeito.

Concordei imediatamente.

— Dois. Chuck está em Boston com a família dele até o fim dessa semana e, quando ele voltar na segunda-feira, você ficará responsável por ele. As tarefas dele, os horários e o desenvolvimento dele. Quero que você dê pra ele um projeto que já tenha sido iniciado. Você vai me dar um relatório mensal do progresso dele. Entendido?

— É... Sim? Eu consigo fazer isso? Consigo.

Voltei para a minha mesa e enviei um e-mail para Ted, por curiosidade e frustração sexual.

> Terça-feira, 3 de janeiro, Jenkins, Queenie <queenie.jenkins@dailyread.co.uk> escreveu às 17:13:
> Você voltou para o trabalho? Não vi você por aí. Bom, espero que esteja tudo bem. Você está estranhamente quieto.

Uma semana se passou e não recebi nenhuma resposta. Então, fui até o andar dele. Os sinais confusos que ele tinha me enviado não saíam da minha cabeça, e eu precisava de alguma resposta. A incerteza estava ocupando espaço demais. Além disso, se ele não queria continuar, seria muito constrangedor vê-lo pelo escritório sem nem falar a respeito e fazer um pacto de privacidade. Fiz alguns movimentos no estilo *Missão impossível* na seção de esportes, parando somente para olhar com ar zombeteiro para um quadro branco que parecia ter uma espécie de concurso velado de sexo entre funcionários e sistemas de pontos rascunhados por cima dele. Quando me afastei e continuei andando, o avistei na cozinha. Olhei em volta e, depois de verificar que não tinha ninguém por perto, entrei.

— Olá, estranho.

Ted tomou um susto tão grande que parecia que sua alma ia sair do corpo. Ele derrubou a caneca que segurava no chão.

— O que raios você está fazendo? — ele sussurrava e me tirava do caminho para conferir o corredor. Ele fechou a porta e começou a catar os pedaços da caneca quebrada. — Por que você está aqui, Queenie?

— Por que você está tão irritado? Só vim dizer oi. — O calor inundou meu rosto como sempre acontecia quando ele dizia alguma coisa que me pegava desprevenida. Pelo menos eu já estava acostumada.

— Sim, mas as pessoas vão falar. Não seja tão sonsa. — Ted não estava olhando para mim.

— Não, elas não vão, Ted. — Minha voz abafada arranhou minha garganta. — Nós trabalhamos juntos. Você não disse isso na festa de Natal, quando não conseguia sair de perto de mim? Ou na semana passada.

Ele não respondeu.

Eu me senti uma idiota.

— O que tá acontecendo, Ted? Eu fiz alguma coisa errada?

— Não. — Ele foi seco. — Olha só, tem muita coisa acontecendo na minha família, então não posso continuar com essa história. Vamos conversar outro dia, tá bem?

Ele ainda não estava olhando para mim.

— Tá bem, mas nós não temos que conversar. Eu só queria dizer que falei com meu namorado e nós vamos voltar.

Ted não ia me fazer passar por idiota. O meu estômago se contraiu enquanto eu o observava jogar os pedaços da caneca no lixo e ir até a porta.

— Que bom pra você. — Ele saiu da cozinha.

AS CORGIS

Queenie:

> Eu sei que eu sempre digo que me sinto mal, mas estou me sentindo MUITO mal

Kyazike:

> O que aconteceu agora?

Queenie:

> Eu fui ver o Óculos e Tweed pra descobrir por que ele estava me evitando, achei que estava doente ou algo do tipo, mas ele estava na cozinha, gato como sempre, e me disse que estava com problemas familiares e que ia falar comigo outro dia!

Queenie:

> Ele nem me olhou nos OLHOS

Darcy:

O que quer dizer evitando?

Kyazike:

Tipo fugindo. Se você evita alguém, você foge da pessoa. Entendeu?

Cassandra:

Ah, sério? O que você achou que ia acontecer? Você deu o que ele queria.

Kyazike:

@Darcy, quando vc não souber o significado de algum termo que eu usar, vc pode procurar no Dicionário Informal

Darcy:

Obrigada @Kyazike

Queenie:

Por favor, dá pra alguma de vcs levar esse assunto aqui a um pouco mais a sério

Kyazike:

Queenie, todas nós avisamos vc sobre as consequências de um romance no trabalho. Não vale a pena entrar nessa. Aceita que dói menos

Darcy:

> Ok, então, acabei de procurar isso: "Aceita que dói menos" significa "entender que perdeu". Frequentemente usado para descrever quando alguém vai mal em uma prova, sofre com um término, é deixado esperando em um encontro, apanha ou é roubado, ou perde dinheiro no mercado de ações, apostando ou por meio de esquemas de exploração ou pirâmide

Kyazike:

> É isso aí

Queenie:

> MENINAS

Saí do escritório e minhas duas novas amigas, Vergonha e Rejeição, tinham combinado de revirar meu estômago e arrepiar meu corpo. Peguei o ônibus para Brixton e me sentei com a cabeça encostada na janela antes de ouvir a voz interna de minha avó perguntando quantas cabeças sujas haviam se inclinado ali antes da minha.

Desci no ponto próximo ao KFC e me preparei para atravessar, mas parei quando vi um rosto familiar sentado em uma ainda-mais-familiar BMW preta no sinal de trânsito do meu lado da rua.

— Ei, você. — E me inclinei na janela, sem ligar se Adi ia me achar atraente, mas ainda esperando que eu não estivesse tão desarrumada.

Adi olhou para mim.

— Merda. — Terror surgiu no seu rosto.

Ele olhou para a frente, como se estivesse pensando em arrancar, mas tinha muita gente passando na frente do carro. Ele olhou para mim e murmurou alguma coisa que não consegui entender.

— Hm? — E me inclinei para mais perto dele.

Ele murmurou novamente e eu me aproximei ainda mais.

— O quê?

— Não diga nada. — Foi o que pensei que ele tivesse dito...

— Ah. — Ouvi uma mulher berrar. — Essa deve ser ela, né?

Segui o som da voz e avistei uma pequena mulher paquistanesa emergir do lado do passageiro. Seu cabelo era enorme, assim como sua cabeça, e a maquiagem estava impecável. Suas sobrancelhas grossas e bem feitas emolduravam seus traços de boneca.

— Essa deve ser a mulher grande, né? — A mulher que eu educamente adivinhei como sendo a esposa de Adi gritava.

Ela caminhou pela frente do carro até mim.

Olhei para Adi pedindo ajuda.

— Essa deve ser a grande vadia *kala* dona da calcinha extragrande que encontrei no seu porta-luvas, né? — Ela gritava e agarrava e puxava minhas tranças. — Eu sabia. Quando você achava que ninguém estava vendo, eu vi você jogando pedrinhas na janela dela e dizendo coisas legais pra ela, eu estava lá.

Puxei meu cabelo de volta e massageei meu couro cabeludo dolorido, olhando em volta para ver se nenhuma das minhas tranças tinha sido arrancada.

— Esquece isso, amor. — Adi saiu do carro. Motoristas buzinavam irritados atrás deles.

— Você acha que sou burra, Adi? — A mulher gritou com a voz esganiçada. — Eu via você falando com ela como se vocês fossem o Romeu e a Julieta de pele escura do sul de Londres. E uma noite você saiu tarde e, então, encontro aquela calcinha extragrande no seu carro. Achou que eu não tivesse visto, né? E você está me dizendo que não é ela? E ela vindo assim até o seu carro? E na minha frente? Vocês dois são loucos?

Ela veio na minha direção e eu desviei. Meu karma fez-se presente: eu não conseguia revidar.

— Eu já disse, não sei de onde veio aquela calcinha, amor. Deve ser porque meu amigo pegou meu carro emprestado, não? Sabe aquele que está sempre tendo caso? — Adi tentava argumentar. — Ele e a mulher dele brigaram, e ele deve ter se enroscado com alguma outra, amor.

Eu teria rido das mentiras horríveis que ele estava falando se não estivesse prestes a perder os cabelos.

— Qual amigo? — A mulher de Adi estava com as narinas infladas.

Eu observava a cena paralisada pelo pânico, enquanto mais carros se alinhavam atrás do dele, buzinando furiosamente.

— Se você gosta dessas gordas, então, fique à vontade. — Ela riu com desdém para mim. — Vou para a academia todo dia e é essa vadia *kala* gorda e inchada que você quer?

Passei a mão pela barriga, na defensiva.

— Entra no carro, amor, vamos embora, vamos pra casa. Eu não a conheço, eu juro. Você acha que eu ia escolher ela em vez de você? — Adi segurava as mãos da esposa. — Olha pra ela.

Fiquei assistindo a eles voltarem para o carro e se afastaram rapidamente. Adi derrapava com tanta velocidade que as marcas do pneu ficaram no chão. Olhei em volta, imaginando que todos os que estavam no cinema, do lado oposto da rua, teriam parado para assistir ao drama. Mas as pessoas estavam simplesmente seguindo em frente com suas vidas.

Tudo bem ser rejeitada, rejeição era uma grande parte da vida, mas eu tinha sido humilhada duas vezes no mesmo dia por dois homens que realmente haviam se esforçado para se certificar de que conseguiriam transar comigo. Quando entrei no ônibus, antes de abrir um dos meus aplicativos de namoro para escolher um anônimo que tiraria a dor daquele dia, procurei por *kala* no Google, com dedos meio trêmulos.

"Significa preto em Urdu, a língua oficial do Paquistão. Refere-se a qualquer objeto preto masculino."

Um tanto quanto pesado.

16

Janeiro foi um mês difícil para mim. Eu estava tentando fazer apresentações mais consistentes para Gina, mas, a cada vez que começava uma, eu sentia a cabeça zunir. O trabalho ficou ainda pior depois que Leigh nos deixou para trabalhar na revista de moda da concorrência. Eu só queria a minha antiga vida de volta. Queria meu namorado e queria não ferrar com tudo no trabalho. Queria me sentir bem comigo mesma. Eu estava longe disso, longe de ser quem eu era. E eu não conseguia parar de me autodestruir.

    Tom ainda não queria conversar comigo, apesar da promissora mensagem no Ano-Novo, e a minha vida social era um mito. As únicas pessoas que eu via com consistência eram do rodízio constante de caras que eu conhecia on-line para transar uma única vez e a cujas casas eu ia duas vezes por semana. Eu tinha voltado para o meu antigo eu, mas não conseguia evitar. Estava tão escuro e frio o tempo todo que eu precisava desses homens pela distração e pelo calor deles. Não sentia vontade de sair de casa a não ser para fazer sexo. E nos dias em que estava menstruada ou cansada demais, eu ficava no Tumblr, lendo artigo pós artigo sobre a violência policial. Estava lendo um artigo sobre os protestos que ocorreram em St. Paul após o assassinato de um homem negro chamado Philando Castile quando meu telefone tocou. Eu atendi com a raiva pulsando no peito.

    — Kyazike, eles vão matar todos nós? — Eu estava irritada. — Sem que a gente faça nada? Absolutamente nada? Simplesmente por existirmos? Por sermos negros no lugar errado, na hora errada? Odeio isso.

    Estava faltando ar para mim.

    — Não é justo, isso fere o meu coração. Quem policia a polícia?

Eu estava ficando quente e estressada.

— Não consigo entender e isso me deixa assustada e confusa. Parece que nós não temos direito à vida e que, por isso, temos que ficar provando o nosso valor pra que nos seja permitido existir.

— Relaxa, mano. É por isso que liguei. Estou me preparando pra ir ao protesto Vidas Negras Importam. Em Brixton, na Windrush Square. Encontro você do lado de fora do Ritzy, às duas.

— Kyazike, você sabe que eu não gosto de protestos. Eu me assusto com aglomerações e multidões. Eu sei que essa multidão não vai me machucar, mas a sensação é a de que não consigo fugir dela se for preciso. É assustador demais. Eu não consigo ir a blocos de carnaval, a grandes centros comerciais, à Oxford Street durante o dia. Eu não consigo. É por isso que não posso ir com você.

— Queenie.

— Você está certa. Isso é maior do que eu.

— Vejo você lá.

Tentei encontrar Kyazike do lado de fora do Ritzy e não consegui de jeito nenhum, principalmente pelo fato de ela estar sempre agitada e não parar quieta num lugar só. Acabamos nos encontramos literalmente no lado oposto de onde havíamos combinado. Não levamos cartazes, mas isso não era problema porque Kyazike tem a voz mais alta que já ouvi. Começamos na Windrush Square, Kyazike gritando "Vidas negras importam" sem parar enquanto eu vistoriava as pessoas à nossa volta, murmurando, sem muita convicção para acompanhá-la. Eu não gostava de ser o centro das atenções. Roy tinha percebido isso.

Kyazike foi forçada a ficar em silêncio quando uma figura que entendi ser a organizadora subiu ao palco. Ela era uma mulher negra alta e magra, com dreadlocks arrumados em lenços que desciam pelas suas costas e por cima de seus ombros. Quando ela levantou a mão, a multidão ficou em silêncio. Ela esperou por algum tempo, ergueu um megafone até a boca e falou.

— O sistema está contra nós. — Sua voz era forte, mas estava perto de falhar. — Eles não podem, não devem brutalizar o corpo negro, mas é isso que estamos vendo acontecer. É isso a que todos estamos assistindo. Essa é a mensagem que nos é passada. E é traumatizante. Nosso povo continua a sofrer. Esse trauma é pesado demais de suportar.

A multidão gritou, concordando.

— O "Vidas Negras Importam" não diminui nenhuma outra vida, não a torna menor que a nossa. Esse movimento não é sobre isso. O que estamos dizendo agora é que nós estamos sofrendo.

Ela abaixou o megafone e ficou parada, olhando para a multidão. A dor estava estampada no seu rosto, e visível demais pela forma como ela se portava. Ela entregou o megafone para uma mulher ao lado dela e desceu do palco.

A segunda mulher subiu e começou a falar.

— Vocês sabem o que eles querem? Eles querem que a gente se rebele, eles querem que a gente cause o caos e a destruição, querem que a gente se exploda. Mas sabe do que mais? Isso não é uma rebelião, é um levante. E a gente vai continuar com o nosso levante até conseguir a justiça que a gente merece.

Depois dela, um por um, os manifestantes se levantaram e subiram ao pequeno palco para falar no megafone. Nós assistíamos, e éramos atingidos por balas de sofrimento e raiva enquanto famílias e amigos de homens e mulheres negras que haviam sido mortos sem razão subiam no palco um por um para não somente recontar a morte das pessoas que perderam, mas também para celebrar suas vidas e lembrar como eram doces, amados, que eram mães e pais amorosos, crianças felizes.

Então, nós caminhamos. Andamos até a delegacia de Brixton sob uma atmosfera eletrizante. A multidão não estava irritada, não era agressiva, mas estava unida. Unida e demandando respostas, querendo ser ouvida. Carros vindo na direção oposta diminuíam a velocidade enquanto os manifestantes passavam por eles em ondas. Os motoristas buzinavam, erguendo os punhos pelas janelas abertas.

— MÃOS AO ALTO — Kyazike gritava no megafone.

De onde ela havia tirado esse megafone?

— NÃO ATIRE — a multidão respondia.

— MÃOS AO ALTO — ela repetia, a multidão já gritando.

— NÃO ATIRE.

Finalmente paramos do lado de fora da delegacia e, de novo, ouvimos as histórias. Dessa vez, histórias de injustiça, de atos que a polícia não explicava e não podia justificar. Mais pessoas se juntaram a nós, espalhando-se pelas ruas e parando o trânsito. Policiais saíram da delegacia e formaram uma parede à nossa frente. O medo fazia meu estômago se embrulhar.

Nós nos afastamos da delegacia, caminhando livremente por Brixton, a multidão cantando "SEM JUSTIÇA NÃO HÁ PAZ!". Passamos pela parte de trás do mercado. Em vez dos balcões de frutas e verduras para onde minha avó costumava me arrastar aos sábados de manhã que eu achava que ainda ia reconhecer, via cada vez mais crianças brancas saírem segurando latas coloridas de cerveja.

Era nas lojas de lá que ela comprava pão jamaicano e o queijo laranja neon para os lanches de domingo à tarde, onde ficavam as barracas de tecido em que ela comprava pano para fazer cortinas, as lojas de 1 libra em que eu podia comprar uma coisa e somente uma coisa. Todas fecharam, abrindo espaço para a nova tendência de bares veganos e lojas de moda independente que vendiam roupas masculinas absurdamente caras. Quando tudo isso havia acontecido? Quando o espaço que eu conhecia como a palma da minha mão, o único lugar em que eu me sentia em casa, em que tantas pessoas se pareciam comigo, falavam como a minha família, quando tinha acabado?

Brixton? Quando sua identidade lhe havia sido roubada? Por que eu não tinha dado mais atenção a isso?

— SEM JUSTIÇA — gritei, inundada por uma nova onda de raiva — NÃO HÁ PAZ!

— Você quer o megafone? — Kyazike perguntou.

— Acho que eu não iria tão longe. — Mas ergui o punho direito bem alto.

Nós caminhamos e cantamos, finalmente voltando à Windrush Square, onde tudo tinha começado. Um lugar batizado em homenagem ao *Windrush*, o barco e a viagem em que tudo havia começado para alguns de nossos ancestrais. Sentamos no asfalto, todos dominados pela exaustão, quando um novo grito, dessa vez uma afirmação da verdade, ao invés de uma objeção ao caos, ecoou pela noite.

"NÓS BASTAMOS.

NÓS BASTAMOS.

NÓS BASTAMOS."

— Por que você fica passando pela minha sala, Queenie? Você está me perturbando. Entra, ou então vai fazer seu trabalho.

Estaria Gina em um dia bom ou ruim?, eu me perguntei.

— Desculpa, eu só queria perguntar uma coisa pra você. — Entrei na sala dela hesitando.

— Você não vai ter um aumento no seu salário até você me entregar aquilo que pedi, Queenie. — Ela nem afastou os olhos da tela do computador.

— Não, não é isso, é que... — Eu me sentei na cadeira em frente à dela. — Bom, sabe todas aquelas apresentações que eu mandei pra você? É que, bom, mais dois homens negros foram mortos nos Estados Unidos essa semana, mortos pela polícia. E eu sei que não foi aqui, apesar de isso também acontecer aqui, mas eu queria saber se eu poderia escrever sobre isso. É que ninguém está falando a respeito... não precisa ser pra edição impressa, mas talvez para o blog ou...

— Acontece, Queenie — Gina fechou o computador —, que eu sei do que você está falando, e eu entendo que isso é horrível. Muito horrível. E se eu pudesse deixar cada um de vocês escrever sobre cada coisa terrível que acontece, eu deixaria, mas não tenho poder pra fazer isso.

— Mas com certeza o "poder pra fazer isso" pode perceber que isso é algo que precisa ser dito, né?

— Eu acho que esses problemas são um tanto quanto, como posso dizer? Radicais para o *The Daily Read*. Mas fico feliz que você seja tão proativa quanto ao que escrever. Que tal colocar um pouco dessa paixão em uma apresentação pra revista que seja um pouco mais... palatável? — Gina abriu o computador e continuou escrevendo.

— Bom, eu estava pensando em como eu poderia falar alguma coisa a respeito de como seria ótimo ver todas as mulheres brancas progressistas que estavam tuitando sem parar sobre a Marcha das Mulheres enquanto acontecia o Vidas Negras Importam.

— Como é que é?

— Então, todas essas mulheres brancas do escritório parecem se gabar sobre ir à Marcha das Mulheres, mas eu estava no Vidas Negras Importam ontem e eu não vi ninguém que eu conhecesse.

— Uma atitude um tanto quanto combativa, não acha? — Gina franziu o cenho. — Reformule o que você está dizendo e venha fazer a apresentação às quatro.

— ... então, acho que podemos usar esse argumento para trazer à tona a causa do Vidas Negras Importam e, se fizermos isso no contexto da Marcha das Mulheres, nós tornamos tudo mais "palatável" para nossos leitores. — Rezei para que eu tivesse conseguido fazer uma boa apresentação e mascarei o medo na minha voz com o que eu esperava ser convicção.

— Toda essa besteirada do Vidas Negras Importam. — Um homem mais velho, que eu reconheci como sendo do setor de revisões, ridicularizou minha fala. — Todas as vidas importam.

— O quê? — Pisquei e inspirei profundamente, disfarçando.

— E quanto à vida dos Latinos, dos Asiáticos, a vida dos... eu sou branco, a minha vida não importa? — ele continuou.

— Eu não estou... sugerindo que as vidas de outros grupos étnicos não são importantes — expliquei, perplexa pelo fato de sequer ter que explicar. — Eu não acho que nenhuma parte do movimento do Vidas Negras Importam sequer deixe a entender que outras vidas são descartáveis.

— Bom, quando você coloca as vidas de alguns e não de todos em um pedestal, o que você está fazendo?

— Não é sobre colocar a vida de pessoas negras em um pedestal, eu nem ao menos sei o que isso significa. — Meu coração batia acelerado. — Isso quer dizer que as vidas negras, a essa altura, e historicamente, não importam e nunca importaram, e que elas deveriam importar!

Olhei primeiramente para Gina, então para todos na sala, para ver se alguém iria me apoiar. Mas o que encontrei foi o que eu havia tentado fingir que não fosse um recinto que sempre esteve cheio de brancos não-tão-progressistas cujas opiniões, assim como seu dinheiro, tinham sido herdadas.

Saí da reunião me sentindo derrotada e muito mais sozinha do que me sentia quando entrei.

Tentei me lembrar que NÓS BASTAMOS enquanto voltava para a minha mesa.

17

Na clínica de saúde sexual, segui o meu roteiro: preenchi o formulário, verifiquei o ambiente para me certificar de que ninguém que eu conhecia estava ali e me sentei no canto perto da janela. Depois de uma hora, fui chamada por uma menina negra que parecia ser cinco anos mais nova do que eu, e respondi às mesmas perguntas de sempre. Essa não era a atividade a qual achei que se tornaria mais comum na minha vida.

— Então, essa não é a sua primeira vez aqui? — ela perguntava e escrevia.

— Não, não é.

— Ok. E o que trouxe você aqui hoje?

— Fiz sexo sem proteção há duas semanas. Eu estou melhorando nisso de usar camisinhas, mas, é... eu me deixei levar. — Minha voz saiu baixa.

— Ok. Você tem algum sintoma? Coceira, alguma secreção não usual?

— Nenhuma das alternativas.

— Você gostaria de fazer um teste de gravidez?

— Não, obrigada, eu tenho DIU. Quer dizer, eu já engravidei antes — expliquei —, mas acho que foi porque eu estava transando com frequência. Só os testes de IST, por favor, e vou esperar pela mensagem avisando que está tudo bem daqui a duas semanas.

Soltei um risinho nervoso. A enfermeira não riu comigo.

Quando ela terminou de me cutucar, disse para colocar as roupas de volta. Em vez de me deixar ir embora, ela pediu para que eu esperasse alguns instantes e saiu do consultório. Eu me vesti e me sentei na cadeira esperando que ela retornasse, quando um par de olhos azuis e brancos emoldurados por um cabelo cinza em corte de tigela entrou. Elspeth.

— Queenie, você voltou.

A enfermeira tinha me dedurado?

— Olá, Elspeth — cumprimentei, confusa, sem saber por que ela estava ali.

Elspeth sentou na mesa no lugar da traidora e começou a escrever no computador, como eles adoravam fazer em vez de estabelecer contato visual e se comunicar comigo como humana.

— Então, essa é a sua terceira visita em um espaço de tempo muito curto — Elspeth me informou, como se eu já não soubesse. — E, apesar de ficar satisfeita de ouvir que você não está machucada e ferida, minha colega disse que você pareceu bastante vaga. Eu sei que você pode não querer falar comigo, mas acho que você precisa falar com alguém.

Eu a encarei sem expressão. O que eu deveria dizer, que eu não ficava tão animada quando estava prestes a mostrar a minha vagina para estranhos sabendo que não receberia nada em troca?

— Cá entre nós, tenho uma filha da sua idade e, de alguma forma estranha, você me faz lembrar dela.

— Ela é negra? — Eu a cortei.

— Não — Elspeth disse, firmemente. — Quando você saiu da última vez, fiz algumas ligações, e apesar de esperar que você não fosse mais voltar, consegui o número de uma terapeuta para te dar, caso você retornasse.

— Posso ir embora agora? Tenho que voltar para o trabalho.

Ela concordou e me entregou o contato da terapeuta enquanto eu saía da sala. Sem olhar o que dizia, enfiei o pedaço de papel no fundo da minha mochila.

Passei disfarçadamente por Gina, que estava ao telefone no saguão e parecia nervosa, algo sobre "guarda" e "você pode ficar com eles, então", e voltei para a minha mesa a tempo da minha reunião com Chuck.

Ele já estava na área de convivência, papel e caneta na mão. Coloquei o casaco e a mochila no chão e me joguei no pufe do lado oposto ao de Chuck. Ele olhou para mim enquanto eu me sentava.

— Cuidado. Não vá se machucar. — Ele parecia alegre, mas seu sotaque anasalado de Boston me irritava. Eu definitivamente achava aquele sotaque menos excitante por Chuck ter sido o motivo da minha advertência.

— Não tem problema. Os pufes servem exatamente pra relaxar e ficar confortável. — Fui um pouco áspera. — Vamos lá. Você está pronto para o grande projeto? O grande projeto que vai mudar a sua vida como você a conhece?

— Sim. Eu acho que sim. Mas como você está, como andam as coisas? Você me parece um tanto quanto, não sei, confusa ultimamente.

Por que ele sempre queria falar a respeito do meu mau humor?

— Estou bem. São só problemas com homens e família, e a vida tem sempre um modo de... desculpa, Chuck. Vamos ficar só no campo profissional, tudo bem? Então, durante as últimas semanas você tem me acompanhado enquanto eu uso o InDesign pra preencher as listas?

— Tenho sim. Mas, sabe, você pode falar comigo sobre tudo. Sou bom em escutar. — Chuck se inclinou para a frente, parecia entusiasmado.

Eu o ignorei.

— Ok, então, eu estava pensando, para o nosso projeto, em você criar um layout completamente novo para as listas. Pense em usar o espaço das seis páginas, Chuck. Isso deve manter você ocupado por um tempo.

— É... eu não acho que sou tão bom assim ainda.

— Não seja tão negativo. — Fui enfática. — Você vai se sair bem. Agora, você pode olhar para o outro lado enquanto eu me levanto desse pufe? Por que você escolheu se sentar aqui? A gente perde totalmente a dignidade pra se levantar dessas coisas. Tenho quase que sair rolando.

Por fim, consegui me erguer em duas pernas e ir para a minha mesa.

Sexta-feira, 18 de janeiro, Jenkins, Queenie <queenie.jenkins@dailyread.co.uk> escreveu às 15:55:
Chá e conversa, edição da tarde?

Sexta-feira, 18 de janeiro, Betts, Darcy <darcy.betts@dailyread.co.uk> escreveu às 16:10:
Desculpa, não consigo, eu tenho um monte de coisas para fazer, e Simon vai ligar daqui vinte minutos para que possamos 'passar algumas coisas a limpo'. Podemos trocar e-mail? Ou mensagem? Pode ser no grupo caso as outras precisem dar opinião enquanto eu estiver ao telefone?

Sexta-feira, 18 de janeiro, Jenkins, Queenie <queenie.jenkins@dailyread.co.uk> escreveu às 16:12:
Darcy, tem algo de errado comigo? Eu acabei de ir à clínica e uma das enfermeiras que parece estar me vigiando basicamente disse que estou toda ferrada e me deu o número de uma terapeuta. Eu vou lá com muita frequência? Será que não tenho mais conserto?

Sexta-feira, 18 de janeiro, Betts, Darcy <darcy.betts@dailyread.co.uk> escreveu às 16:16:
Eu não acho que tenha algo de errado com você clinicamente, mas não vai fazer mal falar com uma profissional sobre o que está acontecendo. Talvez, e não entenda isso do jeito errado, talvez mudar a sua atitude em relação à forma que você se relaciona com os homens

Sexta-feira, 18 de janeiro, Jenkins, Queenie <queenie.jenkins@dailyread.co.uk> escreveu às 16:19:
O que há de errado no modo que eu me relaciono com os homens??

A tela do meu celular se acendeu. Essa pergunta era difícil demais para Darcy responder sozinha. Ela havia levado a conversa para o grupo com as meninas.

AS CORGIS

Darcy:

> Queenie acabou de me perguntar o que há de errado na forma como ela está se relacionando com os homens

Kyazike:

> HAHAHAHAHA

Kyazike:

> HAHAHAH eu não acho que nenhuma de nós vai conseguir responder essa pergunta que você fez

Queenie:

> Obrigada, Kyazike

Kyazike:

> Mas vc sabe o que eu quero dizer. Vc só é meio louca por macho, sabe. Vc ficou doida com isso de arrumar outro. Mas, por alguma razão, vc só escolhe os mais babacas pra pegar

Queenie:

> Eu não acho que isso seja verdade

Cassandra:

> É uma piada isso? O cara do tweed? Os meninos do OkCupid que só usam você? O cara do anal?

Darcy:

> Na verdade, eu concordo com a Cassandra. Olha como você age com o Chuck: ele é obcecado por você, quer saber como você está e de fato presta atenção nas suas respostas, fica te olhando durante as reuniões, se prende a cada palavra que você diz, faz chá pra você o tempo todo (e não faz pra mais ninguém) e você só ignora

Kyazike:

> O que é um Chuck?

Darcy:

> Ele é o nosso estagiário

Kyazike:

Ah, Chuck é o NOME de alguém? MDS

Cassandra:

Por que você não se abre pra ideia de se relacionar com homens que são legais com você, Queenie? Não somente aqueles que usam você e fazem com que se sinta horrível depois. Você gosta de transar com esses homens? Desculpa fazer uma pergunta tão pessoal, mas você goza?

Queenie:

Bom, não. Mas quem goza quando estão batendo e mordendo e jogando você de um lado pro outro? Mas, enfim, eu gosto

Cassandra:

Claro que gosta.

Queenie:

E Chuck não está a fim de mim. E mesmo que ele estivesse, ele é legal demais pra mim. Eu não mereço isso

Queenie:

e, O PRINCIPAL, ele quase me fez ser demitida

Darcy:

> Bom, se estamos sendo honestas, você quase se fez ser demitida

Darcy:

> @Kyazike, eu sei que eu devia só pesquisar no Urban Dictionary, mas só pra me poupar do trabalho, o que quer dizer 'MDS'?

Kyazike:

> Quer dizer Meu Deus

Kyazike:

> Tipo, ironicamente

Darcy:

> Certo, entendi

Queenie:

> MUITO OBRIGADA

Sexta-feira, 18 de janeiro, Betts, Darcy <darcy.betts@dailyread.co.uk> escreveu às 16:28:
Vamos falar melhor sobre isso amanhã. Talvez você devesse ir para casa mais cedo, acho que você deveria tirar um tempo para você, que tal? Eu posso cobrir você.

Eu estou bem. Bem, eu repetia sem parar enquanto arrumava as minhas coisas. Saí sorrateiramente do escritório e vi Ted fumando do outro lado, a cabeça inclinada. A minha — a essa altura inexplicável — afeição por ele me fez caminhar até lá e me apoiar na parede perto dele.

— Lembra de mim?

— Merda. — Ted levou a mão ao peito. — Você me assustou.

— Que reação exagerada. — Revirei os olhos.

— Sabe, eu provavelmente deveria ter falado com você antes. — A boca de Ted formava uma careta.

— Ou respondido aos meus muitos e-mails?

— Desculpa. Mas depois que nós, eu só... acho que não foi certo.

— Ah, obrigada por isso. Mas o que há de errado comigo?

— Não, nada, nada...

Ted parou de falar abruptamente quando Gordon se juntou a nós, seu colega de mesa que ainda usava roupas apertadas demais.

— Você tem um isqueiro, Ted? — Gordon enfiou uma mão no bolso de seu jeans e tirou de lá, com grande dificuldade, um maço de cigarros.

— Aqui.

— Sempre me esqueço de perguntar — começou Gordon, que obviamente não estava notando a minha presença —, pra onde você foi mesmo na sua lua de mel? Tô pensando em viajar pra algum lugar bonito e ensolarado com a minha esposa daqui a algumas semanas. Nenhum de nós aguenta o inverno.

Eu me desencostei da parede e me esforcei ao máximo para não vomitar até o caminho de casa.

18

Fiquei na cama atormentada pela náusea até decidir limpar a casa para tentar livrar a minha mente de tudo isso. Quando os pensamentos obscuros pareciam dominar minha cabeça, fui caminhar para desanuviar, mas virei em uma rua errada e acabei na principal, próxima ao famoso e turbulento White Horse de Brixton Hill. A tristeza tomava conta de mim enquanto eu assistia aos boêmios ocupando a rua. Os sons de uma sexta-feira à noite estavam reconhecíveis demais. Eu nunca mais me diverti. Tudo era simplesmente horrível. Dei a volta para o caminho de casa.

— Ah, olha só quem está aqui. — Ouvi alguém comentar e, apesar de não ter certeza se tinha sido para mim, virei para ver de onde vinha aquela voz.

— Quanto tempo. Como você tá? — Guy surgiu de um grupo de rapazes, caminhou até mim e colocou a cerveja no chão.

Fiquei onde eu estava.

— Aonde você vai, vestida assim? — Ele puxou minhas roupas salpicadas de tinta

— Eu estava fazendo faxina. Precisava tomar um pouco de ar pra fugir do cheiro da água sanitária, então... Mas, e você, o que está fazendo aqui? — Cruzei os braços, porque, àquela altura, era mais do que óbvio que eu não estava usando sutiã.

— Um amigo meu achou que seria engraçado vir pra cá. Já tinha ouvido falar, mas não esperava que fosse ser tudo isso. — Ele tentava descaradamente olhar através dos meus braços cruzados.

— Bom, melhor eu ir embora. Preciso continuar a faxina. Divirta-se. — Acenei com a cabeça para me despedir porque meus braços ainda estavam cruzados e me afastei.

AS CORGIS

Queenie:
> Ted é casado

Darcy:
> O QUÊ?

Kyazike:
> Como é que é?

Queenie:
> O colega dele soltou a bomba. Não fiquei pra descobrir detalhes

Kyazike:
> Me dá o sobrenome e eu descubro o nome da esposa, trabalho e Twitter. Posso dar uma de FBI

Cassandra:
> ... você está surpresa?

Queenie:
> Ué, SIM, CLARO. Você NÃO??

Cassandra:
> Explica o comportamento dele, né. A intensidade, a desconfiança, a distância, ele voltar quando ficou entediado, o sumiço.

Queenie:

Ok, Cassandra, já que vc tem uma resposta pra tudo, por que ele parou de falar comigo quando transamos?

Cassandra:

Não tinha mais a excitação da caça, que foi substituída pela culpa. Ele não conseguiu lidar. Ele é um covarde.

Darcy:

UM MALDITO COVARDE. Eu o odeio muito por isso, Queenie.
Sinto muito

Queenie:

E eu acabei de encontrar aquele cara escocês, eu estava sem sutiã e usando uma roupa que estava praticamente inteira coberta de manchas. Sério, parecia que eu tinha tomado um banho de água sanitária. Hoje as coisas não estão indo bem. Esse ano não está indo bem

Darcy:

Pelo amor de Deus, Queenie, você precisa se afastar de vez desse escocês! A sua resistência pra homens que não são bons pra você está MUITO BAIXA nesse momento

Cassandra:

> Queenie, pelo amor de Deus, para de gastar a sua energia com esses homens. Vamos falar disso amanhã de manhã. Te vejo às 11h.

A paralisia do sono é muito estranha. Tive dezenas desses episódios na universidade enquanto cochilava e, quando pesquisei sobre, entendi que era algo que tinha a ver com o cérebro estar perturbado e acordar antes do corpo. Por isso você não consegue se mexer quando está alucinando e imagina que há um homem sem rosto vindo na sua direção. Ele andava aparecendo com uma frequência cada vez maior, mas eu tinha consciência do que estava acontecendo quando via o corpo de um homem surgir da pilha de roupas na cadeira no canto.

A campainha estava tocando, mas eu não conseguia me levantar para atender à porta porque estava presa à cama, encarando o homem enquanto ele se contorcia e vinha até mim. Mas por que a campainha estava tocando?

Arfei, acordando e me sentando. Meu coração pulava.

A campainha estava tocando. Olhei para o meu celular. Duas da manhã.

Nenhuma sinal de Rupert ou Nell, eles deveriam ter saído. Esperei que a visita noturna fosse embora. Após alguns minutos, a campainha parou de tocar. Virei o travesseiro para o outro lado e tentei voltar a dormir. Estava quase submersa em meu sono quando a campainha começou a tocar novamente.

Saí sorrateiramente do meu quarto e desci a escada devagar. O meu coração batia tão forte que parecia que ia fugir de meu peito. Eu certamente estava testando a resistência dele naquela noite. Obviamente desprotegida, pressionei o corpo contra a porta da frente e espiei pelo olho-mágico, imaginando que o meu plano de ataque seria gritar o mais alto possível se derrubassem a porta com um chute. Não havia ninguém ali.

Como em um filme de terror, um rosto apareceu.

Maldito Guy.

Eu abri a porta da frente.

— O que você está fazendo? — silvei, bloqueando a entrada dele.

— Você nã tem maix tempo pa mim, nã gost' dissu — Sua voz estava arrastada. Sua mão estava no meu ombro. — Você nã quer maix transa e que merda, porque nossussexo é bom demaix.

Ele passou a mão pelo meu rosto e eu me afastei, saindo do alcance dele.

— Viu? Você'dorava quand'eu tocava você.

Sua cabeça pendeu para a frente e ele se apoiou no batente da porta. A luz da varanda da casa do outro lado da rua se acendeu e a vizinha turca raivosa que morava lá abriu a porta.

— Vá embora, Guy — ordenei.

— E para onde eu vou?

— Pra sua casa? Onde você mora?

— Eu nã sei meu endereç'. Nã sê onde estão minhas chave. Então vinhaqui te ver! — Ele estava gritando. — Ha, vô dormi na'scada, pode?

— Ei, vocês. — Era a mulher do outro lado da rua. — Parem de fazer barulho.

— Desculpa — sussurrei o mais alto possível. — Tá bom, entra — rosnei, puxando Guy para dentro e fechando a porta atrás dele.

Fui até a cozinha e ele veio atrás de mim, aos tropeços, deixando-se cair em uma das cadeiras enquanto eu servia água para ele. Observei enquanto ele bebia todo o conteúdo, batendo o copo vazio na mesa, com força, quando acabou.

— Guy. — Dei um tapa em suas mãos desajeitadas enquanto ele tentava agarrar meu traseiro. — Você precisa dormir. — Fiquei parada atrás dele e o guiei até a sala de estar. Ele se jogou no sofá e se deitou de costas.

— Lembra quand' transamos 'qui? Você amou. A sua bunda grande e preta quicava pa cima i pa baixo. Ei, aonde 'cê vai? — Guy tentou me puxar novamente enquanto eu colocava um cobertor em cima dele e me virava para sair da sala.

— Eu vou dormir. — Ignorei o comentário dele.

— Shhh, gata, não seja ranzinza. Você fica maravilhosa até com o cabelo nessa coisa. Por que eu nã subo com você? Você sentiu minha falta, é? Sentiu falta disso, né? — Ele fez um sinal desordenado para o próprio colo.

Apaguei as luzes.

— Preciso me levantar cedo, a minha amiga Cassandra virá tomar café da manhã comigo. E, não, nada de sexo.

— Cassandra não. Eu não quero Cassandra.

— Boa noite, Guy. NÃO suba.

Fui à cozinha, enchi o copo de Guy de água e voltei sorrateiramente para a sala. Ele já tinha começado a roncar. Coloquei o copo na mesa perto da cabeça dele. Depois, tentei arrastar a mesa de centro silenciosamente pela sala porque fiquei preocupada de ele cair do sofá e bater a cabeça nessa mesa. Ela se virou de lado e eu congelei. Dei uma conferida. Ele continuava roncando.

Eu já estava quase dormindo, às três e meia, quando a porta do meu quarto se abriu.
— Está frio demais lá embaixo, não consigo dormir.
Guy estava só de cueca, e se deitou em minha cama.
— Você tá de brincadeira? — Eu estava sendo ríspida. — Você não consegue dormir? Eu tava ouvindo você roncar daqui de cima.
Ele se moveu para perto de mim e pressionou o corpo dele contra o meu. Ainda puxou a gola da minha camiseta e beijou meu pescoço.
— E quando você tirou a roupa? Por que você está sem roupa? — reclamei, me afastando.
— Shhh, para de falar.
— Guy. Não. — Eu me virei para encarar ele. A luz da lua brilhava no rosto dele. — Se vai ficar mesmo aqui, pode apenas dormir? Tenho que acordar cedo. Não quero transar com você. — Usei minha voz mais austera. — Essa é minha palavra final. Se continuar tentando, vou pedir um Uber pra você ir embora. E vou procurar seu endereço no seu telefone.
— Tá bom, estraga-prazeres. — Ele soluçou, se virou para o outro lado e começou a roncar três centésimos de segundo depois.

Não faço ideia de como consegui dormir, mas, quando acordei, estava quase caindo da cama e a campainha estava tocando. De novo. Eu olhei para o lado, observando o dorminhoco que tinha ocupado quase toda a minha cama. Guy ainda estava dormindo pesado. Coloquei um moletom e desci as escadas.
— Desculpa, não estou nem um pouco preparada pra você. — Fui falando enquanto Cassandra entrava pelo corredor e sacudia a água de seu guarda-chuva sobre as minhas pernas.
— Vamos sair ao invés de ficar aqui? — Cassandra me olhou de cima a baixo. — Não gosto do cheiro desse lugar. Além disso, vai ser melhor pra você tomar um pouco de ar fresco. Você está acabada. Olha essas olheiras!

— Ela esticou o braço e deu leves palmadinhas na área embaixo dos meus olhos.

— Obrigada, Cassandra. Sempre pensando em mim, né? — Eu sorri. Tenho certeza de que ela costumava dizer coisas legais.

— Eu estou, sim. Transferi mais 100 libras pra você ontem porque eu sabia que, se fôssemos sair pra comer, você me pediria mais dinheiro.

— Eu te pago em breve — prometi.

— É o dinheiro do meu pai, na verdade. Ele não ia se importar se descobrisse.

— Obrigada, Cassandra. — Eu me perguntava por que eu não tinha a sorte de ter um pai como o Jacob. — Tem gente aqui — avisei em voz baixa, guiando-a pelo corredor. — Vem pra cozinha, não quero que ele acorde.

— Ah, meu Deus, mais um? Quantos já foram até agora? — Cassandra ria, como se zombasse de mim.

Era cedo demais para isso.

— Lá vai você me julgar de novo. — Soltei um suspiro. — Essa não é uma pergunta muito feminista. Além disso, não é o que você tá pensando. — Servi um copo de água para Cassandra. — É o inconsequente com quem eu costumava transar, o escocês. Devo ter comentado já.

Dei de ombros.

— Eu me entediei e não quis mais dormir com ele porque o sexo era bruto e não tínhamos química. Quer dizer, era bom, mas eu me sentia mal depois. Como quase tudo me faz mal nesse momento — confessei, na esperança de que ela percebesse e perguntasse o que tinha acontecido.

Ela não perguntou.

— Então, ontem ele apareceu aqui duas da manhã. Estava no White Horse e estava tão bêbado que não lembrava onde morava.

— Que coincidência... — Cassandra começou.

— Espera aí, só vou lá em cima me arrumar. Não consigo parar de pensar em croissants.

Eu me arrumei em silêncio enquanto Guy continuava a dormir tranquilamente, uma estrela-do-mar humana esticada nos quatro cantos da minha cama. Deixei uma mensagem pedindo que ele fosse embora assim que acordasse e, então, Cassandra e eu fomos até o BE/AN, outra das novas e minimalistas cafeterias de Brixton. Quando chegamos lá, e notei como estava cheio de jovens brancos de classe média com seus MacBooks, pedi para irmos em outro lugar, um que tivesse pessoas de Brixton.

— Você diz pessoas negras, né? — Cassandra foi direto ao ponto.

— Sim, isso — respondi já tomando o rumo do mercado.

Enquanto caminhávamos, ela falava e eu a ouvia. Ela me contou que tinha se candidatado para um mestrado em Psiquiatria. Eu me perguntei se ela me usava como um estudo de caso. Achamos uma barraca de café e bolos comandada por uma mulher jamaicana usando uma bandana preta, verde e amarela.

— Negra o suficiente pra você?

— Sim. — Dei um sorriso maroto. — É sim.

Quando sentamos, Cassandra falou de prós e contras acadêmicos e financeiros da sua nova carreira durante meia hora e, antes que eu conseguisse falar sobre Ted, ela anunciou que tinha que voltar para o outro lado da cidade porque tinha planos com o "namorado maravilhoso".

Eu me perguntava quão maravilhoso ele realmente seria porque ninguém descrevia um parceiro como tão maravilhoso a não ser que estivesse tentando se convencer disso. Deixamos a barraca de café, nos abraçamos para nos despedir e segui o caminho de casa. Coloquei os fones de ouvido e comecei a ouvir os últimos episódios do meu podcast favorito, *The Read*, em uma tentativa de me animar um pouco, esperando que Guy não estivesse mais lá quando eu chegasse em casa. Estar sozinha provavelmente não era o melhor para mim, mas não queria ver ninguém.

Quase chegando em casa, senti uma mão no meu cotovelo. Tirei os fones de ouvido e me virei.

— Você não me ouviu? Tô gritando seu nome há horas. — Cassandra se inclinou para a frente e apoiou as mãos na cintura para recuperar o fôlego. — Não sabia que eu conseguia correr tão rápido de salto.

— Por que você não me ligou?

— Por que você não me ouviu?

— Cassandra, por que você me seguiu até em casa?

— Deixei o meu guarda-chuva no seu corredor. — Ela bufou. — Eu estava no ponto de ônibus e ia começar a chover de novo.

Chegamos e eu abri a porta da frente.

Silêncio. Nem sinal de Guy.

Peguei o guarda-chuva do cabideiro e entreguei para Cassandra.

— Bom, agora eu realmente vou embora. Preciso encontrar meu namorado, ele saiu com os amigos pra beber ontem e eu disse que ia fazer café da manhã pra ele, pra curar a ressaca.

— É, Cassandra, deve ser tão bom estar com um homem tão bom! Que maravilhoso que você tem alguém que realmente se importa em saber onde você está e como você está. — Eu falava e ouvia alguém se mexer no meu quarto.

Olhei para as escadas.

— Você não precisa ficar com inveja, Queenie. Quando você estiver pronta, vai encontrar alguém que nem o meu...

Guy começou a descer as escadas com os olhos semiabertos.

— Bom, nós não podemos ser todas tão sortudas quanto você. Bom dia, Guy. Acho que você dormiu bem, né? — Eu estava sendo bem sarcástica com os dois.

Ele encarou Cassandra.

— Desculpa, deixa eu apresentar vocês. Cassandra, esse é o Guy. — Apontei rapidamente para a direção dele, esperando que fosse dizer oi e sair rapidinho.

— Guy, que caralho?! — A pele morena de Cassandra ficou vermelha e seus olhos escureceram. Ela parecia estar invocando um demônio.

— Hã? — Eu estava perplexa. — Cassandra, esse é o... Guy. — Olhei dele para ela. Guy se sentou nos degraus e abaixou a cabeça que cobriu com as mãos.

— Não, Queenie. Esse é o meu namorado Guy. — Cassandra me empurrou pelo ombro. Sou robusta, então não caí, ainda que tenha sentido o impacto.

— Sinto muito, Cass — Guy murmurava com a cabeça ainda apoiada nas mãos.

— Você sente muito? — Cassandra gritou. — Nós quase não fazemos sexo e é porque você está fodendo minha melhor amiga, Guy? — Ela avançou na direção dele, mas tropeçou no primeiro degrau e caiu de joelhos.

Eu me apressei para ajudá-la a se levantar.

— Não encoste em mim. Sua vadia.

Aquela fala tirou meu chão.

— O quê? — Eu não estava conseguindo entender o que estava acontecendo. Fui fechar a porta e vi a vizinha da frente parada nos degraus. Ela deve achar que eu comando alguma espécie de reality show na minha casa.

O corredor estava silencioso, com a exceção do som da respiração de três pessoas diferentes. Meu estômago estava se revirando. Olhei para Cassandra e, depois, para Guy.

— Cassandra, eu não sabia. Como eu poderia saber? Vocês só estão juntos há alguns meses. — Eu tentava me defender. — E você nunca me apresentou pra ele.

Cassandra se levantou, esfregando os joelhos.

— E por que você acha que nunca apresentei, Queenie? Eu sabia que se vocês se conhecessem, você ia querer transar com ele, como você transa com literalmente qualquer homem que aparece na sua frente nos últimos tempos. Solteiro, namorando, casado, qualquer um.

Desci os degraus da escada e me segurei no corrimão, com medo de que as minhas pernas falhassem.

— Por horas eu ouvi você me contar sobre os injustificados e horríveis usuários para os quais você abre as suas pernas. Os que você conheceu em bares, os que você encontra naqueles aplicativos de namoro nojentos, tristes e para desesperados, e escolhe como se fossem chocolates em uma caixa. E não ache que estou falando isso por causa do seu peso, eu sei como você é sensível sobre qualquer coisa. Estou falando simplesmente dos homens que você selecionou, dos que você recebe aqui e expulsa depois que te dão o que você precisa, ou daqueles que você visita no meio da noite pra deixar fazer sabe-se lá o que com você. Ah, e obviamente, esse deve ser um deles. Claro. Meu namorado tem que ser um deles, um desses muitos homens de aplicativos de namoro que você nem se preocupa em nomear quando me conta. Deixa eu adivinhar qual o número dele? Primeiro, segundo, trigésimo? Espero que vocês tenham usado proteção.

— Já tá bom, Cassandra. — Guy finalmente emergiu da areia em que havia enterrado a cabeça. — Para de gritar com ela. Minha cabeça está me matando.

— O que caralho tem de errado com você? — gritei com Guy. — Você devia saber disso tudo. — Eu o encarei.

— Isso, conversem um com o outro como se eu não estivesse aqui. — Cassandra rugiu, batendo o pé. Como ele e eu estávamos nos degraus, nós nos viramos e olhamos para ela, brevemente conectados pela descrença de que uma adulta pudesse agir de forma tão infantil.

— Cassandra, eu não sabia. Quantas vezes vou ter que dizer? Eu conheci ele em uma festa e ele não me contou nada a respeito dele. Você é uma das minhas melhores amigas, por que eu faria isso com você? Isso não tem o menor sentido. — Eu estava quase apelando.

— Porque você é uma maldita miserável, você é patética e, desde que você terminou com o Tom, tudo o que sabe fazer é foder, foder, foder pra preencher uma merda de um vazio. — Cassandra estava histérica. — E claro que você ia fazer isso com a porra do meu namorado. E outros milhões. Você me dá nojo. Eu vou embora, não consigo olhar pra nenhum de vocês dois. Continuem aí fodendo um com o outro.

Cassandra abriu a porta, batendo-a com força depois de sair.

Guy olhou para mim e ergueu as mãos.

— Sinto muito, eu não queria que isso acontec...

— Meu Deus, vai embora agora, Guy. Você é o pior. — Eu estava tão inundada de nojo, de arrependimento e de irritação que já não estava conseguindo raciocinar.

— Eu não queria que esse lance tivesse se prolongado o tanto que se prolongou, e eu gosto dela, mas o sexo é tão... sabe, ela não é que nem você. E eu sei que seu nome não é muito comum, mas não achei que a Queenie de quem a Cass falava poderia ser você...

Enquanto Guy se lamentava, segui furiosa para a sala de estar e peguei a roupa e os tênis dele.

— Você está mesmo parado aí tentando me explicar as porcarias dos seus motivos, como se eu fosse me importar? Sai daqui, caralho. — Joguei tudo com força nele e observei ele se vestir lentamente.

— Anda logo! — gritei enquanto ele reunia o que faltava para se vestir e caminhava porta afora, sem olhar para mim.

Eu andava de um lado para outro pela sala de estar com a cabeça palpitando. As pernas começaram a tremer, então eu me sentei. O cômodo começou a girar e eu me levantei de novo. O que estava acontecendo? Como e por que meu mundo estava girando fora de seu eixo com tanta rapidez? Eu não conseguia respirar. Saí de casa e caminhei na direção da rua principal. Avistei Cassandra andando na frente e corri para alcançá-la. Quando eu estava bem perto, estiquei o braço e segurei a sua mão. Ela se virou para olhar para mim, rímel e catarro desciam pelo seu rosto. Ela acelerou.

— Nós não transamos, Queenie. Nós não transamos porque ele diz que está sempre cansado dos turnos no trabalho e não falamos sobre não fazer sexo porque ele sempre fica na defensiva. E olha só. Eu me viro do avesso pra agradá-lo, e tudo o que você precisa fazer pra ter a atenção dele é chupar o pau dele.

Caminhei depressa ao lado dela, tentando recuperar o meu fôlego.

— Mas, Cassandra... não é minha culpa... eu não sabia. Por favor, você pode parar ou andar mais devagar?

Ela acelerou mais.

— Por que você se esforça tanto pra agradá-lo? Olha o que ele estava fazendo.

— Sabe do que mais? Eu amo ele, Queenie, não que você saiba o que isso significa. Tento consertar as coisas em vez de afastá-lo. — As palavras dela me atingiram como uma faca afiada na minha barriga e depois torcida. — E nem todo mundo age que nem adolescente. Alguns de nós querem avançar e continuar com alguém, Queenie. Alguns querem crescer.

Cassandra parou e se virou para mim. Ela estava tremendo.

— E, ao contrário de você, alguns de nós não deixam o passado ditar a forma como vivemos nossa vida adulta.

Ela continuou andando e eu fiquei parada, vendo-a se afastar. Quando cheguei em casa, havia uma notificação no meu celular.

AS CORGIS
CASSANDRA SAIU DO GRUPO

Darcy:

> O que aconteceu com a Cassandra?

Queenie:

> Aconteceu que o escocês era O NAMORADO DA CASSANDRA. QUANDO ELA DIZIA "MEU NAMORADO MARAVILHOSO", ERA DELE QUE ELA FALAVA. O MESMO GUY COM QUEM EU TRANSAVA

Kyazike:

> Haaaaa

Queenie:

> esse tempo todo em que estávamos dormindo juntos

Darcy:

Que droga. Mundo pequeno, né?

Queenie:

Na verdade, fiz alguns cálculos e acho que eu comecei a dormir com ele antes de eles se conhecerem

Queenie:

Mas não digam isso pra ela

Kyazike:

HAHAHAH nós é que não vamos falar nada

Kyazike:

E não se preocupa, mano, eu te apoio se ela quiser bater em vc

Darcy:

Não se preocupa, eu não acho que a coisa vai chegar a esse ponto! Ela vai perceber que é culpa dele, não sua

Queenie:

ai meu deus ai meu deus
ai meu deus

19

Queenie:

> Faz três semanas e você não fala comigo, Cassandra. Eu não sei mais o que fazer. Você sabe que eu sinto muito. Bjs

Eu me revirei na cama e enviei a mensagem, segurando a respiração ao ver a bolha azul do iMessage se tornar verde. Ou o celular dela ainda estava desligado, ou ela havia bloqueado o meu número.

Eu não podia perder mais ninguém na minha vida. Eu tinha tentado contato com ela por todos os meios de comunicação, com a exceção de fax ou telegrama, e não recebi nenhuma resposta. Kyazike se ofereceu para ir até a casa de Cassandra para "falar com ela no mesmo nível", que eu tentei entender se era uma ameaça ou não. E Darcy achava que eu devia dar espaço e tempo para ela processar a coisa toda.

Eu tinha feito alguma coisa errada? Eu era a outra, eu não era nada além de um objeto sexual para mais um homem que não achava que eu merecia algo além de sexo selvagem.

Acho que eu não sou importante. Nem para Cassandra, nem para Guy, nem para ninguém. Minha mãe, meu pai, Ted. Tom. Ninguém nunca me quis, não de verdade.

Saí da cama e coloquei a roupa que estava mais próxima sem olhar qual era, mas obviamente checando se era suficientemente comprida para cobrir minha bunda. Desci as escadas, passando por Nell no corredor, que me encarou e perguntou se estava tudo bem assim que cheguei na porta da frente.

Murmurei que estava bem e saí, caminhando decidida para o ponto de ônibus até que eu percebi que não estava usando sutiã. Então, diminuí o passo. Por que eu sempre esquecia esse item tão crucial quando estava me arrumando? Enquanto o ônibus avançava, eu rascunhava um monólogo na minha cabeça, anotando os pontos principais no meu celular.

Quando o ônibus se aproximou do meu ponto, olhei pela janela e vi a chuva batendo no vidro. Decidindo que eu precisava continuar com o que tinha ido fazer em vez de simplesmente esperar no ônibus até que o tempo melhorasse, eu desci e a chuva começou a apertar. Corri meio desengonçada, chegando na portaria do prédio em que eu e Tom morávamos completamente encharcada.

Respirei profundamente algumas vezes e toquei a campainha, secando a chuva do meu rosto e observando o meu reflexo na porta de vidro. Percebi que o meu lenço ainda estava na cabeça, mas ensopado. Eu o tirei no exato momento em que uma pequena menina loira que eu julguei reconhecer abriu a porta. Acho que ela era uma vizinha que eu tinha visto durante o curto tempo em que morei ali. O cabelo estava preso em um coque folgado, e ela não estava usando nada além de uma camiseta preta que ia até seus joelhos. Quando ela saiu pela porta, seus seios pequenos e empinados se moveram, os mamilos quase apontando para o céu. Cruzei meus braços para cobrir meus seios, pesados em comparação.

— Olá. — Bufei, piscando água dos meus olhos. — Acho que devo ter apertado o botão errado. Eu queria chamar no apartamento B, desculpa.

A garota apertou seus pequenos olhos azuis e seu rosto se congelou.

— É... eu vou só... — Então, ela se virou e subiu novamente as escadas principais. Entrei no hall e tentei secar meus braços e pernas com as mãos molhadas, a água caindo no chão de cerâmica. O cheiro do prédio era tranquilizante, familiar, e a cada respiração, sentia a tensão sumir de mim.

— O que você está fazendo?

Levantei o olhar e vi Tom parado nas escadas, do lado de fora da nossa antiga porta, usando nada além de bermudas de corrida. Enquanto ele fechava a porta atrás dele, senti minha boca secar e meu estômago se revirar, metade por medo, metade por desejo. Fazia tanto tempo que eu tinha esquecido de como era o seu corpo sem camisa. Pensei em me virar para ir embora, mas eu tinha ido até ali na chuva, então ia dizer o que tinha para dizer. Além disso, ainda estava chovendo.

— Tom. Olá, estranho. — A minha voz tremeu. — Como você está?

Tom não respondeu, não se mexeu e não deu nenhum sinal de estar feliz em me ver. Ele simplesmente continuou me olhando de lá de cima.

— Então — comecei —, eu sei que você pode não estar pronto pra falar comigo, mas eu precisava dizer uma coisa. Eu...

— Queenie, isso não é justo. — Tom me cortou. — Você não pode simplesmente aparecer aqui.

— Ok, e sim, você tá certo e sei que eu devia respeitar o seu espaço. Mas morei aqui, né? E, além disso, você vem ignorando minhas mensagens há cinco meses e meio e eu não sei mais o que fazer. — Minha voz saiu baixa. — Eu não preciso subir, mas me deixa dizer o que tenho pra dizer.

Tom abriu a boca para provavelmente protestar, mas fechou novamente. Entendi que aquela era a minha chance de começar.

— Eu não sei como tem sido pra você, mas os últimos meses foram horríveis pra mim — confessei. — Eu me distanciei tanto da pessoa que eu era quando estava com você. Nós falávamos sobre casamento, ter filhos, o que, naquela época, eu não achava que fosse para mim. Eu estava assustada, mas agora estou ainda mais assustada por ter perdido você, e perdido o casamento e os bebês. — Respirei profundamente. — Tive um monte encontros casuais com homens que tratam meu corpo como um objeto sexual. Teve um homem com quem eu estava transando e o sexo era, a meu ver, bem bruto... Mas aí Cassandra apareceu e acabou que ele era o namorado dela, o que é uma loucura, então ela me chamou de vadia. — Parei para respirar profundamente. — E teve outro cara do meu escritório. Eu sabia que não deveria me envolver com ele, mas tenho me sentido tão sozinha e estava esperando você me procurar... No fim das contas, ele era casado, então eu realmente não deveria ter me envolvido...

Eu não conseguia impedir que as palavras saíssem. Tom não estava olhando para mim, mas eu podia ver que ele estava irritado porque seu rosto estava ficando cada vez mais vermelho. Eu continuei.

— Então, acho que talvez esteja falando demais, mas o que quero dizer é que senti sua falta e estou com medo da pessoa que estou me tornando. — Acabei de falar e respirei profundamente. — Eu não sou eu sem você. Esse tempo está acabando comigo.

Mais uma inspiração profunda.

— Eu te peço desculpas. Por tudo.

Ouvi a respiração de Tom ficar cada vez mais pesada. Eu ia perguntar o que eu poderia fazer para que ele falasse comigo novamente, quando ele finalmente começou a falar.

— Você sabe que essa é a primeira vez que você me pediu desculpas? — Ele sorriu de leve. — A primeira vez que você de fato disse a palavra "desculpa". Depois de tudo o que passamos. De você me afastar, de descontar tudo em mim, das mudanças de humor. A primeira vez que você pediu desculpas.

— Não deve ser a primeira vez... — Mas ele provavelmente estava certo. — Bom. Eu realmente te peço desculpas.

Comecei a subir as escadas na direção de Tom, mas ele esticou uma mão para me impedir.

— É tarde demais, Queenie. — Sua voz saiu baixa. — Já era tarde demais há meses, achei que você tivesse entendido isso.

Tropecei até os degraus de madeira de novo e me segurei no corrimão para me impedir de cair e abrir a cabeça no chão de azulejo.

— Mas a gente se ama. — Eu tentava convencê-lo. — Todo esse tempo, eu achei que a gente se amasse. — Agora eu tentava me convencer. — E aquela mensagem de Ano-Novo, quando eu disse que queria que tivéssemos um bom novo ano e você respondeu com um beijo?

— É, desculpa por isso, eu estava bêbado. Eu devia ter imaginado que você ia entender coisas que não tinham nada a ver. — As palavras dele socaram meu estômago.

A porta do apartamento se abriu e a menina de antes saiu.

— Desculpa atrapalhar. — Ela olhou para mim com um olhar lamentoso. — Tom, você vai entrar? — Ela colocou a mão na cintura dele.

— Vou, só um segundo, Anna. — Tom se virou para ela. — Estou apenas me despedindo.

Ela fechou a porta atrás dela, mas Tom continuou olhando para o lugar em que ela havia entrado.

— Você devia ir embora.

— Quem é essa? Eu achei que era uma vizinha.

Nenhuma resposta.

— Tudo bem se você estiver dormindo com outras pessoas, eu não me importo com isso, eu também...

— Eu, é... — Tom engoliu em seco. — Anna é a minha namorada, Queenie. Faz algum tempo já. — Ele não olhava para mim.

— Mas... — arfei. — Mas eu disse que devíamos rever nossa situação em três meses...

— Achei que você estava falando em ver se cada um estava bem... Não achei que você estava falando em recomeçar.

Àquela altura, parecia que eu estava prestes a cair para trás e morrer.

— Então nós realmente terminamos? Pra sempre?

— Terminamos. — Tom deu de ombros.

Pensei em contar para ele sobre o aborto. Aí, com certeza, ele ia prestar atenção em mim, com certeza ele seria obrigado a pensar no que aquilo realmente significava, em como era um peso.

— Tom.

— O quê? O quê? — Ele parecia irritado.

Naquele momento, percebi que eu preferia guardar aquela informação para mim. Ele não ia se abalar. Eu preferia que ele não soubesse a receber uma reação apática dele.

Caminhei até a minha casa ouvindo *Losing You*, da Solange, e *When You Were Mine*, do Prince, em looping. Quando eu de fato cheguei em casa, estava tremendo tanto que Rupert me fez uma xícara de chá.

— Onde você foi? — ele perguntou enquanto sentávamos na cozinha, eu ainda vestia roupas encharcadas e a água da chuva pingava no chão.

— Fui caminhar — menti. Eu mal conseguia respirar direito. — Eu devia subir e... — Levantei e a cozinha pareceu se mexer. Eu me esforcei para subir enquanto o mundo girava à minha volta, e me joguei na cama. Minha respiração estava cada vez mais fraca. Tentei chamar alguém, mas parecia que um gigante pisava em meu peito. Ouvi um zumbido e, então, tudo ficou escuro.

Acordei no chão, perto de minha cama. Tentei me levantar, mas minhas pernas pareciam pesadas. Então, derrubei o celular, que estava na mesa de cabeceira. Eu não podia ligar para nenhuma das minhas amigas porque não queria que elas me vissem assim. Não podia ligar para minha avó, ela era velha demais para lidar com isso. Maggie. Ela tentaria jogar água benta em mim, mas pelo menos ela era boa em se manter pragmática diante de doenças. Teclei o número dela e fiquei esperando em posição fetal no chão.

— Olá, Queenie, como você está? — Maggie respondeu alegremente.

— Tia Maggie? — Eu estava rouca. — Não tô me sentindo bem.

— Ai, Deus, sua voz está estranha. O que aconteceu?

— Eu não... sei.

— Como assim você não sabe? São os seus problemas femininos de novo? — Ela parecia desconfiada. — Tenho rezado pela sua recuperação, então não pode ser.

— Não, eu não consigo... respirar. — Estava ficando mais difícil falar.

— Como assim, não consegue respirar? Você não conseguiria falar comigo se não conseguisse respirar, querida.

— Você pode... vir aqui? Desculpa perguntar, eu só, eu não...

— Ok, eu vou pegar um táxi. Vou ter que levar Diana. O pai dela *esqueceu* que deveria buscá-la esse final de semana. Honestamente, aquele homem, ele sempre...

— Maggie, por favor... vem.

Consegui descer as escadas e cambalear até a cozinha para pegar um copo de água e me sentar no sofá, sentindo meu estômago embrulhar. Tentei inspirar com mais força para que mais ar entrasse, mas tinha alguma coisa me atrapalhando. Finalmente entendi que eu estava hiperventilando. Depois do que pareceu uma vida inteira de espera, a campainha tocou e eu me levantei do sofá. Quando abri a porta, Diana passou rapidamente por mim e Maggie entrou logo atrás dela.

— Viu, mãe, eu disse que tem um cheiro estranho aqui. — Diana torceu o nariz e o piercing do seu septo refletiu a luz do corredor do andar de cima.

— Diana está certa, Queenie, esse cheiro faz parecer que o lugar está afundado em umidade. Eu não sabia que você estava vivendo assim.

Eu me sentei nas escadas e coloquei a cabeça entre as pernas.

— Diana, vai se sentar em algum lugar. Não tira os sapatos, o chão está sujo. — Maggie parou na minha frente e se curvou, olhando nos meus olhos.

— Você está tremendo. Vou ter que te exorcisar? — Maggie brincou, colocando a mão no meu ombro. — Não é de se admirar que você esteja tremendo, você está ensopada.

— Não consigo respirar... E a minha cabeça está nadando. Minhas mãos estão tremendo... e meu estômago não dói, mas parece que está virado ao contrário.

Parei de falar para tentar respirar mais profundamente.

— Você está se sentindo doente? — Maggie esfregava minhas costas.

Balancei a cabeça.

— Me avisa se você for vomitar.

— Eu não vou vomitar.

— Diana, você pode procurar um balde, por favor? — Maggie gritou.

— Queenie vai vomitar.

— Maggie. Eu não estou com náuseas ou coisa do tipo, mas sinto que alguma coisa vai sair da minha boca. — Agora eu mexia as mãos freneticamente. — Não sei como explicar. Sinto como se algo muito ruim fosse acontecer, como se eu nunca fosse me sentir melhor.

Fechei os olhos para desembaçar o rosto da minha tia.

— Ataque de pânico. — Diana entrou pelo corredor e anunciou, com conhecimento de causa.

— Quando foi que você virou médica? — Maggie perguntou entre dentres.

— Mas é um ataque de pânico. — Diana cruzou os braços e se inclinou contra a parede, orgulhosa do seu diagnóstico. — Uma menina da minha classe sofria desses ataques quando começamos o ano letivo. Ela se sentia assim antes de cada aula, então tinha que assistir às aulas em uma sala separada.

— Você está passando por estresse? — Maggie foi baixando o tom de voz a cada palavra para que, quando ela fosse dizer "estresse", ela estivesse praticamente murmurando. Jamaicanos não costumam acreditar em problemas de saúde mental. — E você tem rezado?

— O que você quer dizer com estresse? — Ignorei a última pergunta. — Eu nunca tive um ataque de pânico. — Arquejei e uma onda do que imediatamente reconheci como sendo pânico agudo me atingiu.

— Não importa. Henny também nunca tinha tido. Eles apenas começaram. — Diana estava arrancando pedaços do papel de parede que já estava descascando.

— Ok. — Maggie se recompunha alisando seu *kaftan* laranja brilhante e ajustando a peruca. — *Di*ana, para de tocar nas coisas, por favor. Queenie, tira essas roupas molhadas e pega suas coisas. Vamos pra casa da mãe. Podemos tentar ir de ônibus ou devo chamar um táxi?

— Eu não quero sair.

— Você não vai dar uma de agorafóbica comigo, vamos embora. Vou chamar um táxi. — Maggie bateu as mãos e Diana me ajudou a levantar.

Olhei para a minha prima mais nova.

— Desculpa por isso.

— Não precisa pedir desculpas. — Ela me ajudou a subir as escadas.

Enfiei o meu lenço e meu computador na mochila. Assim que entramos no táxi, Maggie ligou para a minha avó e começou a falar no que ela provavelmente julgava ser um tom de voz baixo.

— ... eu não sei, mãe. Ela não está com febre, não sente dor no estômago. Eu não sei se ela comeu alguma coisa... ligo pra Sylvie? ... Ela é a mãe, ela provavelmente gostaria de saber... Ok. Tá bom, estaremos aí em vinte minutos.

— Acorde, Queenie. Acorde.

Abri os olhos e vi o rosto de Diana encarando o meu.

— Chegamos. Você precisa que eu te ajude a entrar?

— Não, estou bem. — Empurrei minha prima para o lado. — Por que você está sendo tão prestativa hoje? Isso não é do seu feitio.

Saí do carro e caminhei com dificuldade com Maggie e Diana na direção da minha avó. Ela estava parada com as mãos nos quadris. Pisei na varanda e ela me puxou pelo braço e olhou para mim.

— O que aconteceu com você? — Diana se sentou nos degraus e tirou o celular do bolso.

— Eu não sei. — Dei de ombros, olhando para o chão.

A minha avó colocou as mãos nas minhas bochechas e levantou meu rosto para que eu olhasse nos olhos dela.

— Me fala, hein? — ela insistiu.

— Eu não sei. Tô me sentindo estranha. — Tirei as mãos dela do meu rosto.

— Você já comeu? — Ela apertou os lábios.

— Não tô com fome. — E entrei na casa.

— Eu não perguntei se você estava com fome, perguntei se você já comeu. — Os lábios de minha avó estavam apertados, mas ainda assim ela conseguia falar.

— Não, eu não consigo. Posso ir dormir? — Eu já estava me encaminhando para a escada.

— Comida primeiro. Fiz palitos de peixe pra você. — Minha avó apontou a cozinha. "Comida é amor" é o lema não oficial da minha família. É uma pena que o outro lema seja "Você engordou?".

Minha avó e eu nos sentamos na cozinha, a conversa de Diana e Maggie na sala de estar era ocasionalmente interrompida pelo meu avô implorando "Parem de falar tão alto. Por favor!" e pela minha avó ladrando pela parede "Pare de ser tão miserável, deixe as duas em paz!".

Enquanto empurrava palitos de peixe e a torrada garganta abaixo, eu me perguntava se deveria contar para ela o que havia acontecido com o Tom. Eu não tinha forças para prover essa informação, então decidi esperar até que ela tocasse no assunto. Eu estava surpresa por ela não ter perguntado ainda.

Diana veio procurar comida, o que levou minha avó a se levantar e começar a preparar uma refeição completa para ela. Aproveitei a oportunidade para ir ao andar de cima. Precisava assistir a alguma coisa para me distrair e, então, peguei o meu computador na mochila e xinguei quando todo o conteúdo dela saiu junto com ele.

— Não. Fale. Palavrões. Ensinei você a xingar? — Minha avó havia escapado para o andar de cima.

— Não, desculpa. Desculpa por essa bagunça. — Sentei na ponta da cama.

— Vai se deitar. Aqui tem uma bolsa de água quente e aqui está seu pijama. Lavei para você. — Ela me entregou uma camisola branca até a altura das canelas salpicada com lavandas. A gola e as mangas tinham babados de renda.

Troquei de roupa, ainda tremendo, enquanto ela recolhia os muitos pedaços de porcarias que eu carregava diariamente e que estavam todos no chão.

— O que é isso? — Ela estava desdobrando um pedaço de papel.

Eu saltitei até ela e peguei o papel das mãos dela.

— Nada.

Ela olhou para mim com os lábios apertados de novo.

— Vai descansar. Você vai se sentir melhor amanhã. — Ela apagou as luzes e me deixou sozinha, no escuro.

— Não vou dormir, são nove da noite! — gritei para ela, deitando na cama e abraçando a bolsa de água quente contra o meu estômago.

Acabou, pensei. As palavras de Tom ficavam pulando no meu cérebro. Como pode ter acabado?

Adormeci quase que imediatamente.

Como sempre acontecia na casa da minha avó, acordei sem saber onde estava, mas imediatamente reconheci os arredores quando vi a lua brilhando em uma pintura da Virgem Maria na parede oposta à da cama.

AS CORGIS

Queenie:

tenho más notícias outra vez, corgis

Queenie:

> Tom tem uma nova namorada

Queenie:

> nós estávamos terminados esse tempo todo

Queenie:

> ele disse que "quando vc disse que devíamos rever nossa situação em três meses, achei que vc estava falando em ver se cada um estava bem"

Queenie:

> E eu estava aqui esperando por NADA enquanto a fila dele já tinha andando

Queenie:

> Eu não sei quanto mais eu consigo aguentar, sabe. O que vai acontecer agora?

    Saí da cama e enfiei os pés nos meus chinelos da infância. Fui até a porta e virei a maçaneta bem devagar, tentando não fazer barulho.
    — Queenie? O que houve? — minha avó gritou e eu pulei de susto.
    — Nada, só vou fazer xixi — sussurrei, saindo pelo corredor.
    — Cuidado com a escada — ela gritou de novo.
    — Eu vou na direção oposta a da escada!
    — Mas está escuro.
    Eu me pergunto quanto tempo, em média, meus avós devem dormir? Eu me sentei na privada, tateando à procura do papel higiênico no escuro.
    — Você está se sentindo melhor? — Minha avó acendeu as luzes.

Eu guinchei e cobri os olhos.

— Não sei, é madrugada, vó. Volta a dormir!

— Você acha que eu durmo com tanta coisa pra me preocupar com vocês? Eu acho que não coloco a cabeça no travesseiro pra dormir uma noite plena de sono desde 1950.

Voltei para a cama e a minha avó desceu rapidamente para me pegar um pouco de água. Ela voltou e colocou o copo na mesa de cabeceira.

— Chegue para o lado.

Ela se deitou perto de mim e eu me virei para ver o rosto dela, deitando minha cabeça em seu peito. Ela já não era tão robusta quanto costumava ser. Parecia menor, frágil, embaixo do peso da minha cabeça, então mudei de posição para que meu pescoço suportasse o peso em vez do corpo dela.

— Você acha que não consigo aguentar o seu peso? Carreguei você no colo quando era apenas bebê e poderia carregar você agora. Tenta dormir, Queenie.

20

AS CORGIS

Kyazike:

> O que você quer dizer com ele tem uma namorada?

Queenie:

> Quero dizer que eu fui até o nosso antigo apartamento e ele estava lá com a nova namorada, ele estava sem camisa, e ela é tão pequena que parecia estar se afogando na camiseta dele que estava usando

Queenie:

> E ele literalmente disse as palavras "eu tenho uma namorada" pra mim

Kyazike:

> Como assim? Como que ele já tem uma namorada com título oficial e tudo? Não faz tanto tempo assim

Darcy:

Ah, Queenie, eu sinto muito bjs

Darcy:

Por que ele não contou pra você antes que você fosse lá e descobrisse?

Queenie:

Tenho tentado lembrar a nossa última conversa? Tenho certeza de que não ficou claro que a gente tinha terminado? Eu tenho CERTEZA disso

Queenie:

E se eu tiver ouvido só o que eu queria ouvir?

Kyazike:

Nah, ele devia ter deixado claro, mano. MAS pelo menos isso significa que vc não traiu ele nesses meses

Queenie:

Quer dizer, acho que não, né? Obrigada, Kyazike

Kyazike:

Como ela é?
Ela é mzungu?

Darcy:

> Desculpa, Kyazike; fui no Urban Dictionary e essa palavra não tá lá...

Kyazike:

> HAHAHA, mzungu é a minha língua. Significa menina branca

Darcy:

> Obrigada! Eu deveria ter matado essa sozinha

Queenie:

> Claro que é branca. Mas nós sabíamos que seria assim, né?

Kyazike:

> Mano, a gente sabia, sim

Enquanto Darcy e eu estávamos na cozinha, a geladeira apitou, mais alto do que nunca, e a luz neon começou a piscar, frenética.

— Dei uma busca nela no caminho de casa. — E mostrei as fotos de Anna no meu telefone para a Darcy. — Eu sabia que já tinha visto ela. Olha, ela trabalha no escritório dele.

Naveguei pelo perfil da menina, mostrando para Darcy as informações que eu parecia já ter memorizado.

— Falei que ele precisava de uma merda de uma namorada branca. Só não achei que ele ia arrumar QUANDO ESTÁVAMOS DANDO UM TEMPO.

— Acabei de pensar uma coisa. Você acha que eles estavam... — Darcy cobriu a boca com a mão.

— Se você vai insinuar que eles estavam juntos antes de terminarmos, então por favor, para. — Engoli em seco. — Acho que você sabe que não consigo lidar com essa possibilidade do jeito que estou agora.

— Bom, acho que, pelo menos, se fosse esse o caso, você podia, de fato, começar a odiá-lo. E odiar alguém é um passo vital pra começar a superar a pessoa.

Realmente não havia nada que Darcy não pudesse resolver.

— Não importa. — Guardei meu celular. Eu já tinha visto bastante fotos de Anna para lembrar do seu rosto. — Preciso parar com isso agora. Tenho uma reunião com Chuck.

Deixei a cozinha e fui até a mesa de Chuck, me sentindo uma verdadeira gerente ao pedir que ele me mostrasse seu progresso.

— Ok, esse novo layout — começou com entusiasmo. — Eu imprimi todos os exemplos que você pediu e pensei que podíamos falar a respeito deles? Então...

Meu celular vibrou e, quando o tirei do bolso, vi o começo de uma mensagem de Cassandra aparecendo na tela.

Cassandra:

> Se eu disser que podemos conversar essa noite você vai

Voltei para a minha mesa, sentei e abri a mensagem.

Cassandra:

> Se eu disser que podemos conversar essa noite você vai parar de me mandar mensagens? Está ficando cansativa essa sua perseguição.

— Desculpa, Chuck, podemos adiar? — gritei do outro lado do escritório. — Vou dar uma olhada neles e podemos falar a respeito amanhã.

O nó no meu estômago apertou quando cruzei o escritório e entrei em uma sala de reunião vazia. Liguei para Cassandra. Ela não atendeu. Tentei ligar novamente e recebi uma mensagem.

Cassandra:

> Venha aqui mais tarde.

Tomei um pouco de sopa de tomate enquanto mostrava as mensagens de Cassandra para Darcy durante o almoço.

— Não entendo por que ela está sendo tão fria. — Fiz uma careta quando a sopa começou a se revirar no meu estômago.

— Mas ela já não é fria desde sempre? Como uma espécie de duquesa, tipo: "eu sou melhor do que todo mundo porque eu analisei todos vocês do começo ao fim e eu sei mais sobre vocês do que vocês mesmos".

— Percebeu isso? — Eu estava aliviada por não ser a única que percebia que Cassandra era um tanto quanto difícil.

— Você tá brincando? — Darcy riu. — Essa é exatamente a vibe que ela passa. Coitada de você, deve estar acostumada. Você quer pão pra comer com a sopa?

Balancei a cabeça.

— Ela não é tão ruim assim, olha quanto dinheiro ela me deu. Se não fosse por ela, eu não teria conseguido pagar meu jantar durante muitas noites. Mas, se ela me deu um gelo durante um mês e agora quer me ver, por que ela não liga pra mim? Tô com muito medo de ficar frente a frente com ela.

Abaixei a colher. Já não conseguia mais comer.

— A não ser que ela vá se desculpar por me cortar da vida dela por uma coisa que não foi, de forma alguma, culpa minha.

— Tô aliviada que ela saiu das Corgis. Ela é tão obsessiva que colocava ponto final no fim de todas as mensagens. Isso me deixava louca. Será que você pode tentar comer um pouco mais? Toma, prova o meu hambúrguer. — Darcy estendeu a comida dela na minha direção e eu a afastei. — Se você parar de comer direito, vai se sentir pior, Queenie.

— Comer faz eu me sentir pior. — Eu não conseguia parar de reclamar. — Parece que sinto o caminho que cada coisa que eu como ou bebo faz pelo meu sistema digestivo assim que passa pela minha boca.

— Você está sentindo dor? — Darcy se inclinou pra mais perto de mim.

— Não, é mais um desconforto. E o estômago rodando. — Acariciei minha barriga, apertando aqui e ali.

— Não faça isso. — Darcy puxou minha mão. — Você tá... grávida?

— Não, de jeito nenhum. Pode ser pânico, ansiedade ou algo assim. — Baixei a voz. — Lembra, eu tenho a minha carta de referência da severa Elspeth.

— Sim, essa é uma ideia brilhante. — O rosto de Darcy se iluminou, uma possível solução à vista.

— É mesmo? — Tomei outra colherada da sopa. — Isso não é admitir que há algo de errado comigo?

— E se houver algo de errado com você? Há algo de errado com todos nós. — Darcy parecia muito calma.

— Não há nada de errado com você. — Dei um suspiro, abaixando a colher e me recostando na cadeira. — Há muita coisa errada comigo, Darcy. E não acho que saberei jamais como é não ter a cabeça cheia. De tudo.

— Aí está, é sobre isso que você precisa falar. É o que eu acho que você deveria fazer. O que você tem a perder?

Eu estava no ônibus a caminho da casa de Cassandra. O meu estômago ainda estava se revirando e minha pele parecia pegar fogo. Tentei contar até dez várias vezes para evitar sair correndo e gritando do ônibus. A minha respiração estava ficando mais superficial e eu não conseguia voltar ao normal. O que eu tinha de errado? Eu já tinha feito esse caminho um milhão de vezes.

Parei na floricultura na esquina da rua de Cassandra e comprei um buquê de íris. Quando fui ao balcão pagar, esvaziei todos os meus bolsos e a mochila até aceitar que tinha esquecido a carteira no trabalho. Assim, fui para a casa de Cassandra sem um presente para selar a paz.

Enquanto eu me aproximava, me apoiei numa parede e me inclinei para a frente, respirando profundamente enquanto reunia a coragem para ir até a porta e tocar a campainha.

— Você está bem, Queenie?

Olhei para o pai de Cassandra, que tinha aberto a porta.

— Sim. Desculpa, Jacob, só um pouco... sem ar. Eu corri até aqui — menti. — A Cassandra está? Por favor.

— Sim, suba, ela está no quarto. Tempos empolgantes estão por vir! — Ele parecia triste, a voz não estava condizendo com as palavras. O que ele quis dizer?

— Posso pegar alguma coisa pra você beber? — Jacob me guiou para dentro da casa. — Sei que você gosta do meu chocolate quente.

Ele sabia do Guy? Ele não falava como alguém que soubesse. Apesar de ser melhor que pais mantivessem um comportamento adulto e imparcial durante momentos como esse, né?

Tropecei em uma caixa enquanto caminhava pelo corredor. Caí em cima de outra caixa quando cheguei ao topo das escadas. Fiquei parada do lado de fora da porta de Cassandra, pronta para bater, e olhei para o brasão esculpido na madeira, um 'C'. Meu estômago se revirou. Eu não estava pronta para o conflito.

— Entra. — Ouvi Cassandra dizer.

As minhas mãos estavam tão suadas que só consegui abrir a porta depois de duas tentativas malsucedidas de girar a maçaneta, e, mesmo assim, usando a manga da blusa para cobrir uma das mãos.

Entrei no quarto e fiquei parada na porta de entrada, intrigada com mais caixas que pareciam conter os objetos do quarto de Cassandra.

— Pra onde você vai?

— Embora. — Ela soltou simplesmente. — Vou me mudar. Com o Guy.

— Você está brincando? Pra... pra onde? — Minhas pernas começaram a tremer, então me abaixei para me sentar no banco da penteadeira, até me lembrar que ele era apenas decorativo e poderia se quebrar com o meu peso, então me levantei novamente. Quebrar relíquias familiares não era a melhor forma de conseguir perdão.

— Pra Winchester. — Cassandra riu, como se tivesse me contando que tinha conquistado algo que eu queria muito.

— O quê? Onde fica Winchester? — Ergui a sobrancelha.

— É claro, você é péssima em geografia. — Ela estava usando ironia. — Hampshire.

— Ok, mas por que você está se mudando pra Winchester com o Guy, Cassandra? — Por que ela estava falando aquilo como se fosse a coisa mais natural do mundo?

— Bom, eu imagino que você saiba que ele faz residência em medicina. — Cassandra jogou seus cabelos castanhos-dourados de um jeito afetado. — A próxima residência dele vai ser em um hospital que fica lá. Ele não contou isso pra você quando estavam transando?

— Não. — Senti a raiva correr pelo meu corpo. Por que eu ainda estava sendo culpabilizada? — Eu não sabia disso. — Minha voz estava mais calma que a minha disposição.

Cassandra passou por mim e empurrou a porta do quarto. Ela se fechou silenciosamente. Eu me senti encurralada.

— Sério? Você estava lá, deitada, de costas pra ele o tempo todo. Vocês nunca conversaram um com o outro?

Ela apertou os olhos e cruzou os braços firmemente.

— Ah, para, isso não é justo — rugi.

Cassandra mexeu a cabeça na minha direção, exigindo alguma resposta.

— Bom, talvez, mas eu nunca prestei de fato atenção. Não estávamos em um relacionamento. — Tentei explicar. — Era só sexo. E lembra que parei de...

Ela levantou uma mão para me cortar.

— ... não importa, decidi que eu agiria como uma adulta nesse assunto. Ele me ama e cometeu um erro. E você sabe, você era só sexo. Uma forma que ele encontrou de aliviar a tensão quando estava estressado por causa da carreira. — Ela soou como se de fato acreditasse nisso. — Nós procuramos e encontramos cursos de psiquiatria que eu posso fazer em uma universidade não muito longe dali. As casas são mais baratas se comparadas às de Londres e meu pai concordou em nos ajudar a nos estabilizarmos por lá.

Ela sorriu e voltou para o lugar em que estava antes, retirando livros das prateleiras e colocando-os em uma das vinte caixas de papelão no quarto.

— Eles sabem o que aconteceu, os seus pais? — perguntei já sem ar, na esperança de que eu pudesse chamá-los para colocar um fim a essa loucura. — Com certeza se soubessem, eles diriam que você está maluca.

— Não, e eles não precisam saber. — Cassandra usou um tom suficientemente violento para me fazer desistir. — Guy disse que podemos começar a ter uma vida boa juntos, e eu acredito nele.

— Cassandra, deixa eu ver se entendi isso. — Eu estava tentando encontrar sentido no que não fazia sentido algum. — Você me ouve falar sobre um rapaz durante meses. Tipo, a duração do seu relacionamento com ele. Você não está dormindo com ele, então vem até a minha casa e o vê sair do meu quarto com os seus próprios olhos e o seu próximo passo é me cortar da sua vida e se mudar de Londres com ele? Eu vim aqui porque achei que você ia pedir desculpas, mas, em vez disso, você está me dizendo que está fazendo uma escolha e que escolheu a ele? Você nem o conhece — argumentei.

Levantei, atravessei o quarto e coloquei a minha mão na dela para a impedir de continuar empacotando.

— Para.

Ela afastou a mão como se a minha fosse feita de fogo.

— Não se trata de uma escolha entre você ou ele, não seja tão narcisista. É sobre mim. Encontrei alguém com quem quero estar. Ele me dá estabilidade. Eu não posso continuar tendo apenas os seus problemas como a única coisa consistente na minha vida.

Ela deixou essas palavras pairarem no ar.

— Encontrei alguém que amo e que me ama, e vamos começar uma vida juntos.

— Mas ele estava traindo você o tempo todo. E não foi apenas um beijo de bêbados em uma noitada. Você não acha que você merece mais do que isso?

Cassandra pegou um rolo de fita gomada e o virou nas mãos, procurando pela ponta.

— Sabe qual é o seu problema, Queenie? — Ela encontrou a ponta e puxou. — Você é tipo uma mercadoria danificada.

As palavras dela me acertaram como se Anthony Joshua tivesse me dado um soco no peito. Eu me sentei na ponta da cama.

— Você é uma mercadoria danificada e, por isso, se autodestrói — Cassandra repetiu, calmamente.

Foi bom ela ter repetido, porque eu não tinha acreditado na primeira vez.

— Não é de se admirar que Tom tenha fugido quando pôde. Ele era bom demais pra você.

As palavras dela continuavam a me acertar e eu senti meu coração se despedaçar um pouco mais.

— Você se fecha tanto que o verdadeiro amor foge de você, então você se acomoda com o sexo. Com qualquer pessoa que queira comer você. A sua autoestima é uma piada. — Ela colocou a ponta da fita na caixa de papelão e a estendeu, selando aquela caixa. — Com uma mãe como a sua, não é de se admirar.

Ela alisou a fita na caixa.

— Então. Cuide-se.

Ela levantou a caixa e a colocou em uma pilha junto com as outras.

— Cassandra, nós somos amigas há muito tempo. — Minha voz estava falhando. — Por que você está dizendo isso? Como você pode dizer isso?

— É tudo verdade, não é? — Ela deu de ombros. — Você sempre diz que eu te analiso demais. Pense nisso como o meu diagnóstico final. Você já pode ir embora.

Eu me levantei. De que adiantaria tentar mudar a mente dela?

— Boa sorte com tudo, Queenie — Cassandra disse enquanto eu saía do quarto dela. — Ah, você tem meus dados bancários, né? Vou mandar sua dívida pra você.

21

— Ela só pode ser uma vadia pra falar isso, não ouse escutar o que ela diz. Ela é ainda mais babaca que aquela coisa escocesa, e olha que ele é um grande imbecil.

Estávamos na varanda de Kyazike, fumando. Ela estava se dividindo entre apreciar a esparsa e invernal Londres e vigiar a porta da sala de estar para nos livrar do flagra caso a mãe dela chegasse.

— Por que você não se poupa desse drama, mano? Por que você não começa a namorar meninos negros? — Kyazike perguntou.

— Por que, me diz você? — Eu devolvi a pergunta e ela se calou.

— Desculpa, é, eu sei. Eu devia ter pensado nisso antes de falar. — Kyazike ficou meio atrapalhada.

— Desculpa, eu não quis ser grossa. — Coloquei a mão no ombro dela. — Lembra da primeira festa de família que você me levou?

— Aquela em que o primo Elias tentou chegar em você?

— Isso mesmo. E eu fiquei tão estressada com isso que comecei a chorar?

— Isso, e a gente fingiu que era porque você estava com cólica.

— Eu simplesmente não consigo, Kyazike. Eu tenho medo de negros. Vou sempre, sempre achar que eles me odeiam.

— Eu entendo você, entendo isso. — Kyazike tentou me acolher. — Mas isso não faz sentido, minha brava e linda rainha negra. — Ela completou em um forte sotaque de Uganda, aquele que ela pegava emprestado da mãe quando queria arrematar uma conversa.

— Talvez Cassandra esteja certa. Talvez eu seja uma mercadoria com defeito, e é por isso que aconteceu o que aconteceu com Tom, Ted e todos os outros. — Ignorei o elogio dela. — E o rei de todos eles, Roy. Ele cuidou para que qualquer vestígio de autoestima que eu tivesse fosse reduzido a nada.

— Nah, não vou engolir isso! — Kyazike gritou tão alto que a voz dela ecoou pela cidade. — Esses homens não valem nada. E Cassandra? — Kyazike trincou os dentes. — Ela só tá irritada porque o homem dela encontrou sexo bom em outro lugar. Ela tá descontando em você, mano. Aquela psicologia toda dela e ela não consegue nem usar nela mesma. Você acha que aquele relacionamento vai durar? — Mais dentes trincando. — Ela tem sorte d'eu não quebrar a cara dela, como ela acha que pode falar da sua mãe assim? As coisas que você e a sua mãe...

— Kyazike, não — avisei. Depois gritei e me esquivei enquanto um pombo que havia feito ninho na varanda voou acima da minha cabeça.

— Desculpa. Mas eu aposto que daqui uns dois meses ela vai ligar sem parar pra você, pedindo ajuda pra voltar pra casa e se lamentando por não ter te escutado. Vai retirar tudo o que disse. Então, não pensa nisso no momento. Esvazia a mente, mano. Vem, vem pra dentro, tá muito frio.

Entramos esfregando as mãos. Era uma tarde fria de fevereiro que soprava um vento gelado.

Eu me joguei no sofá, ganindo quando a minha pele tocou o couro frio. Kyazike me entregou a lâmina e sentou no chão.

— Me passa aquele cobertor, por favor? — Ela estendeu uma mão.

— Podemos ligar o aquecedor de teto pelo menos? — implorei. — Meus dedos estão tremendo tanto que tenho medo de arrancar seu cabelo todo fora.

— Vai pagar a conta de luz? — Kyazike se virou para mim.

— É a sua cabeça, Kyazike.

Ela engatinhou pela sala e ligou o aquecedor. Suspiramos aliviadas quando a onda de ar quente chegou até nós.

— Você vai se livrar daquele ninho? Não deve ser higiênico ter essas coisas vivendo ali. — Gesticulei para outro pássaro que tinha pousado na varanda.

— Já tentei cutucar com a vassoura, mas nem se mexeu. Esses pombos são astutos, eles construíram o ninho num canto que a gente não alcança. Mas eu vou chegar lá. Só preciso de um traje branco.

— Um traje? Tipo vestido de festa?

— Não, nem nas minhas melhores baladas, Queenie. Quero um daqueles trajes tipo jaleco que eles usam no CSI pra investigar cenas de assassinato. Acredita em mim, eu vou fazer esses pombos vazarem.

— Ah, tá, desculpa. — Minha cabeça estava toda atrapalhada. — Jaleco do CSI.

Respirei profundamente.

— Kyazike, o que você acha de terapia?

— Os pombos não estão me estressando tanto assim, mano. — Ela riu.

— Não, então, tipo, quando pessoas estão passando por momentos ruins. Você sabe de alguém que já fez terapia?

— Queenie, eu sou de Uganda. Você acha que alguém da minha família tem a permissão de dizer que precisa de ajuda? Você enterra essa merda e segue em frente. Se eu dissesse pra minha mãe que preciso de terapia, ela ia me enviar pra Kampala em um navio de carga.

— Eu tô pensando em fazer terapia. Sei lá. Eu me sinto, tipo, horrível, o tempo inteiro. Isso não passa. A mulher de gelo da clínica queria que eu me inscrevesse pra fazer porque ela pensou que eu estava enlouquecendo. Bom, primeiro ela achou que eu estava me prostituindo, mas depois percebeu que eu estava fazendo sexo por diversão — eu falava sem parar. — Mas que eu provavelmente não estava me divertindo tanto assim.

— Bom, se você acha que precisa fazer, faz. Não acho que eu seja a pessoa mais indicada pra falar sobre tudo o que a terapia mexe.

Continuei mexendo no cabelo de Kyazike enquanto ela me contava sobre um rapaz com quem ela saía que prometia comprar sapatos e coisas similares para ela. Eu não conseguia acompanhar o que ela estava falando, porque as ondas de pânico ficavam apertando o meu peito e eu tinha que me concentrar em reprimi-las enquanto tentava focar nas palavras-chave da história.

— Você está ouvindo?

— Claro, sim. Os sapatos?

— Então, no final, fiquei tipo, para de dar indiretas, por que você quer saber quanto eu calço? Ele disse que estava na Selfridges comprando sapatos pra mim, um presente de Natal atrasado. Então, fui correndo pra lá caso ele fosse me comprar um par de sapatos que eu não gosto, tipo o cara que me comprou Louboutins nude, mas que eram nude para uma garota branca.

Kyazike balançava a cabeça pensando naquele erro.

— Enfim, quando cheguei, experimentei os sapatos, entreguei pra ele, tudo bem. Resumindo, estávamos no caixa e ele estava pedindo desconto pra vendedora, depois tentou pagar com quatro cartões, sendo que nenhum estava no nome dele.

Kyazike se virou para mim.

Eu olhei de volta para ela, sem expressão.

— Você está bem, mano? Você geralmente ama as minhas histórias. — Decepção e preocupação estavam estampando o rosto dela.

— Tô bem, é só sono. Desculpa.

— Tudo bem. Enfim, vou acabar com isso, mano. Ele é um trapaceiro. Eu não exijo muito do meu Escolhido, sabe, mas, mano... ter um emprego é essencial. Além disso, o telefone desse cara só parece estar ligado quando ele quer se encontrar comigo, e os encontros são todos espontâneos. Tipo, o cara me liga e me chama pra jantar como se eu estivesse constantemente sentada em casa já pronta pra sair, com as sobrancelhas feitas. Como se maquiagem não fosse uma coisa cara. — Ela estalou a língua. — Talvez eu deva tentar sair com caras brancos, que nem você. Eles me tratariam melhor.

— Você acha? — Os últimos meses de grosserias estavam explícitos em meus olhos.

— Acho. Só que eles não iam gostar mesmo de mim. — Kyazike deu de ombros. — Sou preta demais pra eles. Eles não querem uma menina negra tão escura.

— Não seja tão idiota. Sou prova de que eles não querem a gente, independentemente do tom da nossa pele. — Soltei um suspiro pesado. — Por que eu não posso ter um final feliz, Kyazike?

— Você tá brincando, mano? — Kyazike riu. — Você acha que a vida é um filme? Mesmo que fosse, mano, somos negras. "Independentemente do tom da nossa pele" — ela me imitou —, nós seríamos as primeiras a morrer.

Finalizei o cabelo e Kyazike foi cozinhar, com bastante coragem para enfrentar o chão frio da cozinha. Eu me enrolei no cobertor e deslizei no sofá, quase pegando no sono.

Apesar de ter adormecido, eu conseguia ouvir tudo o que estava acontecendo na casa de Kyazike. Eu a ouvi terminar de cozinhar, acordando a tempo de dizer não quando ela me ofereceu jantar; ouvi enquanto ela comeu assistindo a *EastEnders*; ouvi o barulho da embalagem de detergente, o ruído dos pratos batendo um contra o outro e os salpicos de água na lavagem. Eu ouvi quando ela foi para a varanda atender uma ligação do cara dos sapatos e a ouvi dizer que não ia sair de casa porque "tudo em você é pra ontem, e eu não posso sair com um 171".

Ouvi a mãe de Kyazike chegar, a discussão que elas tiveram porque o aquecedor estava ligado e ouvi quando a mãe dela foi tomar banho para se preparar para o segundo turno de trabalho do dia.

À meia-noite, Kyazike me sacudiu com cuidado e me entregou um lenço e um pijama. Troquei de roupa, ajeitei o cabelo e me deitei no sofá. Estava mais quente.
— Toma essa manta. A gente se fala de manhã.

Quando acordei, Kyazike já tinha saído para o trabalho. Assim que cheguei na redação, verifiquei que havia uma série de e-mails de Gina pedindo que eu fosse à sala dela imediatamente. Bati na porta, que já estava aberta.
— Entra — ela latiu. — Ah, Queenie, você está realmente usando a mesma roupa de ontem? Fecha a porta.
— Sim, desculpa. Dormi na casa de uma amiga.

Fechei a porta e caminhei até a cadeira em frente a Gina.
— Bom, tenho más notícias pra você.
— O que foi? — Meu coração já estava acelerado.
— Você está sendo suspensa.
— O quê? — Pisquei. — O quê?
— Essa paixonite aguda que você tem pelo Ted, bom... não é apropriada. Ele apresentou uma reclamação formal ao RH, e todo mundo acha que é melhor que você não esteja na redação durante a investigação. — Gina abaixou a voz, sentindo vergonha por mim.
— Paixonite aguda? — Eu estava perplexa. — Pelo Ted?
— Ele falou sobre isso numa conversa confidencial com o RH e disse que você tem estado muito atenta ao que ele faz, dizendo coisas sugestivas e inadequadas, até mesmo seguindo os passos dele. E ele está se sentindo completamente desconfortável e estressado no seu local de trabalho — Gina explicou.

O que estava acontecendo?
— Suspensa por isso? Mas ele... não, foi ele quem... eu tenho os e-mails, as mensagens... foi ele quem... — gaguejei, desesperada para que ela entendesse que a culpa não era minha.
— Nós temos que levar esse tipo de reclamação a sério. — Ela fez uma pausa. — Além disso, você já tem uma advertência oficial na sua ficha.

— Mas isso não é verdade. Você não pode dizer pra eles que isso tudo não é verdade? — implorei. — E que eu só venho fazer o meu trabalho?

— Queenie, como eu posso provar pra eles que há um papel que você de fato esteja exercendo? Você não chega no horário. Quando você chega, passa o tempo inteiro distraindo a Darcy, que consegue fazer o trabalho dela apesar de toda o bate-papo, aliás. Você não tem foco, não tem comprometimento. Quando eu pedi pra você contribuir com o jornal, o que você queria o tempo inteiro, você não contribuiu. Quando lhe dei uma pequena responsabilidade, que era cuidar do estagiário, você também não cuidou. As notícias correm, Queenie, e o pai do Chuck é o editor-chefe da edição americana, oras.

— Sinto muito, Gina, é que tem muita coisa acontecendo. Desculpa, eu deixo essas coisas tomarem conta de mim e fico distraída, mas vou melhorar, prometo. — Eu estava implorando e o pânico estava começando a mostrar seu rosto feio.

— Queenie, todos nós temos muita coisa acontecendo — Gina começou. — Cá entre nós, o meu ex-marido se recusa a cuidar dos nossos filhos, meu amante me diz há seis anos que vai deixar a esposa, minha mãe foi internada em um hospício e meu pai não consegue se lembrar quem eu sou, mas eu ainda continuo cumprindo com as minhas obrigações. O que foi que eu disse pra você meses atrás? Você tem que manter um pé no chão. Tem que focar. Mas você não fez isso, apesar de eu ter te dado inúmeras chances.

— Sinto muito — sussurrei. — Não posso acreditar que deixei isso acontecer.

— Então, é isso que você vai fazer — Gina cruzou os braços —, você fica até o fim dessa semana. Consegui uma licença paga por duas semanas, já que você não tirou as suas férias, o que te dá até o fim do mês. Então, depois disso, não há mais pagamento, e vamos esperar pra ver o que acontece. Vou manter você atualizada da investigação. — Gina parou de falar um instante. Ela, com certeza, sabia que essa era a minha única fonte de renda. — Chuck vai substituir você, Queenie. Ele tem feito um trabalho incrível. Ele criou um design novo pras páginas de cultura e todos ficaram muito impressionados.

— Mas fui eu que falei pra ele fazer isso — argumentei, um pouco amarga. — Isso é porque o meu pai não é editor-chefe de nenhum jornal? Isso não é justo.

— Poucas coisas são justas, Queenie. — Gina foi taxativa. — Sim, pessoas como Chuck conseguem as coisas mais facilmente do que você, mas em vez de simplesmente aceitar ou ficar reclamando, você tem que se esforçar mais.

— Entendi, Gina — cortei. — Fazer duas vezes mais pra conseguir metade, certo? Cresci ouvindo isso, mas nunca achei que ouviria essas palavras de você.

— Isso não é porque você é negra ou porque sua família é pobre. — Gina apontou um dedo para mim. — As coisas são mais fáceis pra ele do que pra maioria de nós aqui, raios. Francamente, se você não tivesse cometido tantos erros, então não estaria nessa posição. Eu sinto muito, garota.

Comecei a tremer violentamente.

Gina descruzou as pernas e saltou da cadeira. Ela colocou uma mão no meu ombro e perguntou se eu estava bem. Eu não conseguia responder. Ela saiu da sala e voltou alguns segundos depois com a Darcy.

— Queenie? Queenie, tá tudo bem?

Eu conseguia ver e ouvir a minha amiga, mas ainda assim não conseguia abrir a boca para falar.

— Darcy, quem é o contato de emergência dela? — Gina entrou em pânico, e pegou o celular. — O namorado? Que merda, ela não mora mais com o namorado, né?

— Não, tem que ser algum membro da família.

— Você sabe o número da mãe dela? — Gina estava pronta para começar a digitar.

— A mãe não. Não liga pra mãe dela. O contato de emergência provavelmente é a tia, a Maggie. O número deve estar no celular dela. Queenie, onde está o seu celular?

Eu encarava o vazio, ainda tremendo.

Darcy saiu e voltou alguns segundos depois, com o meu celular na orelha.

— Eu não sei o que aconteceu com ela, mas ela tá tremendo muito... Ok, vou perguntar pra ela... Queenie, a sua tia quer saber se você comeu? Ela não me responde. Mas ela não comeu nada no almoço ontem... Não acho que seja somente fome, ela parece estar em choque ou algo do tipo... Ok... Queenie, Maggie tá perguntando se você tá tendo um ataque de pânico ou se são problemas femininos? Ela continua sem responder... Arrumar as coisas e levá-la para o saguão? Ok, eu vou esperar com ela até você chegar aqui... Não, não é incômodo algum, até daqui a pouco.

22

Depois de colocar minhas coisas na van de Eardley, desci os degraus da úmida e decadente casa de Brixton e deixei as chaves na mesa da cozinha. Eu não ia sentir falta dali. Poucas coisas são capazes de me surpreender, mas eu estava chocada de ter ficado naquela casa por tanto tempo.

Mordi minha língua e senti falta da casa dias depois, quando caiu a ficha de que eu estava morando com os meus avós. Achei que conseguiria me recuperar passando o tempo tranquilamente dormindo, descansando e comendo.

Durante a primeira noite, eu me revirei na cama até de manhã porque estava achando que minha vida tinha acabado. Quem vai morar com os avós aos quase vinte e seis anos?

✳✳✳

Sentamos em silêncio na mesa de jantar enquanto a luz fraca piscava sobre as nossas cabeças. Olhei para o meu jantar e meu estômago começou a se revirar. Eu não conseguia comer na presença de Roy, mas ele insistia nessas refeições semanais. No fim das contas, eram a chance que ele tinha para passar um longo período diminuindo a mim ou a minha mãe, já que estávamos as duas reunidas no mesmo lugar.

— Sabe o que eu tava pensando? — Roy quebrou o silêncio.

Eu me perguntava quem ele ia atacar primeiro. No dia anterior fui eu. Então, naquele dia, com certeza, seria a minha mãe.

— A sua filha não vai ser ninguém. — Roy soltou uma risada, jogando o corpo grandalhão para trás na cadeira e batendo o garfo na mesa. — Idiotas, as duas.

Adivinhei errado. Fiquei encarando o prato enquanto ele ria ainda mais. Eu achava que ia vomitar.

— Essa menina não vai ser ninguém.

Olhei para a minha mãe, desejando que ela dissesse alguma coisa.

Ela baixou o olhar para as mãos dela. Por que ela sempre deixava que ele fizesse isso?

— Pai eterno, o que foi que eu fiz pra acabar com duas mulheres idiotas embaixo do meu teto? — Roy pegou o garfo e enfiou o arroz garganta abaixo. — Já deixei essa mulher estúpida entrar na minha casa, um erro grande, e ainda achei que a fedelha dela seria menos pior? Eu tava era maluco. — Quanto mais ele falava, mais seu sotaque se acentuava.

— Eu não tô mais com fome. — Eu já estava afastando a minha cadeira da mesa.

— Onde você acha que vai? — Roy tomou um gole da sua cerveja jamaicana, a Dragon Stout. O líquido escuro quase escapou da sua boca enquanto ele arrotava alto.

— Eu vou fazer a minha lição de casa — respondi, desesperada para sair correndo da sala de jantar e da casa.

— Termina. De. Comer. — Ele bateu a garrafa na mesa. — Você não vai sair dessa mesa até comer toda essa droga de comida.

— Eu não estou me sentindo bem — sussurrei.

— Que quer dizer "não estou me sentindo bem"? — Roy imitou minha voz. — Come essa comida e para de falar como uma menina branca.

— Mas eu não quero. — Empurrei o prato para longe.

Minha mãe finalmente abriu a boca.

— Queenie, por favor, termina de comer a sua comida.

— Eu nunca devia ter deixado você trazer essa fedelha ingrata pra minha casa, Sylvie. — Roy esticou a mão e agarrou meu prato. — Aqui. Você come a comida dela. — Ele jogou o prato na frente dela. — Alguém tem que comer isso hoje.

— Eu não estou com fome, Roy. Além disso, Queenie pode querer comer mais tarde. — Minha mãe tentava inutilmente normalizar a situação.

— Então ninguém tá com fome? A gente se senta pra comer e só eu vou comer? — Roy gritou. — Coma comigo, Sylvie! — Ele agarrou minha mãe pela parte de trás de sua cabeça e empurrou seu rosto no prato.

— Roy. — Minha mãe chorava com voz abafada pela comida. Ela levantou a cabeça, tinha comida nos seus olhos, e pegou um guardanapo com as mãos tremendo.

— Você viu o que você fez? — Roy tinha um tom de escárnio na voz.
— Olha a sua mãezinha. Você estragou o jantar, Queenie. Exatamente como você estraga tudo.

Finalmente consegui dormir por volta das cinco da manhã. Meu único conforto era saber que meu alarme não ia tocar dali a pouco.
— Bom dia. — Minha vó irrompeu no quarto. — Hora de levantar, isso aqui não é ho-tel!

Quem precisa de um alarme quando se tem avós jamaicanos?
— E quando levantar, não esquece de arrumar a cama. Vamos, vamos, tem mingau no fogão. Você tem que servir a nós três.

Pulei da cama sem saber para onde me virar primeiro, apesar das instruções militares.

A minha avó correu escada abaixo enquanto eu fazia a cama, minha cabeça palpitava de exaustão.
— O mingau está esfriando.
— Ok, já vou, já vou. — Voei escada abaixo até a cozinha.
— O seu avô come o mingau dele com uma colherzinha de açúcar mascavo e uma colher grande cheia de mel; e eu quero o meu com uma colher grande de açúcar mascavo, bastante passas e sem mel; e você pode comer o seu como quiser, mas não coloca muito açúcar ou você vai ter diabetes.

Comecei a servir o mingau e me sentei para comer com meus avós.
— Vou desligar a água quente em quinze minutos, então você precisa tomar banho antes que ela acabe — minha avó avisou.
— Eu não terminei de comer meu mingau. — Mostrei minha tigela para ela.
— A taxa de água, Queenie. — Meu avô suspirou.
— Então, quando você terminar de tomar banho, vai passar o aspirador, e eu preciso que você leve alguns lençóis para a lavanderia pra serem lavados. Eles já estão no carrinho na entrada principal. Quando voltar, você pode usar o mesmo carrinho pra trazer algumas coisas do mercado de Brixton. Vou fazer uma lista pra você.

A minha avó não estava levando a minha doença muito a sério.
— Eu não sou a Cinderela. Eu vim pra cá descansar, não...
— Queenie, você tem dois braços e duas pernas que funcionam. Não tem nada de errado com você. E se você vai ficar aqui, você vai ajudar.
— Mas tá acontecendo alguma coisa comigo. Eu...

A minha avó me encarou, me desafiando a continuar.

— Bom, se eu vou fazer todas essas tarefas de casa, não tem por que eu tomar banho antes. — Eu decidi escolher outra batalha.

— Você acha que já deixamos vocês saírem de casa sem estarem limpas? E se você for atropelada por um carro na rua, levarem você a um hospital e cortarem suas roupas e sua pele estiver suja? Você sabe como isso seria uma vergonha? — Minha avó estalou a língua. — O tempo tá passando. A água vai acabar em dez minutos.

— Tá bom, vou fazer o que você quer. Mas o meu limite é esse: não vou pra igreja com você aos domingos. — Eu subi a escada batendo os pés com força e com uma colher de mingau ainda na boca. Deitei novamente enquanto a água quente enchia a banheira até minha avó gritar:

— E não deita na cama de novo. — Ela estava na cozinha, já temperando o frango para o jantar do dia seguinte.

Eu me despi e me sentei na beirada da banheira, assistindo à água cair. Entrei quando a banheira já estava quase cheia. Deitei cuidadosamente para não molhar meu lenço, e tentei relaxar na água. Fechei os olhos e tentei imaginar que nada daquilo estava acontecendo, que eu estava ali só para passar a noite e ia me levantar no dia seguinte, voltar para o trabalho e continuar a minha vida.

De repente, eu me sentei, o pânico tinha me forçado a ficar ereta. A inquietação se espalhou pelo topo da minha cabeça e pelo meu corpo. Tentei me levantar, mas as minhas pernas não seguiram o comando do meu braço. O meu coração começou a bater forte e a minha visão ficou embaçada.

— Socorro. — Tentei gritar, mas eu não conseguia puxar ar suficiente para dentro dos pulmões para conseguir falar. Então, comecei a hiperventilar até que a água esfriou.

— Queenie? — Minha avó berrou. — Para de enrolar, esses lençóis precisam ser lavados.

Apesar de já conseguir mover minhas pernas, eu não conseguia me levantar, pois estava tremendo. Eu não conseguia distinguir se era pelo frio ou pela adrenalina.

— O quê? Você ainda está aqui? — Ela entrou de supetão no banheiro e eu puxei a cortina do chuveiro em volta de mim. — Queenie, você deve estar maluca. Você acha que vou olhar? Você deveria ter visto a minha forma quando tinha a sua idade, eu ia colocar vocês todas no chinelo.

— Tô me sentindo muito estranha, acho que eu devia voltar pra a cama. Tô tremendo, olha. — Estiquei as mãos para ela.

— Você acha que eu não tive tremedeiras piores na minha vida? Tremi por um ano depois que tive a sua mãe. Sai da banheira.

Duas semanas se passaram. Quatorze dias de tarefas, de me sentir doente, de recusar ligações e ignorar mensagens, de crises de pânico silenciosas para que meus avós não soubessem das minhas fraquezas.

Na terça-feira de manhã, entre o meu primeiro banho do dia e levar o lixo reciclável para fora, o celular tocou e era um número que eu não conhecia. Atendi com cautela e usando a mão que não estava equilibrando galões de leite e caixas vazias de mingau.

— Olá, estou falando com Queenie Jenkins? — Uma voz de mulher um tanto quanto engraçada disse do outro lado da linha.

— Sim. Quem fala? — eu falava e andava ao mesmo tempo.

— O meu nome é Amanda e estou ligando da SLAM. Recebemos a sua carta de encaminhamento. — A mulher continuava falando com o mesmo tom de voz de antes.

— SLAM?

— South London e Maudsley — explicou. — Nós recebemos a sua carta sobre a terapia.

Deixei os itens recicláveis no lixo apropriado e me virei para olhar para a casa e me certificar de que ninguém estava me vendo. Eu parecia estar sozinha, mas meus avós tinham uma audição supersônica. Então, saí pelo portão e caminhei na direção da rua principal.

— Ah, que rápido. Pensei que levaria meses, isso se vocês chegassem a me responder.

— Geralmente demora, sim, mas temos uma vaga aberta. Você poderia comparecer aqui para uma avaliação inicial? — Amanda da SLAM continuou. — É uma conversa rápida, não deve levar mais do que uma hora.

— E, posso... talvez. Posso pensar a respeito? — Essa conversa era um pouco chocante. — Onde vocês estão?

— Camberwell, do lado oposto do King's Hospital e atrás da Denmark Hill Station — recitou. — Uma vez que tivermos a data de uma avaliação confirmada, enviaremos uma carta com todas as informações necessárias. Você não precisa se preocupar com os endereços agora.

A próxima vaga que eles tinham era para dali uma semana, o que parecia muito cedo, mas concordei rapidamente antes que eu pudesse me convencer a não ir. Voltei para a casa e vi a minha avó parada na varanda, com os braços cruzados.

— Com quem você estava falando? — Seus lábios estavam apertados novamente.

— Com ninguém.

— Então por que você parece tão preocupada?

— Por motivo nenhum. Não era ninguém. Vou subir. — Eu mantive a cabeça abaixada, focada em tirar os sapatos.

— Você acha que eu preciso olhar nos seus olhos pra saber que você está mentindo, Queenie? — Ela estalou a língua e entrou na cozinha.

AS CORGIS

Darcy:

> Como vai, Queenie? Sinto sua falta! Bjs

Kyazike:

> É, mano, não é a sua cara ficar quieta assim

Queenie:

> Oi pras duas

Queenie:

> Não tô muito bem

Queenie:

> Mas vou melhorar

Darcy:

> Tudo acontece no seu tempo! Sem pressa!

Queenie:

Claro que tem pressa. Eu tenho me sentido mal há muito tempo. Eu só quero me sentir melhor. Quero ser normal

Darcy:

Aconteceu muita coisa com você, Queenie. É coisa demais pra processar. Mas você vai conseguir!

Queenie:

Talvez

Kyazike:

Ah, mano, eu sei que é muita coisa, mas, ainda assim, você vai conseguir ficar bem. Acredita em mim. Enquanto isso, você não tem perdido nada demais. Eu nem tive encontros pra poder entreter você com as histórias

Queenie:

Ha

Queenie:

Acho que vou ficar quietinha por um tempo, se estiver tudo bem. Falar com vocês só me faz lembrar que eu sou apenas uma sombra da Queenie que costumava ser amiga de vocês

Darcy:

> Você é a Queenie! Você não tem que ser de um jeito ou de outro pra amarmos você. Mas fica tranquila. Estaremos sempre aqui para te apoiar. Bjs

Kyazike:

> Exato. Repito o que a Darcy disse. Amo você, mano

Durante aquela noite, e na noite seguinte, fiquei deitada na cama, acordada, pensando em qual seria a melhor forma de introduzir o tema da terapia para os meus avós. Eu não gostava da ideia de mentir para eles. Desde o dia da mudança, cada segundo do meu tempo era catalogado, listado e discutido.

Na sexta-feira de manhã, depois do nosso mingau, decidi que, na volta do correio, seria a hora de contar primeiro para a minha avó e, a depender da reação dela, entender como contar para o meu avô.

— Ouvi você cair da cama ontem à noite. — A minha avó gritou da cozinha enquanto eu descia a escada.

— Desculpa — gritei de volta. — É a segunda vez que isso acontece essa semana. Talvez eu deva colocar alguns travesseiros no chão.

— Você não vai colocar nada da cama no chão. — Veio a resposta já esperada. — E o que é isso?

— O quê? — Entrei na cozinha e ela estava sentada na mesa com os braços cruzados como uma mafiosa.

— Fecha o seu roupão quando o seu avô estiver por perto. — Ela balançou a cabeça, descruzando os braços e deslizando uma carta pela mesa na minha direção.

Peguei o papel e vi o cabeçalho da NHS, o serviço nacional de saúde. Um pedido de desculpas saiu dos meus lábios antes que eu pudesse ler mais.

— Você tá tentando envergonhar todos nós, é? — Os olhos dela queimavam como carvão em brasa.

— Não, mas eu preciso de ajuda, não preciso? — Devolvi a pergunta.
— E uma enfermeira me indicou, e eu não queria fazer porque eu sei que devemos somente ser fortes e tentar passar por tudo isso, mas...

Não ia ser nada fácil.

— Você sabe quanta dor eu carrego? — Minha avó bateu a mão na mesa. — Você sabe quanta dor eu tive que aguentar durante a minha juventude, nos meus vinte anos e além? E você sabe o que a minha mãe, sua avó, diria se eu falasse que ia procurar psicoterapia? Você deve estar ficando LOUCA.

— Não sei o que te dizer. Só sei que preciso falar com alguém, vó. Eu me sinto doente, tô com esse peso no peito, perdi meu emprego, eu não tô bem.

— Nenhum de nós está bem. Veja a sua mãe, morando no abrigo depois que aquele homem destruiu a vida dela, bateu nela e levou o dinheiro dela. Você acha que ela vai pra psicoterapia? E você perdeu seu emprego porque não conseguiu aguentar a pressão. Você não vai. — Minha avó estava tremendo.

— Talvez seja melhor eu ir embora daqui, então, ir...

— Onde tu vai ficar? Você não pode ficar com a tua mãe, teu pai tá vadiando pela Jamaica com a namorada nova, Maggie não pode te receber. Por isso você tá aqui com a gente, embaixo do nosso teto.

O sotaque da minha avó tinha ficado tão forte que eu tinha que me esforçar para entender o que ela estava dizendo.

— Vou ficar na casa das minhas amigas, então... Vó, eu nunca pedi nada de você, nunca fiz nada pra trazer vergonha pra ninguém. — Tentei ficar calma enquanto falava, para não irritar ela ainda mais. — Fui a primeira pessoa na família a completar os estudos, ir pra faculdade, ter um diploma, conseguir um emprego integral...

— Sim. E é a primeira pessoa a ir para a psicoterapia. — Minha avó bateu na mesa novamente. — E eu estou dizendo. Você não vai.

Ela cruzou os braços.

— E ponto final.

A conversa tinha acabado.

— O que está acontecendo, Verônica? — Meu avô entrou na cozinha, arrastando a bengala pelo linóleo. — O que pode ter acontecido pra fazer você falar com um patoá tão forte e quase quebrar a mesa?

— Deixa a sua neta contar pra você. — Ela estalou a língua e se levantou da mesa. Foi até a pia e começou a lavar a louça tão furiosamente que a espuma espirrava no teto.

— Então... — Meu avô estava me olhando. Engoli em seco e entreguei a carta pra ele. Ele pegou o papel da minha mão e analisou, bem devagar. O meu coração batia tão forte que parecia que ia sair do meu peito.

— Eu estou sem óculos, Queenie, o que diz aí?

Ele me entregou a carta de volta.

— É o agendamento de uma consulta. — Estremeci.

Ele me encarou. Nunca tinha visto meu avô prestar atenção em qualquer outra coisa que não fossem as notícias, e essa reviravolta toda era assustadora.

— Consulta? Do quê? — ele finalmente perguntou.

— Pra falar com uma terapeuta. Tipo, fazer terapia. Porque...

Ele levantou a mão e parei de falar, eu já tinha um bolo na garganta.

— Deixa ela ir, não? — Ele estava falando com a minha avó. Ela parou de lavar a louça imediatamente, mas continuou olhando para a pia. — Talvez se também tivéssemos aprendido a falar sobre os problemas, não carregaríamos tanto em nossos ombros até o túmulo.

Ele se virou para ir embora dali, a bengala batendo no chão com determinação.

— Talvez nós tenhamos que aprender alguma coisa com essa nova geração, Verônica.

23

— Então, o que traz você aqui hoje? Explique-me, por favor, os eventos que levaram você a procurar terapia.

Olhei ao redor do recinto em que estava sentada com uma mulher que eu nunca tinha visto antes, mas para quem eu esperava contar todos os meus segredos.

— Pode me responder no seu tempo.

A sala estava gelada, como em uma clínica. Não tinha o mesmo cheiro que os hospitais, que emanavam o odor de doença e desinfetantes. Ali, o aroma que prevalecia era o da escuridão, da tristeza. O mesmo cheiro dos espaços que não costumam ser iluminados ou ter ventilação, velas, flores, ou qualquer coisa que dê a um ambiente a sensação de que alguém se importa com quem está lá dentro.

— Bom, eu não procurei terapia — consegui dizer, finalmente.

— Aqui em sua ficha diz que você foi encaminhada por uma clínica de saúde sexual, está correto?

— Há uma enfermeira, Elspeth. Ela achou que eu estava me prostituindo, depois entendeu que eu estava apenas fazendo sexo com basicamente qualquer pessoa. — Revirei os olhos e me joguei para trás na cadeira. — Idiota.

— Ok, bom, podemos voltar para esse tópico mais tarde. Por enquanto, você poderia apenas me dizer como percebeu que precisava de terapia?

— Não sei exatamente como descrever. — Mordi a parte de dentro da minha bochecha e me virei para inutilmente tentar olhar lá para fora porque a janela era fosca para proteger a privacidade de quem estivesse dentro daquela sala. — É... eu não sei. Parece que tudo está desmoronando, sabe? Bom, na verdade tudo já desmoronou.

— Ok, e como você acredita que tudo desmoronou? — A mulher falava comigo com delicadeza.

— Eu tinha um emprego. Eu perdi esse emprego. E... eu vivia em uma casa que era um tanto quanto ruim, mas pelo menos eu podia pagar o meu próprio aluguel. Só que, agora que perdi o meu emprego, não tenho mais como pagar o aluguel. Tô vivendo com os meus avós e perdi toda a minha privacidade. Eu tinha um relacionamento com um homem que, provavelmente, era o amor da minha vida. Mas isso também acabou, e foi culpa minha.

Parei de falar, lembrando que Anna tinha colocando a mão suavemente na cintura nua do Tom. Inspirei profundamente.

※※※

— Será que você poderia não me tocar? — resmunguei e me virei de lado para me afastar de Tom. — Tô passando mal.

— Ah, que droga. Você quer que eu pegue alguma coisa pra você tomar? — Ele colocou uma mão no meu ombro.

— Não. Tira a mão de mim. — Eu me afastei novamente.

— Você vai se sentir bem até sábado?

— O que vai acontecer no sábado?

— É o aniversário da minha mãe, lembra? Era pra ficarmos na casa deles durante o final de semana.

— Não sei, era?

— Queenie. — Tom começou. — Você tem certeza de que está tudo bem com você? Você tem estado... um pouco desligada. Tem algum tempo que reparo nisso.

— Passei mal por uns dias, enjoada e com a cabeça nas nuvens. Talvez seja algum vírus ou algo assim. — Puxei as cobertas para mais perto de mim. — Vou tentar dormir pra ver se melhoro.

— É, deve ser um daqueles vírus que deixam você irritada e fechada, também. — Tom bufou e saiu do quarto.

Deitei de costas e fechei os olhos, mas essa posição fez eu me sentir pior. Respirei profundamente pelo nariz.

— Toma. — Abri os olhos e vi Tom parado à minha frente, a caneca com o T cheia de chá.

— Não, brigada. — Sacudi a cabeça.

— Mas acabei de fazer pra você. — Tom se irritou. — Não seja tão ingrata.

— Eu não pedi pra você fazer, pedi? Por que você faria alguma coisa pra eu tomar se estou quase vomitando? Ainda mais uma caneca de chá com leite?

— Ah, tá certo. Então eu sou um namorado ruim por não conseguir ler a sua mente? — Tom bateu a caneca na mesa de cabeceira e cruzou os braços. — Tá impossível lidar com você ultimamente!

— Mas eu não disse que você era um namorado ruim, disse? Por que essa reação tão exagerada?

— Eu estou sendo exagerado? — Os olhos de Tom estavam arregalados. — Eu? Você sente um pouco de náusea e age de uma forma como se tivesse ido pra uma guerra!

— Você consegue perceber que tá brigando comigo porque tô me sentindo mal? — Apertei os olhos. — Você sabe que tá sendo grosseiro, não sabe?

— Ah, agora eu tô sendo grosseiro por tentar ser legal? — Tom jogou as mãos para cima.

— Mas você não tá tentando ser legal, tá só tentando resolver as coisas com pressa. Vai embora, me deixa dormir.

— Isso não teria acontecido se você tivesse tomado a porra do chá que eu fiz.

— Não fala palavrão pra mim! — bradei. — Eu sou muito frágil.

— Você acabou de me mandar embora.

— Sim, merda, vai embora daqui! — gritei. — Fica longe de mim, inferno.

— Tá bom, Queenie, se é isso que você quer, é isso que você terá.

Tom bateu a porta do quarto e saiu do apartamento, também batendo a porta.

— Por que foi culpa sua?

— Eu afastei ele de mim. Eu não sabia por que eu me sentia tão mal, não sabia como falar com ele sobre o que eu sentia e, quando eu finalmente entendi o que tava acontecendo, já era tarde demais. Sofri um aborto. E, sim, apesar de eu não querer um bebê, ainda assim eu perdi um. Então, talvez isso não entre na conta das perdas. — Tentei brincar. — E as minhas amigas... acho que elas se cansaram dos meus problemas. Não funciona do mesmo jeito com elas. Parece que eu irrito todas elas, ou sou um fardo. E uma das minhas melhores amigas se mudou para o interior com o namorado, um cara com quem eu dormi sem saber que era namorado dela. Desculpa, isso tudo deve parecer uma bobagem só, né? Tipo dramas juvenis.

Tentei resumir tudo, sem ainda conseguir entender os limites do que se deve contar a uma terapeuta e o que deve ser escrito no meu Querido Diário.

— Queenie, nada disso é bobo. — Janet sorriu.

Ela era gorda e pequena, tinha um rosto simpático e cheio de rugas e covinhas. A pele bronzeada era coberta de pequenas pintas. Ela falava suavemente e ria com frequência, sua voz era profunda e precisa, com um sotaque que me dizia que ela era do Norte, mas vivia em Londres há algum tempo.

O cabelo curto caía em cachos ao redor do seu rosto, era quase ruivo, mas tinha uns fios cinzas nas têmporas. Comecei chamando-a de Dra. Cosima, como a carta informava, mas ela me pediu para não fazer isso dizendo que não queria que eu me sentisse como se estivesse sendo examinada.

Janet continuou.

— Tente se lembrar sempre que todos nós temos muitos problemas, grandes ou pequenos, e que todos são relacionados a nós. Eles têm impacto sobre nossas vidas, de formas diferentes. Não há nada trivial demais. E me parece que você está lidando com grandes perdas em um período muito curto de tempo. Você poderia me falar um pouco mais sobre como essas coisas fazem você se sentir?

— Não sei... Muitas vezes, parece que não vou conseguir respirar. Desculpa, não sei muito bem como descrever essas coisas, se eu deveria saber termos técnicos ou algo assim.

— Não cabe a você saber os termos técnicos, isso faz parte do meu trabalho. Apenas tente relaxar e me diga, respeitando o seu tempo, o que você está sentindo. Mesmo que seja cansaço físico, desconforto, cansaço mental, tristeza, qualquer coisa do tipo.

— Ah, tá bom. Então, sim, eu tenho me sentido cansada. Tipo, exausta. É como se eu estivesse sempre tentando me concentrar em ser normal de novo. E eu não consigo dormir muito bem. Fico preocupada, como se algo muito ruim estivesse prestes a acontecer, mas não consigo especificar o quê, e então fico ainda mais preocupada por não conseguir entender o motivo de me sentir assim. Eu fico assustada, tipo, realmente amedrontada. Especialmente à noite. Tenho pesadelos, paralisia do sono. Eu acabo lutando fisicamente com qualquer pessoa com quem esteja dividindo a cama enquanto durmo, o que não é legal.

Parei para recuperar o fôlego.

— Pequenas coisas que eu costumava fazer sem precisar pensar agora me deixam nervosa, como fazer compras ou comer, e eu costumava gostar muito de comer. Não tenho enjoo, mas o meu estômago está sempre revirando. E ele se fecha quando fico realmente chateada. Então, fico sem apetite. No fim, é isso. Tem vezes em que bate um desespero... Como se tudo tivesse fugido do meu controle, das minhas mãos... Sei lá. Parece que estou há anos equilibrando pratos. E um dos pratos caiu, então derrubei outro tentando pegar o primeiro, ainda assim não peguei esse primeiro. Então, outros dois começam a se desestabilizar e, tentando salvar esses, perco mais um. Você entende o que quero dizer? Desculpa.

— Não peça desculpas, Queenie. Eu entendo o que você quer dizer. Você usou um termo que eu não gosto muito que seja usado...

— Ah, desculpa. O que foi?

— Você está se desculpando de novo. — Janet riu. — Normal. O que é normal para você?

— Ah, desculpa. Desculpa. Desculpa por pedir descu... você entendeu o que quis dizer. — Balancei a cabeça rapidamente como se eu precisasse reorganizar as ideias. — Então, você sabe, normal é normal. Tipo ser feliz e conseguir se levantar e ir para o trabalho sem se preocupar tanto e conseguir se divertir com os amigos sem pensar que coisas ruins vão acontecer e conseguir comer sem passar mal, sabe. Me sentir normal.

— Acho que todos nós precisamos afastar essa ideia de que a normalidade é algo que devemos buscar. Eu mesma não consigo apontar ou descrever o que é ser normal — Janet explicou. — Acho que é muita pressão para colocar sobre si mesma.

— É, talvez.

— Tente ter isso em mente enquanto continuamos. Eu gostaria de perguntar uma coisa para você, Queenie.

— Pode falar. — Tentei ficar mais confortável.

— O que você acha de você mesma?

Congelei. Eu não esperava que a pergunta fosse algo tão difícil de sequer começar a tentar responder.

— Que eu sou louca, acima de tudo. — Joguei rapidamente uma resposta para ela antes que eu começasse a pensar muito.

Janet riu.

— Bom, você não é louca, já posso adiantar isso pra você. Eu falo no sentido de o que você vê quando se olha no espelho, quando pensa em você mesma enquanto pessoa?

— Eu tento não me olhar no espelho. Não sei, eu sou só eu, sei lá. Não sou nada de especial, não sou bonita nem feia. Eu me viro. Não sei. — Eu olhei para a janela fosca novamente. — Essa é uma pergunta difícil.

Janet simplesmente concordou.

— Percebi que você não mencionou os seus pais. Você tem um bom relacionamento com a sua mãe e o seu pai?

Essa pergunta era ainda pior. O que ela ia perguntar depois?

— Ha. — Uma risada amarga escapou de mim. — Não. O meu pai não tá aqui. Ele tá na Jamaica, acho. Ninguém sabe realmente onde ele tá ou o que tá fazendo. — Dei de ombros. — E a minha mãe... — Pigarrei, sentindo algo familiar se remexer no meu estômago. — Eu não... tudo bem se eu não falar dela?

Janet empurrou um copo de água na minha direção.

— Acho que seria bom se pudéssemos falar da sua mãe em algum momento, se estiver tudo bem. Não precisamos fazer isso hoje.

Fiz alguns exercícios de respiração para me impedir de entrar em pânico que só serviram para fazer com que eu me sentisse idiota e, quando saí pela porta, decidi com todas as forças que não voltaria mais.

Pode chamar de "morar" quando você divide o apartamento com os seus avós?

Vantagens de morar com os meus avós:

Posso dizer com sinceridade que o ambiente em que vivo nunca esteve tão limpo;

Nem meu corpo;

Noites quietas – oito horas por noite, pelo menos. Posso não conseguir dormir, mas é melhor do que o som ambiente de Rupert vomitando ou Nell chorando e ouvindo a mesma música triste em looping;

Não tive que gastar dinheiro com comida;

Apesar de ter levado cem anos para explicar e ainda assim eles terem ficado desconfiados, consegui que pegassem internet a cabo para que eu pudesse assistir à Netflix (apesar de ter que assistir tudo com os fones de ouvido);

Ver Diana mais vezes, me comunicar com a "juventude" e, assim, poder entender os novos memes e gírias que surgem;

Bônus das vantagens: ela não parece se surpreender com meu colapso temporário.

Desvantagens de morar com os meus avós:
Tenho que fazer faxina;

Meu banho é cronometrado pelo meu avô que, depois de dois meses, ainda me dá sermões sobre as taxas de água toda vez que tomo banho. O que são taxas de água?;

Eles fazem eu ir me deitar às dez e vivo com medo de que meus terrores noturnos também os assustem;

Tenho que comer a comida que minha avó faz, quase sempre picante demais para mim, e então ouvir que "deveríamos mandar você pra Jamaica pra você aprender a comer direito" A CADA VEZ QUE ENGASGO;

Também tenho que fazer as compras e trazer para casa em um carrinho;

O meu avô desliga a "caixa da internet" todas as noites antes de ir dormir e eu tenho que sair do quarto para ligar de novo e acordar antes deles para desligar novamente;

Me defender da insistência dos meus avós e da Maggie para que eu vá à igreja aos domingos;

A minha avó tenta forçar encontros surpresa entre mim e minha mãe. Consegui evitá-los ao sair de fininho da casa, mas acho que não vou conseguir continuar escapando.

Duas semanas depois da minha sessão, eu estava no sótão, tentando organizar algumas cortinas, quando fui chamada. Fui até a cozinha.

— Carta pra você.

A minha avó gesticulou para o envelope branco na mesa enquanto limpava as superfícies com um pano de limpeza que estava já em seus últimos dias.

— Isso era tão urgente pra me fazer descer do sótão?

— Oi? Com quem você acha que tá falando?

Murmurei um pedido de desculpas e fui pra sala ler a carta, mas meu avô me seguiu e me expulsou de lá antes que eu pudesse me sentar.

— De quem é essa carta? — a minha avó gritou da cozinha.

Subi pro quarto.

Cara Queenie,

Eu realmente acho que, com atenção e cuidado adequados, posso ajudar você a superar seus problemas. Levará algum tempo e não será fácil, mas é uma jornada que podemos percorrer juntas. Já tendo trabalhado com muitos pacientes, eu sei que muitos fatores podem afetar a forma como o paciente se sente em relação ao tratamento. Se você não gosta do consultório, podemos achar um lugar em que você se sinta mais segura, uma cafeteria, ou, então, o estúdio licenciado que tenho em minha casa, em Golders Green.

O que ela ganhava com isso? Ela estava agindo tipo a professora Honey, de *Matilda*.

Quando você entrou no meu consultório, vi a pessoa que você é no momento e a pessoa que você pode ser. Você passou por muitas perdas e muito luto em um período de tempo muito concentrado. Não é de se espantar que você tenha tido que tirar um tempo para si.

Comigo, você poderá colocar sua vida de volta nos eixos. Eu não costumo fazer promessas, mas posso prometer que, se trabalharmos bastante juntas, chegaremos em um ponto em que você poderá ser você mesma de novo. E não somente você, mas a sua melhor versão. Vou deixá-la pensar a respeito.

Por favor, me ligue.

Janet

Eu respirei profundamente e senti que teria algumas semanas desafiadoras pela frente.

O tempo realmente passa devagar quando você não está fazendo nada. Depois de terminar todas as tarefas do dia, de acordo com as regras, já estou de banho tomado e na cama às dez. Pelo menos eu estava conseguindo dormir de novo, o que me ajudava bastante, considerando que eu ainda precisava acordar às sete da manhã. Era uma segunda-feira, dia de terapia e minha quinta sessão com a Janet.

A minha recuperação não estava acontecendo tão milagrosamente quanto eu achei que seria. Ainda bem que a NHS existia, porque, se eu tivesse que pagar por essas sessões, eu não chegaria nem na metade do caminho da recuperação antes de ir à falência.

Nos nossos encontros, no pequeno apartamento de Janet em Golders Green, pois passei a enfrentar a jornada até lá, nós debatemos sobre antidepressivos (eu sou contra o uso deles porque acho que me transformariam em um zumbi, Janet é a favor porque aparentemente eles me acalmam na medida certa para que a terapia siga em frente), falamos sobre minha amizade com as meninas (criei dependência e preciso delas para validar meus pensamentos e ações), sobre sexo casual (criei dependência e preciso disso para validar o meu corpo e minha sensação de controle), sobre Tom (quão dependente eu era dele e o quanto isso me assustava, me levando para a autossabotagem), sobre o meu pai (eu não dependia dele de forma alguma, e era por isso eu tratava os homens como descartáveis, mas não tenho certeza de como me sinto em relação a essa abordagem freudiana que liga o pai ao sexo).

Descobrimos que eu não gosto de ficar de mãos dadas e abraçar porque eu não me sinto confortável com demonstrações físicas de amor e carinho; me assusta a ideia de que esse tipo de atenção possa ser tirado de mim em algum momento e me deixar com um sentimento de abandono. Eu não percebia quanta coisa acontecia na minha cabecinha. Apesar de eu achar que tínhamos evitado o assunto com sucesso, essa semana tivemos que falar sobre a minha mãe.

— Então. Você cresceu com a sua mãe? — Janet baixou o caderno e a caneta.

— Cresci. — Meneei a cabeça. — Moramos com os meus avós até os meus seis anos. Então, nos mudamos pra uma casinha, só nós duas. Foi quando ela conheceu uma pessoa, e nós nos mudamos.

— E por "uma pessoa" você quer dizer um parceiro?

— Roy. Sim, Roy. — Tomei um gole de água para aliviar a minha garganta seca.

— E esse Roy? Vocês se davam bem, você e ele? — Janet se remexeu em sua cadeira.

— Não — respondi prontamente.

— Continue. — A sobrancelha de Janet se erguendo ligeiramente.

— Quando não estava gritando comigo, ele me ignorava. — Respirei profundamente. — Sei lá, talvez isso não seja importante. A casa dele era limpa, tinha um jardim, ele cozinhava bem...

— Bom, o fato de você ter alguém gritando com você ou te ignorando durante a sua infância e adolescência é altamente importante para o seu desenvolvimento, então tente não minimizar isso. Posso perguntar, Queenie, como era a relação dele com a sua mãe?

— Por quê? — Eu podia sentir o pânico crescendo dentro de mim. Como sempre.

— Bom, qualquer trauma que você tenha sofrido na infância vai se reapresentar na sua vida adulta. — Janet se remexeu novamente na cadeira.

— Mas eu não sou a minha mãe.

— Se você testemunhou o sofrimento da sua mãe, isso com certeza teve efeitos em você — Janet explicou. — E eu permiti que você contornasse esse assunto até agora, mas realmente precisamos começar a falar a respeito.

— Vou me sentir melhor se falar sobre isso?

— Não imediatamente. Mas o assunto precisa ser falado.

A minha cabeça estava voando. Esperei até que ela voltasse para o lugar antes de começar a falar.

— A minha mãe, ela sempre foi uma boa pessoa — comecei. — Ela tem um temperamento suave, é muito gentil. Ela é inocente. Não é muito inteligente e confia demais nas pessoas.

Listei todas as características positivas que eu podia lembrar, puxando memórias do começo da minha infância.

— E quando ela conheceu Roy, o meu pai tinha sido o último parceiro dela. Não que você possa chamar o que eles tinham de relacionamento amoroso. — Parei de falar e tomei outro gole de água. — Nós morávamos juntas, minha mãe e eu, em uma casinha em Mitcham. Éramos obcecadas uma pela outra, eu me lembro. Eu não ia a lugar algum sem ela, e ela não ia a lugar algum sem mim. Tínhamos nosso próprio mundo, minha mãe e eu.

Senti a pele pinicar. Essas eram memórias que eu não resgatava há muito tempo.

— Então, Roy se mudou pra lá. Ele era ruim. Muito ruim. — Enfiei as unhas na palma da mão sem perceber. — Ele tinha um sotaque jamaicano forte. Era tão forte que, muitas vezes, eu não conseguia entender o que ele dizia, aí ele ria da minha cara. Me chamava de Bounty...

— Bounty? — Janet interrompeu.

— Como o chocolate. Branco por dentro. Preto por fora.

Janet balançou a cabeça num movimento triste.

— Sinto muito em ouvir isso. Continue.

— Parei de falar com ele pensando que, se eu não dissesse nada, ele ia parar de implicar com a minha voz. Mas, então, ele começou a fazer outras coisas pra me chatear. Ele quebrava as minhas coisas, dizia pra minha mãe que eu falava coisas feias sobre ele, ou que eu roubava ela, e ele me fazia dormir no carro.

Balbuciei, contando algumas das coisas que nunca achei que ia contar para alguém.

— No fim, ela parou de falar comigo sobre qualquer coisa que não fosse levantar pra ir pra escola e ir dormir. Eles só falavam um com o outro — eu grasnei. Tomei outro gole de água e continuei falando. — Depois de alguns anos, não consigo me lembrar quantos anos eu tinha, ele fez a minha mãe vender a nossa casinha. Ele pegou o dinheiro e comprou uma casa nova. Mudamos todos pra lá, essa era a casa com o jardim, a que tinha que ser mantida com uma limpeza impecável. Enfim, fomos pra lá. Desculpa. — Fiz uma pausa. — Tô falando demais?

Janet balançou a cabeça.

— Ok. Aí, ele começou a trair a minha mãe. Ela sabia, até eu consegui perceber. Ele sumia durante os finais de semana e, quando voltava, minha mãe não dizia nada, porque ela não queria cutucar a onça com vara curta, e acho que o mais importante pra ela era estar em um relacionamento. Mas um dia ela disse alguma coisa, e quando ela voltou para o apartamento, estava com um olho roxo e a boca cortada.

Olhei para a palma da minha mão. As minhas unhas haviam feito pequenos buracos na minha pele.

— Sinto muito em ouvir isso, Queenie. Mas o que você quer dizer com ela voltou para o apartamento? — Janet franziu o cenho, confusa.

— Durante um tempo, fui morar em um apartamento — continuei falando, não tinha como voltar atrás agora. — Praticamente sozinha. Ela vinha de vez em quando. Não fiquei muito tempo por lá, só alguns meses. Eu podia tomar conta de mim mesma. Estava tudo bem. — Tentei convencer Janet e a mim mesma.

— Quantos anos você tinha? — ela perguntou em voz baixa.

— Onze anos, acho. Comecei a menstruar enquanto estava lá, então deve ter sido por volta dos onze anos.

— Eles alugaram um apartamento para você morar sozinha quando você tinha onze anos?

— Não, no começo era pra ser pra mim e pra minha mãe, ele queria que fôssemos embora. Mas não muito tempo depois, passou a ser só eu. Ela ficou com ele.

— Isso é ilegal, você sabia? Você era uma pessoa muito vulnerável e muito nova, e foi colocada em uma situação muito perigosa. — A voz de Janet ficou mais dura.

— Eu estava bem. E era melhor do que a outra opção. Eu não podia mais morar com ele. Eu não me encaixava na ideia que ele tinha da casa que queria. Ele me odiava. Ele fez ela me odiar. Aquilo me destruía.

Eu me sentei no metrô a caminho de casa e fiquei tirando o sangue seco das palmas das minhas mãos. Quando cheguei no sul de Londres e saí da estação, entrou uma notificação no meu telefone de uma mensagem da Darcy. Não nos falávamos há semanas.

Darcy:

> Oi, só checando como você está! Como andam as coisas? Como anda a terapia? Muitos bjs

Queenie:

> Oi, Darcy, que bom que você escreveu! Então, é muita coisa, mas eu acho que tô colocando algumas coisas – bem horríveis – pra fora. Me disseram pra ir nadar como forma de sentir um "alívio físico". Eu apontei pro meu cabelo e a minha terapeuta me disse para usar uma touca, você consegue acreditar? bjs

Voltei para a casa dos meus avós tão cansada, que tive que engatinhar escada acima pra me deitar na cama. Mal consegui dormir. Eu ficava ouvindo a voz de Janet na minha cabeça perguntando se eu gritava quando Roy machucava a minha mãe.

— Gritava. Eu sempre dizia alguma coisa, toda vez. Quando ele arrancava tufos do cabelo dela, quando ele a empurrava da escada, quando ele quebrou a mandíbula dela, eu disse alguma coisa!

Acordei e avistei a minha avó na ponta da cama.

— Eu nunca soube que você sofria tanto — ela grasnou, acariciando meu pé. — Tenta dormir.

Eu finalmente consegui dormir de novo, durante horas. Eu teria sido capaz de dormir ainda mais se me fosse permitido não fazer as refeições.

Darcy:

> Bom dia! Desculpa por não ter respondido ontem de noite. Simon escondeu meu celular porque eu não estava sendo "comunicativa". Nadar é uma ótima ideia! Talvez Brockwell Lido? Está bem quente hoje.

Queenie:

> Estou a caminho de lá! Tive que comprar um maiô na Sports Direct. É feio, mas funcional. Deseje-me sorte.

Fiquei parada nos degraus de concreto do Lido Café e respirei fundo. Eu estava com o maiô por baixo das roupas e podia sentir o suor se acumulando no espaço entre os meus seios e a minha barriga.

Abaixei a parte de cima do meu vestido até a cintura. Meus olhos estavam embaçados, então me concentrei na pintura branca que estava descascando dos corrimões.

— Você está bem?

Segui a voz aguda e rouca e levantei o olhar para o rosto da garçonete de cabelo loiro-escuro e grosso tão firmemente preso no alto da cabeça que seu pescoço estava tenso. Ela tirou um maço do avental e acendeu um cigarro.

— Sim, desculpa, tô só fazendo hora. — Dei um sorriso desajeitado. — Querendo e não querendo nadar ao mesmo tempo. Tô me sentindo um pouco estranha.

Por que eu estava contando isso a ela?

— Sim, sei o que você quer dizer. — A menina deu um longo trago. — Eu jamais entraria lá, é frio demais. Você deve ser completamente maluca.

— Ah, legal. Agora tô mais ansiosa ainda pra entrar. — E saí de perto dela.

Segui para o vestiário inalando ar impregnado com o cheiro de cloro. Lá dentro tinha mulheres de tamanhos e formatos diferentes, mas assim como no trabalho, nas festas, na faculdade, em qualquer lugar, não vi ninguém como eu. Nenhuma delas era negra. Você nunca ia imaginar que eu estava na esquina de Brixton.

Respirei devagar para lidar com a minha ansiedade e tirei o vestido pela cabeça de uma vez, conferindo se tinha alguém encarando meus seios enormes. Ninguém parecia estar olhando. Imaginei que todas iam se virar horrorizadas quando eu saísse para a piscina, então enrolei a toalha na cintura e mantive meus braços colados no corpo para amenizar o balanço deles.

Passei por dúzias de banhistas magros apresentando suas barrigas brancas para o sol e corpos livres de pelos. Eu devia ter me depilado? Eu tinha raspado as pernas rapidamente, mas pode não ter sido suficiente. Observando minhas pernas de perto, encontrei pelinhos escuros e grossos, e a voz de Guy me dizendo para depilar surgiu na minha cabeça. Raramente me comparo com outras mulheres, mas em situações como essa, como eu podia não me comparar?

Eu me enrolei rapidamente na toalha e encontrei um pequeno espaço próximo à piscina. Estendi a toalha no chão e me deitei num movimento mais rápido ainda, cobrindo o meu colo e as minhas pernas com minha mochila.

— E você sabe o que eu disse pra ele, Stella? Eu disse: "Cosmo, nós vamos ter que vender o segundo apartamento. O de Brixton. Porque nós simplesmente não conseguimos mais lidar com esses inquilinos!". Honestamente, Stella, há sempre algum problema.

Olhei para a mulher perto de mim, cuja voz aguda e irritante parecia estar perfurando a minha pele. Eu só conseguia ver a parte de trás da cabeça, o cabelo castanho curto, mas conseguia imaginar como era o rosto dela.

— Os que estão lá agora enviaram um e-mail dizendo que o apartamento tem mofo, olha só. E isso lá é problema nosso? Honestamente.

— Bom, na verdade, eu acho que é, Tanya — a companheira loira disse.

— Ah, é mesmo? — Tanya perecia chocada.

— Bom, você sabe aquele apartamentinho que temos pra alugar em Peckham? — Stella começou. — O de três quartos que o pai de Damon deu pra nós?

Vi a mulher de cabelos castanhos concordar.

— Tinha um problema tão grande de mofo lá, que as paredes estavam pretas. Os inquilinos ficaram nos ameaçando, dizendo que iam ligar para o departamento de saúde ambiental ou algo assim, então nós tivemos que resolver. Sério, T, foi horrível. — Fiquei feliz por ela ter tido essa empatia.

— Nós perdemos tanto dinheiro.

Coloquei os fones de ouvido e me aconcheguei novamente, adiando as minhas incursões aquáticas e dizendo para mim mesma que eu ia escutar o *The Read* antes de me aventurar na piscina. Tinha acabado de fechar os olhos para me acomodar e tive que abrir quando senti algo escorrer das minhas pernas.

Eu me sentei e dei de cara com uma pequena menina ruiva me olhando. Água caía do cabelo longo dela direto nos meus joelhos.

— Oi. — Tentei sorrir de uma forma não agressiva. — Você tá perdida? — Tirei a perna do caminho da água.

— Não. Eu sou um monstro marinho — ela gritava e balançava a cabeça fazendo com que toda aquela água congelante espirasse no meu rosto.

— Tabitha, venha aqui.

Os meus olhos seguiram a voz e pousaram em Tanya, que se virou para me olhar. Seu rosto era exatamente como eu imaginava. Macio, atarracado, vermelho das muitas taças de vinho tomadas depois que as crianças já estavam na cama. Olhei para ela, a água escorrendo do meu queixo.

— Ela pode se desculpar, por favor? — perguntei para a mulher.

— Tabitha, querida, venha até a mamãe, preciso secar você. — Tanya me ignorou, levantando-se e enrolando a filha em uma toalha.

— Você ouviu o que eu disse? — perguntei, dessa vez olhando para ela e para a amiga loira, Stella, que tinha o mesmo rosto que ela.

— Eu sou um monstro marinho — Tabitha gritou, vindo na minha direção e puxando o meu cabelo. — E você também é.

— Você vai deixar a sua filha se comportar assim? — Aumentei o tom da voz para esconder o fato de que ela estava falhando.

— Acho melhor irmos embora, Stella, eu não vou ser atacada na minha piscina.

— Não se preocupe, tô indo embora. — E me levantei. — Não me encaixo nesse lugar mesmo.

Levantei para ir embora e meu olhar cruzou com o de outra família que também estava olhando para mim. Olhei em volta na piscina e nos olhos de estranhos que estavam me encarando. Todos me odiavam. Eu podia perceber. Nenhum deles queria que eu estivesse ali. Senti o torpor tomar conta de todo o meu corpo e quase me matar com uma dor aguda no estômago.

— Tão agressiva. — Ouvi Tanya sussurrar enquanto eu caminhava com dificuldade até as catracas.

Todas as vozes pareciam mais altas, tão altas que tive que cobrir as orelhas com as mãos. Eu estava começando a colapsar e me sentei em um caminho de grama. Os pensamentos sombrios que invadiam minha cabeça estavam tão altos quanto os sons à minha volta. Eu não conseguia afastá-los. Coloquei a cabeça entre as pernas e fiquei desse jeito, com o sol queimando as minhas costas. Eu não sei quanto tempo fiquei sentada ali, mas no fim acabei pegando meu celular e liguei para Janet.

— Alô?

— Não me encaixei. Eu nunca vou me encaixar. Roy não me queria na casa dele, ninguém me quer no maldito *Lido*, Tom não me quis, minha própria mãe, ela não... — As palavras simplesmente saíam numa frase interrompida pela minha respiração irregular.

— Queenie? Onde você está?

— Não existe lugar pra mim, Janet.

— Queenie, lembre-se da respiração. Você pode me dizer onde você está? — Janet estava usando sua voz mais comedida.

— Tentei nadar, deu tudo errado. — Eu tentava me acalmar.

— Ok, vou ficar com você no telefone até que você consiga respirar novamente.

Deixei o telefone na orelha e contei até três e depois até onze várias vezes. Alguns segundos se passaram e ouvi alguém caminhando na minha direção.

— Você está bem?

Era esse o meu destino agora? Viver a minha vida com pessoas me perguntando toda hora sobre o meu estado?

— Tô, sim, obrigada. — A minha cabeça continuava entre os meus joelhos.

— Você está bem? — Janet disse ao telefone.

— Desculpa, não, alguém tá... — Tentei explicar.

— Você quer suas coisas?

Levantei o olhar e vi a garçonete cabeluda loira me entregar minha toalha e meu vestido.

— Vi você sair correndo de maiô e achei que devia trazer as roupas pra você. Tem crianças aqui, então... — Ela estava constrangida.

— Ah, Deus, eu... — Estendi a mão e peguei o vestido. — Desculpa. Obrigada.

— Queenie? — A voz de Janet novamente.

— Desculpa, tô aqui. Acho que tô bem. — Minha voz estava voltando ao normal.— Sei lá. Eu tenho pensado nela.

— Pensado na sua mãe? — Janet adivinhou.

— Tenho pensado por que tudo isso começou. Por que tudo começou a voltar assim e por que eu parei de dar valor à minha vida e comecei a ferrar com tudo. — Respirei profundamente. — É porque eu poderia ter sido mãe? Será que o fato de ter engravidado trouxe à tona todo meus problemas com a minha mãe?

— Hm, pode ser isso. A gravidez, independentemente de qual seja sua escolha, esse tipo de evento de vida não passa por você sem deixar alguns efeitos — Janet comentou. — E isso está fazendo com que você se sinta diferente a respeito da sua mãe?

— É, sim. Acho que nunca tinha pensado nela como uma pessoa, eu a via somente como alguém que deveria me proteger. E, de certa forma, ela acabou fazendo isso. Foi a minha mãe que sentiu toda a dor. Sem casa pra morar, morando em um abrigo e sozinha, sem muitos amigos, ela se isolou de todo mundo enquanto estava com Roy. Teve que entrar na justiça pra tentar recuperar o dinheiro dela. Ela tá tão frágil que agora já não pode trabalhar, ela não tem mais vida. Ela tava tão péssima quando Roy expulsou a gente que não conseguia aguentar um dia inteiro de trabalho. E olha só: eu segui os passos dela. Tal mãe, tal filha. Só que, dessa vez, a culpa é minha. Não é do Roy. Eu fiz tudo isso pra mim mesma.

Parei.

— Desculpa por falar sem parar. Acho que tô com insolação. Acho melhor ir colocar as minhas roupas.

Desliguei o celular, sentindo uma inquietação no peito. Os pensamentos obscuros tinham se calado.

Queenie:

> Darcy, eu acho que tive uma revelação no Lido. Eu sempre achei que ia me sentir bem. Mas tava obviamente errada. Ainda tô me sentindo mal

Queenie:

> Além disso, posso ter sido colocada em alguma lista de pervertidos por atentado ao pudor

Será que eu devia tentar fazer ioga para relaxar? Obviamente, eu não gostava de nadar, e nem tinha entrado na piscina.

24

— Quantos anos você está fazendo hoje? — A minha avó perguntou, deslizando um envelope que ela não tinha se incomodado em selar pela mesa da cozinha.

— Vinte e seis — respondi com a boca cheia de mingau. Peguei o envelope e revirei.

— Nossa, tem certeza? Achei que você fosse mais nova. — Ela me observava enquanto eu abria o envelope. — Não escrevi nada no cartão, não precisava. — Ela acrescentou com um tom de impaciência. — Mas tem 20 libras aí. Que tal ir até a High Street e comprar uma blusa bonita pra você?

Me levantei e fui até ela, me curvando e abraçando-a pelo pescoço.

— O tempo voa. Você tem certeza que não está com vinte e dois? — Minha avó parecia saudosa. — Eu me lembro de quando você nasceu. Ninguém nunca havia visto tanto cabelo na cabeça de uma bebê. Não existiu mais ninguém na nossa família com tanto cabelo quanto você. — Ela suspirou. — E você já nasceu preocupada, eu me lembro bem disso também.

Ela fez uma pausa.

— Enfim, é melhor você ir tomar um banho para começar o seu dia. Vou desligar a água quente em uma hora.

— Eu tava pensando, vó... Você chegou a convidar a mãe pra vir aqui hoje?

— Queenie, ouça, eu convidei e não vou retirar o convite. — A resposta foi rápida. — Não importa os erros que ela tenha cometido na vida, ela é minha filha e é sua mãe. Então, ela vai vir comemorar o aniversário da filha dela.

— Não, tá tudo bem. Acho que ela devia vir, sim.

Enquanto eu tomava o meu banho e perguntava ao meu avô se ele podia parar com os suspiros por um dia, respondi mensagens de parabéns de pessoas que não via há anos e provavelmente não veria novamente no Facebook. Nenhuma mensagem de Tom.

✳✳✳

— Como você se sente fazendo vinte e três? — Tom me entregou uma xícara de chá.

— Não tão bem. — Sorri sem entusiasmo e coloquei o chá na mesa de cabeceira. — Acho que tô fraca demais pra tomar qualquer coisa no momento.

— Ninguém mandou você beber a quarta taça de vinho. — Tom riu e deitou ao meu lado na cama.

— Ah, o presente que minha mãe e meu pai compraram pra você vai chegar hoje, e eles vão ligar ao meio-dia. Querem desejar feliz aniversário ao vivo.

— Por que e como os seus pais são tão legais? Ah, você me deu a caneca errada. — Mostrei o Q para ele.

— Tô surpreso por você conseguir ver qual caneca te dei. — Ele riu de novo e trocou de caneca comigo.

— Isso é tudo culpa sua. — Eu estava irritada e com a boca seca. — Você já sabe qual é o meu limite e você é completamente irresponsável por não ter atravessado o pub e não ter tirado aquela última taça da minha mão.

— Eu sei, mas é que você fica muito doce quando está bêbada. Mas não vamos discutir porque tudo o que você quer fazer é me abraçar e me agradecer por cuidar de você.

— Eu perco a minha necessidade de ficar na defensiva quando estou bêbada. E você está se aproveitando.

— Acredite em mim, ninguém consegue se aproveitar de você, bêbada ou não. Você gostou de ontem?

— Acho que sim. Foi o meu primeiro aniversário com pessoas e presentes em muito tempo. Durante anos, eu não quis celebrar esse dia. — Tinha acabado de perceber aquilo. — Obrigada por ter organizado tudo isso.

— Isso é o mínimo que eu posso fazer por você, Queenie. — Tom segurou a minha mão. — Certo. Se você tem vinte e três anos agora, quanto tempo tenho que esperar até poder me casar com você e colocar um pãozinho dentro do seu forno, hein? Quando tivermos vinte e nove e trinta e dois, respectivamente?

— Ainda falta muito tempo. — Enterrei meu rosto no peito dele. — Você pode não me amar mais até lá.

— Besteira. Eu sempre vou amar você.

Balancei a cabeça, tentando afastar uma lembrança totalmente desnecessária para o momento. Meu celular começou a vibrar violentamente na minha mão.

AS CORGIS

Darcy:
> Parabéns

Kyazike:
> pra você

Darcy:
> Nesta data

Kyazike:
> querida

Darcy:
> Muitas felicidades

Kyazike:
> Muitos anos

Darcy:

> de vida!

Kyazike:

> Hehehehehehe!

Kyazike:

> Queremos ver você qualquer dia desses, tá!

Queenie:

> Você só quer que eu faça seu cabelo, Kyazike. Vou fazer em breve

Kyazike:

> Não, mano. Só quero a minha Queenie de volta

Sentei na banheira, me sentindo suficientemente forte para reinstalar o Instagram e relembrar de como as pessoas eram FELIZES, quando ouvi a campainha. Prestei atenção no farfalhar de passos e o bater da bengala no carpete na porta da frente.

— Oi, vô. — Ouvi Diana guinchar. — Cadê ela?

— Ela está onde sempre está. Na banheira. — Meu avô suspirou em resposta.

Ouvi um turbilhão de passos e puxei a cortina em volta da banheira que eu estava ocupando segundos antes de Diana entrar correndo.

— Feliz aniversário. — Ela empurrou um pequeno envelope na minha cara. — Não é nada demais. Só um vale-presente da H&M. É de 10 libras, mas você pode comprar alguns acessórios ou algo assim.

Passei a mão pela cortina de plástico e peguei o envelope.

— Obrigada. Não precisava. — Coloquei o cartão na borda da banheira.

— Você não vai abrir? — Parecia que Diana não tinha percebido que eu estava no meio do meu banho.

— Vejo você lá embaixo?

— Não, tudo bem, vou fazer companhia pra você. — Diana abaixou a tampa da privada e colocou os pés em cima do aquecedor. — Eu ia sair com alguns amigos hoje porque Kadija conseguiu ingressos pro Thorpe Park pela metade do preço, mas me senti mal porque você ia ficar aqui com vovó e o vovô no dia do seu aniversário. Quantos anos você tá fazendo mesmo?

— Vinte e seis. E não é tão ruim. Não gosto muito de aniversários mesmo.

— Ai meu Deus, você tá zoando? — Diana riu. — Aniversários são demais. No meu aniversário de quinze anos, eu e meus amigos fomos numa rave em Clapham, foi muito louco. E eles todos juntaram dinheiro pra uma mesa na área VIP...

— VIP? Como vocês conseguiram pagar por isso? Vocês são todos bebês.

— Hm, com licença, quinze anos significa que eu sou quase adulta. Mas isso não importa, a noite foi sensacional, eu era o centro das atenções e a mãe tinha deixado eu chegar em casa mais tarde. É por isso que aniversários são tão legais.

— Nunca tive um aniversário assim, e eu sou muito mais velha que você.

— Bom, talvez seja por isso que você tá deprimida? — Diana soou como se estivesse tendo uma revelação. — Desculpa, não quis dizer isso. Sem ofensas. Eu só quis dizer que, talvez, se você tivesse mais momentos de diversão, não pensaria em coisas ruins, sabe? Eu não sei. Desculpa. — Diana deu de ombros e saiu do banheiro.

Terminei meu banho, coloquei um vestido floral que ia até a batata da perna e que era da minha avó e desci a escada. Diana estava no corredor, calçando os tênis.

— Nós vamos sair. — Ela me olhou de cima a baixo. — Mas vai trocar de roupa antes.

— Mas Diana, eu tô pronta. Isso é vintage. — Fiquei diante dela para que ela analisasse minhas roupas.

Uma troca de roupa depois e Diana e eu estávamos na High Street, eu no provador de um brechó. Não aquele em que minha avó trabalha; nós não temos permissão para ir lá. Ela diz que seria misturar negócios com prazer.

Eu tentava, com alguma dificuldade, colocar uma camisa Paul Smith laranja e turquesa. Ficar fora de casa por tanto tempo era um grande risco para os meus níveis de ansiedade. Quando eu finalmente consegui me vestir, depois de passar a roupa pelo meu corpo suado, ela começou a abrir na altura dos seios a cada vez que eu respirava mais profundamente.

Diana abriu a cortina do provador e olhou para mim.

— Não. — Ela fechou a cortina novamente. — Você quer ir ao Morley's? Eu quero quatro asinhas e batatas-fritas.

— Não.

— Eu devia saber que você era metida demais para isso. Vamos tomar um milk-shake, então. — Diana me pegou pelo cotovelo e me guiou na direção de uma daquelas sorveterias estranhas de estilo modernoso e descolado.

Sentamos de frente uma para a outra em um sofá de canto, perto dos banheiros, e começamos a consultar os cardápios grudentos.

— O que você quer? Eu sei o que eu vou comer. Um waffle de oreo, eu sempre peço esse. — Diana levantou o celular, filmando o ambiente. — Calma aí, só vou postar onde estamos no Snapchat. Eu vou colocar a legenda *Prima faz 26*. — Ela me mostrou uma foto minha olhando para o cardápio, perplexa com as opções.

Vinte e seis anos e essa é a minha vida, pensei, olhando em volta e observando os adolescentes se inclinando em paredes com decoração exagerada, todos olhando para os respectivos celulares. Eu deveria me casar daqui a três anos. Eu deveria estar estável, ser amada e... olhei para o cardápio e as palavras começaram a se embaralhar. Avistei a porta do banheiro. Se eu corresse e tivesse um ataque de pânico lá, pelo menos eu não deixaria Diana me ver desmoronar de novo. Eu devia estar melhorando, e, se ela me visse ter um ataque de pânico, ia contar para a minha avó. Então ia começar um grande debate sobre como ir para a terapia não estava funcionando para mim e como eu estava envergonhando a família sem motivo algum.

— Você está bem? — Diana bloqueou a tela e colocou o celular na mesa.

Eu devia estar com uma aparência horrível se ela até tinha parado de olhar o celular.

Seja um exemplo, pensei, respirando devagar e contando até três, na esperança de que as minhas narinas não estivessem se inflando de forma óbvia demais.

— Tudo bem, só tava procurando o garçom.

— Você tem que se levantar e ir pedir, né — Diana disse, me olhando desconfiada. Ela escorregou pelo sofá. — Você tem certeza de que tá bem?

— Desculpa, tô bem. — As batidas do meu coração começaram a diminuir de velocidade. — Vou querer o mesmo que você.

Entreguei a nota de 20 libras que minha avó tinha me dado e observei Diana andar até o balcão. Enquanto ela estava lá, coloquei a cabeça entre as mãos e fechei os olhos. *Respire, Queenie. Respire, imagina que você está... o que Janet tinha dito, por que você não consegue se lembrar? É isso, um lugar seguro, encontre seu lugar seguro. Onde é isso? É isso, no sótão da primeira casa dos seus avós. O lugar que eles diziam ser assombrado, mas que você não se importava que fosse, você adorava o som que o chão de madeira fazia, e a forma como a temperatura diminuía quando você entrava no...*

— Você tem certeza de que tá bem? Podemos voltar pra casa se você estiver se sentindo um pouco estranha. — Diana se jogou novamente no sofá.

— Não, eu tô bem. — Nesse momento, fiquei surpresa pelo fato de realmente estar me sentindo bem. — Tá tudo bem. — Então, e esse waffle de oreo? Como que funciona isso?

Voltamos andando para casa com o açúcar da nossa travessura correndo pelas minhas veias como uma injeção de adrenalina. Diana estava contando para mim e para toda a rua o quão irritante era ter uma mãe tão religiosa quanto Maggie.

— Ela me faz rezar antes de cada refeição, Queenie. Até mesmo antes de lanchar. Você já teve um pacote de biscoito arrancado da sua mão por não ter agradecido a Jesus por eles antes de começar a comer?

Esse foi o nosso assunto até chegar em casa. Entramos e avistei três pares extras de sapatos no corredor. Eu conseguia ouvir vozes vindo da sala. Tirei os meus sapatos.

— Olá. — Darcy saiu do quarto segurando um balão de hélio rosa brilhante com a frase TUDO DE BOM gravada em ambos os lados, em letras redondas azuis.

— Feliz aniversário, Queenie! — Maggie surgiu depois de Darcy, segurando uma sacolinha com um presente embrulhado dentro.

Procurei pela dona do terceiro par de sapatos e vi minha mãe caminhando em passos instáveis e com braços estremecidos segurando um bolo de aniversário cheio de velas, apenas metade delas acesa. O meu estômago apertou e tive que me forçar a voltar para o antigo sótão dos meus avós, meu lugar seguro. O que eu de fato queria era subir para o sótão verdadeiro dos meus avós para escapar de toda essa atenção.

Maggie me entregou o presente e me puxou em um abraço.

— Maggie. — Eu me afastei dela.

— Oi, mãe. — Cumprimentei minha mãe em voz baixa. Ela estava parada atrás da irmã, o peso do bolo testando a sua força.

— Ah, vamos lá, aniversariante. Anime-se! — Maggie revirou os olhos. — Diana, ela estava horrível desse jeito quando vocês saíram?

— Mãe, você sabe que ela não gosta de abraços. Está tudo bem em não querer que as pessoas toquem você, sabe. — Diana foi até Darcy. — Você deve ser a Darcy, né? Eu sou a Diana, a prima da Queenie. É bom finalmente conhecer você.

Minha avó apareceu.

— Vamos ficar todos no mesmo cômodo e parar de congestionar o corredor, por favor? — ela resmungou e levou a todos para dentro, exceto por mim e Darcy. Ela me lançou um olhar compreensivo. — Você tem um tempo pra dizer oi pra sua amiga. — E saiu fechando a porta atrás de si.

— O que aconteceu com as velas, mãe? — Ouvi Diana resmungar. — Eu tinha deixado tudo organizado direitinho.

Darcy e eu ficamos paradas por um momento no corredor, olhando uma para a outra. Ela havia engordado um pouco, e seus olhos azuis se destacavam no incomum bronzeado da sua pele.

— Foi viajar? — perguntei, de repente me sentindo estranha em estar ali parada com ela quando eu era uma versão tão péssima do que eu costumava ser.

— Sim, Simon e eu fomos pra França algumas semanas atrás. Foi um pesadelo. Ele não queria sair da *villa*. Disse que precisávamos passar as férias trabalhando em "nós". — Ela deu um passo para a frente e me entregou o balão. — Feliz aniversário, amiga.

Coloquei o misterioso presente da Maggie no chão, peguei o balão e agradeci com um toque no ombro dela.

— Obrigada. Isso é muito legal. Por que você está aqui? Como você conseguiu o endereço?

— A sua prima é muito sagaz... — Darcy sorriu. — Já faz algum tempo que estamos em contato. Ela me enviou um tuíte algumas semanas atrás. Temos trocado DMs. — Darcy ergueu as sobrancelhas, orgulhosa por usar um vocabulário novo. — E eu ia convidar a Kyazike também, mas achei que poderia ser coisa demais pra você nesse momento.

— Sim, acho que você pode estar certa. — Percebi o quanto eu sentia falta da Kyazike. — Eu vou voltar a mandar mensagens, desculpa por ser tão péssima.

— Você não precisa pedir desculpas. — A voz de Darcy era suave. — Imaginei que você precisava se desligar de tudo. Mas eu me sinto horrível. Eu devia ter lidado melhor com isso, ajudado mais você.

— Você não precisava ter lidado com nada — protestei, horrorizada por ela pensar que tinha qualquer responsabilidade em cuidar da minha saúde mental. — Você não tinha que resolver esse problema. Eu despejei muita coisa em você. Não foi justo fazer isso. Desculpa.

Eu estava ficando boa nessa história de pedir desculpas.

— Mas aposto que você consegue trabalhar muito mais sem mim.

— Muito mais, você não vai nem acreditar. Mas não é tão divertido assim...

— Eu não estava sendo divertida nos últimos meses. Deve ter sido a mesma sensação de assistir a alguém apertar o botão de autodestruição. — Soltei uma risadinha esquisita. Mas eu estava ficando menos desconfortável na presença de Darcy.

— Não sou sua amiga porque você me diverte.

Eu me aproximei e lhe dei um abraço apertado, surpreendendo a ela e a mim mesma.

— Senti falta disso. — A voz dela estava abafada pelo meu cabelo. Pela primeira vez em séculos, eu me sentia eu mesma.

— Obrigada por ser minha amiga. Apesar de eu não facilitar as coisas.

Então me afastei e apontei para o balão.

— Onde foi que você comprou esse presente tão requintado afinal?

Darcy não respondeu e, quando olhei para ela em busca de uma resposta, vi que o rosto dela estava banhado em lágrimas.

— O que houve?

— O que está acontecendo? — Minha avó perguntou, praticamente esmurrando a porta da sala para que ela se abrisse. Ela olhou para Darcy horrorizada.

— Eu só... eu senti saudade dela. — Darcy soluçou.

— Ah, vem cá, querida. — Minha avó puxou Darcy contra o peito e acariciou gentilmente suas costas.

Gostaria que ela me oferecesse sempre a mesma forma de conforto quando eu estivesse chateada.

— Venha, vamos entrar todos. — Chamei as duas e fomos para a sala. Meu balão raspou no batente da porta enquanto eu o puxava comigo.

— Ok, será que a gente pode, por favor, assoprar as velas agora? Eu tive que soprar uma vez já. — Diana estava com pressa. Tirou um isqueiro do bolso e acendeu as velas.

— E por que você tem isso aí? — Maggie perguntou, inclinando a cabeça, a peruca indo para a esquerda enquanto a cabeça ia para a direita.

— É, é... é da Kadija, ela deixou na minha bolsa, Paaaaaarabéns pra você... — Diana começou a cantar, os olhos nervosos na mãe, que a encarava de volta, nenhuma delas desafinando.

Olhei para o bolo e assoprei as velas.

— Você fez um desejo? — Minha mãe perguntou com a voz baixa falhando no meio da pergunta.

— Não. Não tem por quê. — E continuei a olhar para o bolo. — Eu não acredito em desejos desde que era criança.

Minha avó foi para a cozinha buscar seus pratos de porcelana mais chiques ("é porque temos visitas brancas", Maggie suspirou) e Diana começou a cortar o bolo em grandes pedaços.

— Vamos orar pra agradecer? — Maggie apontou para o bolo. Diana olhou para mim.

— Ah, você não vai abrir o seu presente? — Agora ela apontou para a sacolinha. Peguei a sacola e vi um embrulho pequeno lá dentro.

— Não é nada demais, é só um óleo de lavanda que comprei na Holland and Barrett. Você pode colocar um pouco no quarto, se quiser, vai ajudar você a relaxar. — Ela sorriu.

— Brigada. — Coloquei o objeto embrulhado de volta na sacola.

— Será que podemos ir dar uma volta, nos sentarmos no jardim ou algo assim? — perguntei para Darcy, amarrando a fita do balão no meu punho.

— Não consegui falar com você. — A voz da minha mãe continuava baixa. — Ou conhecer a sua amiga direito.

Ela olhou para Darcy e sorriu, olhando novamente para o chão em seguida.

— Sou a Darcy. Queenie e eu trabalhamos juntas faz três anos, né? Ela faz as listas, eu sou a editora de fotos.

— Ah, que coisa boa. E o que uma editora de fotos faz exatamente?

— Basicamente, quando estamos produzindo um artigo pra ser publicado na revista ou on-line, eu tenho que encontrar uma foto boa e me certificar de que temos a autorização pra usar, coisas do tipo.

— Isso parece ser muito difícil! Eu não ia conseguir fazer isso — minha mãe murmurou.

— Claro que ia, mãe. — Eu estava tentando exercer minha recém-descoberta capacidade de perdoar. — Você poderia fazer qualquer coisa.

— Não é verdade, Queenie. — Minha mãe olhava para as próprias mãos e sorria. — Não sou que nem você.

— Quero perguntar uma coisa pra você, Sylvie. — Darcy entrou novamente na conversa. — Por que você deu o nome de Queenie pra ela?

— Essa é uma pergunta muito fácil, Darcy. — Minha mãe olhou para nós e se acomodou no braço da poltrona. Ela era tão pequena que a poltrona poderia facilmente engolir ela por inteiro. — Quando eu era pequena, sempre quis ser uma princesa. Pode parecer besteira, mas porque Maggie dormia no quarto ao lado do dos meus pais pra eles conseguirem sempre ficar de olho nela, e o meu quarto era quase no topo da casa, embaixo do sótão. Era uma casa linda e enorme, estilo Vitoriana, que meu pai tinha comprado quando se mudou pra cá.

— O sótão assombrado. — Contei para Darcy.

— A única assombração que havia ali era meu pai, resmungando sobre as taxas de água. — Minha mãe riu. — Fomos a primeira família negra na nossa rua, sabia? Meu pai literalmente trabalhava dia e noite para poder pagar por aquela casa. Enfim, estou mudando de assunto, não era disso que falávamos, desculpa!

A minha mãe olhou novamente para as próprias mãos.

— Eu costumava ficar olhando pela janela fingindo que alguém ia vir me resgatar. — Ela parou e levantou o olhar. Seus olhos brilhavam. — Parei de fazer isso, de olhar pela janela, quando entrei na adolescência, mas ainda era obcecada por princesas. Em todas as histórias que eu costumava ler, elas eram tão lindas e perfeitas, e tão delicadas... e, bom, quando conheci o pai de Queenie, ele era o meu príncipe.

— Mãe — cortei —, ele era casado.

— Era, mas eu não sabia disso naquela época. E, na minha ideia, ele tinha vindo pra me resgatar. Ele era tão atraente, esse homem com uma linda pele escura. Eu o achava tão perfeito. Ele trabalhava com música e a casa dele era repleta de discos. Ele costumava me levar pra muitos shows. E ele tinha um dente de ouro que brilhava a cada vez que ele sorria. Ele era tão charmoso.

— Só pra você saber, Darcy, ele não é charmoso.

Ambas ignoraram minha observação, absorvidas pela história.

— ... e quando eu engravidei, pensei, é isso, ela chegou. A princesa com quem eu tinha sonhado estava aqui. Esse seria o nome dela, já tinha decidido isso. Eu não me importava que parecesse brega.

— Eu teria me importado — observei.

— Pelo menos você não se chama Diana! — minha prima gritou do corredor enquanto passava pela porta da sala.

— Ah, é. A avó de Queenie foi quem batizou Diana. Ela era obcecada pela família real. — Minha mãe soltou uma risada suave. — Ainda é. Enfim, quando a minha menininha nasceu, eu coloquei o meu dedo na sua mãozinha e ela abriu os olhos, me apertando. E, ao olhar pra ela, percebi que ela era mais poderosa do que qualquer princesa delicada dos livros que li. Eu havia acabado de parir uma rainha, uma *queen*. Uma menina que cresceria pra ser. Então, eu a batizei de Queenie.

Como eu pude ser tão egoísta, como pude ignorar isso? Aquela mulher pequena e dócil sendo engolida pelo braço de uma poltrona era a mesma mulher que havia começado a me criar, a mulher que tinha sido tão obcecada por mim que nos fazia usar roupas que combinavam até os meus oito anos, aquela que me dizia que eu seria forte o suficiente para ser uma rainha. Ela sofreu tanto abusos físicos e psicológicos que não conseguia mais encontrar a própria voz. Mas ela ainda era a minha mãe.

Olhei para Darcy, que estava com os olhos cheios de lágrimas.

— Ah, para com isso, chega de choro. — Eu a sacudi um pouco sabendo que, se ela começasse a chorar, eu seria a próxima.

Eu a guiei pela cozinha, onde Maggie estava fazendo uma série de perguntas para Diana a respeito do isqueiro, e saímos para o jardim.

Nós nos sentamos na grama por cerca de três segundos até minha avó aparecer correndo com um cobertor, berrando sobre como a saia branca da Darcy ia ficar suja.

— Mas como você tá? — Darcy perguntou, esticando as pernas nuas para fora do cobertor para tocar a grama com os dedos do pé.

— Altos e baixos é a melhor forma de descrever. — Dei de ombros. — Nenhum dia é completamente bom ou completamente ruim. Mas eu ainda não me sinto como eu mesma. Eu sei que não tô explicando tão bem.

— Você não precisa explicar nada pra mim. Podemos falar sobre outra coisa se você quiser. — Darcy estava tentando me animar. — Você tá lendo alguma coisa boa ultimamente?

— Eu acho que preciso explicar pra mim mesma, na verdade. Sabe quando uma pessoa pode variar numa escala de um a dez, sendo o um péssima e o dez completamente eufórica? Então, no momento estou trabalhando em uma escala só de um a cinco. Parece que tô vivendo minha vida pela metade.

Eu passava os dedos pelo nó do balão em meu pulso enquanto falava.

— Eu moro aqui, durmo num quarto cheio de crucifixos e Bíblias. Não vejo ninguém além dos parentes porque ver meus amigos me faz lembrar que eu não estou como costumava ser. Há séculos que não faço sexo...

— O que é uma boa coisa, né, Queenie.

— A terapia é exaustiva. Sempre tenho que praticamente me arrastar para o ponto de ônibus depois. Então, fico sentada durante muito tempo encarando o vazio, olhando pela janela. Quase sempre perco o ponto, porque o meu cérebro não consegue voltar a focar no presente até o dia seguinte.

— Mas você acha que tá progredindo e melhorando? Você tem chorado pra expulsar toda essa tristeza? Deve ser catártico.

— E de que adianta chorar?

— Sabe, essa deve ter sido uma das coisas mais doidas que eu já ouvi alguém falar.

— Mulheres negras fortes não choram — eu estava falando comigo mesma.

O laço do balão se desfez e uma rajada de vento o levou para longe do meu alcance.

Diana veio ao jardim com um prato de papel em cada mão, cada um contendo um pedaço de bolo. Os melhores pratos obviamente não deviam ser levados para fora da casa.

— Que desperdício do dinheiro da sua amiga. — Ela estava olhando o balão voar para longe.

Diana entregou os pratos e ficou parada com uma mão no quadril e a outra erguida para proteger os olhos do sol.

— Vovô me disse pra fazer alguma coisa útil e molhar as plantas. É impossível vir aqui só pra relaxar. — Ela bufava a caminho da bica que ficava do lado de fora.

Ela ligou a torneira e foi procurar o regador.

— Não desperdice água! — Nosso avô berrou do galpão.

Diana olhou para nós com cara de quem tinha decidido não discutir mais nada.

— É melhor eu ir embora. — Darcy estava se levantando. — Amanhã é um dia importante no trabalho. — Ela alisou a saia.

— Ah, é? O que vai acontecer? — perguntei, esticando as mãos para que ela me ajudasse a levantar. — Tem alguma coisa a ver com a investigação sobre a história do Ted? Você vai ser chamada pra testemunhar? Diz pra eles que sou virgem.

Nós duas rimos. Rir me dava uma sensação estranha. Era tipo dar a partida em um carro depois de anos sem dirigir e quase sem se lembrar de que carros um dia existiram.

— Se te ajuda saber, ninguém disse nada sobre isso. — Darcy já estava colocando os sapatos na porta da frente. — Foi bom ver você. E conhecer a sua mãe, finalmente.

Abri a porta e a abracei para me despedir.

— Você está melhor do que você acha. — E Darcy se virou para ir embora.

Voltei para a cozinha e encontrei a minha avó espiando o forno. O isqueiro de Diana, que havia sido confiscado, estava em sua mão.

— O que você tá fazendo? — perguntei.

— Ele não quer acender. E não vou pagar pra consertar. — Ela estava ajoelhada e com a cabeça ainda mais para dentro do forno.

— A sua mãe teve que ir embora enquanto você estava no jardim. Ela deixou um cartão pra você. — Minha avó apontou para a mesa com a cabeça ainda escondida.

Avistei um envelope cor-de-rosa com meu nome escrito numa caligrafia praticamente igual a minha.

Peguei um copo d'água, levei o cartão para cima e comecei a ler. "Para a minha querida filha no seu aniversário" estava escrito na parte da frente, em rosa. Um adesivo amarelo intenso marcando 99 centavos, que ela havia esquecido de remover, brilhava no canto.

Minha querida filha Queenie Verônica Jenkins, feliz aniversário de vinte e seis anos! Eu me orgulho de você todos os dias. Mesmo nos dias em que você acha que não são tão bons. Sempre vou te apoiar. Continue sendo mais forte do que eu fui.

Com amor, da sua mãe Sylvie. Beijos

p.s.: Ouvi dizer que você tá fazendo terapia. Isso é muito bom.

Eu me sentei na cama e li novamente o cartão da minha mãe. Eu conseguia ouvir a música alta que tocava no celular de Diana enquanto ela se movia pelo jardim para molhar as plantas.

Queenie:

Obrigada pelo cartão, mãe. Foi muito bom ver você hoje. bjs

Eu apertei o botão de enviar e olhei pela janela, observando o balão de Darcy voar para ainda mais longe.

25

— Agora, acho que precisamos conversar sobre a sua ligação para mim, Queenie.

Pisquei para Janet, fingindo não saber do que ela estava falando. Ela olhou para mim e suspirou. Não seria essa exatamente a reação que terapeutas não deviam esboçar, né?

— Da piscina.

— Sim, o que tem isso? — Soei como uma pessoa que sabia que estava velha demais para falar.

— Você não deveria ter sido educada da forma que foi, Queenie. Você vivenciou momentos traumatizantes. Você deveria ter recebido amor e carinho, e eu sinto muito que isso não tenha acontecido.

— Tá tudo bem, não é culpa sua. — Eu me irritei. — Essas coisas acontecem. Acontecem muito na minha cultura. Nós, mulheres negras, fomos criadas pra sempre saber qual é o nosso lugar.

— E você acha que deve ficar presa a essa mensagem até hoje? É assim que você se vê? Como alguém que deve ficar calada e saber o seu lugar? Porque parece que é isso que está acontecendo. — Janet estava tentando ser compreensiva. — Talvez seja por isso que você reforce essa ideia no sexo, para não mudar a ordem das coisas, e...

— Como eu podia ficar presa nessa mensagem? — interrompi. Aparentemente, eu estava em um daqueles dias.

— Bem, Queenie, eu acho que você está assumindo um fardo que não é seu. Você não pode carregar as dores de uma raça inteira.

— Não é um fardo que estou assumindo, ele simplesmente está aí. — Eu conseguia sentir a raiva surgindo no meu peito. — Eu não posso simplesmente largar ele.

— É assim que você enxerga as coisas? — Janet estava tão calma quanto podia ficar, em uma tentativa de diminuir minha irritação.

— É assim que funciona. — Minha voz começou a ficar mais alta. — Eu não posso acordar e não ser uma mulher negra, Janet. Eu não posso entrar em um ambiente e não ser uma mulher negra, Janet. No ônibus, no metrô, no trabalho, no refeitório. Barulhenta, impetuosa, atrevida, irritada, respondona, barraqueira, vadia.

Listei nos dedos todas as palavras que geralmente eram usadas para me descrever.

— Tem alguns adjetivos que as pessoas acham que são legais, tipo: bem articulada, surpreendentemente inteligente, exótica. Acho que o meu favorito é "sensual". Acho que eu devia ficar agradecida por qualquer atenção.

Comecei a ficar rouca.

— Sabe, quando a gente sai, minhas amigas são abordadas por caras que dizem coisa como "eu adoraria levar você pra jantar" e, um segundo depois, eles vêm até mim, colocam as mãos no meu traseiro e dizem que querem me levar pra casa deles e me comer no braço do sofá. O ano passado me mostrou que não consigo ter um namorado que me ama, que seja capaz de parar para pensar no que eu possa estar passando.

Enfiei as unhas no braço da poltrona.

— Não consigo ter qualquer tipo de amor na minha vida que não seja completamente ferrado pelo meu medo de ser rejeitada simplesmente por ter nascido eu. Você sabe como é se sentir assim, Janet?

— Não, Queenie, eu não sei.

— Exatamente. Com todo o respeito, Janet, você não está na melhor posição pra me dizer como lidar com esse "fardo".

— Ok, tente se acalmar, Queenie. Lembre-se da sua respiração. — Janet me serviu um copo de água.

— Por que eu deveria me acalmar? Não era isso que você queria, que eu parasse de conter meus sentimentos? Sabe a minha melhor amiga, a Cassandra? A que se mudou com um cara que me comeu durante meses, mas que na verdade gostava de outra pessoa? Lembra disso? Eu costumava fazer algo com ele que eu sei que era patético, mas eu não conseguia simplesmente não fazer. Apesar de eu odiar qualquer aproximação mais significativa, quando ele ia pra minha casa, eu tentava me aconchegar nas costas dele enquanto a gente dormia. Eu só queria algum tipo de conforto, eu queria que alguém gostasse de mim depois de transar comigo. Isso não é patético? Você sabe o que ele fazia? Me empurrava pra longe dele, toda vez. Mas essa sou eu. Eu sou uma opção quando os homens querem transar, mas não uma opção quando querem amor.

As minhas mãos estavam tremendo.

— E se você vai me comer, então pelo menos eu vou comandar a situação — eu gritava; não conseguia parar. — E sabe por quê? É porque eu tô muito destruída, Janet. Anos ouvindo que eu não era nada, anos sendo ignorada. Eu aceito qualquer atenção, mesmo que seja somente sexo!

A sala começou a encolher. Eu não conseguia respirar. Levantei e comecei a me abanar com as mãos em uma tentativa de me refrescar ou jogar mais ar para dentro de mim, não sei dizer qual opção. Olhei para Janet, quase voltei a falar.

Mesmo que eu soubesse o que queria dizer, as palavras não iam sair. Ela estava falando alguma coisa, mas eu não conseguia entender. Tentei fazer os exercícios de respiração, focar no rosto dela, contar até dez, pensar no meu lugar seguro, tudo era opressor demais e...

Percebi o ambiente à minha volta antes de abrir os olhos para ver. Tudo que eu sabia é que eu estava em uma cama. Estive em muitas camas que não foram minhas no ano anterior, então isso não era tão assustador quanto provavelmente deveria ser.

Eu estava deitada de lado, talvez na posição de recuperação, já que meus membros não estavam em uma posição que seria considerada organicamente confortável para eles.

Minha cabeça palpitava. Abri os olhos e guinchei quando notei a luz fraca de um abajur perto da cama.

— Olá? — sussurrei, olhando em volta do quarto. Ele era pequeno, lilás, e nele havia apenas a cama de solteiro que eu estava deitada, posicionada em um dos cantos, e a mesa de cabeceira e o abajur próximos a ela. Nenhum quadro, nenhuma foto, nenhuma pista de que o quarto pertencia a alguém.

Tirei as pernas da cama lentamente e coloquei o pé no chão. Tentei me levantar, mas caí sentada na cama.

— Queenie?

Meus olhos seguiram a voz que tinha chamado meu nome e avistei Janet correndo na minha direção, com uma caneca na mão.

— Como você está se sentindo? Aqui, beba isso. Deixe esfriar por alguns minutos.

Ela ia entregar a bebida, mas acabou colocando a caneca na mesa de cabeceira.

— Não quero que você ainda queime as suas mãos.

Janet sentou na ponta da cama.

— O que houve? — Eu sentia meu corpo tremer.

— Deixe-me pegar um cobertor para você.

Janet abriu uma gaveta e tirou um cobertor de retalhos costurado a mão. Ela me cobriu e sentou novamente.

— Eu não estou com frio, só estou tremendo.

— É a adrenalina deixando o seu corpo. Deixe passar. Nada de ruim vai acontecer com você. — Ela deu um gole em seu chá. — Você desmaiou, Queenie.

— Isso já aconteceu antes, quando eu vivia em Brixton — contei. — Foi horrível, o chão estava tão sujo. Mas por que isso está acontecendo agora... eu não deveria estar melhorando? O que tá acontecendo comigo? Alguma coisa deu errado? Tô piorando? — Eu me acomodei mais ereta na cama para falar com Janet.

— Não, não é isso. O caminho até a recuperação não é linear. Não é direto. É um caminho tortuoso, com muitas curvas e reviravoltas. Mas você está na direção certa.

— Muito chavão de terapia, Janet. — Peguei a xícara de chá e me apoiei para tomar um gole. — Meu Deus, isso está doce!

— Quanto açúcar você comeu hoje?

— Acho que não comi açúcar. Eu só comi uma torrada. Eu tava meio sem fome. — Eu me deitei.

— Bom, é isso. Termine o seu chá. A sua avó está vindo.

— Como é que é? A minha avó está saindo do sul de Londres? Pra vir até aqui? — Eu me ergui novamente e abaixei a xícara. — Ela não sai do sul de Londres desde quando chegou aqui, nos anos 50, e parte da família dela mora no norte. Meu Deus...

— Ela está listada como seu contato de emergência. Não há nada com o que se preocupar. Você precisa se esforçar para ficar consciente quando está catastrofizando, Queenie.

— Tô ferrada — gemi.

— Vamos analisar as coisas como elas são — Janet disse, me olhando profundamente nos olhos. — Queenie, você é uma mulher adulta. E você fez uma escolha, enquanto adulta, de fazer terapia. A sua família, ao que tudo indica, aceitou essa escolha. Você não está ferrada. Hoje você teve uma reviravolta inesperada, e a sua avó está vindo buscar você. Eu falei com o motorista do táxi e passei o endereço completo, então ela não vai precisar utilizar o transporte público. Você vai pegar o táxi de volta para casa e, então, sugiro que você descanse e pense pouco nisso. Está bem?

Janet se levantou e se virou para sair do quarto.

— Ok. Que droga, Janet.

Janet se virou.

— A minha filha costumava dizer isso para mim. Essa fala é do *The Rocky Horror Picture Show*?

— Sim. Eu não sabia que você tinha uma filha. Desculpa, esse era o quarto dela? Ela... faleceu? — Comecei a ficar aterrorizada.

— Queenie, você precisa parar de pensar sempre nas piores coisas. Ela está bastante viva. Trabalha em Hong Kong. Ela foi para lá há um ano, quando completou vinte e cinco anos. Minha filha é muito esforçada. Agora, beba seu chá e descanse até a sua avó chegar aqui.

Devo ter adormecido, porque acordei com os dedos ossudos da minha avó me balançando pelos ombros.

— Vamos, o táxi está aí fora, o taxímetro está rodando.

Voltamos para casa sentadas na parte de trás do táxi, eu em um silêncio forçado enquanto a minha avó listava todos os motivos pelos quais ela nunca mais sairia do sul de Londres de novo. Os itens três a sete eram variações de como ela não confiava nos prédios. Os itens oito a quinze elencavam diferentes cheiros. Apesar de me sentir cansada, provavelmente por ter desmaiado, eu também sentia como se um peso tivesse sido tirado dos meus ombros. Eu não me sentia mais positiva por isso. Só mais leve.

26

— Oi, mãe. — Ouvi a minha mãe dizer enquanto entrava ofegando pela porta da casa. — Onde está Queenie?

Revirei os olhos.

— Na sala. Se vocês duas têm que se sentar ali, é bom não ficar muito tempo. Essa não é uma ocasião especial. — Ela se encaminhou para a cozinha.

— Como você está? — Minha mãe sentou na ponta do braço da poltrona oposta.

— Tô bem — respondi. — E você ainda não está se alimentando.

— Meu Deus, você é pior que a mãe. Enfim, obrigada por concordar em conversar. Sei que você provavelmente deve estar ocupada.

Ela abria e fechava as mãos, seus dedos frágeis estavam tremendo. Parecia nervosa.

— Não tô tão ocupada, quase sempre tô aqui. Geralmente faxinando ou levando e trazendo coisas da lavanderia, mas não estou ocupada.

— A mãe faz você faxinar pra pagar a sua estadia? Eu devia saber. É por isso que todos nós temos mania de limpeza.

Eu ri. Eu não a ouvia fazer uma piada há anos. Ainda que fosse verdade o que ela disse. Minha mãe continuou em voz baixa.

— É sobre o caso na justiça. Você lembra, aquele contra o Roy?

Concordei sem muito entusiasmo, na esperança de que ela não fosse me chamar para testemunhar.

— Tenho algumas boas notícias. Depois de quase três anos, nós ganhamos. — Ela abraçou o próprio corpo pequeno. — Não achei que isso um dia fosse acabar. E eu não posso recuperar a casa nem o dinheiro todo, porque ele já gastou grande parte. Mas me deram o que sobrou.

— Ah, isso é muito bom. — Tentei esconder minha decepção por não sentir alívio imediato. — E quanto a ele?

— Ele não vai pra prisão nem nada do tipo — explicou. — Eu não estava de fato ouvindo, pra ser honesta, só feliz que tudo estava acabado. — Mas eu queria dar isso pra você. — Ela revirou a bolsa e, por fim, tirou um cheque que estava dobrado ao meio.

Ela se levantou e o entregou para mim.

— É uma parte do que consegui. Não é muito, mas achei que você poderia usar pra alugar um lugar pra você e pagar alguns meses de aluguel. Assim, você não vai mais precisar pagar a sua estadia aqui com trabalhos braçais.

Ela fez menção de me acariciar no ombro, mas recolheu a mão e sussurrou outro pedido de desculpas.

Sorriu para o chão e caminhou para a cozinha sem fazer barulho, onde ouvi minha avó repreendê-la imediatamente pela perda de peso.

Abri o cheque. Nunca tinha visto tanto dinheiro na vida, e minha mãe me entregou aquilo como se não fosse nada.

— Você não precisa fazer isso. — Entrei na cozinha e coloquei o cheque na mesa. — Você precisa muito mais do dinheiro. Você tá morando numa espelunca.

— O abrigo não é uma espelunca, Queenie. Na verdade, ele é bem legal, você devia vir me visitar. Eu tenho amigos lá e me sinto segura. Era o meu pequeno porto seguro em meio à tempestade. — Ela abaixou o garfo e se sentou sobre as mãos.

— Por que você não come o seu jantar, mãe? — Sentei em frente a ela.

Observei minha avó retirar todas as roupas da máquina de lavar e esgueirar-se para o jardim para sacudir cada item trezentas vezes antes de pendurá-los.

— Desculpa por nunca perguntar como você está. — Eu estava irritada comigo mesma por não ser uma filha melhor. — Eu acho que filhos esquecem que os pais também são pessoas.

— Vou ficar bem. Assim que resolver isso da alimentação. — Ela remexeu o frango no prato. — É horrível, sinto um caroço na garganta a cada vez que encosto alguma coisa nos lábios. Então, preciso me concentrar em forçar a comida a descer. Não vale a pena. E os últimos meses, tendo que ver Roy durante todo o processo... foi tão exaustivo. Eu simplesmente não me lembrava de comer. Tenho vivido de chá.

— Talvez você possa tentar o que eu faço — comecei. — Quando tô muito mal, imagino que há um pássaro no meu estômago, e que a agitação que sinto é o pássaro batendo as asas, pedindo comida. Quando eu como, eu alimento o pássaro e ele fica quieto.

— Não gosto de pássaros, Queenie. — Minha mãe parecia medrosa agora. — Especialmente pombos, eles são horríveis.

— Também não gosto de pássaros, mas você entendeu o que eu quis dizer, mãe.

Ela colocou um garfo cheio de comida na boca e começou a mastigar lentamente.

— Alimente o pássaro — encorajei.

Ela engoliu a comida, o rosto se contorcendo em desconforto. Servi um copo d'água para ela.

— Obrigada. Você é tão atenciosa, sabe. Eu não sei de quem você puxou essa característica. — Ela tomou a água e deu mais uma garfada na comida.

— Você é atenciosa, mãe. Devo ter puxado isso de você.

Ela sorriu e deu uma garfada ainda maior do que a anterior.

— Você acha que vai voltar para aquele trabalho?

Dei de ombros, sem querer tocar nesse assunto agora. Ficamos sentadas em silêncio enquanto ela comia. Ela abaixou o garfo e olhou para mim.

— Sabe do que mais? Acho que você fez história nessa família. Você foi a primeira pessoa a fazer terapia e não ser deserdada pela mãe e pelo pai. E, olhe, isso é ainda maior do que ser a primeira Jenkins a ir pra universidade.

— Mas eu também posso ser a primeira pessoa na família a ser demitida.

— Queenie, todos nós já fomos demitidos de todos os trabalhos que tivemos. Você já conversou com a sua avó sobre o histórico de trabalho dela? E você definitivamente deveria falar com a Maggie sobre a vez em que ela foi demitida da Blockbuster por gravar por cima dos vídeos. Pergunta pra ela o que ela fez para o gerente, como forma de se vingar. — Minha mãe pegou o garfo de novo e comeu mais um pouco. — O que aconteceu no trabalho?

— É uma longa história, não quero falar disso. Mas o que eu posso dizer é que eu fiz um bom trabalho e tenho certeza de que joguei minha carreira e minha vida inteira fora.

— Impossível isso. Você acabou de fazer vinte e seis anos, a sua vida nem começou. Eu tive você um pouco depois de fazer vinte e seis. Melhor ano da minha vida.

Ela deu mais uma garfada no jantar, sorrindo.

— Essa é uma das minhas últimas sessões, vô. Falta apenas uma, na verdade. — Eu não conseguia pensar em outra coisa para dizer e quebrar o silêncio na sala de jantar, então aproveitei a chance para começar uma conversa sobre a terapia.

— Que bom — ele disse seriamente. — E o que você vai aprender hoje?

— Bom — comecei, perplexa por ele me perguntar a respeito —, eu não tenho certeza. Uma das técnicas mais úteis que aprendi foi a dos lugares seguros, então talvez revisitemos isso...

— O que é isso?

— Um lugar seguro é uma espécie de espaço em sua mente que você pode acessar pra ficar mais fácil de lidar com determinadas situações — expliquei. — É tudo dentro da sua cabeça.

— O meu galpão costumava ser o meu lugar seguro até você colocar todas as suas coisas lá. — Ele se levantou da mesa.

— Queenie, o seu telefone não para de tocar! — a minha avó gritou da cozinha. Segui o som e, quando finalmente achei o aparelho, já tinha parado de tocar. Alguém havia deixado uma irritante mensagem de voz na minha caixa eletrônica.

— "Queenie, oi, é a Gina. Eu espero que as coisas estejam melhores. Bom, vou falar rapidamente porque sei que mensagens de voz são horríveis e todo mundo odeia. Use o tempo que precisar pra pensar, mas não demore muito, claro. A investigação caiu por terra quando um dos seguranças disse que viu Ted guiando você para o banheiro de deficientes. Eu não preciso nem quero saber o que vocês fizeram lá, mas ultimamente as ações dele não se assemelham as de uma pessoa sendo coagida, então todo mundo achou melhor deixar pra lá. Ninguém quer um escândalo, especialmente um jornal. Você terá que assinar uma folha de ponto durante o primeiro mês ou algo assim porque você vai voltar em regime experimental, mas não se assuste com isso, é somente protocolo. Liga pra mim no final da semana. Na verdade, você pode me ligar na próxima hora só pra finalizarmos tudo isso e seguirmos em frente. Obrigada."

— Quem era? Parece que você viu um fantasma — minha avó disse.

— Ninguém. — E me sentei na cadeira mais próxima.

— Como se você fosse falar.

— Não, tá tudo bem. — Levantei com as pernas tremendo. — Vou pra terapia agora.

— Você tem certeza de que está em condições de cruzar Londres? — minha avó perguntou enquanto eu pegava a minha bolsa e me encaminhava para a porta da frente. — Eu não vou buscar você de novo. Acabei de colocar a panela no fogo.

— Sei que você quer falar de mais algumas técnicas hoje, mas algo muito chocante aconteceu. — Soltei assim que Janet abriu a porta da frente. — A minha chefe me pediu pra voltar ao trabalho.

— Ah, que notícia maravilhosa. — Janet sorriu.

— É mesmo? É mesmo, Janet? — Minha cabeça estava voando.

— Sim, Queenie. Esse dia já ia chegar, e acho que podemos concordar que exigirá menos de você voltar a um trabalho que já conhece do que procurar por um novo. Sente-se, por favor.

Eu me joguei em uma cadeira em frente a ela.

— Mas eu não estou pronta, Janet. — Agarrei os braços da poltrona.

— Quem disse?

— Você, uma profissional treinada, acha que estou pronta?

— Não vejo por que não você não estaria. Nós teremos que ajustar essa sessão para trabalhar em algumas estratégias de enfrentamento, mas, no fim das contas, acho que isso será muito bom. É algo realmente positivo. E apesar de a sua terapia ter acabado, eu sempre estarei aqui. Você não está tão sozinha quanto pensa.

27

Se eu pudesse me lembrar de como me senti no primeiro dia do ensino médio, diria que provavelmente era uma sensação semelhante a que senti naquele dia. Minha mochila estava arrumada, meus sapatos estavam brilhando (metaforicamente, mas eu acho que minha avó de fato os poliu durante a noite) e eu passei um vestido pela primeira vez em dez anos e deixei pendurado para usar no dia seguinte só para, dez minutos depois, encontrar minha avó passando a roupa novamente.

Darcy insistiu em me encontrar na praça fora da redação para, literalmente, me acompanhar na chegada, para eu ter menos uma coisa para me preocupar. Se eu não pudesse andar, seria carregada.

Tomei banho às oito, dando boa-noite para meus avós e indo me deitar. Estava me sentindo muito completa. Configurei meu alarme para às 7h30 e me deitei na cama. O sono veio facilmente. Sucesso. Quem sabe eu era uma nova pessoa.

Acordei e cheguei meu celular. Eram 2h da madrugada Eu estava completamente acordada. Por que eu não me sentia tão alerta quando era hora de ir para o trabalho?

— Ora, vamos, vamos. — Suspirei e me revirei na cama.

— Queenie? O que aconteceu? — a minha avó gritou do seu quarto.

— Nada — sussurrei. — Tô falando sozinha.

— Vai dormir. Você tem que trabalhar de manhã. — O sotaque dela estava ficando cada vez mais forte.

Às quatro, eu ainda estava completamente acordada. Às cinco, estava ainda mais acordada. Às seis, o dia começou a amanhecer e os pássaros começaram a cantar no jardim. Não tinha nenhuma razão para tentar voltar a dormir.

Às sete, ouvi minha avó se agitar. Ela entrou correndo no quarto.

— Você está dormindo? — ela perguntou em voz bem alta.

— Mesmo que estivesse, eu teria me acordado agora. Bom dia. — E me espreguicei enterrando o rosto nos travesseiros.

— Vou ligar a água quente. Desça pra comer seu mingau e espere a água esquentar. — Minha avó já estava descendo a escada tranquilamente com a camisola parecendo uma capa em suas costas.

— Mas eu não tô com fome — sussurrei atrás dela para não acordar meu avô.

— Você acha que ela vai deixar você sair de casa sem tomar café da manhã? — ele gritou do quarto deles.

Quando chegou a hora de sair, fiquei parada na porta da frente, me olhando no espelho. Eu parecia uma versão um pouco mais familiar de mim mesma. Mais magra. Menos cor no rosto. As olheiras pareciam ter chegado para ficar.

— Você está bonita. Parece inteligente. — Minha avó saiu da cozinha e arrumou o colarinho do meu casaco, que tinha se enrolado. — Como a minha mãe quando veio me visitar pela primeira vez. Ela era uma mulher orgulhosa. Vai me deixar orgulhosa agora também, vai.

— Isso é muita pressão. Eu só tô voltando para o trabalho. Não tô descendo do *Windrush*, vó.

A minha avó me virou pelos ombros e me empurrou gentilmente para fora de casa.

— Não pensa demais sobre as coisas. Qual foi a palavra que a mulher da terapia disse? Catastrofizar. Nada de catastrofizar.

O caminho até o trabalho foi insuportável. Mas, me lembrei, era insuportável principalmente porque envolvia deslocamento, e todos acham o transporte público opressivo e assustador. Não era por eu ser fraca.

Em momentos de ansiedade intensa, respirava profundamente e tentava contar todos os itens azuis que conseguia ver. Quando isso não funcionava, contava os verdes. Quando completei todas as cores do arco-íris, já era hora de sair do trem e caminhar na direção da redação do *The Daily Read*.

Senti um peso no estômago e parei de andar. Apoiei o corpo em uma parede próxima.

— Bom dia! Bem-vinda de volta. — Darcy estava empolgada e se jogou em mim.

— Olá! — A minha voz me entregou.

— Certo. — Ela ficou muito séria. A Darcy que sempre busca soluções para os problemas tinha entrado em ação. — Tenho uma lista de motivos pelos quais tenho certeza de que tudo vai correr bem. Um: tô aqui com você, sempre. Mesmo quando eu estiver no banheiro. Dois: nós anotamos todas as suas estratégias de enfrentamento. A respiração profunda, o lugar seguro, a contagem de cores. Então, mesmo que você se esqueça delas, podemos ir a uma sala silenciosa e lembrar você. Três: nada pode te machucar aqui. Quatro: você chegou até aqui e, quando passar a hora do almoço, vai ser praticamente o fim do dia e vamos poder sair pra comer algo gostoso. Ok?

Concordei e deixei Darcy pegar a minha mão. Nós chegamos na frente do prédio e ela me soltou.

— Você consegue fazer isso.

Entramos e fechei os olhos, sentindo seu cheiro familiar.

— Você tá bem? — Darcy segurou meus ombros.

— Tô. Só sentindo o cheiro. — Caminhamos pelo saguão e nossos passos ecoaram no espaço.

— Ufa. — Darcy apertou o botão para chamar o elevador.

Eu olhava em volta enquanto outras pessoas formavam uma fila. Aquela não era a melhor hora para ver Ted.

Meu coração pulava no peito a cada andar que subíamos e, quando chegamos no nosso, parecia que ele ia saltar pela minha boca. Saímos do elevador e fiquei parada, esperando que todos os olhos se virassem para mim. Em vez disso, todas as pessoas estavam apenas... fazendo seu trabalho normalmente.

Espera até eu cruzar o andar, pensei. *É aí que todos vão parar pra me encarar.*

Eu me encaminhei para a minha mesa, Darcy atrás de mim, gentilmente me guiando. Nós não chamamos a atenção de ninguém. Sentei na minha cadeira devagar e liguei o computador.

— Está tudo bem. — Darcy sorriu. — Acho que Gina vai vir até aqui dizer oi, e então, talvez, possamos ir até a cozinha tomar chá.

Darcy me deixou ali e comecei a reencontrar meu ritmo. A manhã correu bem. Tive agitações menores, quando me esqueci como fazer as coisas mais simples que costumava fazer de olhos fechados. Flertei com a ideia de ir para casa, mas rapidamente percebi que a alternativa a não estar no trabalho era voltar para a minha avó e tentar explicar por que não consegui ficar no trabalho.

Depois que Gina veio me cumprimentar parecendo um pouco encabulada e Darcy e eu fazermos uma pausa para o chá, voltei às tarefas e um e-mail surgiu na minha caixa de entrada.

Segunda-feira, 7 de novembro, Lief, Jean <jean.lief@dailyread.co.uk> escreveu às 11:55:
Querida Queenie,

é muito bom ter você de volta. Eu sabia que aquele babaca estava mentindo. Não se pode confiar em um homem que usa tanto tweed. Apenas procure evitar problemas.

Com carinho,
Jean

p.s.: Eu sei que não cabe a mim dizer isso, mas você não está tão bonita tendo perdido tanto peso quanto você perdeu. Você parecia sempre tão animada.

Segunda-feira, 7 de novembro, Jenkins, Queenie <queenie.jenkins@dailyread.co.uk> escreveu às 12:02:
Querida Jean,

obrigada pelo seu e-mail. Saiba que, com a exceção de Darcy, você foi a única pessoa que me desejou boas-vindas, apesar de eu te irritar tanto quando vou na mesa de vocês duas dizendo coisas que não deveriam ser mencionadas em um ambiente de trabalho. Eu prometo que isso não acontecerá mais.

bjs
Queenie

p.s.: Eu também não estou muito feliz de ter perdido todo esse peso. Não acho que combina comigo, na verdade.

Segunda-feira, 7 de novembro, Lief, Jean <jean.lief@dailyread.co.uk> escreveu às 12:07:
Ah, não se preocupe com as conversas, Queenie. Eu tenho 72 anos e trabalho em jornais há tanto tempo que já nem me lembro quanto. Nada mais me choca. Já ouvi tudo o que havia para ouvir.

Jean

Segunda-feira, 7 de novembro, Jenkins, Queenie <queenie.jenkins@dailyread.co.uk> escreveu às 12:10:
Darcy, todo mundo sabe?

Segunda-feira, 7 de novembro, Betts, Darcy <darcy.betts @ dailyread.co.uk> escreveu às 12:10:
Sim, mas ninguém está julgando você. Bjs

Comer a minha comida na hora do almoço não foi o suplício que eu tinha previsto. E, apesar de me sentir exausta, quando deu 17h e Gina me fez assinar o ponto, eu finalmente sentia que tudo poderia ficar bem novamente.

Às cinco e meia, arrumei as minhas coisas e fui até Darcy, que estava me esperando no elevador, conforme o combinado. Nós descemos e, quando saímos do prédio, havia um rosto familiar me esperando do lado de fora.

— Kyazike! O que você tá fazendo aqui?

Corri na direção da minha amiga e a abracei, feliz em vê-la e aliviada em sair do trabalho.

— O que você quer dizer, mano? Tô aqui pra te dar parabéns. De volta ao trampo e tudo. Menina trabalhadora. Como você tá pequena, mano.

Ela sorriu, esticando os braços e me segurando.

— Preciso alimentar você, não somos feitas pra ser só pele e osso.

— Ok. Então, Kyazike, conforme falamos, Queenie não está bebendo, então nós vamos para uma cafeteria comer um bolo e tomar uma bebida quente. — Darcy estava sendo cautelosa.

— É uma boa. Contanto que os bolos não sejam aqueles pequenos que você pode pegar com dois dedos e praticamente sugar. Quero fazer valer o meu dinheiro.

Kyazike entrelaçou o braço no meu enquanto caminhávamos.

— Você viu aquele babaca hoje? — ela perguntou.

— Qual deles? Há muitos babacas no meu prédio. Você precisa ser mais específica.

— O casado. O mais babaca de todos. — Kyazike desdenhou. — Aquele que você sabe que não deve nem olhar pra você.

— Não. Não vou vê-lo. — Minha voz saiu baixa porque eu esperava que não estivesse falando uma mentira.

Durante as duas horas que se seguiram, eu me lembrei de como era me sentir normal. Então, lembrei-me de Janet dizendo que não existe isso de normal. E finalmente fiquei grata por ela não ter me abandonado depois da primeira sessão.

Conforme a semana passava, eu ficava mais exausta. Eu estava usando minhas estratégias de enfrentamento, mas nunca tinha ficado tão cansada em toda a minha vida. No meio da semana, enviei um e-mail para Janet para avisar que eu estava prestes a ter uma recaída, mas ela respondeu dizendo: "Quanto mais você ficar cansada, mais você vai abaixar a sua guarda. Não significa ter recaída, significa que você está se ajustando novamente ao trabalho. Descanse durante o final de semana".

Eu estava determinada a cumprir meus horários, então lutei contra os pensamentos sombrios que surgiam de vez em quando. Na sexta-feira, eu estava por um fio. Meu estômago se revirava dramaticamente e a minha cabeça se recusava a parar de zunir. Tive que trabalhar mais devagar do que antes e, quando Gina enviou um e-mail me pedindo para ir à sala dela às 16h, às 15h eu já tinha guardado tudo da minha mesa na mochila.

— Eu entendo. — Entrei na sala já falando.

— Você entende o quê? — Gina colocou os óculos.

— Não sabia que você usava óculos. — Sentei na cadeira diante dela.

— Eles são novos. As lentes de contato estavam ficando desconfortáveis demais. Mas são bonitos, não são? — Ela olhou para mim e sorriu.

— Sim, são bonitos. De onde eles...

— Não estamos aqui para falar de óculos — Gina interrompeu. — Ok.

— Como?

— Essa semana, Queenie, deve ter sido difícil, mas você conseguiu. E você foi muito bem.

— Mas eu estava mais devagar.

— Bom, não estamos numa maratona. Você acabou de voltar, e ainda vai recuperar o ritmo. Você estava sentada na sua mesa fazendo o seu trabalho, e é isso que eu quero de você. — Gina voltou a olhar para o computador.

— Ok? — Eu estava meio desconfiada. — Obrigada, Gina.

— Um aviso. — Gina se levantou. — Ted volta das férias na segunda-feira. Evite-o.

— Você não precisa me dizer duas vezes.

— Assinei sua folha de ponto e enviei para o RH. Pode ir pra casa. Você parece cansada demais. Vejo você na segunda-feira.

Duas semanas de trabalho se passaram. Duas semanas de folhas de ponto assinadas, duas semanas de uma exaustão quase mortífera, duas semanas de respirações profundas no banheiro e duas semanas evitando ao máximo o Ted.

Quanto menos eu pensava nele, melhor, ainda assim, eu fazia caminhos alternativos pela redação em uma tentativa de não encontrar com ele. Eu poderia cruzar essa ponte quando chegasse o momento, apesar de fazer tudo o que podia para me assegurar que estava usando todas as rotas alternativas para evitar todas as pontes.

Era sexta-feira à noite e eu estava cansada de ouvir a minha avó perguntar quando eu teria um aumento de salário enquanto assistíamos às notícias.

Eu queria me afastar de verdade de homens casados e de homens que só quisessem fazer sexo com o meu corpo do jeito e no tempo deles (e admitia que um item não excluía o outro). Então, decidi que, agora, quando fosse navegar pelo *OkCupid*, eu ia falar com pessoas normais e de boa aparência, e que falassem comigo de um jeito normal e educado.

Enquanto escovava os dentes, pensei em todos os homens do *OkCupid* com quem eu podia evitar falar ou marcar de encontrar:

Aqueles que citavam meu corpo "negro curvilíneo" achando que eu ia ficar lisonjeada com sugestão de que as curvas, nesse caso, são aceitáveis só porque não sou branca;

Aqueles que ignoravam completamente os filmes, programas de televisão e músicas que eu tinha listado em meu perfil. Não reconhecer que eu possa ter interesses além do pinto deles era um verdadeiro alerta vermelho;

Aqueles que queriam mudar para o WhatsApp cedo demais quando começávamos a conversar, obviamente porque eles queriam enviar e receber fotos censuráveis;

Aqueles que eu podia perceber que usavam fotos de pelo menos três anos atrás. A não ser que ele possa me enviar uma foto segurando um jornal com a data da nossa conversa, eu vou assumir que as fotos postadas são da semana de calouros;

Aqueles muito gatos. Ser bonito não costuma significar que alguém vai querer ter uma discussão sobre feminismo interseccional;

Os casais que querem alguém para fazer sexo a três, obviamente. Apesar de eu não descartar isso no futuro, quando estiver mais estável. No fim das contas, a vida é sobre viver experiências.

Lavei meu rosto, coloquei o lenço, o ritual de sempre, e me deitei. Eram sete da noite.

Reinstalei e acessei o aplicativo, deitando de costas na postura da Borboleta Deitada (joelhos separados e sola dos pés unidas), uma postura de ioga que tinha visto na internet e que ia garantir a abertura de alguns chakras. Acordei uma hora depois, com o celular na mão e o quadril tão duro quanto uma tábua. Acendi a lâmpada do abajur e engatinhei para baixo do edredom. Três horas depois, eu ainda estava acordada.

Courtney84:

> Olá, tudo bem? O meu nome é Courtney, prazer em conhecê-la. Como está a sua noite?

NJ234:

> Você tem um sorriso lindo. Espero que a sua noite esteja sendo boa.

Talvez Deus estivesse me ouvindo, apesar de eu não ter feito uma oração sequer desde a Missa do Galo. Talvez ele veja que eu estou no caminho para a recuperação e pronta para uma pessoa legal, que vai me tratar como mais do que somente um buraco.

Respondi as mensagens de forma comportada e sem dizer nada remotamente sensual para nenhum dos dois. Será que eu era uma nova mulher? É difícil, sim, ser tão contida, mas a safadeza pode surgir depois, quando eles provarem que conseguem falar comigo por um dia sem me dizer que estão se masturbando enquanto veem as fotos do meu perfil.

Dois dias mais tarde, depois de muitas mensagens do NJ234 dizendo que seu "pau era tão grande que conseguia separar a vagina de uma mulher em duas", eu o bloqueei e combinei de sair com o Courtney84 (um nome adequado já que ele se chamava Courtney e nasceu em 1984). Eu queria tão desesperadamente me sentir como uma menina normal de novo que achei que ia valer a pena, apesar da ginástica que tive que fazer com a minha avó, dizendo que ia ter que trabalhar até mais tarde em um novo projeto e que a Darcy ia ficar comigo para o caso de eu ter algum surto.

Eu estava nervosa com esse encontro porque não tínhamos falado nada grosseiro. Eu tentava parar de achar que minha troca de mensagens com homens só podia ser sobre sexo.

Até então, Courtney84 era diferente de todos que eu já tinha conhecido. Ele tinha trinta e dois anos, duas casas, era careca e tinha uma barba, mas, acima de tudo, fazia perguntas normais.

Ele parecia educado, e provavelmente era alguém com quem eu ia poder passar um tempo que não envolvesse sexo. Ele passou no teste da Darcy, que inicialmente tinha ficado apreensiva por ele ser careca, mas quando Leigh veio nos encontrar para almoçar e se referiu a ele como "Careca Alfa", ela riu tanto que acabou gostando da ideia.

Quando a quinta-feira chegou, eu estava flertando com a ideia de cancelar o encontro porque com certeza um homem adulto bonito e com duas casas não iria querer passar o seu tempo comigo, uma menina agitada e esquisita que basicamente tinha acabado de ter um colapso nervoso. Fui para uma área tranquila do refeitório e liguei para Kyazike em busca de ajuda e apoio.

— Me ajude. E se ele for um daqueles caras brancos que gostam de meninas negras que são mais arrumadas, e não que nem eu, que são mais "alternativas"?

— O quê? O que você quer dizer, mano?

— Você sabe, e se ele esperar que eu apareça usando sapatos Louboutin e vestidos grudados, usando uma maquiagem carregada? E cílios postiços? E uma peruca?

— Você não precisa ir, você sabe, né? Você tá se estressando com isso quando podia simplesmente ir pra casa depois do trabalho.

— Eu sei. Mas eu preciso provar pra mim mesma que consigo fazer isso. Que eu posso ser uma menina normal que vai em um encontro normal, e talvez esse encontro normal me ajude a apagar todos os encontros ruins.

— Tem como ser normal sem precisar sair com homens.

— Por favor, será que podemos voltar para o assunto de eu não ser tão negra?

— Tudo bem. — Kyazike focou de novo. — Então, vocês começaram a conversar no *OkCupid*, né?

— Sim.

— E nesse aplicativo, tem foto sua?

— Sim. Cinco fotos.

— E nessas fotos você está se equilibrando em uma perna só e mostrando a sola vermelha dos seus sapatos Louboutin e usando um vestido apertado, que nem eu faço no Snapchat? — Kyazike continuou com a sua linha de pensamento.

— Não.

— E em alguma dessas fotos você está com maquiagem carregada ou cílios postiços?

— Não. E não.

— E você está usando peruca?

— Não, não estou.

— Você entendeu aonde quero chegar ou preciso desenhar?

— Entendi. Sem desenho.

— E você não precisa se vestir como as mulheres negras que vê no Insta pra ser ne...

Eu olhei para cima e vi Ted parado na minha frente. Quando nossos olhos se cruzaram, vi a culpa estampada no seu rosto. Como resposta direta, a minha garganta se fechou e derrubei o celular no chão. Ele caiu perto do meu pé e Ted se aproximou na intenção de pegar o aparelho.

Catei o celular e olhei para ele, balançando a cabeça. Coloquei o aparelho na orelha de novo e me afastei, e as minhas pernas trabalharam pesado para me levar para longe traçando uma reta bem definida.

— ...use o que fizer você se sentir confortável, tá. Seja você. — Kyazike dizia. — Lembra daquela vez no parque de diversões no nono ano, quando a Tia me perguntou na frente de todo mundo por que eu era sua amiga se você era branca por dentro e negra por fora, como um coco?

— Por que você está falando disso agora, Kyazike? — Entrei na sala de emergência e me sentei em uma pilha de cobertores no canto.

— O que eu respondi pra Tia?
— Você disse que eu podia ser qualquer tipo de mulher negra que eu quisesse.

Quando a sexta-feira chegou, eu estava tão nervosa que tudo o que consegui comer foram dois pedaços pequenos de fruta no café da manhã e, bem devagar, meio pacote de sopa na hora do almoço.

Apesar de Careca Alfa e eu termos combinado de ir jantar, entrei em pânico às quatro e perguntei se poderíamos mudar de planos e ir beber alguma coisa. Eu ainda não estava conseguindo comer bem, e um primeiro encontro não parecia a oportunidade certa para ajeitar isso.

Darcy teve que me escoltar para Brixton depois do trabalho e se sentar comigo no pub do outro lado da rua do bar que ele tinha sugerido até que chegasse a hora do encontro.

— Mas por que você está tão nervosa? Careca Alfa parece ser um cara legal. — Ela escolheu um lugar para sentar.

— Exatamente por isso, Darcy. Esse é um cara legal. Além disso, faz muito tempo que não saio com alguém. Não se esqueça que desde Tom, apesar de eu querer que fossem legais e românticos, todos os encontros que tive foram apenas sexo. E se a minha conversa não for interessante, e ele me odiar e pensar que sou irritante?

— Não vou nem me dignar a responder isso. — Darcy abriu um pacote de batata frita.

— Não, por favor, não faça isso. Eu não estou brincando, a minha autoestima está legitimamente tão baixa que eu sinto de verdade que ele vai entrar, olhar pra mim e ir embora.

— Queenie. — Ela me ofereceu as batatas com sua expressão mais séria.

— Não. Eu não sei como você consegue comer uma hora dessas. — Empurrei o pacote para longe. — Além do mais, e tão importante quanto, caso o improvável ocorra e ele de fato tenha interesse em mim, não vou fazer sexo com ele.

— Acho isso ótimo. — Darcy mastigava com cuidado. — Você passou muitas coisas, e acho que quando você for transar, deve ser com alguém que não seja um babaca.

— Eu não vou, tô falando sério — jurei. — Tô tentando começar uma página nova em relação a essas coisas.

— Ok, que bom.

— Mas tenho uma pergunta. Se por acaso ele for cego e, por isso, tiver se atraído pela minha personalidade, posso ir pra casa com...

— Não. — Darcy balançou a cabeça com tanta velocidade, que o cabelo bateu em seu rosto.

— Nem pra beijar?

— Queenie, você realmente quer que as coisas voltem a ser como eram antes?

— O que você quer dizer?

— Curta e grossa, quer que volte a ser que nem quando você simplesmente aceitava o que os homens queriam ou não de você.

— Tudo bem, tudo bem...

— Queenie. — Darcy já estava impaciente. — Se você estiver falando sério sobre deixar as coisas se alongarem, então, e eu odeio dizer isso, você devia esperar pelo menos até o segundo encontro. As mulheres deveriam se sentir livres para fazer sexo no encontro um, dois, quinze sem serem julgadas ou dispensadas, mas, infelizmente, os homens não são tão evoluídos quanto nós.

— Ok. Tudo bem. Não importa. E, sim, estou sendo repetitiva, mas não vai chegar a esse ponto.

— Deixa eu ver as mensagens? — Darcy esticou a mão para pegar o meu celular. — Há uma mensagem em específico que prova que ele não vai ver você e ir embora, e sugere que é você quem, na verdade, não vai gostar dele.

Minhas mãos tremerem um pouco quando entreguei o celular para ela. Darcy abriu o WhatsApp e verificou as dúzias de mensagens que havíamos trocado nos dias anteriores.

Ela parou, franzindo as sobrancelhas enquanto analisava uma série de mensagens da fase de tô-te-conhecendo.

— Essa.

Ela empurrou o celular na minha direção.

> Eu sempre me senti grato por nunca querer me classificar e dizer que tenho "um tipo". Nunca me senti assim. Acho que qualquer tipo de mulher pode ser atraente, mas não acho todas as mulheres atraentes.

> Eu acho uma pena que seja dessa forma. Não é culpa deles ou alguma coisa que possam mudar. Eu só fico feliz por conseguir ver beleza em todos os tipos.

— O que há de errado nisso? Eu acho que é, literalmente, a coisa mais normal que um homem já me disse no último ano?

— Primeiramente, Queenie, ele obviamente gosta bastante do som da voz dele, então você vai ter que lidar com isso hoje. Você não precisa saber de tudo isso que ele falou. Ninguém precisa. Você nem perguntou qual era o tipo dele, mas ele fez uma pequena dissertação sobre.

— Eu achei legal, ele só explicou que não gosta sempre das meninas tradicionalmente consideradas bonitas, e que ele consegue enxergar além disso, e gosta de mulheres como eu. — Eu tentava lutar contra anos de depreciações e não estava conseguindo.

— Mas você é tradicionalmente bonita — Darcy gaguejou. — Eu não sei por que você enfiou na sua cabeça que você não é. Fico tão triste por você não conseguir enxergar o que eu enxergo.

Baixei a cabeça e sentei nas minhas mãos, que tremiam.

— Bom, olha só, você tem dois minutos até ele chegar. Você vai ficar bem. E lembre-se que você pode ir embora quando quiser.

Eu saí do pub e atravessei a rua, alternando meu peso de um lado para o outro enquanto esperava.

Eu podia ver Darcy me observando pela janela do pub, e ri quando percebi que ela estava fazendo um joinha para mim.

— O que é tão engraçado? Vem aqui e me dá um beijo, vai.

Um homem que eu esperava ser o Careca Alfa na vida real surgiu na minha frente, me deu dois beijos na bochecha e escorregou uma mão pelas minhas costas que parou no meu traseiro. Eu não esperava que ele fosse tão atirado; suas ações estavam muito diferentes das suas mensagens.

Dei um passo para trás e o observei. Ele era igual às fotos que tinha visto. Um pouco mais velho, mas, definitivamente, era ele, apesar de estar com um boné para cobrir a careca.

— Olá. — Eu o abracei e fiz um joinha para Darcy por trás das costas dele.

— Vamos? — Ele abriu a porta do bar lotado que eu tinha passado a última hora observando. Careca Alfa pediu uma garrafa de vinho e nós acabamos num instante, conversando sem parar.

Rimos das nossas famílias, reclamamos da vida em Londres, comparamos as nossas férias dos sonhos, nossas mãos ocasionalmente se tocando e nossas pernas constantemente pressionadas uma contra a outra embaixo da mesa. Ele pediu outra garrafa de vinho e, antes que eu pudesse perceber o quanto estava bebendo, acabamos a primeira taça e ele se inclinou por cima da mesa:

— Que tal levar essa garrafa pra viagem e irmos pra minha casa?

— Talvez. — E levantei para ir ao banheiro. Tive que me apoiar em um banco para conseguir ficar em pé quando percebi que tinha bebido demais em pouquíssimo tempo. Cheguei no banheiro, abri a minha bolsa e peguei o celular com mãos desajeitadas.

Liguei para Darcy com alguma dificuldade, me olhando no espelho acima da pia e me encarando em uma tentativa de ficar sóbria.

— Você tá bem? Você tá em segurança? Ele é um psicopata? Você tá se sentindo agitada? Precisa que eu vá te buscar? — A voz de Darcy estava aguda. — Simon, peguei meu casaco.

— Não. Mas será que devo ir pra casa dele, Darc? Bebi, sei lá, uma garrafa de vinho, Darcyyyy, e tô me sentindo livre, leve e solta.

Eu me inclinei na pia para me equilibrar.

— Que merda. Você viu que ele me beijou quando me viu? Ele é tão confiante. É incrível. E a cabeça careca dele é bastante sensual.

— Não. Você não vai fazer isso. Pensa na sua avó. Toma cuidado, por favor. Antes de mais nada, não quero que você volte ao padrão de vida que fez você se sentir mal. Lembra por que você foi pra esse encontro, não foi só pra conhecer ele e a casa dele, mas porque você quer algo que dure...

— Darcy. Ele é um adulto e eu também sou adulta. Um pouco. Sim. Eu sou menos adulta do que ele, mas ele é um homem adulto e eu sou uma mulher adulta, como Beyoncé canta, e ele com certeza vai me respeitar pra continuar comigo se quiser. Ambos adultos...

Parei de falar quando um homem entrou no banheiro.

— Licença, senhor — balbuciei e olhei em volta para que outra mulher me apoiasse e expulsasse o pervertido. Só vi mictórios. — Desculpaaaa. — Saí do banheiro masculino e guardei o celular. Consegui voltar inteira para a mesa.

Careca Alfa estava digitando no celular quando cheguei. Ele olhou para mim enquanto me sentava e colocou o celular na mesa com a tela virada para baixo.

— Pronta? — Ele sorriu e se levantou com a garrafa de vinho na mão. Saímos do bar e atravessamos a rua. Careca Alfa segurou a minha mão e eu me perguntei se levei mais de cinco segundos para tirar a minha mão porque estava bêbada ou porque a terapia havia funcionado.

Enquanto caminhávamos, ele falava, sem parar, sobre ele mesmo. Eu não me importei, porque parecia que qualquer coisa que eu falasse naquele momento não teria sentido.

— Chegamos — ele anunciou quando paramos em frente a uma daquelas casas de conjuntos habitacionais que, nos últimos anos, haviam sido compradas por promotores imobiliários ou jovens cujos pais felizmente podiam "ajudar com o depósito". — Entra.

Uma onda de calor me atingiu enquanto eu tropeçava para dentro. Olhei em volta para me familiarizar com a casa dele; se eu soubesse onde tudo estava, poderia manter minha ansiedade sobre controle.

— Vou só pendurar o meu casaco, mas antes... — Ele se abaixou e me beijou, e eu tive que inclinar meu pescoço em noventa graus para conseguir alcançá-lo.

Ele saiu da cozinha tão de repente que fiquei ali parada, fazendo beicinho como se beijasse o homem invisível. Eu estava com sede e, achando que seria estranho começar a abrir armários à procura de um copo, abri a torneira de água fria e coloquei a cabeça embaixo.

— Você podia ter me pedido um copo. — Courtney voltou para a cozinha usando apenas calças de moletom.

— Mas você podia ter colocado droga em todos os copos. — Enxuguei a boca com as costas da mão.

— O quê? — Ele foi até um armário e pegou duas taças de vinho. Observei o corpo dele, boquiaberta.

— Nada. — Engoli em seco olhando os músculos que surgiam nas suas costas. — Você malha com frequência?

— Jiu-jitsu. Mas meu corpo já não é que nem dez anos atrás. — Ele se virou para mim e passou a mão pela sua barriga tanquinho.

— Como era dez anos atrás? — Eu estava, maravilhada. — Você tem certeza de que quer me ver nua? Eu não malho e praticamente só como chocolate. Estou falando sério. Tipo, barras gigantescas.

— Não seja boba. — Careca Alfa me levou para a sala de estar. — Você tem um rosto lindo. Espere aqui, só vou buscar uma camisinha. — Ele se levantou e se virou para mim.

Espera, quando foi que ele decidiu que íamos transar?

Ele se curvou e abaixou as alças de meu vestido, lambendo a minha pele.

— Tem gosto de chocolate. — Ele saiu da sala.

Por que eu estava surpresa?

Quando ele voltou, eu estava pegando o meu casaco.

— Aonde você vai tão cedo? — Ele se sentou no sofá e me puxou para ele.

— Ah, acho que é melhor eu ir embora. Não estou me sentindo muito bem.

— Não, você está bem, senta aqui. — Ele disse, acariciando a minha coxa. Aquilo realmente fez com que eu não me sentisse tão bem.

Abri a boca para dizer "Desculpa, acho que eu não devia fazer isso. Não tenho uma relação muito boa com sexo, mas achei que estava melhorando, no entanto essa não é uma boa ideia e, além disso, o que você disse foi racista, quer você saiba ou não, então, vou pra casa".

Mas, em vez disso:

— A coisa do chocolate. Por quê?

— A coisa do chocolate? — Ele riu com maldade. — Sabia que você era uma dessas.

— Uma dessas o quê?

— Uma dessas meninas que fazem parte do movimento Vidas Negras Importam.

— Mas é claro que sou. Isso, inclusive, tá escrito no meu perfil do aplicativo.

Pelo menos eu não tinha mais que me preocupar em ficar sóbria. Eu estava a um passo de ficar completamente sóbria novamente.

— Você não acha que esse é um movimento estúpido? — Ele falava sério. — Olha, não me leve a mal, eu não sou racista ou coisa do tipo...

— Era sempre bom frisar! — ... mas você não acha que ele causa mais problemas do que resolve?

— Bom, eu realmente preciso ir embora. — Suspirei, entediada com a discussão antes de sequer entrarmos nela. — Isso é um pouco demais pra um primeiro encontro, Courtney.

— Sério? Achei que você queria ser desafiada, uma mulher negra e forte como você? — A arrogância dele brilhava no rosto. — Podemos nos sentar e falar sobre música, filmes, toda essa porcaria, mas você não quer uma conversa de verdade, com argumentação?

— Bom, não sobre isso. Eu esperava ter um encontro com um homem divertido e falar sobre tudo, menos isso. Eu não deveria ter que defender a mim mesma e as minhas crenças.

— Desculpa, vai, eu não quero irritar você. Vamos falar sobre alguma outra coisa. — Ele se serviu de uma taça de vinho enquanto eu olhava para ele, sabendo exatamente as palavras que sairiam de sua boca a seguir. — Eu aposto que você acha que não existe racismo contra as pessoas brancas.

Duas horas. Nós debatemos por duas horas sem parar. E eu de casaco, pronta para ir embora. Cento e vinte minutos em que tive que explicar porque a definição de "racismo" do dicionário Oxford que ele teimava em me mostrar era antiquada, como o racismo é estrutural, como o racismo reverso NÃO existe, porque ele não podia se referir ao amigo senegalês, chamado Toby, como "tão preto quanto o as de paus", enquanto ele tentava contrariar e manipular todos os meus pontos e dizer, no fim de cada frase, "não me leva tão a sério, eu gosto de provocar".

— Esse é o problema com pessoas que gostam de fazer o advogado do diabo — gritei. — Não tem envolvimento emocional nessas pautas pra vocês, vocês não têm nada a perder!

Eu me encaminhei para a porta da frente.

— Deve ser bom ser tão indiferente ao tipo de vida que alguém como eu tem que viver. — Bati a porta quando saí. Inacreditável.

AS CORGIS

Darcy:

> Queenie, você nunca me ignorou no telefone assim antes. Você pode nos avisar se está tudo bem com você?

Kyazike:

> O que houve?

Darcy:

Ela me ligou do pub, eu estava tentando convencê-la a não ir pra casa com o cara, ela disse algo sobre ser como a Beyoncé, e a ligação caiu. Ela estava bem bêbada

Kyazike:

Você sabe em qual bar eles estavam?

Darcy:

Um bar em Brixton, mas eu não sei o nome. Acho que posso encontrar você na estação e podemos ir até lá a pé

Kyazike:

Certo, blz, vamos esperar até onze. Se ela não responder, vou encontrar você

Queenie:

ESTÁ TUDO BEM

Queenie:

Desculpa

Queenie:

DESCULPA

Kyazike:

> PQP

Darcy:

> PQP mesmo

Queenie:

> Desculpa, gente. Acho que vcs não contavam que eu fosse tão responsável! Enfim, minha bateria acabou, acabei de chegar em casa. Vou explicar tudo amanhã

Queenie:

> Eu acabei de entrar em casa escondida e acho que a minha avó acabou de acordar, então pode ser que vcs nunca mais ouçam falar de mim

Queenie:

> Vc deve ter ficado MUITO irritada para dizer puta que pariu, Darcy, desculpa de novo

No dia seguinte, fui ao banco em que Kyazike trabalha e fiquei na fila até estar perto o suficiente para que ela me visse e fizesse contato visual. Ela deixou a mulher que estava atendendo e veio até mim.

— Olá, madame, fico feliz que a senhora tenha comparecido ao seu agendamento.

Por que ela estava falando que nem um robô?

— Se a senhora puder entrar na sala de reuniões, em breve irei encontrá-la. — Kyazike me levou para um compartimento de vidro fosco no canto do banco e fechou a porta atrás de mim.

Passei os cinco minutos que se seguiram brincando com a caneta presa à mesa. Kyazike entrou trazendo consigo um grande número de pastas e fechou a porta.

— Você deve trabalhar no único banco do país que tem essas canetas presas à mesa. É uma caneta tão valiosa assim?

— Mano, você ouviu como tive que mudar minha voz ali? A nova gerente, uma branca afetada, me disse que preciso falar "melhor". Não quer que eu "intimide os clientes". Dá pra acreditar nisso? A única pessoa que eu intimido é ela, mano. — Kyazike estalou a língua e se sentou na cadeira do outro lado da mesa. — Essa merda me irrita. Enfim, como você tá?

— Indo — resmunguei. — Pela primeira vez em anos.

— Isso é pra você aprender. — Kyazike riu. — Então, como foi? Valeu a pena levar uma surra da sua vó?

Estremeci com a memória.

— O meu encontro com o Careca Alfa? Um verdadeiro racista. Ele disse algumas coisas bem questionáveis ontem.

— Hm? — Kyazike franziu a sobrancelha. — Tipo o quê?

— Em determinado momento, ele perguntou se eu concordava que mulheres negras jovens engravidavam só pra poder usar o auxílio do governo, e eu obviamente perguntei se ele estava drogado.

— Me fala que você tá brincando, mano.

— Eu gostaria de estar. Ele também fez uma brincadeira sobre chicotes e escravos que me fez querer colocar fogo na casa dele.

Kyazike cerrou o punho.

— E sabe do que mais, tudo isso começou quando ele me acusou de ser uma "dessas meninas do Vidas Negras Importam".

— Eu tô ficando puta da vida, você quer que eu chame alguns meninos negros pra ir até a casa dele e quebrar tudo?

— Não, não.

— Porque assim ele vai saber que vidas negras importam, acredite em mim.

— Não, isso só ia dar motivos pra ele continuar achando que somos todos agressivos. Mas obrigada. — Acariciei a mão dela. — Eu não sei dizer de onde veio aquela conversa. Todas as mensagens dele eram tão inofensivas.

— Eu odeio homens como ele. Ele sabia o que estava fazendo, sabe, é tudo calculado. Já ouvi falar de homens como ele. Homens brancos que gostam de abordar mulheres negras, usá-las como quiserem e depois humilhá-las. Aposto que ele esperou até você ficar bêbada e ir pra casa dele pra começar essa palhaçada de capitão do mato, né?

Confirmei e ela balançou a cabeça.

— Sinto muito, mano. Eu sei que você achou que esse era dos bons.

— Eu achei, achei mesmo. — Suspirei, massageando as têmporas. — Mas se alguém tinha que voltar ao mundo dos encontros e acabar na casa de um neonazista, esse alguém era eu.

— Queenie, esse pode ser um neonazista, mas todos os homens são péssimos. — Kyazike deu de ombros. — Pelo menos esse caso pode fazer você parar de sair com homens brancos.

28

Depois de não conseguir convencer a minha avó de que minha ressaca era uma doença misteriosa, passei cerca de três semanas em uma espécie de castigo para adultos. Eu só tinha permissão para ir de casa para o trabalho e do trabalho para casa e tinha que fazer todas as minhas milhões de tarefas domésticas no final de semana.

Como uma nova e empolgante virada que não me beneficiou de forma alguma, meus avós passaram a acreditar que doenças de saúde mental existiam e começaram a usar o termo "relapsa" para se referir a mim sem dó nem piedade.

Quando, no entanto, o castigo acabou, fui ao cinema sozinha depois do expediente para celebrar.

Os dias de trabalho estavam ficando mais fáceis. Não em um modo Daniel San de vencer desafios e dominar tarefas, mas eu não queria mais sair correndo e gritando do prédio, por exemplo. E, se eu continuasse assim, poderia pensar em alugar um apartamento com aquele dinheiro da minha mãe, para poder viver sozinha. Dar esse passo obviamente significava lidar com grandes questões ainda, mas, acima de tudo, esses problemas poderiam ser superados.

A vantagem de me comportar na redação e trabalhar de fato era ter mais coisas para fazer, porque meus colegas de trabalho e chefes me viam como uma profissional responsável.

Com uma visita a um apartamento marcada às 18h, me esforcei para conseguir ficar um pouco mais no trabalho. Quando estava pegando o elevador para descer, dei de cara com Ted.

— Queenie. — Ele parecia assustado em me ver. — Boa noite. — Sua voz parecia estar presa. Ele passava as mãos pelos cabelos, agitado.

Ainda tentei sair do elevador, mas as portas se fecharam. Mantive a boca fechada e fiquei tão longe quanto possível dele, praticamente me fundindo com as paredes de metal. Eu podia ouvir a respiração acelerada dele. Olhei de relance. Ele suava. Chegamos ao térreo, saí rapidamente, joguei meu crachá na catraca e cruzei o saguão na velocidade da luz.

Fugi do prédio e, quando tive a certeza de que ele não podia me ver, sentei em um muro. Eu já conseguia sentir meu peito se apertar e as primeiras ondas de pânico surgirem. Fechei os olhos e respirei por três segundos, depois por onze. O pânico estava me dominando. As minhas pernas começaram a tremer, e eu me inclinei sobre elas, pressionando os músculos com os cotovelos para que ficassem imóveis. Apertei os olhos e tentei pensar no meu lugar seguro. Meus braços começaram a tremer com tanta força que meus cotovelos escorregaram de minhas coxas.

Eu me endireitei e abri os olhos. Por que não estava funcionando?

Olhei para a frente. Ted estava parado ali. Longe de mim, mas perto o suficiente para que pudéssemos ver um ao outro. Havia uma mulher próximo a ele. Ela estava virada para o outro lado e tudo o que eu via dela era cabelo loiro e o corpo largo. Ted se virou para que eu olhasse para as costas de ambos. Eu não conseguia desviar o olhar. Ele colocou o braço nos ombros da mulher e tentou levá-la para longe.

— Pra estamos indo? — Eu a ouvi perguntar.

— Temos que ir por aqui — ele respondeu.

— Mas a estação de metrô é pra lá. — Ela se virou e olhou para além de mim. Eu não significava nada. O que foi significativo para mim, no entanto, foi ver a mão que fazia carinho na barriga inchada.

AS CORGIS

Kyazike:

> Eu ia querer saber, se fosse ela

Kyazike:

> Prefiro ser solteira do que estar com um traidor que estava comendo outras durante a minha gravidez

Darcy:

> Eu me sinto mal por ela, mas imagina como a Queenie se sentiria se a revelação fizesse com que a esposa dele entrasse em um trabalho de parto prematuro?

Kyazike:

> Você não pode provocar a demissão dele?

Queenie:

> Eu ia afundar na lama junto com ele

— Queenie.

Minha cadeira estava de lado e meus olhos encontraram com os de Gina.

— Olhos no computador, não no celular. — Ela virou novamente a minha cadeira para que eu encarasse a minha tela. — Não me decepcione. Por favor.

— Desculpa, Gina, não, não vou te decepcionar. Jamais faria isso — sussurrei para ela.

Trabalhei pelo resto do dia parando bem rápido só para combinar uma visita a uma casa, pedindo para que uma das corretoras da imobiliária me mostrasse o lugar dessa vez e vendo se levava Kyazike comigo. Era isso que significava ser adulta, ter que prever e arrumar formas de evitar assédio sexual?

Comecei a arrumar as minhas coisas por volta das cinco e, quando eram cinco e meia, eu já estava pronta para encontrar Kyazike e visitar a casa. Como eu já sabia como funcionavam essas visitas em que você tem que esperar tantas outras pessoas até chegar a sua vez, estava determinada a chegar primeiro.

No meu caminho de volta do banheiro, antes de ir embora, avistei Ted espreitando da cozinha e me apressei para chegar à minha mesa.

Quando eram 17h31, eu já estava no elevador. Saí do prédio e dei de cara com ele. Seus olhos estavam avermelhados e o cabelo, geralmente imaculado, estava uma verdadeira bagunça. Ele deu uma tragada forte no cigarro que estava fumando.

— Por favor, me deixa falar com você. — Ele parecia hesitante, mas agarrou meu braço com a mão livre.

— Me larga — resmunguei, tentando soltar o meu braço. Ele era mais forte do que parecia.

— Preciso falar com você. Preciso explicar, por favor. Me deixa explicar.

— Exatamente. Você precisa fazer isso por você, não tem nada a ver comigo. — O pânico estava voltando. — Tudo gira sempre em torno de você. Eu não era nada além de um passatempo, já sei disso. Agora, por favor, me deixa em paz. Se você não me soltar, eu vou gritar.

— Desculpa. — Ele soltou o meu braço. — Tá vendo, é isso o que você faz comigo.

— Não, eu não faço nada. É você quem tem ideias fixas e é consumido pela excitação até conseguir o que quer, Ted. — Eu estava tão frustrada que podia irromper em lágrimas a qualquer instante. — Vai se foder!

— Eu preciso que você me perdoe.

— O que, por quê? — gritei. Não me importava que estivessem olhando para nós.

— Podemos ir para o nosso lugar, no parque?

— Não, Ted, não podemos. Se você tem alguma coisa para me dizer, diz aqui e agora e depois eu vou embora. Tô falando sério. — Comecei a minha respiração programada para me acalmar.

— Tudo bem. — Ele baixou a voz. — Passei por dois grandes términos em minha vida, Queenie. E depois de cada um deles, eu... — Ele fez uma pausa para dar um efeito dramático ao que dizia. — Tentei me matar uma vez. Ninguém sabe disso. Só a minha família, é claro, porque eles tiveram que juntar meus cacos, e... a minha esposa.

Ele parou de novo.

— Eu só... eu não conseguia lidar com a ideia de ficar sozinho. Então, quando a minha esposa apareceu, bom, antes de ela se tornar minha esposa, eu sabia que, por ser mais velha e querer filhos logo, ela não ia me deixar. Então, nós casamos. E desde então, tudo tem sido tão rápido, e eu deveria ter pensado melhor, eu sei, mas não pensei, porque eu estava tão aliviado por não estar mais sozinho, mas quando conheci você, a minha vida virou de cabeça pra baixo.

Outra pausa.

— Você mesma disse. Você é jovem, é tão atraente, com seus lábios grandes, essa pele e essas curvas.

Ele parou de falar e acendeu outro cigarro.

— Você quer falar alguma coisa — ele perguntou depois de uma tragada agressiva. — Você não se importa com o que acabei de dizer?

— Não. — Ainda que, no fundo, eu obviamente me importasse com a parte do suicídio. Se fosse verdade. Quem mais saberia disso?

— Eu acho que mereço isso. — Ted passou as mãos no cabelo, seu hábito. — Eu deveria ter falado sobre o bebê...

— Pela centésima vez, você deveria ter me deixado em paz! — gritei. Eu tinha certeza de que todos na praça estavam nos olhando.

— Eu odeio você! — gritei de novo, tremendo. — O fato de você ter tentado se matar não tem nada a ver comigo, todos têm problemas, Ted, e não é desculpa para o que você fez. Me deixe em paz.

— Você é um imbecil. — Kyazike apareceu correndo e atacando a cara de Ted sua bolsa Longchamp.

Quando ela havia chegado?

— Sai de perto dela agora. — Ela estava atacando o ombro dessa vez. Ele levantou as mãos para se proteger, o cigarro ainda estava aceso.

— Caras que nem você me dão ânsia de vômito. Você é casado, mano, tem um filho que vai nascer, vai pra casa, para a maldita da sua esposa. Quando eu tava chegando aqui, consegui ouvir Queenie mandando você deixar ela em paz. — Kyazike ficou parada firmemente e moveu um dos braços para trás, pronta para atacar novamente. — Qual é o seu problema, mano?

Um homem que se parecia com Ted veio correndo proteger seu amigo.

— Você está bem? Quer que eu chame a polícia? — ele perguntou, certificando-se de não ficar no caminho da bolsa.

— Não, mano, se a polícia for chamada é pra esse babaca aqui. Ele está assediando a minha amiga — Kyazike gritou. — Consegui ouvir de longe os pedidos pra ele deixá-la em paz e ninguém veio ajudar, mas agora você vem correndo quando o homem tá em perigo? Você entendeu tudo errado.

— Ok, tudo bem, desculpa. — O homem se afastou, as mãos no ar. — Como você quiser.

— Você ouviu o que eu disse? — Kyazike voltou sua atenção para Ted novamente. — Você quer aprender uma lição, mano?

Ela o encarou até que ele baixasse o olhar para o chão.

— Bem que eu imaginei. Se você se aproximar dela novamente, acabo com você, eu juro. Sem e-mails, sem conversas, sem esperar do lado de fora do prédio, sem olhar para ela, nada.

Kyazike alisou a camisa dela e me levou para longe.

No dia seguinte, uma carta apareceu no meu escaninho.

Querida Queenie,
Eu só queria agradecer por me deixar falar com você.

Eu entendo o quanto tudo isso tem sido difícil e sei que é tudo culpa minha.
Se adianta falar, saiba que eu gostaria de ter tido essa conversa antes.
Você é uma pessoa doce e sensível, e eu deveria ter visto isso por baixo dessa armadura de aço.
Ontem, eu te disse coisas que nunca imaginei que um dia fosse contar a mais alguém. Eu sei que isso não serve para consertar o que eu fiz, mas esperava que pelo menos fizesse você me entender melhor.
Nada pode apagar o que aconteceu, ou as coisas que fiz. Mas espero que você saiba que quero ser uma pessoa melhor.
Eu também quero que você seja feliz, e sei que eu fui um impedimento para isso.
Acima de tudo, quero pedir desculpas.
E, sim, eu espero que você possa encontrar, em seu coração, a paz para <u>não contar para a minha esposa sobre nós dois.</u> Eu sei que não tenho direito de exigir isso, mas acredito que nada de bom resultaria dessa ação, para nenhum de nós.
Desejo apenas as melhores coisas do mundo para você, amor e pessoas decentes em sua vida. Espero que, se as coisas não funcionarem em meu casamento, você possa me receber novamente em sua vida.

Com amor, Ted

Beijos

p.s.: A sua amiga é bem forte.

Antes de sair do trabalho, coloquei a carta dele na mesa de Gina. Eu não me importava com o que ia acontecer comigo. Eu não podia continuar com isso, se eu quisesse melhorar.

Sexta-feira, 5 de dezembro, Row, Gina <gina.row@dailyread. co.uk> escreveu às 11:34:
Acredito que seja um pouco tarde para isso, mas obrigada pela carta do mesmo jeito. Eu deveria ter ouvido você. Na segunda-feira, ele já não estará mais aqui.

29

— Eu tenho uma tarefa pra você. — Gina estava parada ao lado da minha mesa. — Precisamos de um artigo para a página de show, e Josey não está aqui. Você pode escrevê-lo?

— É... o que eu preciso fazer? — O peso dessa responsabilidade me atingiu como uma onda.

— Há uma nova cantora de quem todos estão falando, uma menina linda chamada, não sei muito bem como pronunciar o nome dela. Ela tem um cabelo grande, lançou a própria gravadora há um tempo, tem uma voz aguda.

— Eu... acho que sei de quem você está falando.

— Ela vai tocar no Heaven e precisamos de alguém pra fazer um artigo. Você tem uma vibe urbana, provavelmente sabe como funcionam essas coisas.

— Eu sou tão urbana assim, Gina?

— Enfim, o show é amanhã, o Departamento de Relações Públicas nos deu dois ingressos. Artigo de quinhentas palavras, por favor. Você não receberá um valor extra por ele, mas é bom para o currículo. Envie pra mim na terça-feira.

— Eu não acho que alguém já tenha me descrito como urbana antes — comentei com Kyazike, olhando ao redor.

— Mano, mas você não é nem um pouco urbana — Kyazike gritou por cima do barulho da multidão que falava por cima do show de abertura, um jovem negro vestindo uma regata apertada que estava no palco com uma mesa de DJ.

— Eu acho que aquele cara acha que é urbano com aquele corte de cabelo. — Ela riu e as luzes do clube faziam os dentes brancos dela ficarem azuis. — Segure isso aqui, preciso ir ao banheiro antes de começar.

Kyazike me entregou o copo dela e saiu à procura de um banheiro.

— Por favor, não me deixe sozinha, eu ainda não me sinto confortável em multidões — choraminguei na direção das costas dela enquanto ela abria caminho.

Eu respirei profundamente e olhei para as minhas mãos que tremiam muito.

— Cuidado! — gritei enquanto um menino branco usando o que ele provavelmente tinha encontrado depois de pesquisar por "camisa dashiki estampa africana" no eBay caiu em mim, derrubando a bebida da Kyazike em meu braço. Ele se levantou e fungou, entregando uma pequena sacola com um pó branco para a amiga dele.

— Dá pra sair daqui? — gritei, encarando a ele e a amiga, uma morena baixinha com um piercing que atravessava seu lábio inferior.

— O quê? Nós não estamos fazendo nada. — Ela era grosseira e ficou me encarando enquanto guardava a sacolinha no bolso. Eu me virei para o palco. Segundos depois, o menino caiu novamente, dessa vez sem conseguir se levantar.

— Ótimo — resmunguei, abrindo caminho por entre os corpos suados até chegar em um espaço aberto. Enquanto eu procurava Kyazike, o pânico começava a subir pelos meus pés.

— Eu conheço você? — Um homem bonito, com cabelos cor de areia, se inclinou e gritou no meu ouvido.

— Eu não sei, conhece? — Eu me afastei.

— Vai saber? — Ele sorriu. — Talvez você tenha um rosto familiar.

— Talvez. — Virei para o palco.

O homem se inclinou na minha direção novamente.

— É a primeira vez que você vê a NAO tocar?

— Não, e eu tenho que escrever uma resenha sobre o show, então vou prestar atenção, se você não se importar. — Eu não queria ser grossa, mas também não estava com vontade de falar com ninguém além de Kyazike, que ainda não tinha voltado do banheiro.

— É só o show de abertura, você ainda tem certo tempo até ela chegar. — Ele disse, fazendo mansplaining. — Posso comprar uma bebida pra você? A sua já está quase no fim.

— Não, obrigada. Eu não estou bebendo. — Fiquei séria. — Isso é da minha amiga.

— Eu geralmente toco bateria pra ela. — O homem se inclinou no bar, orgulhoso de si mesmo.

— Que legal. — Meus olhos ainda estavam vidrados no palco.

— Posso pelo menos comprar um refrigerante pra você?

Eu procurei Kyazike novamente.

— Aqui está você. Os banheiros estão cheios de pessoas se drogando, mano, vi mais de dez duplas de meninas entrarem nos cubículos rindo e saírem fungando enquanto eu estava lá parada, querendo mijar. — Kyazike olhou para o homem. — Quem é o seu amigo, Queenie?

— Sid. Eu estava perguntando pra sua amiga se eu podia comprar uma bebida pra ela, mas ela parece estar mais interessada nesse cara. — Ele apontou para o palco.

— Mano, deixa ele comprar uma bebida pra você, ele é tão fortão — Kyazike sussurrou na minha orelha. — E um pouco mais velho também. Boa.

— Fique você com ele então. — E entreguei a bebida de volta para ela.

— Se eu gostasse de meninos brancos, já estaria me jogando nele. — Ela piscou para ele.

Ele sorriu de volta, assustado.

— É melhor chegarmos mais perto do palco, vamos. Prazer em conhecer você. — Puxei Kyazike pelo braço. — Você não devia me encorajar, você sabe que estou tentando melhorar nessas coisas, Kyazike — eu falei, quando encontramos um lugar para ficar que me permitia ver o palco.

— Eu não estava falando pra você dormir com o cara, Queenie — Kyazike gritou atrás de mim. — Não há nada de errado em flertar um pouco. Além disso, eu não vi alianças.

— Cedo demais. Além disso, alianças podem ser retiradas... Olha, vai começar o show dela.

— Foi tão bom, Darcy, ela é maravilhosa — eu falava sem parar. — No meio do palco tinham luzes de neon que se mexiam e pulsavam de acordo com a batida, e a banda era incrível, e as músicas...

— Então você se divertiu? Que bom. — Darcy estava tentando me animar.

— Sim. Eu me diverti. Pela primeira vez em milhões de anos. E sem nenhum homem, acredita? Na verdade, você vai ficar muito orgulhosa de mim. Um cara, o baterista, e bateristas são obviamente os melhores membros das bandas. Você sabe: por causa dos braços... e do ritmo... bom, ele perguntou se podia me comprar uma bebida e eu disse muito firmemente que não.

— Ah, que ótimo.

— Obrigada. Ele é um desses millennials padrão, o que não achei muito atraente, mas eu não ia deixar ele comprar uma bebida pra mim se ele não fosse bonito. Mas ele não tentou me comer assim que me viu. Acho que isso já é alguma coisa.

— O que é um millennial padrão? — Darcy perguntou.

— Será que inventei esse termo? Tenho certeza de que já vi isso. Você sabe, esses homens que andam de bicicleta, usam suéter de tricô e amam Jeremy Corbyn, o do Partido Trabalhista. Esses que fingem que o Facebook não é tão importante para eles, mas que na verdade é?

Recebi como resposta um olhar perdido, então continuei.

— Tomam cerveja artesanal, trabalham em startups, acham que são os donos do mundo. Leem livros do Alain de Botton, precisam de uma namorada que não ameace a mediocridade deles.

— Ah, tá. — Darcy não tinha a mesma raiva que eu de homens medíocres. — Legal, que bom que você conseguiu se conter! Um dia desses nós também vamos conseguir ter uma conversa sem falar sobre homens!

— Não iria tão longe. Ok, por mais que eu ame chá e bate papo, preciso escrever o artigo sobre o show para Gina.

Quatro semanas, 3 mil malditas libras para agências imobiliárias inúteis e uma ligação para Eardley depois, estava empacotando as minhas coisas para me mudar para um estúdio tão pequeno que eu teria problemas até de ter um gato, se eu quisesse um gato. Os meus avós sentaram comigo para me explicar como pagar aluguel era uma ideia besta e que eu deveria usar o dinheiro que minha mãe tinha me dado como entrada para comprar uma casa. Mas eles foram forçados a encarar o fato de que as coisas haviam mudado quando fiz uma pesquisa e mostrei a eles o que uma entrada dez vezes maior do que aquela ia me garantir. Praticamente nada. Ainda tive que ouvir o discurso de "no nosso tempo, você poderia comprar uma casa em Brixton por 3 libras" durante a hora seguinte. Pelo menos ganhei a primeira rodada.

Apesar do quadril ruim, o meu avô estava quase pulando de alegria com a probabilidade de ter toda a atenção da minha avó de volta para ele enquanto ela fingia que não estava incomodada pelo fato de eu ir embora da casa deles.

A campainha tocou e eu ouvi a voz de Diana preencher a casa quando ela entrou.

— Isso vai demorar muito, é sério — Diana falou alto porque queria que eu a ouvisse.

— Diana. Entre, a sua prima precisa de ajuda. — Foi a resposta de Maggie, dita em um tom igualmente alto. — As minhas costas doem demais pra eu fazer alguma coisa. Então vou ficar sentada aqui.

Entrei na cozinha para pegar outra caixa.

— Oi pra vocês. — Sorri para elas.

— Hoje é o grande dia. — Maggie brilhava. — Estamos muito orgulhosas de você. Você sabe, né? Você evoluiu muito. Não estamos orgulhosas, Diana?

— Sim — Diana estava abrindo a geladeira.

— Na verdade, não acho que ela tá pronta pra viver sozinha ainda. — A minha avó tirou Diana do meio do caminho e pegou um frango cru da geladeira.

— Mãe, ela não está se mudando pra longe. — Maggie me defendeu, antes de mudar o tom de sua voz. — Mas vai saber o que pode acontecer. Ela pode ter um dos ataques, cair e bater a cabeça.

— Todo mundo sempre tão cuidadoso. — Meu avô entrou na cozinha. — Vocês não veem como Queenie é robusta? — Ele agarrou meus ombros e me sacudiu para provar o que estava dizendo. — Ela vai ficar bem. E mesmo se não ficar, ela não vai mudar pra cá.

— Você é muito ruim — a minha avó gritou para ele.

— É uma brincadeira. — Meu avô riu alto. — Queenie, comece tirando as suas coisas do meu galpão. — Ele parou imediatamente de rir.

Minha avó retirou o frango da embalagem de plástico e o jogou na pia. Ela abriu a torneira e Diana observou os movimentos dela, horrorizada.

— Vó, disseram outro dia nas notícias que não se deve lavar o frango antes de colocar para cozinhar. As bactérias podem se espalhar pela pia — gritou.

— Você por acaso já morreu depois de comer alguma comida minha? — Ela estalou a língua, o sotaque estava mais forte do que nunca. — Não. Então vai arrumar o que fazer.

Ela calçou um par de luvas de plástico e começou a abrir o frango, ouvindo Maggie listar outros motivos pelos quais morar sozinha iria me matar. Eu saí da cozinha quando Maggie se ofereceu para abençoar meu apartamento novo com água benta.

Eu atravessei o jardim e fui até o galpão. Entrei de cabeça baixa para evitar que as teias de aranha do teto grudassem no meu cabelo. Eu estava empilhando caixas próximo à frágil porta de madeira quando ouvi meu avô vindo até mim.

— Essa bengala sempre denuncia a sua chegada, você não consegue espiar ninguém. — Limpei o suor de minha testa. — Vindo se certificar de que tirei tudo?

— Eu sei que nós não nos falamos muito. — Meu avô começou em voz baixa, apoiando-se na parede do galpão.

— Eu não levo isso pro lado pessoal, eu sei que você não fala com ninguém.

— Queenie, só ouve, tá bom? — Meu avô bateu a bengala no chão.

— Desculpa, Gandalf.

— Quem?

— Ninguém.

— Como eu estava dizendo — meu avô recomeçou —, eu sei que nós não nos falamos muito. Mas, como você diz, esse é o meu jeito.

Ele parou para se ajeitar na parede, estremecendo.

— Mas eu não falar não quer dizer que eu não sinta. Quando você veio ficar aqui meses atrás, eu me senti mal. — Ele suspirou. — Eu me senti mal por pensar que você ia acabar como a sua mãe. Eu podia ver isso em você, nos seus olhos. — Ele parou. — Eu via o medo, a resignação. Pensei que você havia desistido. E eu senti, no meu peito, igual me senti quando ela apareceu aqui depois que Roy bateu nela com tanta força que ela quase não se levantou. — Ele parou de falar novamente. — Mas você não deixou isso te abater. — Ele fez outra pausa e levantou e enxugou os olhos. — Você é muito forte, Queenie. Muito forte.

Ele se virou e cambaleou de volta pelo jardim, deixando-me ali parada e sem conseguir processar o que ele tinha dito.

Diana passou por ele e veio até mim. Ela me observava enquanto eu soprava a fina camada de poeira em cima das caixas que continham pertences que há meses não viam a luz do sol.

— Nós temos muito orgulho de você, sabe. — Diana parecia envergonhada. — A minha mãe só não soube dizer isso.

— Você tá brincando? — perguntei.

— Não? O que há de engraçado nisso? — Diana disse, levantando uma das caixas e quase caindo com o peso. — Você não estava bem, mas você melhorou, e você voltou a trabalhar e vai se mudar pra um lugar só seu. Isso é bom. Isso é progresso. — Ela soava como uma sábia.

— Eu não diria que estou melhor. — Limpei o suor da testa com as costas da mão. — Cuidado. Você não precisa levantar as caixas mais pesadas.

— Aff, aceita o elogio. — Diana tirou os restos de uma teia de aranha que havia grudado nela esfregando a mão na parede do galpão.

— Deixa eu falar uma coisa pra você. Você tá passando por muita coisa na sua vida. Pra nós, mulheres negras, nada vem fácil. A família... eles têm as coisas deles...

— Você não precisa me dizer essas coisas.

— E escola, universidade, trabalho, tudo tem suas próprias questões. Você vai conhecer pessoas que "não ligam pra raça" e "não veem cor", mas isso é mentira. Elas veem sim — expliquei. Eu sabia como a atenção da minha prima se perdia quando alguém queria lhe ensinar algo, então tentei falar de um jeito que não parecesse uma aula. — E as pessoas deveriam ver. Nós somos diferentes, e eles precisam aceitar a nossa diferença. — Diana meneou a cabeça para concordar comigo. Continuei falando enquanto ainda tinha a atenção dela. — Nós não fomos feitas para o caminho mais fácil. As pessoas vão tentar formatar você, dizer quem você deve ser e como deve agir. Você vai ter que trabalhar pesado pra definir a sua própria identidade, mas vai conseguir fazer isso. Não vou falar sobre homens até você ficar mais velha, mas essa é uma conversa que nós vamos ter. Ou mulheres. Seja quem for, da forma que for, é uma escolha sua.

— Você acha que a avó ia me deixar escolher?

— Não importa. Eu vou estar aqui pra apoiar você. Lembre-se disso.

— Eu sei, prima. — Diana sorriu. — Espero que, quando eu crescer, eu seja tão forte quanto você.

Passei por cima das caixas para abraçar Diana.

— Queenie.

— Sim, Diana?

— Posso ficar na sua casa quando a mãe me irritar e eu precisar de um lugar para fugir e relaxar?

— Não.

30

— Estamos reunidos aqui hoje... — Kyazike começou a falar, levantando para falar com todos os que estavam sentados na grande mesa redonda.

— Não é um casamento! — Diana gritou, cortando a fala dela.

— Oi? Eu sei disso, Senhorita Cheia de Atitude. — Kyazike ergueu uma sobrancelha.

Olhei em volta do silencioso restaurante italiano para ver quem eram as pessoas cujo jantar minha família estava interrompendo.

— Como eu estava dizendo, estamos reunidos aqui pra celebrar a boa saúde e a recuperação da minha e vossa menina, nossa guerreira, nossa durona, Queenie Jenkins. — Kyazike encarou cada pessoa ao redor da mesa para se certificar de que estavam prestando atenção. — Esse ano foi uma loucura, mas ela conseguiu. Ainda que eu tenha tido que bater em um cara.

— É isso aí. — Darcy colocou o braço em volta dos meus ombros.

— Bater em que cara? — Diana perguntou para Kyazike.

Todos se viraram para olhar para mim.

— Você vai descobrir quando tiver idade pra isso. — Kyazike respondeu.

— É... eu sou prima dela e tenho quinze anos, vocês podem me falar. — Diana se virou para mim.

— Não é ninguém. Não é nada. — Lancei um olhar ameaçador para Kyazike.

— E se ela conseguiu passar por esse ano, consegue passar por qualquer coisa. — Ela continuou.

O que mais tinha para ser dito? Olhei ao redor mais uma vez. Meu rosto estava esquentando.

— É isso. Pronto, acabei. Agora, vamos comer. — Kyazike sentou novamente.

— Eu queria dizer uma coisa — Darcy começou a falar, em pé também. Ela alisou seu vestido floral e abriu a boca para começar.

— Por favor. — Eu cobri o rosto com as mãos.

— Então, não conheço a Queenie há tanto tempo quanto vocês, mas quando eu a conheci, soube que ela era uma excele...

Puxei Darcy para que ela se sentasse.

— Tá bom assim, brigada.

— Olha, eu também quero dizer uma coisa. — Diana não só se levantou como subiu na cadeira.

— Diana. Desça. Da. Cadeira. — Minha avó e Maggie disseram, pausadamente e em uníssono.

— Eu acho que a Queenie é muito corajosa e eu tenho muito orgulho em ser prima dela. — Ela foi rápida.

— Sim, nós todos temos muito orgulho de você, Queenie. — Maggie confirmou. — Na verdade, antes de rezarmos, eu gostaria de dizer algumas palavras, em nome de Jesus...

— Sem rezar hoje, Maggie, seu pai precisa comer. — Minha avó a cortou.

— Obrigada todo mundo. — Tomei um gole da minha água. O nó na minha garganta estava crescendo.

— Ela é minha filha — minha mãe disse, olhando diretamente para Maggie. — Então eu vou dizer umas coisas.

Todos se viraram para olhar para a minha mãe.

— Fala, Sylvie. — Meu avô tentava pendurar a bengala na parte de trás da cadeira.

— Ano que vem será melhor. — Minha mãe ergueu seu copo de vinho. — Viva a Queenie!

— Viva a Queenie!

— Tá tudo bem? — Darcy perguntou em voz baixa, sabendo bem que eu não gosto de ser o centro das atenções.

— Sim, tudo bem. — Olhei para a minha pizza e comecei a cortá-la lentamente. Era de se esperar que meu apetite diminuísse em um jantar para comemorar o fato de eu estar melhor.

— Ah, olha só você! — Ouvi minha mãe guinchar porque meus olhos estavam fixos em um pedaço de cogumelo que parecia particularmente desafiador. — Como você está bonita, hein, Cassandra? Você realmente amadureceu desde a última vez em que te vi.

Levantei o olhar e vi Cassandra parada atrás da cadeira de Diana, mordendo agressivamente os lábios. Ela jogou os cabelos por cima dos ombros e sorriu quando nossos olhos se encontraram.

— Por que você está aqui? — Eu me virei para Darcy, que mexeu os ombros e sorriu como se dissesse "desculpa por estragar tudo, mas eu achei que não teria problema, apesar de perceber agora que eu estava completamente errada".

— Você veio buscar o seu dinheiro? — Fui seca. — Não posso pagar você ainda, mas vou.

— Não, não, não se preocupa com isso.

— Ok. — Parecia que eu estava sem opção a não ser aceitar a presença dela. — Vou informar o garçom que precisamos de outra cadeira e mais um cardápio.

Eu me levantei e Kyazike se levantou também.

— Quer que eu cuide disso?

Balancei a cabeça e me afastei da mesa. Cassandra me seguiu e ficamos paradas na estação dos garçons, ambas olhando para a frente.

— Pode falar. — Cassandra quebrou o silêncio. — Pode dizer que me avisou.

Olhei para ela, percebendo que ela havia acabado de revirar os olhos.

— Por que eu faria isso? Eu nunca fiz isso.

— Porque eu fui correndo morar no meio do nada com um cara que começou a dormir com uma nova colega de trabalho duas semanas depois da mudança.

— Eu não sabia disso. — Mas eu não estava nem um pouco surpresa. — E, mesmo que soubesse, eu não diria que te avisei.

— Achei que a Darcy tivesse te contado. Troquei mensagens com ela algumas semanas atrás e perguntei se você me odiava.

— Não. Eu tinha outras coisas pra cuidar, Cassandra. Coisas demais pra perder meu tempo odiando você. Mas acho que você sabia disso, né? As coisas já estavam horríveis antes de você ir embora.

— Darcy me contou tudo. Mas eu não queria mandar mensagem pra você, achei que seria muito, sei lá, ousado. — Cassandra deu de ombros. — Quando peguei Guy me traindo, o que ele fez na nossa cama, aliás, arrumei as minhas coisas pra ir embora. Mas ele veio com a conversa fiada de sempre sobre "ter tido um momento de fraqueza" e eu o perdoei, de novo. Mas quando ele fez a mesma coisa mais uma vez, eu deixei ele.

Procurei ver se algum garçom estava vindo. Daqui a pouco eu ia ter que construir uma cadeira para ela.

— Cassandra. — Eu me virei para ela. — Você nem pediu desculpas.

— Bom, desculpa, obviamente. — Ela revirou os olhos mais uma vez e jogou o cabelo por cima dos ombros.

— Não tem nada óbvio, sério. — Pela primeira vez na minha vida, eu estava enfrentando Cassandra sem ficar aterrorizada.

— Desculpa. — Ela repetiu rapidamente. — Tá bom?

— Tá. — Passei um braço meio endurecido em volta dela. Eu era uma pessoa mais forte agora, e não seria mesquinha nem que isso me matasse. — Vamos deixar isso tudo pra trás e seguir em frente.

— Isso é muito adulto da sua parte. Você fez uma lobotomia?

— Bom, eu tô tentando ser melhor em deixar certas coisas passarem. O que foi você disse pra mim? — Zombei. — "Alguns de nós não deixamos o passado ditar a forma como vivemos nossa vida adulta"? — Imitei a voz dela tão perfeitamente que ela ficou chocada.

Um garçom finalmente se fez notar, e pedi que ele trouxesse uma cadeira para Cassandra. Se eu conseguisse comer qualquer coisa nesse jantar seria um dos milagres da Maggie. Sentamos e nos esforçamos para manter conversas independentes, apesar de ficarmos todos distraídos pela aula que Maggie dava em nossa mesa (e para as mesas ao nosso redor) sobre como o Brexit ia ferrar a todos nós e como, no fim, a fé em Jesus ia nos salvar. Meu avô foi estranhamente taxativo em sua defesa.

— Essa bebida espumante é gostosa. — Minha avó disse para a mesa. — O que você acha, Wilfred? — Ela estava tentando tirá-lo da linha de fogo de Maggie antes que ele tivesse um ataque cardíaco.

— Muito gostoso. — Meu avô acabou com o que estava em seu copo e se serviu de mais. — Já bebi três copos até agora.

— Você sabe que tem álcool nisso? — perguntei para a minha avó do outro lado da mesa.

— Não, é como um refrigerante espumoso. — Ela pegou a garrafa e passou para mim. — Olha.

— Não, é literalmente álcool. Olhe aqui. — Apontei para o rótulo da garrafa. — 5,5%.

— Jesus Cristo. — Minha avó estava aterrorizada. E se virou para Diana: — Tira esse vinho das mãos do seu avô. — Minha prima imediatamente começou a arrancar o copo das mãos dele.

— Maggie, estamos envenenados. Pega água! — Minha avó gritou. — Sylvie, chama uma ambulância.

— Ninguém vai chamar uma ambulância. — Eu me levantei.

— Você tá certa, um táxi pro hospital vai ser mais rápido. — Minha avó puxou a garrafa de água de Maggie e serviu um copo para o meu avô. — O que é aquilo que você usa? Uba? O Uba, chama o Uba.

— Beba a sua água e você vai ficar bem. Eu não vou chamar um Uber para você.

— Nós tomamos remédios, Queenie, não sabemos como o álcool vai reagir — minha avó bradou para mim.

O pânico a havia dominado. Obviamente, era daí que eu tinha herdado esse dom.

— Alguém aqui é médico? — ela gritou para as pessoas à nossa volta no restaurante.

— Cassandra, seu namorado é médico, não é, podemos ligar para ele? — Kyazike riu com desdém.

Cassandra fingiu não ouvir o que ela dizia.

— Preciso ir embora — falei para Darcy.

— Ir pra onde? Eles vão ficar bem se eles pararem de...

— Já volto.

Caminhei na direção do banheiro e me virei para ver se alguém tinha notado a minha saída. Kyazike estava servindo minha avó de água, enquanto meu avô bebia seu copo com uma mão e usava a outra para se abanar com o boné; minha avó estava remexendo a bolsa e entregando diversas caixas de remédios para Cassandra e pedindo que ela lesse as instruções para verificar o que acontecia quando cada uma daquelas pílulas era misturada com álcool; minha mãe estava tentando explicar o que estava acontecendo para o gerente do restaurante enquanto Diana filmava tudo com o celular e Maggie brigava com ela por não levar a situação a sério.

Abri a porta do banheiro, empurrando-a com o meu pé, e entrei. Respirei profundamente apoiada na pia e observando meu reflexo no espelho sujo. Estava quieto ali. O único barulho que eu conseguia ouvir era o da água que caía da pia. Os meus avós ficariam bem, não era esse o problema.

Apesar de tudo, eu queria ligar para Tom, dizer para ele que minha vida tinha voltado aos eixos, que eu estava celebrando por estar bem melhor do que achava que poderia estar. Tirei o celular do bolso e percorri minha lista de contatos. Encontrei o número do Tom e fiquei encarando a tela. Meus dedos pairavam acima do botão para ligar.

— Você está se sentindo mal? — Darcy entrou no banheiro.

— Não. Não fisicamente, pelo menos — respondi, colocando o celular de volta no bolso. — O que tá acontecendo agora?

— Eles se acalmaram. Acontece que o gerente era médico e, assim que ele disse aos seus avós que aquela bebida era fraca demais pra fazer diferença com os medicamentos deles, eles voltaram ao normal. Foi estranho. Pareceu que alguém tinha desligado o interruptor de histeria deles.

— Eles são jamaicanos, Darcy. Os médicos são as únicas pessoas em quem confiam. Se ele dissesse que o álcool ia matá-los, eles entrariam em um táxi e iriam direto para o cemitério.

— O que houve? — Darcy se espremeu do meu lado e colocou um braço ao redor dos meus ombros. Apoiei meu queixo na mão dela.

— Quando toda aquela comoção estava acontecendo, vi todas as pessoas no restaurante olhando pra gente e me deu uma sensação engraçada. Quando percebi, meu estômago começou a se remexer. Lembrou o jeito como eu me sentia antes. E eu sei que é uma ideia idiota, mas, por um instante, quis que Tom consertasse as coisas. Depois de tudo isso, ele...

— Sim, Queenie, isso soa inacreditavelmente idiota. — Darcy me interrompeu. — Depois de tudo o que aconteceu esse ano, essa é honestamente a coisa mais maluca que eu já ouvi. Respire profundamente, pense por que isso é a coisa mais maluca que já ouvi e, quando você terminar, volta pra mesa. Todos nós, as pessoas que amam você e que estiveram ao seu lado, vamos estar atrás daquela porta.

— Palavras duras. Você está imitando a Cassandra? — perguntei enquanto ela saía do banheiro.

— Eu não sou terapeuta. — Darcy se virou para mim. — E nem preciso ser uma pra poder te dizer que você ama o que o Tom representava mais do que a ele mesmo. Nós duas sabemos que ele é incrivelmente básico.

— Ok — eu disse para mim mesma, quando tive certeza de que não havia ninguém no banheiro. — Apesar de as coisas não estarem perfeitas, elas definitivamente estão melhores, e eis o motivo.

Encarei o meu reflexo.

— Um. Em uma reviravolta chocante, Gina disse que, depois da sua "surpreendentemente maravilhosa" resenha do show, o *The Daily Read* vai te dar uma coluna regular pra escrever sobre música. Assustador, sim, e não tão ligado à política quanto você gostaria, mas você chega lá. Então, você tá fazendo coisas incríveis no trabalho, apesar de quase ter sido demitida por assédio sexual no começo do ano. Veja só que recuperação. Dois. Ted foi demitido por má conduta e mentir por omissão, e você nunca mais vai vê-lo de novo. Três. Você deletou todos aqueles malditos aplicativos de namoro que, na verdade, serviam apenas pra fazer você esquecer que, por trás dos seios grandes e do traseiro, você é um ser humano que se machuca facilmente. E, agora, você não quer nem olhar para os homens, imagina fazer sexo com eles.

Fiquei tensa enquanto os homens do ano anterior surgiam em flashes na minha cabeça. Mãos e bocas e mordidas e puxões e tapas e arranhões e...

Respirei fundo de novo para não descompensar mais uma vez. Darcy podia estar certa, mas eu ainda sentia a falta do Tom. Eu sentia muita saudade dele. Será que ele cederia se eu me desculpasse novamente, dando mais espaço? Eu tinha que ter conseguido explicar pra ele o que eu estava passando. Não vou mais cometer esse erro, juro, se alguém não-casado (ressalte esse item), não agressivo sexualmente ou com uma namorada, manipulador ou um neo-nazista disfarçado, quiser ficar comigo.

Respirei fundo novamente, me sentindo melhor.

— Quatro. Quanto à ansiedade, a sensação estranha na cabeça seguida pelo estômago revirado, mesmo que você volte a levar a vida como antes, você sabe que já conseguiu sair desse buraco e que é capaz de sair de lá mais uma vez. Você tem ferramentas pra lidar com isso agora e, apesar de parecer que respirar profundamente e lugares seguros não funcionam, eles funcionam.

— Cinco, as noites de terror terminaram. Talvez não pra sempre, mas pelo menos faz tempo que você não soca a sua avó durante o sono nem cai da cama durante a noite. Seis, quando você voltar para aquele salão, olhe em volta. Olhe pra todas aquelas pessoas que amam você. Você é digna de ser amada, e eles são a prova disso. Eles sempre estarão ao seu lado como estiveram quando você mais precisou. — Fiz uma pausa. — Talvez não a Cassandra, ela definitivamente é uma variável. E sete, em relação ao Tom. — Tirei o celular do bolso. — Você sabe o que precisa fazer.

Desbloqueei a tela do celular e procurei novamente o contato do Tom. Alguma coisa aconteceu. A foto era outra, era a que eu tinha tirado no nosso aniversário de um ano, em Clapham Common, onde nos conhecemos, logo depois de ele prometer que, independentemente do que acontecesse entre nós, ele nunca me abandonaria. Entendi que era hora de desapegar.

Deletar.

Voltei para o salão e, com o calor que me atingiu, um tipo diferente de aconchego preencheu meu peito. Sentei na mesa e olhei para a minha família. Kyazike estava mostrando para Diana um vídeo no celular que ensinava a esfumar a maquiagem, minha avó estava listando para o Gerente Médico, em voz alta, todos os medicamentos que ela tomava enquanto o meu avô olhava para a bebida espumante, pronto para se arriscar novamente. Maggie estava falando alto, obviamente, cortando a pizza e colocando pedaços no prato da minha mãe para ela provar. Cassandra e Darcy estavam em uma conversa intensa da qual eu não tinha planos de participar; Cassandra estava claramente ouvindo coisas que lhe faziam muito mal.

Olhei para a minha mãe enquanto ela pegava um pedaço de pizza com as mãos e dava uma grande mordida. Ela jogou a cabeça para trás, rindo tanto de algo que Maggie disse que ela colocou a pizza no prato e bateu as duas mãos na coxa. Fiquei em pé para me servir de água e nosso olhar se cruzou quando ela se virou. Minha mãe sorriu e eu sorri de volta.

— Minha rainha — murmurou, erguendo o copo.

Agradecimentos

À matriarca da família, a minha avó Elaine, obrigada por me amar mais do que você ama qualquer outra pessoa (e admitir o favoritismo) e por ser a minha fã número um. Obrigada à minha mãe Yvonne e à minha irmã Esther: minha gangue. As duas pessoas mais engraçadas da minha vida, que não só conseguem sempre me fazer sorrir, mas também me acolhem nas minhas variações extremas de humor. Vocês estão de parabéns por isso.

À minha irmã ugandesa, Isabel Mulinde, sempre em meu coração e sempre me fazendo rir. Não há ninguém como você neste planeta. Ao Claude Hylton, o irmão que escolhi aos seis anos e que continuou em minha vida, obrigada.

À Selena Carty, obrigada, e para o restante dos meus irmãos (sete e contando), nós não conversamos, mas eu sei que vocês estão aí, e isso é o suficiente. Tia Su, tia Dor e todos os Forrester/Browns e os Petgraves, amo todos vocês.

À minha madrinha Heidi Safia Mirza, eu não seria quem sou sem seu incomparável amor, orientação, bondade e coragem.

Lettice Franklin, eu poderia preencher centenas e centenas de páginas agradecendo a você por muitas coisas, por ser minha resolvedora de problemas pessoais, por guardar tantos dos meus segredos e por nunca me julgar em momento algum. Tom Killingbeck, você ainda é a única pessoa que me faz rachar de rir, você também ainda é a única pessoa que não zoou cantando *Cool*, da Gwen Stefani, para mim quando acabei meu relacionamento. Você é mil.

Aos meus primeiros leitores, a quem confiaria minha vida: Hayley Camis, Lettice Franklin (obviamente), Sharmaine Lovegrove, Harriet

Poland, Susannah Otter e Jessie Burton, vocês viram a Queenie quando ela estava em pedaços (em todos os sentidos), e me deram feedbacks importantes, engraçados, amorosos e críticos. Tive muita sorte de ter tido o olhar de vocês.

Jo Unwin, amo você por muitas coisas, mas principalmente por se oferecer para ser minha agente antes mesmo de eu abrir a porta do seu escritório. Ali eu soube que você valia a pena. Milly e Donna, também amo vocês duas.

Katie Espiner (a quem eu forcei a sair da aposentadoria da área editorial), muito obrigada por ser capaz de compreender tão bem *Queenie* e também por me compreender e me incentivar para fazer este romance da melhor maneira possível. Tenho muita sorte de ter você como minha editora.

Ao restante das minhas corgis da Orion, Katie Brown, Rebecca Gray, Cait Davies, Sarah Benton e Sophie Wilson, nunca serei capaz de agradecer o suficiente pelo brilhantismo de vocês e pela torcida 24 horas em todos os cantos.

Aos meus corgis pessoais! Morwenna Finn, Cicely Hadman, Lydia Samuels, Hayley Camis (você é tão boa que foi escolhida duas vezes), Daniellé Scott-Haughton (esposa), Anya Courtman e família, Patrick "vai acontecer" Hargadon, Selcan Tesgel, Selina Thompson, Afua Hirsch, Ella Cheney, Hazel Metcalfe, Hannah Howard, Hattie Collins, Keso Kendall, Nikesh Shukla, Julian Obubo, Indira Birnie, Will Smith, Will White, o amor e as ligações de vocês, as mensagens de texto, áudios, músicas e playlists inspiradoras foram meu suporte.

Ah, gostaria de aproveitar para fazer uma menção especial aqui para minha querida amiga Lydia por conseguir me perdoar depois que bati o carro dela.

Michael Cragg. Babes. A única pessoa com quem eu ficaria presa em um escritório em Dalston se o mundo estivesse caindo do lado de fora. Obrigada por muitas coisas, mas principalmente pelas 200 libras que você me emprestou.

E obrigada por me emprestar de volta quando eu precisei depois que eu te paguei de volta. E de novo. Não tenho certeza de onde estamos com essa dívida; por favor, me avise.

Obrigada ao podcast *Kid Fury e Crissles of The Read*, suas vozes me fizeram companhia e me fizeram rir quando eu estava sentada na frente de um laptop na calada da noite e todas as outras pessoas estavam dormindo.

E, finalmente, obrigada a Jojo Moyes e Charles Arthur. Não importa o quanto vocês falem, este livro provavelmente nem teria sido começado se não fosse pela gentileza de vocês.

#vidasnegrasimportam

Primeira edição (novembro/2021)
Papel de miolo Ivory Slim 75g
Tipografias Georgia e Helvetica
Gráfica LIS